D0695726

OPHÉLIE
APPREND À NAGER

DU MÊME AUTEUR

Enfin, j'ai quarante ans!, Belfond, 1981.

SUSANNA KUBELKA

OPHÉLIE APPREND À NAGER

Traduit de l'allemand
par Dominique Kugler

PIERRE BELFOND
216, boulevard Saint-Germain
75007 Paris

Cet ouvrage a été publié sous le titre original
OPHELIA LERNT SCHWIMMEN
par Scherz Verlag Bern, München, Wien.

Si vous souhaitez recevoir notre catalogue
et être tenu au courant de nos publications,
envoyez vos nom et adresse, en citant ce livre,
aux Éditions Pierre Belfond,
216, bd Saint-Germain, 75007 Paris.
Et, pour le Canada, à
Édipresse Inc., 945, avenue Beaumont,
Montréal, Québec H3N 1W3.

ISBN 2.7144.2360.4

A toutes les Ophélie

1

A Paris, les lits sont plus doux que chez nous au Canada. A Paris, les lits sont plus larges, les couvertures plus légères, les oreillers plus mous et les draps plus soyeux qu'à Toronto, Zurich, New York ou Vienne. La raison en est simple : les Français sont plus minces que les Allemands, plus petits que les Américains, plus exigeants que les Canadiens, plus délicats que les Suisses, ils sont moins replets et donc leur postérieur est plus sensible; voilà pourquoi – qui s'en étonne? – ils aiment les lits bien rembourrés.

Les Français ont horreur des matelas durs. En outre, ils n'aiment pas dormir seuls. Alors ils ont inventé le lit à deux places, voluptueux et douillet, l'indispensable Grand Lit qui, avec le cognac et le champagne, et le chablis, les impressionnistes, les châteaux de la Loire, Colette et le Concorde, a largement contribué à embellir la vie.

Je parle des lits, mais les canapés parisiens ne sont pas mal non plus. Je suis allongée sur une magnifique méridienne ancienne recouverte de soie jaune, le bras gauche nonchalamment posé sur le dossier échancré, la tête confortablement appuyée sur un monceau de coussins jaune d'or. Et quand je me contemple ainsi, laissant descendre mon regard de mes boucles rousses à mes seins, puis à ma taille, mes hanches, mes cuisses et enfin mes petits orteils bien soignés, quand j'admire sur la soie chatoyante mes jambes minces et mes bas, fins comme la peau, constellés de petits points noirs (on les appelle *mouchetés* et c'est la grande mode à Paris), je ne peux que hocher la tête, perplexe, et me dire en toute bonne foi que j'ai connu de pires moments que celui-ci.

Ma mère avait beau me répéter que j'étais née sous une bonne étoile, que la vie m'apporterait tout sur un plateau – beauté, richesse, réussite, célébrité –, la preuve se faisait attendre depuis longtemps, beaucoup trop longtemps pour que j'y croie encore. Pourtant, il y a quelques semaines, une page s'est tournée. Il s'est passé des événements incroyables et, alors qu'en cette saison je devrais être chez moi, au Canada, par 20° au-dessous de zéro, me voici à Paris, sur ma méridienne, dans un salon assez somptueux pour recevoir le président de la République en personne. Et ça, mes chéries, ce n'est qu'un début!

Je ne me suis pas installée à l'hôtel, non, non. Je dispose d'un appartement de six pièces, avec des portes-fenêtres qui descendent jusqu'au sol. Paris est à mes pieds, au sens propre du terme. La vue est grandiose.

Juste en face, bien visible malgré la distance, le Sacré-Cœur, dans son style pièce montée et sa blancheur de sucre glace. A gauche, presque à portée de la main, la coupole du Panthéon. Entre les deux, les toits de Paris où mansardes cintrées, jardins suspendus, pots de fleurs, cheminées et chambres de bonne s'imbriquent dans un désordre touchant, singulier et exaltant. Un regard sur ce paysage suffit à vous combler de bonheur. Et par-dessus tout cela, un ciel de printemps bleu éclatant. Quoi de plus normal? Nous sommes en avril et le soleil brille.

Je m'appelle Ophélie et je viens de Port Alfred, dans la belle province de Québec. Et comme tous les Canadiens français, je rêve de Paris depuis que je suis enfant. En effet, Paris est pour nous le nombril du monde, le foyer de l'amour, la quintessence de l'élégance, à tel point que, quand je n'avais rien à faire, le soir, j'apprenais par cœur le plan de Paris.

Je suis venue ici pour la première fois il y a quelques années, pour de brèves vacances, entre Rome et Londres, et là j'ai pris conscience que je n'étais pas née où j'aurais dû. Ma place n'est pas au Canada, ni même au Québéc; elle est ici, au bord de la Seine. Je suis faite pour Paris comme l'amant est fait pour l'amour (c'est une expression de chez nous). Et ces Parisiennes qui trottinent en bas, dans la rue, sveltes et désinvoltes avec leurs chaussures hors de prix ne me feront bientôt plus peur. Dans six mois je leur donnerai ma mesure. Elles vont voir ce qu'elles vont voir!

Six mois, c'est le temps que je vais passer ici. D'avril à octobre. J'ai une mission à remplir et pas des plus faciles; mais quand je veux quelque chose, je l'obtiens, je l'ai déjà prouvé. Je ne fais pas de discours, j'agis. Et, en cela, je me distingue de la plupart des gens qui ne font que parler, caresser des projets, vous allécher avec des promesses, et qu'est-ce que cela donne? Rien. J'en ai par-dessus la tête de ça. Moi, quand je dis quelque chose, je le fais. Et aussi vrai que je suis allongée ici, en octobre je ne serai plus la même.

J'ai toujours été différente des autres. A cause de mon prénom, déjà. Je ne m'appelle pas Ophélie par hasard. Dans la famille, toutes les filles aînées s'appellent ainsi. Mon arrière-grand-mère brésilienne y tenait. Elle était comédienne et nous a légué ce prénom maudit pour que la vie ne nous apporte que du bonheur. Outre ce prénom, j'ai hérité de sa poitrine généreuse, de sa chevelure rousse et bouclée et, par chance, de sa bague préférée. Je la porte, comme elle, à l'index de la main droite.

Cette bague attire tous les regards. La monture est en or ciselé de 22 carats, et la pierre, une opale de feu orange, très rare, est entourée de petits brillants bruts. Tout cela vient du Brésil : l'or, la pierre, mes cheveux roux, mon caractère, tout, sauf mon prénom. Lui, vient d'Angleterre. C'est Shakespeare qui l'a inventé.

Vous connaissez Shakespeare? Il savait écrire, il n'y a aucun doute là-dessus. Mais si vous avez lu *Hamlet,* vous savez ce qui attendait l'infortunée Ophélie. Alors, je n'ai pas besoin de vous expliquer pourquoi je suis différente de celles qui s'appellent Jane, Mary, Michelle ou Rosy.

Je suis désavantagée depuis le jour de mon baptême. Je suis une victime des auteurs masculins qui, dans leurs livres, leurs films ou leurs pièces de théâtre, prennent un malin plaisir à faire mourir les femmes. Ophélie ne sait pas nager, et pourtant, elle se jette à l'eau dès que Hamlet, ce raté, refuse de l'épouser. C'est ce qu'écrit Shakespeare. Il l'a noyée, la pauvre, mais ce n'est pas logique : en réalité, elle aurait dû rire au nez d'Hamlet, avant de tourner les talons et de s'enfuir avec un bel officier ! C'est mon avis. C'était aussi celui de mon arrière-grand-mère qui a joué le rôle d'Ophélie mille quatre cent quarante-quatre fois. Au moins.

Une femme ne se jette pas à l'eau tout de suite, quand on lui brise le cœur. Elle reste célibataire et fait carrière. Ou bien elle apprend à nager et bat des records. Ou elle s'habitue à prendre l'amour à la légère, comme les hommes. Ou elle se lance à corps perdu dans le travail, devient riche et célèbre et épouse l'homme qu'elle aime, même s'il est sans le sou et qu'il a vingt ans de moins qu'elle.

Ou alors elle fait comme moi, c'est encore le mieux !

Finalement ce prénom, Ophélie, est devenu un talisman, presque un porte-bonheur. Personne n'aime se noyer. Dès l'enfance, j'ai donc été extrêmement prudente, j'ai développé mon sens critique, observé attentivement, lu tout ce qui me tombait sous la main et refusé tout ce qui me semblait suspect, à commencer par le culte américain de la jeunesse qui a envahi le Canada et dont toutes mes amies ont été victimes.

Ces pauvres petites se sentaient déjà si vieilles à dix-huit ans qu'elles ont renoncé au travail et aux études pour sauter à pieds joints dans le tombeau de l'amour. Je veux dire par là qu'elles se sont mariées, et on n'a plus jamais entendu parler d'elles. Ma meilleure amie, qui avait de l'ambition et voulait devenir la plus grande actrice du Canada, s'est retrouvée enceinte à dix-neuf ans et sa carrière s'est arrêtée là.

Elle a pris quinze kilos et s'est battue à longueur d'années avec des couches, du linge sale et un mari insatisfait. Ça m'a servi de leçon ! Les autres ne sont pas mieux loties, surtout celles qui se moquaient de moi à l'école en me disant que je resterais vieille fille.

De quoi est faite leur vie? Mettre de l'argent de côté, compter leurs sous, se disputer à propos du budget du ménage, faire la cuisine et la lessive, s'occuper des enfants. Un amant qui devient un mari et s'endort le soir devant la télévision, une canette de bière à la main, très peu pour moi !

Comme son nom l'indique, Port Alfred est un port, et je ne voulais pas d'un marin-pêcheur, ni d'un docker, ni d'un matelot, ni d'un employé de chantier naval (les directeurs du chantier, eux, allaient chercher leur femme à Paris !). Je ne me voyais pas non plus avec un bûcheron, un trappeur, un chercheur d'or ou un chasseur de phoques. Encore moins avec un employé de la pêcherie. J'ai quitté Port Alfred avec la bénédiction de ma mère qui était institutrice et comprenait bien ces choses-là.

J'ai fait des études supérieures à Toronto. Après mes diplômes, il me semblait que j'avais encore beaucoup à apprendre, alors j'ai travaillé pendant deux ans à la bibliothèque de l'université où j'ai lu, à mes heures perdues, des centaines de biographies de femmes célèbres. Ça m'a donné du courage. Ce qu'elles ont fait, j'en suis aussi capable, me disais-je. Et je décidai de devenir riche et célèbre et de montrer au monde que je les valais.

Ensuite, je suis allée de bibliothèque en bibliothèque, à travers le Canada. A Vancouver, j'ai ouvert une librairie qui marchait très bien. A Montréal, j'ai dirigé le service des archives du meilleur quotidien. A Ottawa, j'ai investi toutes mes économies dans un café littéraire qui devint en très peu de temps le rendez-vous de hauts fonctionnaires, de diplomates, de comédiens et d'artistes. Je l'ai revendu au bout de cinq ans en faisant un sérieux bénéfice, et j'ai placé l'argent en obligations. Ça ne me rapporte pas une fortune, mais au moins, le capital ne risque pas de disparaître du jour au lendemain.

Comme tous les Canadiens français, j'ai grandi en apprenant le français et l'anglais. Je maîtrise vraiment ces deux langues, ce qui m'a permis d'avancer beaucoup plus vite dans ma carrière. J'ai travaillé à Radio Canada et à la Télévision canadienne où j'étais très bien payée. Ensuite, il y a eu Hollywood. Une société de production américaine m'a engagée comme responsable du service de presse, et en quatre ans j'ai doublé mon pécule. Mon dernier emploi fut le plus intéressant, parce qu'il avait trait à nouveau aux livres : je devais ouvrir et diriger une filiale d'une grande maison d'édition à Montréal.

Et là, j'ai appris ceci : je n'ai aucun mal à réussir dans un domaine qui m'intéresse. Dès que je suis vraiment passionnée par quelque chose, les livres, le cinéma, gagner de l'argent, j'apprends en un temps record. C'est exactement comme en amour. Dans ce domaine aussi, j'ai très vite compris les principes de base.

Alors, voilà. On a fait peur aux femmes pour rien. *Sweet Little Sixteen,* « la belle gamine de seize ans », tout cet érotisme nourri au biberon ne nous menace absolument pas. C'est la femme qui compte, dans la vie, pas la jeune fille. L'important ce n'est pas le bouton, mais la fleur épanouie. D'ailleurs, quiconque s'est déjà ruiné pour un bouquet de fleurs sait bien que la plupart des boutons n'éclosent pas. Les hommes intelligents savent ça.

Il y a tout à gagner à aimer des femmes. J'en suis la preuve vivante. A partir de trente ans, je n'ai plus jamais déçu un homme. Auparavant, si, je l'avoue. J'étais bloquée, je n'avais pas envie et le corps d'un homme nu me faisait horreur. Ça a bien changé, Dieu merci !

Oui, parfaitement ! Je suis une enfant de notre temps, une époque folle, dure, dangereuse mais qui permet au moins de redécouvrir l'attrait de la maturité. Je dis bien redécouvrir, car Ovide estimait déjà, il y a deux mille ans, que les femmes ne s'épanouissent pleinement qu'à partir de trente-six ans, et, croyez-moi, ce poète savait de quoi il parlait !

Mais, inutile de remonter à l'antiquité romaine !

Mae West, premier sex-symbol américain, dont l'autobiographie m'a passionnée, a commencé sa carrière cinématographique à quarante ans. Et qui tient les rôles de premier plan dans « Dallas » et « Dynasty » ? Les femmes de plus de quarante ans. Ce sont elles aussi qui gagnent le plus d'argent. L'ardente Joan Collins n'est devenue une star internationale de la télévision qu'à cinquante-deux ans – et elle touche des cachets faramineux.

C'est désormais indéniable : les femmes mûres et sûres d'elles gagnent du terrain et je les regarde avec plaisir reconquérir, en affaires comme en amour, la place qui leur revient. Voilà pourquoi je me prélasse, fière de mes quarante et un ans, sur mon sofa recouvert de soie jaune, insouciante, satisfaite et confiante en l'avenir. A cinquante ans, j'aurai montré au monde qui je suis. J'ai tout planifié dans les moindres détails : c'est pour bientôt. Pour le moment, je savoure le calme qui précède toujours les grandes batailles.

Quand je tourne la tête, je me reflète tout entière dans un grand miroir, et ça me donne une idée géniale. Je vais réaliser un rêve d'enfance : faire faire mon portrait. Je vais demander à un authentique artiste parisien de m'immortaliser en pied, de mes boucles rousses à mes petits orteils bien soignés. Dans six mois au plus, peut-être avant, et très certainement nue, comme Manet a peint son Olympia.

C'est osé, j'en ai conscience, mais au moins c'est une valeur durable car personne ne pourra me dire plus tard : « D'où sortiez-vous cet accoutrement ? » Ah, si, je porterai mes bas mouchetés. Et j'aurai la main droite négligemment posée sur la hanche. Et l'on verra briller mon opale brésilienne. Il faut ce qu'il faut.

Bon, je me lève. C'est fou ce que le temps passe ! Voilà deux heures que je me prélasse sur ma méridienne. Mais je n'ai pas seulement rêvassé, j'ai travaillé aussi : j'ai fait le compte de mes amants. Quarante-trois.

Quarante-trois, aux yeux de bien des gens, ça semble énorme. Et j'avoue que j'ai été la première surprise. Avant de dresser cette liste, j'aurais juré n'avoir connu qu'une vingtaine d'hommes, tout au plus. Il y en a beaucoup dont je me souviens à peine, et je me demande si je n'en ai pas oublié quelques-uns. Pour autant que je me souvienne, j'en ai eu quarante-trois. Ça peut paraître considérable, mais croyez-moi, ce n'est pas un record.

D'ailleurs, je n'y suis pour rien. J'ai hérité de mon arrière-grand-mère brésilienne un certain tempérament (qui s'est révélé au grand jour lors de mon trentième anniversaire) et, que voulez-vous, les hommes le sentent. Ils me tournent autour, pas comme des papillons autour d'une lampe, non (on ne voit ça qu'au cinéma), mais il y en a toujours un à ma portée, et quel qu'il soit, il me donne le meilleur de lui-même.

Avec moi, les hommes font toujours preuve d'une grande virilité, même s'ils sont vieux. Ils parviennent à me faire l'amour pendant des heures. Et de nouveau le matin, avant le petit déjeuner. Cela ne signifie pas que j'ai envie de coucher avec n'importe qui. Je suis difficile, et je le deviendrai de plus en plus. Bien sûr, j'ai beaucoup d'expérience, mais quand je considère cette liste de quarante-trois noms, je dois convenir que mes amants étaient plutôt médiocres. Moins cultivés que moi pour la plupart, et gagnant souvent moins d'argent. Certains étaient mariés (ce qui n'était pas évident au premier abord) et six d'entre eux seulement avaient une profession vraiment intéressante. Ils étaient tous très gentils et prenaient la chose de plus en plus au sérieux. Mais aucun d'eux ne m'a donné envie de me marier. Et, honnêtement, j'ai du mal à imaginer l'homme pour lequel je sacrifierais ma liberté.

Pourtant, avant de m'avouer que cet homme n'existe pas, j'aimerais bien avoir un amant vraiment influent : un ministre, ou un directeur de banque, un président de la République ou un prix Nobel, quelqu'un qui ait des idées et des choses intéressantes à dire, quelqu'un qui voie la vie de haut – et qui n'ait pas peur d'une femme intelligente.

Quand j'aurai examiné la pyramide jusqu'au sommet, du chômeur au chef d'État, alors, enfin, je serai tranquille. Je saurai qu'en ce qui concerne les hommes et le mariage, je n'ai rien raté. Je pourrai faire des heures supplémentaires sans penser que l'homme de mes rêves se trouve parmi les invités de la soirée à laquelle je ne suis pas allée. Je saurai que la vie que j'ai menée jusqu'à présent est exactement celle qui me convenait.

En fait, je le sais déjà, mais j'aimerais en avoir la preuve.

Dans mon salon, il y a trois grandes portes-fenêtres. Je sors sur la terrasse, au beau milieu du printemps parisien. Les pigeons roucoulent sur le toit au-dessus de moi, et les merles chantent si délicieusement que mon cœur se serre. Le Panthéon est si proche qu'on pourrait presque le toucher. Son dôme ressemble à un beau sein de nourrice, et ses colonnes blanches sont éclairées par le soleil. Et moi, je me trouve plus fraîche, plus jolie et plus séduisante que jamais. La magie de Paris, ce n'est ni la tour Eiffel, ni le Louvre, ni Notre-Dame... Non, la magie de cette ville, c'est qu'on s'y sent plus beau que partout ailleurs. Oui, je l'ai vu tout de suite, c'est *ça* qui attire le monde entier au bord de la Seine, ce sentiment enivrant d'être unique. Et puis à Paris, tout est possible, y compris d'aller dîner avec des directeurs de banque et des chefs d'État.

Mon appartement est situé au Quartier latin, au sixième étage d'un bel immeuble de la rue Lacépède. Quand je m'accoude à la superbe balustrade en fer forgé qui entoure ma terrasse, je vois la rue sur toute sa longueur. En bas, elle aboutit au Jardin des Plantes, en haut, sur la place de la Contrescarpe, rendue célèbre par tous les artistes, écrivains et peintres qui ont habité là à un moment de leur vie de bohème. La dernière de ces célébrités était Hemingway, et je m'en réjouis. Car maintenant, c'est moi qui habite ici. Et pour quelqu'un qui vient de Port Alfred, dans la Ha Ha Bay, sur la Saguenay River, c'est la gloire !

Mais je n'habite pas seulement à Paris, j'en fait déjà partie. Sur la place, j'ai mon café habituel, La Chope, avec son store rouge et son agréable terrasse vitrée. Les serveurs me connaissent et me saluent d'un charmant « Bonjour, madame ! ». Et quand, dans leurs vestes lie-de-vin et leurs pantalons noirs moulants, ils portent, par-dessus la tête des clients, leurs plateaux chargés de verres de pastis, de vin et de diabolos menthe sans rien renverser, en criant : « Attention, ça tache ! », c'est comme au cinéma, mais en beaucoup plus beau.

Je m'assois tous les jours à la terrasse de La Chope, le matin et l'après-midi, quand ça me chante, et je contemple les vieilles maisons qui n'ont pas deux fenêtres identiques et pas un mur droit. Rien n'est standardisé ici, c'est un régal ! Il n'existe pas une seule place comme celle-ci dans tout le Canada. Au milieu se dressent des paulownias qui n'ont pas encore de feuilles en cette saison. Mais ils sont couverts de fleurs, qui s'étalent au-dessus de la place et de ses vieux réverbères comme un nuage mauve et parfumé.

Chez nous, au Canada, tout est aseptisé, ordonné et monotone. Ici il règne une confusion fascinante. Le nombre de magasins sur un périmètre aussi restreint est tout simplement incroyable : quatre cafés, cinq restaurants, une boulangerie française, une pâtisserie tunisienne, un libre-service, une charcuterie, une pharmacie, une boucherie, une friperie et un magasin de troc. Ah oui, j'oubliais : un peu plus loin, à l'angle de la rue Lacépède, il y a des bains-douches municipaux pour le confort des clochards qui, l'été, cuvent leur vin sous les arbres.

C'est du moins ce que je croyais au début. Entre-temps, j'ai appris bien des choses. Les clochards, en effet, ne sont pas plus frais le matin que le soir, et je les soupçonne de ne pas se laver du tout. Le beau pâtissier tunisien m'a expliqué que ces bains publics n'avaient pas été installés pour les vagabonds mais pour les gens du quartier, car ici toutes les maisons sont classées monuments historiques, elles datent de la Révolution. Or, à cette époque, les appartements n'avaient pas encore de salle de bains.

Pas de salles de bains ! C'est ahurissant ! Au Canada, tout le monde a une salle de bains. Même la plus misérable des maisons en bois est dotée d'une salle d'eau avec douche. Et, si on ne l'utilise pas matin et soir, on passe pour asocial. Au Canada, l'ennemi nº 1 ce ne sont pas les terroristes, mais les bacilles, les virus et les bactéries; si on pouvait, on les exterminerait sans pitié. Au Canada, la propreté est un culte. On n'emprunte jamais la brosse à dents de quelqu'un d'autre, et pour un peu, on essuierait chaque poignée de porte avant de poser la main dessus.

Moi, je n'en suis pas tout à fait là, mais j'adore prendre un bain, seule ou à deux, selon les cas. Mais, soit dit en passant, je ne fais jamais l'amour dans une baignoire. Ce n'est pas mon style. Ça manque autant de confort que de classe et c'est acrobatique. Or l'acrobatie tue l'érotisme.

En tout cas, cette histoire de bains-douches m'a empêchée de dormir, et, dès le lendemain matin, inquiète, je me suis assise sur le balcon et pendant une heure, j'ai surveillé l'entrée. Ce que j'ai vu m'a donné froid dans le dos. En une heure, deux personnes seulement y sont entrées (munies de seaux, de brosses et de serpillières), et elles étaient du sexe féminin.

J'ai découvert à midi que c'était le jour du ménage et que personne d'autre n'aurait pu y entrer, même s'il l'avait voulu. Rassurée, j'ai décidé de remettre à plus tard mon inventaire des hommes parisiens aimant se laver. Enfin, il faut bien qu'ils se lavent ! De visage, ils sont très appétissants. Pour le reste, je verrai bien. J'ai six mois pour remplir ma mission, inutile de précipiter les choses.

Ma mission ! Mon Dieu ! Quelle heure est-il ? Presque cinq heures. La poste ferme à sept heures. Il est grand temps que j'envoie une lettre aux États-Unis, il faut qu'elle parte aujourd'hui. Vite, je me précipite dans la salle de bains, me déshabille et monte sur la balance. J'inscris mon poids sur le tableau, je me rhabille, passe dans le bureau et m'assieds. Rédiger des lettres détaillées, ça fait partie du contrat. Et ma cliente attend !

Pour ne rien vous cacher, ma cliente n'est autre que ma marraine. Rien d'extraordinaire à cela, mais ce qui est singulier, c'est que je ne l'ai vue que deux fois dans ma vie : le jour de mon baptême et peu avant mon départ pour Paris. Et c'est dommage, car j'aurais aimé mieux la connaître.

Ma marraine s'appelle Nelly. Elle était la meilleure amie de maman et l'épouse du maire de Port Alfred. Pour mon baptême, elle m'a offert six petites cuillères en argent et un coussin moelleux sur lequel elle avait brodé au point de chaînette avec du fil de soie jaune et son orthographe très personnelle :

ALEZ, LE FRATRAS. PAR-DESSUS BORD !

Ensuite, elle a suivi son propre conseil, a pris un amant, quitté le maire et notre misérable petit port et n'a plus donné signe de vie pendant quarante et un ans.

Nelly ne m'a jamais manqué. Mais ma mère est une âme fidèle. Pas question pour elle d'oublier une amie d'enfance ! D'autre part, la disparition de Nelly restait entourée de certains mystères qui avaient un vague rapport avec feu mon père. Des rumeurs extravagantes couraient alors à Port Alfred et, bien que plus personne n'en parle aujourd'hui, ma mère était persuadée que Nelly reviendrait pour se disculper et faire toute la lumière sur ces on-dit un peu louches.

Chaque année en avril, je rends visite à ma mère. Où que je sois, quel que soit mon travail, je lui réserve le mois d'avril. Je prends quatre semaines de vacances, je retourne à Port Alfred en avion et je passe un mois tranquille et reposant dans la maison blanche en bois qui m'est si familière où, pour moi, tout a commencé.

Entre-temps, ma mère est devenue directrice d'école. Mais ça ne l'empêche pas de me choyer dans les règles de l'art. A chaque retour, ma chambre a été retapissée, mon lit a un nouveau couvre-lit et une pile de livres intéressants m'attend sur la table de nuit. Mes amies sont prévenues, mes plats préférés sont au menu, et Alix, notre adorable petit bâtard, mi-caniche, mi-cocker spaniel ne me quitte pas d'une semelle.

Lorsque Nelly se manifesta, Alix était sur mes genoux. Il léchait avec délectation un reste d'œufs brouillés dans mon assiette. C'était un samedi matin à 11 heures, nous étions assises dans la salle du petit déjeuner tapissée de bleu et je me laissais conter les derniers potins de Port Alfred : les naissances, les divorces, les rumeurs à propos d'un capitaine soupçonné de corruption, le nombre de bateaux ayant sombré au cours de l'hiver, etc. En plus, il y avait du café et du lait chaud, du jus de pamplemousse frais, des toasts, du beurre, de la marmelade d'oranges et, tout exprès pour moi, sur une grande assiette bleue, une montagne de crêpes dont l'odeur me mettait l'eau à la bouche.

Les crêpes sont mon péché mignon, et personne ne les fait mieux que ma mère. Je ne parle pas des crêpes que l'on mange en Europe, ces rondelles plates, sèches, de la taille d'une assiette que l'on tartine de confiture avant de les rouler comme des cigares. Je parle des vrais pancakes américains, petits, épais, ronds et moelleux. On les relève avec du sirop d'érable et du beurre et on les mange aussi chauds que possible. Si l'on est vraiment affamé, on en superpose trois ou quatre avec un morceau de beurre entre chaque, on arrose d'une bonne rasade de sirop et on déguste.

Alix est aussi amateur des crêpes que moi, et nous en étions tous les deux à la douzième quand le téléphone sonna dans la pièce voisine. Il me sembla que la sonnerie était plus stridente et plus insistante que d'habitude. Maman se leva d'un bond.

Quand elle revint, l'émotion l'empêchait de parler.

– Elle est là ! parvint-elle enfin à articuler.

– Très bien, dis-je en reposant ma treizième crêpe dans mon assiette, mais je ne vois pas du tout de qui tu veux parler.

– Nelly !

Ma mère avait retrouvé sa voix.

– Nelly, ta marraine ! Elle vient d'arriver, elle est descendue au Northern Sun – tu te rends compte ?

Je laissai tomber ma fourchette.

– Mais alors, elle est devenue riche comme Crésus !

En effet, le Northern Sun est l'hôtel le plus cher de toute la région. Seuls les P-DG et les millionnaires y descendent. Il n'y a pas de chambres, uniquement des suites de grand luxe, d'ailleurs retenues des semaines à l'avance. Le tarif d'une seule nuit équivaut à celui de dix journées dans un hôtel de catégorie moyenne.

– Elle vient nous voir ?

– Mais oui ! Elle est en route. La Rolls Royce de l'hôtel l'amène ici. Il faut que je me change, et toi aussi. Cesse de manger, habille-toi, ma chérie, fais-toi belle – elle va être malade de jalousie quand elle va voir ce que tu es devenue.

Elle serait malade de jalousie, ça je n'en doutais pas une seconde. D'abord, j'avais quitté la province pour aller vivre dans les plus grandes villes du Canada et même aux États-Unis. Mes études terminées, j'avais continué à me cultiver tout en travaillant d'arrache-pied et en mettant beaucoup d'argent de côté. J'avais jeté les bases d'une grande carrière que j'entamerais sous peu.

Et ma mère n'avait pas détruit en moi le sentiment de ma propre valeur. Elle m'avait toujours laissé entendre que la nature m'avait gâtée. Je sais que je suis jolie, et je fais partie de ces femmes, de plus en plus nombreuses, qui embellissent avec les années. Enfant, j'étais assez attirante, adolescente, j'étais prometteuse, mais à trente ans, lorsque ma féminité s'éveilla, je me laissai pousser les cheveux et ce fut l'éclosion.

Mes boucles rousses me descendent jusqu'à la taille, j'ai la peau claire et douce comme de la soie, de grands yeux bruns et la bouche en cœur. Quant à mon corps, toute la ville en parle – c'était le cas tout au moins récemment, quand j'avais encore le temps de faire de la gymnastique, de la natation et un régime. Mais ces dernières années, ma carrière comptait avant tout, et d'ailleurs, ma balance s'est égarée lors de mon dernier déménagement, et je n'en ai pas racheté.

Arrivée dans ma chambre, je commençai à cogiter. Qu'est-ce que j'allais mettre ? Ma garde-robe n'offrait pas un choix très vaste. Pour un homme, j'aurais mis ma robe à boutons, ce que j'ai de plus beau. Je l'ai commandée sur mesure chez la meilleure couturière de Montréal; en soie jaune brillante, elle se ferme de haut en bas par de jolis petits boutons ronds. On peut en laisser trois, quatre, cinq, dans les cas extrêmes six, ouverts, selon le genre d'homme que l'on veut impressionner.

Quand je n'ai pas de petit ami, cette robe me rend de grands services. Je n'aime pas adresser la parole aux hommes, alors j'utilise un code très... parlant. Au début, j'apparais généralement avec la robe boutonnée jusqu'au ras du cou : on ne sait jamais qui sera là. Lorsque survient un homme qui m'intéresse, j'ouvre discrètement quatre boutons.

Quatre, c'est suffisant pour les hommes sensibles; de toute manière les autres ne m'attirent pas. Un homme qui ne s'émeut qu'à la vue d'un décolleté plongeant jusqu'au nombril ne m'intéresse pas. En revanche, s'il y a quatre boutons ouverts, quelqu'un qui s'assied près de moi, pour me demander si la soirée me plaît, tient généralement plus que ses promesses.

Mais comment s'habille-t-on pour une marraine qui se souvient de vous comme d'un adorable nourrisson en barboteuse? Une jupe et un pull? Pas assez chic. Mon ensemble pantalon à rayures rouges et blanches? Je ne rentre pas dedans en ce moment. Il ne me reste que mon tailleur en laine vert, classique, de chez Jaeger, un couturier anglais de luxe. Je l'ai acheté un prix fou il y a des années à Toronto, mais je l'ai très peu porté. Il est pratiquement neuf; il fait très « dame », il est extrêmement sobre et pas du tout émoustillant. C'est exactement ce qu'il faut pour une première rencontre avec une personne respectable.

Soulagée, j'ôtai ma robe de chambre, passai des sous-vêtements en soie, enfilai des bas et me glissai dans la jupe. Dieu du Ciel, ce qu'elle était serrée ! Et maintenant la veste ! Impossible de fermer les boutons; et je n'avais même pas de chemisier dessous ! Bizarre.

L'année dernière encore, ce tailleur était beaucoup trop grand.

Décontenancée, j'avançai jusqu'au miroir et me regardai d'un œil critique. En rentrant le ventre, ça irait. Mais il me fallait absolument des chaussures à hauts talons, pour paraître plus grande et plus mince.

Les chaussures me sauvèrent ! Je me contemplai de la tête aux pieds, apaisée. Bon, d'accord. Je n'ai pas la taille mannequin, mais n'ayant jamais été tentée par ce métier, ça ne me dérange pas. J'ai un corps assez plantureux, admettons, mais je n'ai pas une seule ride sur le visage. Mes proportions sont on ne peut plus féminines, j'ai ce qu'il faut devant et derrière, en revanche, j'ai la taille et les jambes merveilleusement fines. Que demander de plus? Tout cela est une question de point de vue. Ce n'est pas moi qui suis grosse, ce sont les autres qui sont trop maigres !

Aucun artiste ne s'intéresse aux planches à pain. Et, j'ai pu le constater, au lit, les hommes aiment bien avoir quelque chose dans les mains. Il suffit d'aller au musée. Quel genre de femmes les peintres ont-ils pris pour modèles? Des créatures voluptueuses qui avaient des seins et du cœur. Parfaitement! Rubens serait tombé à genoux devant mon anatomie. Mais ce tailleur est carrément trop étroit. Il menace de craquer au moindre mouvement.

Assise devant la coiffeuse, je brossai ma crinière rousse jusqu'à lui donner un éclat aveuglant. Puis je descendis, tanguant légèrement sur ces hauts talons auxquels je n'étais pas habituée. J'étais encore dans l'escalier lorsque j'entendis la voiture. Deux coups de Klaxon, et Alix se rua hors de la cuisine en aboyant, suivi de ma mère. La sonnette retentit longuement et avec insistance; ensuite, il n'y eut plus qu'un bruit confus de rires, d'aboiements, de baisers et d'exclamations qui s'amplifia en passant de l'entrée à la salle de séjour.

Là, le ramdam continua. Et tandis que je réfléchissais, en me disant que je ne savais presque rien de Nelly, sinon qu'elle était nulle en orthographe et qu'elle avait quitté notre maire sur un coup de tête (et que deux jours plus tard, mon père avait disparu sans jamais plus donner signe de vie), j'entendis sa voix:

– Alors, où est la petite?

Je descendis les dernières marches et fis mon entrée.

2

Ce fut un moment historique, et je ne sais pas qui, de ma marraine ou de moi, fut la plus surprise. Je dois avouer que je ne l'imaginais pas comme ça. Étonnamment jeune, je lui aurais volontiers donné quinze ans de moins que ma mère. Pourtant, elles ont le même âge et sont allées à l'école ensemble.

Maman était déjà légèrement grisonnante et plutôt rondelette. Nelly, au contraire, était mince et svelte; elle avait les cheveux bruns courts et frisés et des yeux pétillants. Debout dans la salle de séjour, elle avait l'air d'un oiseau de paradis égaré dans ce décor avec sa robe en lainage rouge vif et son superbe manteau en poils de lama blanc doublé de soie rouge.

Elle portait des bijoux en corail rose et en brillants, comme on en voit seulement en photo pleine page dans *Vogue* ou *Harper's Bazaar.* Et il émanait d'elle un fascinant mélange de réussite et de classe qu'enfant j'avais vainement cherché à Port Alfred. Voilà pourquoi j'avais quitté la maison : pour aller chercher dans le monde savoir-vivre, élégance et culture. Exactement comme Nelly, mais elle avait des années-lumière d'avance sur moi.

Dès le premier coup d'œil on comprenait : elle s'était débarrassée des dernières traces d'une jeunesse passée dans ce minable port de province. Elle était faite pour le grand monde. L'hôtel Northern Sun et la Rolls avec chauffeur en livrée lui convenaient à merveille. J'avais devant moi une femme qui, en apparence du moins, était exactement ce que je voulais devenir. Un seul sourire d'elle et je fus conquise. Je me jetai à son cou et l'embrassai.

– Voici ma grande fille, dit ma mère avec fierté. Elle est belle, non ? Tu dois la trouver changée.

– Méconnaissable ! dit Nelly en riant et en me serrant tendrement.

Elle recula d'un pas pour mieux me regarder.

– Ça alors ! s'exclama-t-elle enfin, pour une surprise c'est une surprise. Beaucoup trop bien pour Port Alfred. Mais, dis-moi, tu arrives à tenir le coup, ici ?

– Pas mieux que toi ! lança ma mère avant que j'aie le temps de répondre. C'est-à-dire pas du tout ! A dix-huit ans, elle est entrée à l'université et, depuis, elle revient seulement en vacances. Mais je ne lui en veux pas, au contraire.

Et elle entreprit un bref historique de mon évolution que Nelly écouta visiblement avec plaisir.

Nous passâmes ensuite dans la salle du petit déjeuner.

– Viens t'asseoir, dit ma mère en versant à Nelly une tasse de café, nous serons mieux pour bavarder. Nelly, tu es resplendissante. Une vraie vedette de cinéma. Et tellement *jeune* ! Comment fais-tu? Raconte-nous en détail, depuis le début. Tu as l'air en pleine forme.

– Et comment ! répondit Nelly. J'ai réussi au-delà de mes espérances. Figurez-vous que je suis propriétaire du centre de beauté numéro un de Californie. Le Hollywood Star Ranch !

– Ça alors ! les bras m'en tombent ! dit Maman.

– Tu as entendu parler du Hollywood Star Ranch?

– Non, mais ça m'a l'air fantastique !

– Fantastique, ma chérie. Tu peux le dire. J'ai les clients les plus huppés des États-Unis. Le gouverneur de Californie et toute sa famille. La moitié d'Hollywood. Des princes et des princesses d'Europe. Les plus grands musiciens du monde. Si tu lis un article sur n'importe quelle célébrité dans le journal, tu peux être sûre qu'elle est venue chez moi.

Elle eut un sourire désarmant et regarda à la ronde d'un air triomphant.

– Vous savez, j'ai mis au point une méthode sensationnelle, infaillible. Et je ne néglige aucun détail. Les cosmétiques sont fabriqués chez moi, ils sont de première fraîcheur et ne contiennent aucun agent conservateur. La nourriture est totalement biologique. Les cuisiniers qui confectionnent les menus de régime sont italiens, mes esthéticiennes viennent de Paris, mes hôtesses de Suisse et mes masseurs de Hongrie. Tous mes employés sont triés sur le volet, même les femmes de chambre sont diplômées d'une école hôtelière. Quant à mes tarifs, ils sont – comment dire – astronomiques. Oui, c'est le mot. Ils sont excessivement élevés, mais mon centre est le meilleur du monde, et les gens se bousculent pour y venir.

– Hollywood Star Ranch? répétai-je, surprise. Ça me dit quelque chose. Il y a un livre intitulé *Le Régime Hollywood Star*. Un bestseller mondial. J'ai voulu l'acheter pour la maison d'édition où je travaillais. Tu te souviens, Maman? Nous en avions parlé. Mais l'éditeur américain est devenu complètement mégalomane. Il exigeait deux cent cinquante mille dollars pour les droits !

– Je m'en souviens très bien, intervint ma mère, le régime le plus fou du monde. On ne mange que du pain beurré, des pizzas, des pâtes, des pommes de terre, du riz, des spaghettis, des petits pois, des haricots, bref, tout ce qui fait grossir, et il paraît qu'on maigrit! Notre professeur d'arts ménagers m'a offert le livre. Il doit être quelque part dans ma chambre. Je ne l'ai pas encore lu, mais je vais m'y mettre tout de suite.

– Il y a une chose que j'aimerais bien savoir, dis-je à Nelly. Combien ont-ils demandé pour que tu puisses te servir du nom?

– Pas un centime.

– Pourquoi? Tu es amie avec l'éditeur?

– Beaucoup mieux que ça. C'est moi qui ai écrit le livre!

Il y eut un long silence. Alix leva la tête et nous regarda l'une après l'autre d'un air étonné.

– C'est toi qui as écrit ce best-seller? demanda ma mère, incrédule. Voyons, j'aurais reconnu ton nom. Tu crois que je l'ai oublié?

– J'ai écrit sous un pseudonyme.

– Mais enfin, tu étais la plus nulle en orthographe de toute l'école! laissa échapper ma mère. Tu te rappelles? Les dictées et les rédactions te rendaient malade. Je ne t'imagine pas t'asseoir comme ça à ta table et écrire tout un livre!

– Pour un livre sur l'amaigrissement, ce n'est pas l'orthographe qui compte, c'est l'idée! Quand tu as une bonne idée et que tu l'écris de façon plus ou moins compréhensible, l'éditeur fait le reste.

– Apparemment, ton idée était géniale.

– Combien d'exemplaires as-tu vendus? demandai-je.

– Quelques millions, répondit Nelly d'un air détaché.

– Quelques millions? répéta ma mère. Et ça t'a rapporté combien?

Nelly se mit à rire.

– Eh bien, quelques millions de dollars. Et ils m'ont permis de financer mon centre de beauté. Tenez, voici mon palais au bord du Pacifique! Elle nous sortit une grande photo en couleurs.

C'était une photo aérienne montrant un gigantesque parc planté d'arbres magnifiques, entre lesquels s'étalaient une piscine, des courts de tennis, une grande demeure blanche toute en longueur avec des colonnes et une véranda, ainsi que plusieurs petits pavillons, coquettement dissimulés entre des arbustes en fleurs. Une allée bordée de palmiers menait au bâtiment principal et au-dessus de l'entrée, près de la route, était suspendue une pancarte blanche avec cette inscription: THE HOLLYWOOD STAR RANCH. A droite du parc s'étendait un golf dix-huit trous et derrière, bleu sur bleu, le Pacifique.

Je suis rarement à court de repartie, et Maman aussi, mais là, nous restâmes sans voix.

– Tous ça est vraiment à toi? balbutia enfin ma mère. Mais Nelly, il n'y a pas une seule propriété comme celle-ci dans tout le Canada.

– Parfaitement! Nelly rangea la photo avec satisfaction. Et ce qui me réjouit le plus, c'est que je n'en ai pas hérité, je ne l'ai pas volée, ni obtenue par un mariage ou des opérations frauduleuses, non, je l'ai gagnée moi-même, avec mes idées sur la santé et la beauté. Et aujourd'hui encore, j'ai pu voir en venant ici combien elles sont cruciales. Car si j'ai rencontré deux personnes belles et minces, c'est bien tout. La majorité des gens ici sont toujours difformes, gras, affreusement bouffis, stupidement brutaux, exactement comme lorsque nous étions jeunes. C'est déplorable!

Ma mère se mit à glousser.

– Toi et moi, nous n'étions pas non plus sous-alimentées, à l'époque. Quand tu as épousé le maire, tu pesais soixante-dix kilos.

– C'est vrai, admit Nelly d'un air sombre, je ne l'oublierai jamais. D'abord soixante-dix et puis quatre-vingts! Mon mariage fut une véritable catastrophe! Je n'ai jamais été autant négligée par un homme. La politique, la politique, la politique, il n'y avait que ça qui l'intéressait. Au lit, c'était le désert. Résultat: je bouffais. Ce que je n'avais pas en bas, je le remplaçais en haut par du chocolat. Pendant tout le temps qu'a duré mon mariage, j'ai mangé une boîte de pralines par jour. Un kilo par jour. Je ne te l'ai jamais dit? Non, sûrement pas. J'avais trop honte. Ophélie, nous étions totalement arriérées. Dans le livre d'éducation sexuelle de mes parents, on disait encore que les femmes n'avaient pas d'orgasme. Sincèrement, à Port Alfred, j'aurais mal tourné.

Elle avala une gorgée de café et prit Alix sur ses genoux.

– Je serais devenue ronde comme un tonneau, et alcoolique pardessus le marché.

Ma mère se racla la gorge.

– Dis-moi, Nelly, avec qui as-tu filé, à ce moment-là? J'ai entendu les pires rumeurs.

– Avec un représentant. Un immigré danois. Je l'avais rencontré à un match de hockey sur glace.

– Tu es sûre que ce n'était pas avec le père d'Ophélie? Il a disparu deux jours après toi et n'est jamais revenu.

Nelly regarda ma mère, pétrifiée.

– Il n'est jamais revenu? répéta-t-elle d'un air sceptique en reposant le chien par terre.

– Jamais! Dix ans plus tard, j'ai reçu un avis de décès qui venait d'Alaska.

– Ma pauvre ! s'exclama Nelly, compatissante. Mais écoute, je n'ai jamais pris le mari d'une amie. Je n'ai rien à voir là-dedans, je t'assure.

Alix se mit à aboyer et lui donna la patte.

Ma mère soupira et nous versa du café.

– Je n'aime pas tellement parler de ça, et puis c'est du passé, mais ça n'a pas été facile. Ophélie n'avait que cinq mois, je n'avais pas un sou et ce n'est qu'un an plus tard que j'ai obtenu un poste d'institutrice...

– Mais maintenant, ça va?

– Maintenant, je suis directrice d'école.

– Félicitations ! Mais je voudrais ajouter une chose au sujet de ton mari. Ce n'était pas du tout mon type. Je n'aime pas les Canadiens. Ils manquent d'imagination. J'aime bien les Français. Tu sais, juste après mon divorce, je suis allée à Paris en stage d'apprentissage dans plusieurs instituts de beauté. J'ai obtenu deux diplômes. C'est bien, non? Et en dehors de ça, je m'en suis donnée à cœur joie. J'ai rattrapé ma jeunesse perdue. J'ai eu des tas d'amants, de toutes les nationalités. Le meilleur, c'était un musicien français. Très tendre. Mais difficile à vivre, et jaloux. J'étais tellement amoureuse de lui qu'en un mois j'ai perdu sept kilos. Tu te rends compte? Sept kilos ! Je ne mangeais plus du tout. J'étais mince, vraiment mince, comme maintenant, depuis que je suis sévèrement mon régime.

Toute fière, elle passa ses mains sur ses hanches menues de jeune fille et donna un morceau de crêpe au chien.

– Intéressant, dit ma mère, mais il y a certaines choses que j'aimerais encore te demander, au sujet de ce qui s'est passé autrefois, mais plus tard, quand nous serons seules.

– Demande-moi ce que tu veux, je n'ai rien à cacher !

Nelly vida sa tasse de café d'un coup et m'adressa un signe de tête. Je lui souris, mais je n'étais pas sûre qu'elle dît la vérité. La situation étais plutôt embarrassante.

– Parle-moi de ton régime, lui demandai-je pour faire diversion. Comment peut-on maigrir en mangeant des tartines beurrées? Les hydrates de carbone font grossir – en tout cas c'est ce qu'on dit dans tous les livres.

– C'est absurde !

Nelly s'emballa.

– Les hydrates de carbone font grossir quand on les associe à des protéines qui, à ce moment-là ne sont pas assimilées assez vite et se transforment en graisse. Pour vous expliquer cela, je vais analyser votre petit déjeuner. Voyons...

Elle marqua une pause pour ménager son effet et examina la table avec un air d'expert.

– Vous vous alimentez très mal, du début à la fin. Si vous continuez comme ça, vous pourrez bientôt porter le deuil de votre beauté !

Elle hocha la tête en silence, fronça les sourcils et nous regarda, Maman et moi, avec sévérité.

– Vous auriez dû lire mon livre. Votre petit déjeuner fait grossir ! Regardez. Vous pouvez manger des crêpes. Du beurre et des toasts aussi. La confiture et le sirop d'érable, passe encore, mais en petites quantités. Mais ce qui ne va pas du tout, ce sont les œufs au bacon. Ce ne sont que des protéines, animales en plus, et c'est tellement lourd à digérer que l'organisme n'a plus d'énergie pour les hydrates de carbone. Résultat : les crêpes ne sont pas assimilées assez vite, elles restent dans l'organisme et se transforment en graisses. (Nelly se racla bruyamment la gorge.) Si vous devez absolument manger tout ce qui est sur cette table, je vous conseille de prendre un premier petit déjeuner avec du pain, du beurre, des crêpes et un peu de sirop, et deux heures plus tard, quand les hydrates de carbone sont digérés, un deuxième petit déjeuner avec des œufs au bacon, sans pain. Vous pouvez manger des protéines, tant que vous voulez, des hydrates de carbone, tant que vous voulez, mais pas ensemble ! C'est là tout le secret.

– C'est comme ça que tu as perdu tant de poids? s'enquit ma mère.

Nelly acquiesça.

– C'est la base de mon régime.

– Et comment as-tu découvert ça?

– Par hasard. On m'a offert un livre sur l'élevage industriel et les expériences faites sur les animaux. Ça a été le choc de ma vie. Ça m'a dégoutée de la viande pour de bon.

– Et ensuite?

– Ensuite il y a eu un événement décisif. Un soir, j'étais au restaurant avec des amis et, alors que d'habitude, après six heures du soir je ne mange plus que de la salade, sinon je grossis immédiatement, j'ai commandé exceptionnellement des spaghettis. Mais pas avec une sauce à la viande, avec de l'huile d'olive et de l'ail. Et vous savez ce qui s'est passé? Le lendemain, je n'avais pas pris un gramme. Rien. Alors, j'ai tout de suite compris.

– Tu ne manges plus du tout de viande? s'étonna Maman.

– Pas un gramme depuis six ans.

– Et pas de poisson non plus?

– Pas d'animaux ! répondit Nelly en souriant.

– Et il ne te manque rien?

– Au contraire ! Je ne me suis jamais aussi bien portée.
– C'est vrai que tu as l'air jeune. Épanouie même. Mais permets-moi de te poser une question indiscrète. Tu es déjà passée par la chirurgie esthétique ?
Nelly s'adossa à sa chaise.
– Si ç'avait été nécessaire, je te jure bien que je l'aurais fait. Mais ça ne l'a pas été, parce que le régime végétarien rajeunit la peau. Ce que la plupart des gens ignorent, c'est que la peau est un organe digestif, un organe essentiel qui sert à éliminer l'eau et les toxines. Rien ne produit autant de toxines dans l'organisme que la viande. Donc, quand on surchage la digestion avec des toxines, on surchage forcément la peau.
– C'est intéressant comme théorie.
Maman examina sans envie le teint frais et clair de Nelly.
– Je n'en avais jamais entendu parler, mais, à coup sûr, elle t'a réussi.
– Elle réussit à tout le monde. C'est logique. La viande, ce n'est rien d'autre qu'un morceau de cadavre, qui produit des toxines de cadavre. Plus la viande reste longtemps dans l'organisme, plus elle devient toxique.
– Ah, je t'en prie ! interrompit Maman. Je viens de déjeuner. Tu m'écœures !
Mais Nelly ne se découragea pas.
– Maintenant, voici le plus important : toutes les viandes contiennent des graisses, et les graisses animales sont le péché mortel numéro un ! Le lard, le saindoux, les saucisses grasses, les hamburgers gras rendent vieux, gros et malade. Ce sont tout bonnement des produits antibeauté, des graisses mortes qui ont déjà servi à une vie. Et du fait qu'elles ont déjà servi à un animal, nous ne pouvons plus les transformer en énergie. Mangez des graisses végétales, ça c'est sain !
Nelly laissa sa tirade produire son effet, se radossa et croisa ses jambes irréprochables.
– La beauté, c'est une affaire de digestion, ma chérie. Je peux te le démontrer quand tu veux. Je commence par te mettre pendant quatre semaines au riz complet, aux fruits et aux légumes. Ensuite je fais venir ma visagiste et ma coiffeuse, je te donne une nouvelle garde-robe, des chaussures légères et d'autres boucles d'oreilles, écoute, je te garantis qu'en quatre semaines tu auras rajeuni de dix ans.
– Dans mon métier, on a plus de chance de réussir quand on a l'air mûr et respectable, répondit Maman avec entêtement.

Nelly ne l'écouta même pas.
– Combien pèses-tu?
– Aucune idée. Je n'ai pas de balance.
– Tu n'as pas de balance? Péché mortel numéro deux! J'ai toujours une balance avec moi, même en voyage. Tu vas t'acheter une balance aujourd'hui même, ma chérie, ou plutôt deux. Une pour la salle de bains et une pour la cuisine que tu mettras près du réfrigérateur. Tu verras, c'est fou ce que ça freine l'appétit!
– Je m'en garderai bien! protesta ma mère. D'ailleurs, tu te contredis. Tout à l'heure, tu as mangé une crêpe avec quatre morceaux de beurre dessus.
– Et alors? Le beurre n'est pas défendu. On ne tue pas d'animaux pour le faire. Je mange tout le beurre que je désire. Et regarde-moi. Je mesure 1 mètre 64, j'ai un poids constant de cinquante-trois kilos, un taux de cholestérol tout à fait normal et, depuis six ans, il n'y a pas un seul jour où j'ai eu faim!
– Bon, c'est décidé, je vais lire ton livre, déclara ma mère de but en blanc. Je commence ce soir parce que vraiment, ça m'intrigue! Seulement, cette histoire de viande, c'est un problème. Tu sais bien qu'ici on se nourrit principalement de hamburgers, et, quand on t'invite, on te sert un steack plus grand que l'assiette.
– A qui le dis-tu! Et ce que les gens mangent se lit sur leur visage. Embonpoint, double menton, rides, pores dilatés. Une peau complètement surchargée à cause d'une digestion lourde. Et là, les meilleurs produits de beauté sont impuissants, je peux te l'assurer.
– Et comment ça se passe pour l'amour? demanda Maman pour faire diversion.
– Qu'est-ce que tu veux dire? Tu veux savoir si j'ai un petit ami?
– Oui, aussi. Mais je serais curieuse de savoir si ton nouveau mode de vie a changé quelque chose. Être végétarien, ça fait tellement... ascétique. Je me demande si tu as encore envie des hommes. Ce n'est pas pour rien qu'on appelle ça le désir charnel! Tu comprends?
Nelly partit d'un grand éclat de rire, et il lui fallut un certain temps pour se calmer.
– Rassure-toi. Mieux on se porte, plus on est beau et léger, et plus l'amour vous fait plaisir. Et tu veux que je te dise ce qui a changé aussi? Depuis que je ne mange plus de viande, mes migraines ont disparu et je ne suis plus jamais malade. Je supporte même sans problème l'été californien. Avant, je souffrais horriblement de la climatisation. Je toussais, j'avais des rhumes, le nez bouché pendant des semaines – maintenant, c'est fini. Je ne sais plus ce que c'est qu'un éternuement. Par ailleurs, je suis une adepte du néo-romantisme, tu

sais, et le régime végétarien en fait partie. Ne rien tuer, faire le moins de dommages possible et rester jeune, beau et en bonne santé. Tout le reste, c'est fratras et compagnie !

Cela faisait quarante et un ans que ma mère attendait ce moment.

– Excuse-moi Nelly !

Elle me fit discrètement du pied sous la table.

– Il faut que je te corrige. C'est fatras, et non « fratras », fatras, avec un seul *r*. Je voulais te le dire depuis longtemps. Sur le coussin que tu as offert à Ophélie pour son baptême, tu l'as brodé avec la faute, et à l'école, elle a eu des mauvaises notes pendant des années parce qu'elle écrivait « alez » avec un seul *l*.

– C'est vrai? Nelly suffoquait. Je suis navrée. Mais tu sais, je mélange toujours les deux langues, surtout à l'écrit. En tout cas ç'a du bon, autrement je ne serais pas ici !

– C'est parce que tu es mauvaise en orthographe que tu es revenue? s'exclama Maman, stupéfaite. Je croyais que tu avais le mal du pays.

– Le mal du pays? La nostalgie de Port Alfred? Tu plaisantes? Non, je cherche quelqu'un pour m'aider à rédiger mon prochain livre. J'ai déjà écrit la moitié du manuscrit, et j'ai besoin de quelqu'un pour corriger l'ensemble et le mettre en forme. Et puis, j'aimerais bien qu'il soit édité ici, au Québec, pour qu'on ne dise pas toujours que toutes les idées nouvelles viennent des États-Unis.

– Un nouveau livre, déjà? s'étonna ma mère. Sur quel thème?

– Sur l'art de rester éternellement jeune, combiné avec ma philosophie sur les moyens de sauver le monde. Alors j'ai pensé à toi, puisque tu as toujours été la meilleure en anglais et en français. Et puis j'avais envie de te revoir. J'ai appelé les renseignements pour savoir si tu avais toujours le même numéro de téléphone. Ensuite, j'ai sauté dans un avion dans l'intention de te demander si tu voulais travailler en collaboration avec moi. Je te paierai, bien entendu.

– Très volontiers, dit ma mère, mais te rends-tu compte du temps que ça demande de diriger une école? Je ne peux rien te promettre avant les vacances d'été.

– Ce sera trop tard, répondit Nelly, déçue. Dommage ! Mais peut-être as-tu envie, toi?

Elle se tourna vers moi.

– Tu as bien travaillé pour un éditeur français? Tu connais sûrement tout ce fratras, pardon, fatras.

– Quel fatras? demandai-je, méfiante.

– La grammaire, la syntaxe, le style !

– Ophélie écrit mieux que moi, dit fièrement ma mère, elle est très douée.

– Parfait ! s'exclama Nelly. Alors, on travaille ensemble?

Sur le moment, je ne dis rien. Je me trouvais devant un dilemme. D'un côté, Nelly me fascinait; de l'autre, j'étais sur le point d'entamer cette carrière que je préparais depuis longtemps et pour laquelle j'avais économisé avec acharnement. Faire un livre à partir d'un manuscrit chaotique à moitié rédigé, cela demanderait au minimum six mois, et je ne voulais pas m'arrêter aussi longtemps.

– Ça ne t'intéresse pas?

Nelly me fixa d'un œil inquisiteur.

– Si, beaucoup. Mais j'ai un problème de temps, moi aussi. Je suis sur le point de me mettre à mon compte. La semaine prochaine, je vais à Paris pour un entretien très important et, à mon retour, je n'aurai certainement pas une minute libre. Mais ce que je fais va t'intéresser. Je monte ma propre maison d'édition. A Montréal. Et je regrette vraiment de ne pas avoir assez d'argent pour acheter les droits de ton livre. Je suis sûre qu'il aura un succès fou, et il s'inscrirait très bien dans mon projet.

– Ah oui? Quel projet?

– C'est tout à fait dans l'optique de ce que tu fais. Je ne suis pas végétarienne, mais je me suis rendu compte que nous avions un besoin urgent du néo-romantisme. Tu sais, quand on a travaillé longtemps dans les médias, on en a jusque-là des meurtres et des assassinats. Dans tous les livres, il n'est question que de ça, dans tous les scénarios, au cinéma, à la télévision, à la radio. Et on s'étonne qu'il y ait de plus en plus de violence dans le monde. Tu sais quels livres je vendais le mieux ici, au Québec? Les romans d'amour ! Tout ce qui se rapportait de près ou de loin à l'amour et aux sentiments se vendait comme des petits pains. Je vais éditer des livres drôles, instructifs et qui encouragent l'amour entre les êtres humains. L'amour, ça existe encore.

– Tout ça, c'est bien joli, dit Nelly pensive, mais une maison d'édition coûte cher. Vous avez de l'argent?

C'était la question que j'attendais.

– Je commencerai petit, mais en plus, j'ai des économies.

– Combien? demanda Nelly intéressée.

– Quatre-vingt-dix mille dollars, annonçai-je toute fière, des dollars américains.

– Pas mal !

– Et moi, je vais lui en donner soixante mille, renchérit ma mère, et si ça ne suffit pas, je mettrai encore un peu au bout. Quelque chose me dit que c'est maintenant ou jamais. Nelly, nous avons besoin de ton néo-romantisme de toute urgence. Et telle que je connais ma fille, elle ira loin.

– Je n'en doute pas, dit Nelly en se levant. Je trouve votre idée épatante ! Et je voudrais tout savoir dans le détail. Je vous invite à déjeuner à l'hôtel Northern Sun, et vous me raconterez tout ça tranquillement. Ça vous dit ? Parfait ! Ophélie, habille-toi mieux que ça, met quelque chose de bien. Tu sais, le restaurant de l'hôtel est très chic !

– Tu n'aimes pas ce tailleur ? demanda ma mère, étonnée. C'est un Jaeger. Les meilleurs lainages anglais. Il a coûté une fortune.

Nelly réprima un sourire.

– On voit tout de suite qu'il a coûté cher. Mais il est trop petit pour elle. Il lui faudrait au moins deux tailles au-dessus. Et cette coupe austère ne lui va pas. Quand on a de la poitrine, on la montre, que le ventre en dessous soit plat ou non, ça n'a pas d'importance. Il faut mettre ses formes en valeur, porter des vestes cintrées qui soulignent la silhouette. Si tu veux un conseil, Ophélie, demain, tu vas donner ce tailleur à l'Armée du Salut !

– D'accord, balbutiai-je, et après ?

– Après, tu vas suivre mon régime Hollywood Star et tu vas perdre dix kilos.

– Dix kilos ? s'écria ma mère, affolée. Mais, elle va devenir squelettique !

– Ne dis pas de bêtises, répondit Nelly gentiment. Quinze kilos, ce serait encore mieux ! Au revoir, petit chien – elle donna une tape affectueuse à Alix. Allons, en route, nous avons beaucoup de choses à nous dire.

Je mis ma robe en soie jaune à petits boutons qui trouva grâce aux yeux de Nelly – elle insista même pour que je laisse cinq boutons ouverts – et nous passâmes deux heures merveilleuses à l'hôtel Northern Sun. Nelly mangea des quantités impressionnantes. D'abord, une assiette entière de crudités avec du pain et du beurre. Ensuite un plat de légumes sans œufs, mais avec une double portion de pommes de terre rôties, et en dessert une énorme part de gâteau aux fraises. Tout cela était, elle nous l'affirma avec un plaisir non dissimulé, en parfaite conformité avec son régime Hollywood Star.

Mais plus encore que son appétit, ce fut le pouvoir de persuasion de Nelly qui me surprit. Avant le café, elle m'avait déjà convaincue que je serais bien bête de ne pas travailler avec elle. Elle m'offrit dix pour cent sur les ventes de son nouveau livre et, comme j'avais déjà mon billet d'avion pour Paris, elle me proposa d'y rester pour remanier son manuscrit. Elle se dépêcherait de l'écrire, et à l'automne, je pourrais revenir au Canada et créer ma maison d'édition.

A Paris, bien sûr, elle me logerait convenablement et m'enverrait chaque mois quinze mille francs (comme salaire, et non comme avance sur les ventes du livre). En contrepartie, je devais m'engager à suivre scrupuleusement pendant trois mois le régime Hollywood Star, à renoncer autant que possible à la viande, à me peser matin et soir et à lui écrire trois fois par semaine, des lettres détaillées dans lesquelles je lui décrirais sans tricher et sans rien omettre mes menus et l'évolution de mon amaigrissement.

En outre, je devais glaner des renseignements sur les habitudes de vie et les recettes de beauté des Parisiennes, étudier leur vie amoureuse et, si je n'y voyais pas d'inconvénient, coucher avec le plus grand nombre de Français possible. Nelly, en effet, trouvait que les Françaises restaient jeunes plus longtemps que les autres femmes, et elle était convaincue que cela avait un rapport avec les Français.

La proposition était très tentante. Paris est la ville des écrivains et des éditeurs, beaucoup d'auteurs canadiens y vivent, et je nouerais des contacts importants. J'apprendrais à connaître les milieux littéraires, de l'intérieur et de l'extérieur, je lirais toutes les nouveautés et, par la même occasion, je me débarrasserais de mon accent québécois et j'aurais ma ration de savoir-vivre parisien.

Pour ce qui est des Français, Nelly n'a pas à s'inquiéter. Je peux tomber amoureuse presque sur commande. Je vais m'en donner à cœur joie, une fois pour toutes, car qui sait si, de retour à Montréal, j'aurai du temps à consacrer à ma vie privée.

Mon quarante-deuxième anniversaire, mi-août, je veux le passer en nouvelle femme, svelte comme une Parisienne, chez Maxim's ou à la Tour d'Argent, moi dans une robe du soir d'Yves Saint-Laurent, et mon amant français en smoking. Nous serons le plus beau couple à des kilomètres à la ronde. Ensuite, en octobre, je rentre au Canada, et je montre au monde entier ce qu'une femme dynamique est capable de réaliser seule.

Nelly repartit l'après-midi même pour la Californie. Sur le chemin de l'aéroport, je lui donnai mon accord. Tard dans la soirée, après une longue conversation avec ma mère, je décidai, pour la première fois depuis deux ans, de me peser. Comme cadeau d'adieu, Nelly m'avait offert une balance. Très coupable, je l'avais posée dans la salle de bains et me tenais maintenant devant elle, méditative. Quelle invention diabolique! L'humanité avait-elle besoin de cela? Nous sommes vraiment décadents. Quelle importance, après tout, de commencer une carrière grosse ou mince? Ce n'est pas une question de ligne mais de dynamisme. Ce ne sont pas les kilos qui comptent, c'est l'intelligence. Je sais par expérience qu'on réussit mieux dans la vie avec l'esprit clair qu'avec le ventre plat. Mais, d'un autre côté, un peu d'autodiscipline n'a jamais fait de mal à personne.

Je poussai un soupir et passai à l'action en commençant par ôter tous mes bijoux, y compris ma bague en opale qui pèse plus d'un gramme. Je retirai les peignes de mes cheveux, allai aux toilettes puis montai en retenant mon souffle sur l'instrument de torture.

Mais je n'y restai pas longtemps. L'aiguille monta si haut, et si vite que je faillis tomber à la renverse. Mon Dieu ! Était-ce possible? Ce n'était pas dix mais dix-sept kilos qu'il me fallait perdre si je voulais avoir le poids de Nelly. Nous avons toutes les deux la même taille. Mais, sur cette satanée balance, je pesais soixante-dix kilos. SOIXANTE-DIX KILOS ! Je n'avais jamais pesé autant !

J'attrapai ma chemise de nuit en frissonnant. Il me fallait un remontant, d'urgence. Si j'allais chercher dans le réfrigérateur un petit quelque chose pour me réconforter? Sur le premier rayon, il y avait les délicieuses saucisses. J'étais déjà dans l'escalier lorsque tout me revint à l'esprit. Nelly ! Le régime Hollywood Star ! Paris ! Les Français ! Le monde, la grande vie ! Non ! Pour l'amour du Ciel, non !

Je m'arrêtai net sur le palier, et me jetai à terre pour faire une dizaine de pompes. Quand je me relevai, ma fringale était passée; de toute façon, j'étais tellement essoufflée que je me serais sûrement étouffée à la première bouchée.

Je retournai triomphalement dans ma chambre et me couchai. C'était une belle victoire. Pour la première fois depuis des années, j'avais résisté à la tentation. Ah, qu'il est bon de savourer son triomphe ! Après ça, plus besoin de saucisses grasses et du petit en-cas de minuit. Allez, le fatras, par-dessus bord !

Je fermai les yeux, ravie.

Et c'est ainsi que commencèrent les six mois les plus passionnants de ma vie de jeune femme.

3

Avant mon départ, ma mère me donna un bon conseil.

– Ophélie, me dit-elle en me regardant droit dans les yeux avec indulgence, amuse-toi, tant que tu veux, mais sois discrète, essaie de ne pas te faire remarquer. Les femmes qui ont trop d'amants mettent leur carrière en danger.

Ce conseil n'était pas nouveau. Quand j'étais partie faire mes études, elle m'avait fait la même recommandation, mais formulée un peu différemment : « Devant tes professeurs, oublie ton côté femme et, si tu veux que les hommes te prennent au sérieux, sois discrète dans ta vie amoureuse. »

Pendant des années, je n'avais eu aucun mal à suivre ce conseil. Contrairement à beaucoup d'autres femmes, je ne m'intéresse pas seulement à l'amour mais aussi à tout ce qui se passe dans le monde. Je lis le *New York Times* tous les jours et je suis abonnée au *Wall Street Journal*. J'écoute les informations internationales matin et soir, et, depuis l'âge de dix-huit ans, je suis avec passion l'évolution des cours du dollar, de la bourse, de l'or et du pétrole !

A l'université, je vivais le nez dans mes livres et passais tous mes examens avec mention « très bien ». Je me tenais prudemment à l'écart de toute tentation, mais je me suis aperçue très vite que les règles du jeu n'étaient pas les mêmes pour les hommes.

Les hommes, eux, ne sont pas discrets dans leur vie amoureuse. Cela ne les empêche pas de réussir. Loin de là. Il y a des chanteurs qui gagnent des millions, et pourtant tout le monde sait que dans leur loge, après le concert, une petite camarade de jeu les attend. Chaque soir une nouvelle ! Il y a des chefs d'État qui voyagent à leur guise à travers le monde, qui décident de la guerre ou de la paix, et cependant tous les réceptionnistes des hôtels de Londres, de Paris, de Washington et de Rome sont bien placés pour savoir qu'après un dîner officiel ces messieurs tiennent à leur plaisir.

Les hommes peuvent tout se permettre sans mettre leur carrière en danger. Il en a toujours été ainsi. Pour avoir beaucoup lu, je peux vous dire qu'il y a des exemples frappants dans l'histoire. Prenons le cas du roi Salomon! La Bible le décrit comme le plus sage de tous les monarques, or il n'avait pas moins de sept cents femmes et trois cents maîtresses! Incroyable ce que les hommes peuvent faire sans ternir leur réputation!

Imaginons l'inverse. Si la reine d'Angleterre enfermait à Buckingham Palace sept cents hommes jeunes et forts sous la garde de catcheuses « castrées », sept cents beaux mâles en pleine santé dont l'unique but dans la vie serait de briguer la faveur de Sa Majesté, eh bien, sincèrement, je doute que pareille attitude lui vaille la réputation d'une femme d'une grande sagesse.

Même si elle faisait savoir par son porte-parole qu'ils sont tous très bien traités, que chacun a sa chambre individuelle et largement de quoi se nourrir et s'habiller et qu'ils ne manquent de rien (y compris sur le plan sexuel, puisque chaque nuit, trois d'entre eux sont admis à partager sa couche; et que donc chacun y passe forcément une fois par an), je ne parviens pas à imaginer, avec la meilleure volonté du monde, que son peuple la porterait pour autant aux nues.

Au contraire! Tous les historiens sans exception la mettraient à l'index, même si elle avait écrit des ouvrages philosophiques fondamentaux et mis fin, en passant, à la guerre civile en Irlande. Les résumés biographiques ne diraient pas: « Elisabeth II, la Sage, reine d'Angleterre, sept cents époux, la plus grande philosophe de l'Occident. » A cause de sa vie privée, on la condamnerait.

Ainsi va le monde dans lequel nous vivons. Quand ce sont les hommes qui le font, on ferme les yeux, quand ce sont les femmes, elles le payent de leur carrière. Voilà pourquoi (et aussi à cause de mon prénom, Ophélie) j'ai suivi le conseil de ma maman. Non seulement je suis discrète dans ma vie amoureuse, mais, jusqu'à vingt-trois ans, je n'en eus aucune. Dans mon ignorance d'adolescente, je m'étais au demeurant déflorée avec un tampon (le jour même de mes quinze ans) et ça m'avait fait tellement mal que j'avais décidé de renoncer définitivement aux hommes.

Mais un beau matin arriva un immigré allemand. Et il me poursuivit avec une telle persévérance que je finis par lui céder. Cela faisait des mois qu'il n'avait pas touché une femme, et des semaines qu'il me bombardait de fleurs, de coups de téléphone et d'invitations. Je capitulai.

Ma première nuit d'amour ne fut pas douloureuse mais elle ne m'apporta pas non plus beaucoup de plaisir. Nous restâmes pourtant ensemble pendant dix semaines; puis vint le numéro deux, un étudiant en architecture de Toronto. Le troisième était un collègue de la bibliothèque de Montréal, très gentil. Nous avons même partagé un appartement pendant onze mois, et bien que, comme je l'ai déjà dit, ma vie de femme n'ait commencé qu'à l'âge de trente ans, c'est avec les trois premiers hommes que j'ai appris l'essentiel.

Je ne supporte pas qu'un homme se couche sur moi. Pardon, il peut se coucher sur moi, mais pas sur mon ventre. Il peut se mettre sur mon dos, ou s'agenouiller derrière moi, il peut s'allonger à côté de moi et me prendre par le côté, comme faisaient les Romains. Mais la position que l'Église et les livres d'éducation sexuelle décrivent comme la « plus humaine » et la plus recommandable, je la trouve parfaitement bestiale. Sérieusement, je doute qu'une femme ait jamais connu l'orgasme dans la position du missionnaire. Moi, en tout cas, je n'y suis jamais arrivée. Couchée sur le dos sous un homme qui souffle comme une forge, je n'ai plus aucune liberté de mouvement, et je suis prise de panique.

Le brave garçon peut être beau comme un dieu, s'il a le malheur de se mettre à quatre pattes au-dessus de moi, en appui sur les coudes, il pert tout attrait à mes yeux.

J'ai l'impression d'être un insecte qu'on va épingler.

La position du missionnaire est un remède contre l'amour. Et c'est certainement sa raison d'être. Il fallait faire passer le goût de la chose aux missionnaires, et à plus forte raison aux « missionnairesses » ! Or, cette position est la seule qui empêche de caresser la femme là où *il faut* la caresser pour qu'elle quitte terre. C'est une position qui rend les femmes frigides. Méfiance, mes chéries, méfiance !

L'amour doit être confortable, sinon, on ne tient pas longtemps. Le mieux, c'est par derrière ou sur le côté. J'ai divulgué la bonne nouvelle mais il faut croire qu'elle ne s'est pas encore répandue puisqu'au début tous les hommes doivent absolument le faire « par devant ».

J'ai appris aussi autre chose avec mes trois premiers amants : je ne suis, hélas ! pas faite pour le mariage ! Je ne supporte pas la routine quotidienne.

Quand elle s'installe, on passe complètement inaperçue en tant que femme. Progressivement d'abord, puis de plus en plus vite. On doit constamment prouver que l'on existe aussi, que l'on veut être saluée, embrassée, appréciée et prise au sérieux. Soudainement, les hommes sont très fatigués, et votre petit ami si gentil au début, ne fait plus jamais les courses, ni la lessive, ni la cuisine, ni les lits. Pire, il revient à la maison, le visage crispé et attend qu'on le serve (sachant pourtant que l'on a soi-même travaillé toute la journée). Pour moi, c'est le début de la fin.

Je ne peux pas être laissée pour compte. Je suis consciente de ma valeur. Je veux aimer et être aimée. Je veux des sensations et des regards intenses. Je veux avoir le cœur qui bat quand je touche un homme. Je veux trembler, soupirer, m'évanouir de désir. Je veux rendre beaucoup d'hommes heureux, tout en faisant une carrière éblouissante. C'est avec ces résolutions que je suis venue à Paris !

L'avion atterrit le 13 avril sur l'aéroport Charles-de-Gaulle, et le soleil brillait, comme il peut briller seulement au-dessus de Paris. Mon bagage était léger, car, sur l'injonction de Nelly, j'avais donné à l'Armée du Salut non seulement mon tailleur vert mais toute ma garde-robe. D'ailleurs, j'aurai bientôt de nouvelles mensurations, et à partir de cinquante-cinq kilos de poids vif – c'était écrit noir sur blanc – j'avais le droit de m'offrir tout ce que je voulais chez Yves Saint-Laurent. Nelly y avait un compte, j'étais attendue. Du velours, de la soie, tout ce dont on peut rêver.

Je posai le pied sur le sol parisien dans ma robe de soie jaune à petits boutons, unique rescapée de ma garde-robe. Dessous, je portais une guêpière blanche et par-dessus rien d'autre que mes longs cheveux roux fraîchement lavés. De la main gauche, je tenais mon sac de voyage, de la main droite, le superbe manteau à capuche en velours vert que je venais d'acheter. Et, je dois le dire, j'eus plus de succès que les deux avions supersoniques flambant neufs exposés au milieu de la piste. Tout le monde se retournait sur moi – et je n'avais que quatre boutons détachés !

Ce qui est merveilleux à Paris, c'est qu'on y aime les femmes et qu'on les remarque. Malheureusement, on me remarqua aussi à la douane, où un homme en uniforme bleu marine m'arrêta. Il était persuadé que je venais en France dans le seul but de faire de la contrebande.

– Halte ! Avec quelle compagnie êtes-vous arrivée ?

– Air Canada.

– Aha !

Cette exclamation n'augurait rien de bon. Il pointa l'index vers mon sac de voyage.

– Ouvrez ça ! Sortez le manteau de fourrure !

– Je vous demande pardon ? dis-je dans mon meilleur français. Le manteau de fourrure ? Je n'ai pas de manteau de fourrure, ne serait-ce que pour des raisons morales. Premièrement je ne vis plus à l'âge de pierre, donc je ne m'habille pas de peaux de bête. Deuxièmement, j'ai pitié des animaux. Je trouve inadmissible qu'on les tue pour les dépouiller !

Le douanier en fut abasourdi. Mais il se ressaisit.

– Tous les Canadiens passent des peaux en contrebande en France. Ils les revendent très cher et financent leur séjour comme ça. Je ne suis pas né d'hier, vous savez. Ouvrez !

J'obtempérai et le regardai mettre sens dessus dessous le maigre contenu de mon sac. Quand il eut fini, il était furieux de ne pas avoir trouvé de manteau de fourrure.

– C'est tout ce que vous avez comme bagage? me demanda-t-il d'un ton menaçant.

J'acquiesçai d'un signe de tête.

– Vous n'allez pas me faire croire que vous êtes venue du Canada à Paris avec un sac à moitié vide?

– Si ! répondis-je en le regardant de haut. Les gens distingués voyagent toujours avec un simple bagage à main. Vous devriez le savoir !

Après quoi je lui adressai mon plus aimable sourire, passai devant lui et me dirigeai vers la station de taxis.

Le chauffeur n'était guère plus aimable. Assis au volant d'une Peugeot grise toute cabossée, il enregistra sans mot dire l'adresse que je lui donnai. Il ne me dit pas « bonjour », ne m'ouvrit pas la portière et me regarda avec insistance quand je me laissai tomber sur le siège arrière à moitié défoncé.

Mais dès que je fus installée, il se réveilla, appuya à fond sur l'accélérateur et démarra si brusquement que je faillis passer à travers le pare-brise. Le plus inquiétant c'était qu'il conduisait en marche avant, mais en regardant constamment vers *l'arrière*. Il avait orienté le rétroviseur sur mon décolleté, et rien ne détourna ses yeux – sauf un autobus bondé qui faillit nous accrocher. Et les énormes camions qui nous frôlaient à toute allure chaque fois qu'il y avait une entrée sur l'autoroute. Ce n'était que quand tout le monde klaxonnait, freinait, braillait et vociférait autour de nous qu'il changeait de file et replongeait son regard abruti sur mes seins.

Au bout de cinq minutes, j'étais mûre pour l'hôpital psychiatrique le plus proche. Je n'ai jamais été conduite aussi vite en taxi que pendant cette course de l'aéroport au centre de Paris. Quand enfin la voiture stoppa rue Lacépède, il dit abruptement :

– Cent vingt francs !

Puis il m'ouvrit la portière en cognant dessus, la claqua derrière moi et démarra sur les chapeaux de roues en faisant hurler son moteur.

J'étais debout sur le trottoir, clouée sur place. C'était ça Paris? Les choses avaient donc bien changé depuis ma dernière visite.

Je me dirigeai vers l'immeuble qui allait être le mien pendant six mois. C'était un magnifique bâtiment du début du siècle, avec une très belle porte vitrée en fer forgé. Le hall d'entrée n'était pas moins raffiné : sol en marbre, immenses miroirs muraux et décorations en stuc. Un escalier entièrement recouvert d'un tapis rouge. Devant, deux colonnes blanches surmontées d'amphores ventrues regorgeant de plantes dont les vrilles retombaient jusqu'au sol. Je n'aurais jamais cru que j'habiterais à Paris un immeuble aussi chic.

L'ascenseur était lui aussi un chef-d'œuvre de fer forgé et de verre, et, à mesure que je m'élevais, sans bruit, mon humeur s'améliorait sensiblement, moins je sentais la pesanteur et plus j'étais lucide. C'est toujours comme ça chez moi. Les meilleures idées me viennent en avion; de là-haut, on a une vue d'ensemble. Pour commencer, le sixième étage, ce n'est déjà pas mal. Car j'y suis, maintenant, et cette grande porte en chêne ciré avec cinq verrous est la porte de mon nouveau chez moi.

J'ouvre, j'entre et me trouve, à ma grande surprise, dans un somptueux salon. Il s'étend sur toute la largeur de l'appartement, et une moquette rose couvre le sol d'un bout à l'autre. A gauche, trois portes-fenêtres donnent sur une terrasse, à droite, le soleil entre par une porte de balcon vitrée devant laquelle sont postés deux lauriers taillés en boule. Des deux côtés, la vue est superbe.

Ravie, je sors sur le balcon et prend une profonde inspiration. Le soleil, la chaleur, le chant des oiseaux. Les lauriers sont pleins de petites pousses vert tendre. Je commence à me sentir merveilleusement bien. J'ai peine à croire qu'hier je montais dans l'avion, en plein hiver, par 4° au-dessous de zéro.

Du balcon, un escalier en colimaçon peint en blanc conduit à un jardin suspendu situé au dernier étage de l'immeuble. En tournant la tête, je découvre un gros buisson de marguerites blanches dans lequel s'affairent quelques moineaux. A côté, des tulipes rouges se dressent dans des bacs en bois. Plus loin derrière, des arbustes en fleurs, blancs, roses et rouge foncé. De l'étage mansardé, on ne voit qu'un mur tapissé de lierre le long duquel est posée une chaise longue pliée.

Je retourne dans le salon, toute joyeuse. Quelle chance j'ai ! Nelly ne m'a pas loué n'importe quel appartement, mais celui de l'adjoint du directeur de l'Opéra de Paris parti pour un voyage d'étude aux États-Unis. On voit tout de suite que c'est l'appartement d'un artiste. Au milieu du salon trône un piano à queue noir, étincelant, entouré de deux sofas anciens, d'une méridienne jaune d'or et de deux divans mauves. L'un des murs est couvert de disques, l'autre de livres sur l'opéra, les chanteurs et les compositeurs.

Je me déchausse et je pars à la découverte. Mes orteils s'enfoncent voluptueusement dans la moquette la plus épaisse et la plus moelleuse sur laquelle j'ai jamais marché.

Voilà ! J'ai deux salles de bains luxueuses, deux chambres d'amis, une salle à manger pour les réceptions, et un superbe bureau, très agréable. Mais le summum, c'est la chambre à coucher. Le lit, un vrai grand lit, est surmonté d'un baldaquin en soirie indienne, et il est tellement large qu'il pourrait accueillir tout un chœur d'opéra.

Dans toutes les chambres, et même dans les salles de bains, il y a des sofas en soie où s'amoncellent des coussins chatoyants roses, violets, gorge-de-pigeon, beiges, jaune d'or et blancs. Le long du couloir s'alignent, posés sur des colonnes noires, treize bustes de compositeurs. Et partout il y a des tableaux et des livres, des cheminées de marbre et des antiquités, des rideaux de velours et des portes en miroir. Un délicat parfum de jasmin flotte dans l'air. Cet appartement, d'au moins 250 mètres carrés, est un heureux amalgame de palais de sultan et de scène d'opéra. Pauvre Nelly ! Ça doit lui coûter une fortune.

Je vide ensuite mon sac de voyage. Il ne contient pas grand-chose. Une balance graduée en kilos et en livres, le coussin « fratras », de la lingerie en soie et un maillot de bain blanc très chic, car j'ai l'intention, cet été, d'apprendre enfin à nager.

J'ai aussi un pyjama d'intérieur vert et deux pantalons de velours qui devraient me suffire pour parcourir la route de la faim jusqu'à mon poids idéal. Je range cette garde-robe succincte dans l'un des placards tapissés de rouge et or qui sont aussi nombreux dans la chambre que dans la penderie attenante. Je pose le coussin de Nelly sur la méridienne jaune du salon et décide, après un interminable bâillement (je n'ai pratiquement pas fermé l'œil de la nuit, dans l'avion, tellement j'étais énervée) de passer ma première journée à Paris au lit.

C'est une sage décision : quand je manque de sommeil, j'ai constamment faim et je n'arrête pas de grignoter. Passer mon premier jour à Paris à m'empiffrer ? Inscrire, comme premier chiffre sur mon tableau de poids encore vierge, quelque chose comme soixante-douze kilos ?

Jamais !

Une heure plus tard, après un bon bain, je suis au lit, parfumée à l'huile de roses, nue (je ne porte jamais ni chemise de nuit ni pyjama), détendue et heureuse. J'ai fermé les rideaux de soie indienne et j'admire le ciel de lit en étoffe précieuse qui forme juste au-dessus de moi une voûte s'élevant jusqu'au plafond. Puis je ferme les yeux et m'intime l'ordre de dormir vingt-quatre heures d'affilée. Et tandis que je sombre doucement dans le sommeil, j'ai soudain la certitude qu'ici même, dans ce grand lit français moelleux, large, accueillant et luxueux, je vais passer les nuits les plus décisives de ma vie.

4

Des nuits décisives? Laissez-moi rire! J'en suis loin! Je viens de faire une horrible découverte qui a tellement ébranlé mon amour-propre que pendant les trois premières semaines, j'ose à peine sortir de chez moi.

A l'aéroport déjà cela m'avait sauté aux yeux, mais j'avais réussi à en faire abstraction. C'est ma première promenade dans Paris qui a fait éclater la vérité au grand jour : en France, les gens sont plus minces, beaucoup plus minces qu'au Canada.

Nulle part ici je ne vois de ces hommes et de ces femmes énormes, difformes (produits de la société du hamburger et du Coca-Cola), ces silhouettes familières qui, chez moi comme aux États-Unis, me donnaient l'agréable illusion de n'être, après tout, pas si grosse que ça. Nulle part je ne vois de bras en forme de massue, boudinés dans des T-shirts, de gros postérieurs flasques moulés dans des pantalons de survêtement, de visages de mères de famille bouffis débordants entre les bigoudis et le double menton. Ici, sur les boulevards, aux terrasses des cafés, ce ne sont que gracieuses silhouettes, et quand je me compare à elles, je me sens aussi grosse qu'une barrique !

Non seulement les Français sont plus sveltes, mais ils sont aussi plus petits que nous autres Canadiens, si bien qu'avec mon gabarit je dépasse une Française sur deux en largeur et en hauteur. C'est épouvantable ! Du coup, je me regarde dans toutes les vitrines devant lesquelles je passe. Bon, pour le visage, je n'ai rien à envier aux plus belles d'entre elles. Mes cheveux roux et bouclés sont absolument hors pair. Mes formes ne sont pas moins impressionnantes (les belles poitrines sont rares ici !). Pourtant, le verdict est désastreux : je suis trop plantureuse pour Paris.

Et ce n'est pas tout : je ne marche pas comme les autochtones. J'ai une démarche sportive, la femme française trottine. Elle porte des chaussures d'un prix fou (c'est à croire qu'ici les femmes engloutissent tout leur budget dans les chaussures), avance à petits pas nerveux, ce qui la fait paraître encore plus petite et plus fluette qu'elle ne l'est déjà. C'est à désespérer. J'ai l'impression d'être un éléphant. Avec les dernières forces qui me restent, j'achète une paire de chaussures tellement fines, tellement fragiles que l'on est obligé de trottiner avec. Sur ce, je hèle un taxi et je rentre chez moi, épuisée.

Je n'en bougerai pas pendant trois semaines, ne sortant que pour aller faire quelques courses place de la Contrescarpe ou descendre très vite au marché rue Mouffetard. Sinon, je reste invisible.

Décidément, Paris est une ville pleine de surprises. L'éditeur pour lequel j'ai travaillé avec tant de succès au Canada a un comportement pour le moins inattendu. Ou plus exactement, il est absent ! Il a pris précipitamment l'avion pour Londres et personne, dans la maison d'édition, ne sait quand il reviendra. Pourtant, j'ai pris rendez-vous avec lui il y a plusieurs semaines.

Il ne manque pas de toupet ! Il faut absolument qu'il revienne le plus vite possible. Je veux acheter les droits de plusieurs livres qui me plaisent beaucoup. Il faut que je le voie, car s'il est une chose que j'ai apprise dans ma vie professionnelle, c'est qu'avec les Français il vaut mieux traiter de visu. Comme ça, on fait immédiatement préparer et signer le contrat. Parce que le lendemain, ils sont capables de changer d'avis. C'est pour cette raison que j'ai fait le voyage du Canada à Paris. On ne peut pas traiter des affaires avec les Français par téléphone. Tout ce qu'ils promettent (et pour les promesses, ils n'ont pas leurs pareils), ils l'oublient dès qu'ils ont raccroché.

Mais la plus grande surprise de toutes, c'est le manuscrit de Nelly. Je comprends maintenant pourquoi elle me paye généreusement. Les cent cinquante pages qu'elle m'a envoyées sont un tel embrouillamini que je vais certainement devoir réécrire le livre entièrement. Mais une fois achevé, il va faire un tabac, je le sens. Les idées de Nelly sont géniales, stimulantes, pleines de joie de vivre. Elle démontre qu'il est vraiment possible de rester jeune, aussi bien physiquement que moralement. Et elle donne d'innombrables conseils pratiques.

Elle prétend, entre autres, que l'on n'attrape pas les rides, mais qu'on se les fait soi-même par de mauvaises habitudes, la pire de toutes étant l'oreiller. Selon Nelly, on ne peut se permettre de dormir avec un oreiller que lorsque l'on dort toujours sur le dos. Mais si on dort sur le côté (comme la majorité des gens), l'oreiller comprime la peau délicate sur les tempes et autour des yeux.

A peine ai-je lu cela que je cours dans la salle de bains chercher un miroir. Je me mets au lit dans ma position habituelle (sur le côté droit) et je regarde mon visage dans la glace. C'est vrai ! Ma tête s'enfonce profondément dans les plumes et toute la région des tempes et du contour des yeux se plisse.

Je jette l'oreiller par terre, repose ma tête bien à plat sur le matelas et me regarde à nouveau dans le miroir. Nelly a raison ! Quand on est couché à plat, le visage repose sur le menton et les pommettes, et la peau sensible qui entoure les yeux reste intacte.

Cela me met de très bonne humeur. Nelly vient de me libérer d'un cauchemar. Car je suis très fière de ma peau fraîche et lisse sans le moindre signe de fatigue, surtout après une bonne nuit. Pourtant, depuis quelque temps, je découvre parfois en me levant une fine ride qui part de l'extrémité de l'œil droit et va jusqu'au nez, en diagonale, et plus je dors longtemps, plus elle est marquée. Cette ride me donne du souci. A midi, elle a disparu, mais le lendemain matin, elle est de nouveau là. Elle résiste aux crèmes de nuit les plus onéreuses. Grâce à la perspicacité de Nelly, je suis désormais certaine qu'elle n'a rien à voir avec l'âge (quarante et un ans, c'est un peu tôt). C'est moi qui me la suis faite *en dormant*. Quel soulagement !

Et soudain, je comprends encore autre chose. Les Japonaises savaient cela et les Françaises des siècles passés aussi. Mais ce savoir s'est perdu. Les appuis-tête japonais semblables à de grosses briques laquées sur lesquels on posait la tête pour ne pas abîmer sa coiffure servaient en réalité à protéger la peau.

Et les piles d'oreillers que les Françaises du XVIIIe siècle se mettaient sous la tête pour dormir remplissaient la même fonction. Je me suis toujours demandé, en regardant des gravures anciennes, pourquoi ces femmes s'obstinaient à passer la nuit pratiquement assises. Il n'était pas rare qu'elles eussent sept, huit, neuf, voire dix oreillers. Maintenant, je sais que c'était par coquetterie. Car dans cette position, on est forcé de dormir sur le dos. On ne peut pas se tourner sur le côté, donc on ne s'abîme pas le visage. Manifestement, on était plus malin autrefois qu'aujourd'hui. Je suis contente d'avoir eu cette idée. Je vais l'ajouter au livre de Nelly, pour lui donner une dimension historique. Je trouverai peut-être aussi une gravure ancienne comme illustration. Il faut répandre la nouvelle, cela évitera aux lectrices de se ruiner en cosmétiques.

Bien entendu, je me mets aussitôt à dormir sur le dos ou sur le côté sans oreiller (on s'habitue à tout), et ça marche ! Ça marche vraiment ! Dix jours plus tard, la ride a disparu et au réveil, la peau sous mon œil droit est parfaitement lisse. Pendant ces dix jours, j'ai appliqué autour des yeux de l'huile d'avocat pure, puis, par-dessus, une couche de vaseline (autre conseil de Nelly). Depuis, je répète ce traitement matin et soir. Résultat : j'ai une peau jeune, ferme, lisse, plus fraîche qu'après une cure de soins hors de prix dans un institut de beauté. Coût de l'opération ? Pratiquement nul.

Je suis aussi à la lettre le régime Hollywood Star, je mange du pain et pourtant je maigris. Deux fois par jour, je m'achète une baguette, fraîche et croustillante, du beurre des Charentes – le meilleur – des tomates, des radis, des poivrons et des concombres. Je ne bois que de l'eau minérale, surtout pas de lait : il contient des protéines et selon Nelly, il est interdit de les mélanger avec des hydrates de carbone.

C'est tout de même curieux. Tout ce que nous mangeons « normalement » fait grossir. Les sandwiches au jambon, au saucisson et au fromage sont catastrophiques pour la ligne. En revanche, le pain avec de la ciboulette, des radis, des tomates et des concombres ne fait absolument pas grossir, même avec une couche de beurre d'un centimètre d'épaisseur. C'est vrai ! Je me gave de pain, et le soir, je mange deux grands pots de yaourt pour avoir ma dose de protéines, et je maigris à vue d'œil. Je ne suis pas affamée, je n'ai pas besoin de coupe-faim, je ne suis pas de mauvaise humeur, et je travaille sans difficulté.

En deux jours, j'ai achevé le découpage du livre de Nelly. Ensuite, je passe à l'introduction : j'écris allégrement dix pages par jour. Le soir, je lis les informations boursières pour me tenir au courant de la valeur de mes placements. J'écoute peu les nouvelles. De toute façon, c'est toujours la même chose : assassinats au Liban, guerre Iran-Irak, attentats terroristes à Madrid, Bruxelles, Rome, Vienne... J'oublie tout pour me concentrer sur moi. En trois semaines, j'ai effectivement perdu six kilos ! SIX KILOS ! Ça saute aux yeux ! J'ai le ventre plus plat, les hanches moins larges, mon soupçon de double menton a totalement disparu, et les petites poignées d'amour que j'ai dans le dos, juste au-dessus de la taille, et qui me donnaient tant de souci, sont en train de fondre.

Et même mon visage ! Les pommettes sont plus saillantes, et mes grands yeux paraissent encore plus grands. En plus, maintenant, je me lave les cheveux (et les poils) au henné, ce qui leur donne un reflet plus foncé et fait paraître ma peau encore plus délicate et plus claire.

Bref, après moins de trois semaines, je suis fin prête pour mes débuts à Paris. Je me sens plus légère, plus agile, plus élégante et plus jolie qu'au Québec. Je n'ai pas encore la ligne, mais on ne peut plus dire que je sois grosse. Je n'ai donc plus aucune raison de me cacher, je peux passer à la deuxième mission de Nelly : espionner la vie amoureuse des Français. Telle que je me connais, ce ne sera pas trop difficile.

C'est le moment ou jamais. Depuis quatre semaines, je n'ai pas même embrassé un homme – et quatre semaines d'abstinence pour moi, c'est beaucoup. Déjà, je fais des rêves érotiques.

Le pire, c'est pendant les jours dangereux, au milieu du mois. Sincèrement, dans cette période, je pourrais perdre la tête, me précipiter dans la rue et me jeter dans les bras du premier venu en criant : « Chéri, embrasse-moi ! Viens faire l'amour avec moi ! » A condition, bien sûr, qu'il soit grand, blond, intelligent, sensible, qu'il aime les enfants et les animaux, qu'il soit mélomane et doué pour les langues.

Et puis, n'est-il pas pervers? Est-il agréable à toucher? Propre? En bonne santé? Attentionné? Assez endurant pour ne pas s'endormir juste quand je commence à jouir? Autant de questions que les hommes n'ont pas besoin de se poser. Car là encore, il faut considérer le problème à l'envers. Les hommes sont sûrs d'avoir du plaisir. Ils ne s'arrêtent pas avant d'avoir entendu chanter les anges.

Tandis que nous, les femmes, nous ne savons jamais ce qui nous attend. C'est principalement pour cette raison que nous ne nous précipitons pas au lit avec des inconnus aussi facilement que les hommes. Si nous avions la certitude d'arriver à l'orgasme avec chaque partenaire, nous serions beaucoup plus complaisantes. Ce n'est ni par pruderie ni par manque de sentiments ou d'intérêt que nous évitons l'aventure spontanée : c'est par prudence. Et comme je suis la prudence même (c'est mon prénom qui veut ça), je ne me suis jamais jetée au cou du premier venu pour l'inviter à venir dans mon lit.

Je connais d'autres moyens de pallier la pénurie. Quatre semaines sans homme à Paris (la ville de l'amour !), c'est vraiment l'état d'urgence, alors je vais accepter l'invitation qui m'a été faite il y a quelques jours à La Chope alors que je revenais de mes courses. Samedi, j'irai à cette soirée. C'est une fête tunisienne. Les Français, eux, sont sur la réserve, alors si les Tunisiens ont la prévenance de me faire la cour, à eux l'honneur !

Il s'agit d'une fête d'adieu. Le propriétaire de la pâtisserie de la place de la Contrescarpe retourne chez lui (c'est un de ses parents qui reprend la boutique). Samedi, il organise un grand dîner pour ses amis. Il s'appelle Nouri. Il est toujours bien habillé et ne manque jamais de me saluer. L'autre jour, j'étais assise à La Chope, il est venu à ma table, et il a sorti de sa poche un ticket de métro sur lequel il a griffonné son adresse.

– Samedi, tu es mon invitée, me dit-il. Ce ticket est bon. Tu le prends. Tu viens chez moi. Viens à huit heures, ce sera parfait.

En regardant le plan, de retour à la maison, je m'aperçois que la rue en question est située à l'autre bout de Paris, à Montmartre. Ce n'est même pas à proprement parler une rue mais une minuscule impasse, assez loin de la station de métro. Je ne connais pas du tout ce quartier. Est-ce un lieu convenable?

J'en suis encore à me demander ce que je dois faire, lorsque Nelly m'appelle pour me complimenter sur mon travail. Je lui ai envoyé les copies des pages terminées, elle trouve cela excellent. Elle a reçu aussi mes lettres, et semble très impressionnée par les six kilos que j'ai perdus. Incidemment, je lui parle de mon invitation de samedi soir. Sa réaction me surprend.

– Tu fais ce que tu veux, dit-elle après un bref silence, mais, à ta place, je n'irais pas. Les Tunisiens sont une catastrophe pour la ligne ! Sur ce, elle raccroche, car les conversations téléphoniques de Californie à Paris coûtent cher.

Pendant cinq minutes, je réfléchis intensément. Pourquoi les Tunisiens seraient-ils une catastrophe pour la ligne. Je ne trouve pas la réponse. Si je l'avais trouvée, je serais restée chez moi. Mais là je ne vois aucune raison. Et puis, j'ai vraiment envie de revoir du monde, maintenant. Je veux boire du vin, peut-être même du champagne, je veux rire et m'amuser et, pourquoi pas, rencontrer quelqu'un. Je n'ai aucune envie de rester encore seule ici la semaine prochaine.

Je ne prends pas le métro pour aller à Montmartre, mais un taxi. Mon chauffeur est un provincial à la silhouette trapue. Il fume comme un sapeur, des Gauloises. Je suis à deux doigts de m'évanouir. Il trouve que le monde est surpeuplé et qu'il est tout aussi nuisible pour cette terre d'être envahie par les hommes que pour un rosier d'être infesté de pucerons. Ensuite, il essaie de m'entraîner dans un débat politique complexe, et, voyant que ça ne prend pas, il met la radio en marche, vexé. Très bien ! Je vais enfin pouvoir regarder tranquillement par la vitre.

Paris au mois de mai ! Les boulevards pleins de monde, les marronniers déjà en fleurs. Les platanes, encore endormis, n'ont que de petites feuilles d'un vert tendre. Ah, Paris !

Quelle ville somptueuse ! Quand a-t-on construit tous ces beaux immeubles? Ils sont tous différents, et partout on découvre des merveilles. Statues, décorations en stuc, façades ornementées, balcons en fer forgé, portes cochères très hautes et percées d'une fenêtre. On va d'étonnement en étonnement.

Et les échoppes, les boutiques, les grands magasins, les cafés, les restaurants, les brasseries et les marchés de rue. Au Canada, en dehors de quelques rues commerçantes, il n'y a que des quartiers résidentiels ennuyeux à mourir, où il ne se passe absolument rien. Ici, on fait ses courses, on habite (on s'aime, on mange) partout. La vie s'échappe par toutes les portes.

Je me fais déposer à quelques rues de la maison de Nouri pour explorer un peu ce quartier inconnu. Au Canada, on ne marche jamais, on ne se déplace qu'en voiture (ce que je faisais aussi avant), mais depuis que j'ai perdu six kilos, je me sens tellement légère que j'ai plaisir à marcher, tout à coup.

Pour ne rien vous cacher, je me sens merveilleusement bien! Quand je sors, je suis toujours soignée jusqu'au bout des ongles. On reconnaît une femme du monde, entre autres, à ce qu'elle peut se déshabiller à tout moment sans avoir rien à se reprocher. Fidèle à ce principe, j'ai pris un bain et je n'ai plus un seul poil sur les jambes, ni sous les bras. J'ai utilisé une huile de bain française, un lait doux pour le corps et un parfum de grande marque. Ma peau est parfumée et soyeuse, mes jambes sont gainées de bas à couture très fins. Mes chaussures à hauts talons ornées de jolies boucles sont ravissantes. Elles ne sont pas du tout confortables, mais elles sont à faire pâlir d'envie la plus coquette des Parisiennes. Ce sont de vraies chaussures pour trottiner, pas pour marcher. On n'en porterait jamais de pareilles au Canada. Elles sont faites pour Paris. Ah j'oubliais: ma robe à boutons est ouverte jusqu'au numéro trois, et dessous, j'ai simplement un body en soie blanc, vaporeux, très affriolant.

Alors, où est-elle cette fête? Pleine d'enthousiasme, j'avance à petits pas sur les pavés, vers la maison de Nouri. C'est bien calme ici, et assez sordide, il faut l'avouer. Pas un arbre, pas un buisson, rien que des murs gris sale. On ne se croirait pas à Paris. Et cette impasse! Épouvantable. C'est à se demander s'il y a vraiment des gens qui habitent ici. Ma parole, c'est une usine abandonnée, et, à côté, il y a même des garages. Mais, voici une maison. Je ne me suis malheureusement pas trompée d'adresse. Je compare les numéros. Pas de doute, ça doit être ici. La peinture de la porte s'écaille, la façade est toute noire – ma bonne humeur s'évanouit. Nelly le savait-elle? Est-ce que tous ces malheureux immigrés habitent dans des taudis tellement épouvantables que, de dépit, on mange deux fois plus que chez soi?

Hésitante, je pénètre dans l'entrée sombre pour accéder à la cour où m'accueillent une musique éclatante et une forte odeur de cuisine. Une porte s'ouvre et Nouri me fait signe d'approcher.

– Bonsoir, ma belle!

Il porte un blue-jean délavé et une chemise blanche ouverte jusqu'à la ceinture. Belle silhouette. Torse robuste. Sans poils (ça me plaît). Lourdes chaînes en or (ça me plaît déjà moins). Il est rasé de près et sent bon le jasmin. Il me dépasse d'au moins une demi-tête.

Nouri se penche vers moi et m'embrasse sur les deux joues, comme il est d'usage à Paris.

– Entre, tu es la première!

Entêtant, ce parfum !

Il passe son bras autour de mon épaule d'un geste possessif. C'est un bel homme. Il doit avoir une trentaine d'années, trente-cinq peut-être. En tout cas, il est un peu plus jeune que moi, ce qui n'est pas pour me déplaire. Nous entrons. Il baisse la radio et m'apporte un verre de thé à la menthe horriblement sucré.

– Tu as une jolie robe ! Tu fumes, Hofilie?

– Non, merci. Mais je m'appelle O-F-E-L-I-E !

– Tu es très belle !

Il ne m'écoute pas du tout.

– Tu es la plus belle femme que j'aie jamais rencontrée. J'ai une sœur qui a les cheveux roux, exactement comme toi. C'est la plus belle fille de Sfax. Tu veux goûter?

Il me tend une assiette de dattes dénoyautées, collantes et fourrées à la pâte d'amandes.

– C'est moi qui les ai faites. Prends, Ofilie ! Prends ! Il faut que tu manges si tu veux devenir quelqu'un.

Je goûte, pour ne pas le vexer, tout en regardant autour de moi. Cette maison est un vrai taudis, et l'appartement – comparé au mien – un campement amélioré. Mais romantique, il faut l'avouer. Il y a partout de belles couvertures tissées à la main : sur le vieux lit en cuivre et sur les deux canapés. Le sol est entièrement recouvert de tapis, sur lesquels sont posés d'épais coussins multicolores et de petites tables basses.

Si j'en juge par l'absence de chaises, on passe plus de temps allongé qu'assis, dans cette maison. Dois-je m'asseoir sur le lit en cuivre? Non, il ne vaut mieux pas. Je connais ce genre de lits, ils grincent au moindre mouvement. Le canapé qui se trouve près du lit a l'air fragile, mais je vais l'essayer. Je prends place, dans un mouvement gracieux – et je m'aperçois que le matelas est affaissé !

– Viens t'asseoir à côté de moi, me dit Nouri qui s'est installé par terre sur un coussin rouge et me dévore des yeux. C'est plus confortable, ici.

Je suis son conseil, tout en gardant mes distances. Qui sait ce qui va se passer dans cette soirée? Dans quelques minutes, sa petite amie va sûrement arriver (ou sa femme et ses cinq enfants) et je ne veux blesser personne.

– A quelle heure arrivent les autres?

Il sourit nerveusement.

– Pas avant huit heures et demie. Mais à toi, je t'ai dit huit heures, parce que je voulais te parler seul à seul. Dis-moi, tu es mariée?

– Non, et toi?

Il est visiblement soulagé.

– Moi non plus, dit-il en me lançant un regard plein de sous-entendus. Et soudain, n'y tenant plus : Depuis trois semaines, je ne pense qu'à toi, tu sais ? Chaque jour, j'attends que tu descendes faire tes courses ou que tu viennes au café. Toute la matinée, je me demande : Quand est-ce qu'elle va venir ? Pourquoi elle n'est pas encore là ? Elle ne viendra peut-être pas, aujourd'hui ? Si je ne t'ai pas vue sur la place à onze heures, je deviens fou !

Il se rapproche. Son visage est soudain crispé de douleur. Sa langue, rose et appétissante, apparaît entre ses lèvres. Sa respiration devient saccadée.

– Je t'aime, tu sais ? Ça fait trois semaines que je ne dors plus. Je suis désespéré. Oh ! ma belle, je t'aime, ma petite fleur, ma chérie.

– Quel âge as-tu ? lui demandé-je, pour interrompre cette déclaration que je trouve un peu précipitée (mais pas du tout désagréable).

– Vingt-cinq ans, dit-il en me prenant la main. Et toi ?

– Quarante et un !

Je ne mens jamais sur mon âge. Qu'ils voient un peu, ces petits chéris, comme on peut être belle et désirable à quarante ans. Mais je ne veux pas non plus en faire une affaire d'État, et lorsque Nouri écarquille les yeux d'étonnement, je fais habilement diversion en lui demandant pourquoi il s'apprête à quitter Paris. C'est gagné. Il se met aussitôt à parler de lui. Son père possède le plus grand hôtel de Sfax. Cet été, il va en ouvrir un second, et il y a beaucoup de choses à préparer.

– Alors, je vais travailler avec mon père, conclut Nouri, fièrement. Je suis le fils aîné, il peut compter sur moi !

Puis il pousse un soupir et me regarde, les yeux mi-clos.

– Mais depuis que je t'ai vue, je ne pense qu'à toi ! Son regard dévie, se pose longuement sur ma bouche, glisse rapidement vers mes seins. Je souris mais ne dis rien.

– Quand les autres seront partis, ce soir, après le dîner, tu restes... tu restes avec moi ?

Il respire plus fort. Sa poitrine se soulève sous sa chemise blanche, sa main, qu'il avance timidement vers moi, se met à trembler. Il a les cheveux noirs, épais et bouclés, et de longs cils brillants. Je commence à m'animer, mais je n'en laisse rien voir.

– Peut-être, dis-je d'un ton prometteur.

Cette fois, il ne se maîtrise plus.

– Embrasse-moi, chérie ! Embrasse-moi !

Sa voix est à moitié étouffée par l'émotion, sa bouche est tout près de mon oreille, il passe son bras autour de ma taille. Sa proximité et son odeur de jasmin m'enivrent.

Et pourquoi ne l'embrasserais-je pas? Je vous le demande. Je suis une jeune femme dans la fleur de l'âge. Je suis belle, désirable, je viens de prendre un bain et je n'ai de comptes à rendre à personne. En plus, je suis en manque de caresses et de tendresse. Oui ! Depuis des jours, je suis hantée par des rêves érotiques. En plein travail, quand je suis assise à mon bureau en train de remanier les phrases embrouillées de Nelly, mon esprit vagabonde. Nouri pourrait être boiteux, bossu, aveugle et sourd, dans l'état où je suis, je le trouverais irrésistible.

Nous nous embrassons longuement.

A demi consciente, je sens le tapis moelleux dans mon dos, nous nous retrouvons soudain par terre, enlacés, hors d'haleine, fous de désir. J'ai fermé les yeux et je sens la jolie langue rose de Nouri glisser le long de mon cou, dans mon décolleté, entre mes seins.

– Ohhhh...

Il vient de découvrir que je n'ai presque rien sous ma robe.

– Chérie, tu me rends fou ! Tu me tues !

Il commence à déboutonner ma robe, il respire par saccades, ses mains tremblent. Maintenant, il m'embrasse la pointe des seins. Il gémit et sanglote, se presse vigoureusement contre mes cuisses – pourquoi diable a-t-il invité des gens?

Cette pensée me dégrise. Ils sont certainement en route. Je sors de mon engourdissement, prends sa tête dans mes mains et le force à me regarder.

– Les invités vont arriver d'un moment à l'autre !

Il ne m'entend pas. Il a les yeux ouverts mais le regard voilé. Sans se rendre compte de rien, il me serre encore plus fort, bredouille quelque chose en arabe, halète, est pris de soubresauts – un vrai volcan en éruption. Enfin il se calme.

– Tu restes avec moi, chérie? Tu restes?

Il me tient toujours dans ses bras.

– Je reste. Mais, il faut qu'on se lève. Les gens vont arriver. Il est bientôt huit heures et demie.

Cette fois, Nouri se lève d'un bond et m'attire vers lui. Il m'enlace et nous nous balançons sur place. Une vague de chaleur monte du bas de mon corps jusqu'à mon visage. Mes tempes me brûlent. Mes oreilles bourdonnent. Je peux à peine respirer. C'est merveilleux ! Merveilleux ! Je me dresse sur la pointe des pieds et passe mes bras autour de son cou. Oui ! Je suis prête à tout.

– Tu restes, ma petite fleur?
– Je reste.
– Merci! Tu me rends fou, chérie, tu sais?
Il me regarde, et nous éclatons de rire. Puis nous nous embrassons encore. Enfin, je me dégage.
– Tu t'y prends toujours comme ça avec tes invitées?
– Seulement si elles ont de longues boucles rousses et la peau la plus douce du monde, répond Nouri avec poésie avant de disparaître dans la pièce voisine.
– Attends, lui criai-je, où peut-on se laver les mains? Est-ce qu'il y a une salle de bains quelque part?
Je me sens tout ébouriffée, je voudrais me recoiffer.
– Non, malheureusement pas. Mais dans les toilettes, tu trouveras un grand miroir. Et de l'eau pour te laver!
– Où est-ce?
– Tu sors, tout de suite à droite, la dernière porte au fond du couloir. Et essaye d'éviter le concierge. Il est presque toujours soûl.
Une soirée folle, me dis-je en sortant dans la cour, complètement folle. Qu'est-ce que je fais ici? L'immeuble est au-dessous de tout, l'appartement aussi, je ne connais pas du tout Nouri, je ferais mieux de rentrer chez moi.
Mais je sens toujours mon cœur battre et je me souris à moi-même, comme hypnotisée. Je sais parfaitement qu'au fond, tout cela n'a pas d'importance. Ce ne sont que les coulisses du fascinant spectacle, l'Homme et la Femme. Je ne vais pas rentrer chez moi. La pièce a déjà commencé, et j'ai donné ma réplique. J'avoue que la mise en scène est la plus minable que je connaisse, mais j'ai un rôle passionnant: celui de la bien-aimée. Et dans ce rôle, je suis imbattable.
La soirée va devenir, effectivement, de plus en plus folle.
Je vais de surprise en surprise.
Quant au sanitaire, le cœur me manque pour en décrire l'état. Même au Moyen Age, ça ne devait pas être pire...
Tant pis, je ne m'en servirai pas! Je retourne vers l'appartement en courant.
Dans la cour, ça sent le printemps. Dans l'appartement, ça sent bon la cuisine. Près de la porte est aménagé un minuscule coin-cuisine: une table en bois, une bouteille de gaz, un réchaud à trois feux et trois casseroles dans lesquelles mijote quelque chose d'appétissant. Nouri s'en approche, remue vivement puis il goûte sans vergogne (et assez bruyamment). Il fait claquer sa langue quatre fois de suite, sort cette même langue rose et pointue et

lèche la cuiller avec grand style. Ensuite, il remue à nouveau, avec *la même cuiller*! Et je vais faire l'amour avec cet homme-là? Nous n'avons décidément pas les mêmes mœurs au Canada. Notre goût pour l'asepsie frise la pathologie. Il ne viendrait à personne l'idée de partager la même assiette. Quant à utiliser la même cuiller, c'est presque un crime!

Nouri attribue mon regard stupéfait à mon admiration pour ses talents culinaires.

– Ça sent drôlement bon, non? J'ai passé quatre heures à cuisiner. Tu veux goûter?

Il tient la cuiller – toujours la même – à hauteur de ma bouche. Elle est pleine à ras bord de pois chiches baignant dans une sauce rouge. J'ouvre la bouche avec résignation.

– C'est bon?

– Très bon.

En effet, c'est délicieux. Mais ça va à mon régime comme des guêtres à un lapin. La sauce est pleine de filaments de viande, c'est-à-dire des protéines, et les pois chiches sont des hydrates de carbone purs. J'avale quand même, de toute façon, ça n'a plus aucune importance.

A moins que je ne rentre chez moi, mais ce n'est plus guère possible. Après trois semaines d'abstinence, cet inconnu, cet homme exotique qui se tient devant moi est trop tentant. Certes, il n'est pas président de la République (et ne le sera jamais), il ne vient pas de prendre un bain (comment le pourrait-il?), ses toilettes m'ont presque donné le coup de grâce, et il ne peut même pas prononcer mon nom correctement, mais qu'importe.

Je vois ses jambes longues et musclées, ses fesses bien fermes, le torse large, la nuque puissante, le menton rasé de près, la langue rose qui se glisse entre les lèvres dès qu'il me regarde. Je vois ses yeux noirs mi-clos et ses longs cils. C'est un modèle de luxe, cet homme.

Nouri m'apporte un deuxième verre de ce thé à la menthe affreusement sucré. Puis il s'agenouille devant moi et pose sa tête sur mes genoux. Je sens son souffle chaud sur mes cuisses, ses mains serrent mes hanches tellement fort que je vais sûrement avoir des bleus. Si ça continue, il va déchirer ma robe.

On ne connaît pas ce type de tempérament au Canada. Chez nous, on touche les femmes plus délicatement. Est-ce agréable ou non? Honnêtement, non.

A dix-huit ans, il m'aurait effarouchée. Mais à quarante et un ans, je saurai dompter cette fougue. C'est ce que je crois, en tout cas. Mais la vie est pleine de surprises, et je ne suis pas près d'oublier cette soirée.

– Je t'adore, mon amour, mon chou, mon petit canard jaune, murmure Nouri.

Les premiers invités arrivent dans la cour.

Je me redresse et remets mes cheveux en place.

Ce sera la nuit la plus instructive de ma vie.

5

Une vingtaine de personnes sont invitées, et en un clin d'œil, l'appartement est plein. Il y a des gens partout, quatre sur le lit, cinq sur chacun des deux canapés et le reste dans un pittoresque désordre par terre, sur les coussins multicolores. Ils ont tous retiré leurs chaussures et ils fument tellement que l'atmosphère devient vite irrespirable. Des nuées de fumée grise me brouillent la vue, mais je vois assez clair pour constater qu'aucun des hommes présents ne me plaît.

Nouri me présente fièrement à ses amis. Automatiquement, j'essaie de retenir tous les noms, car la politesse canadienne veut que l'on s'adresse à chaque personne qui vous a été présentée en l'appelant par son prénom. J'ai une excellente mémoire, et chez moi je peux retenir aisément une vingtaine de noms. Mais ici – et pour la première fois de ma vie – j'y renonce.

Les noms sont incompréhensibles pour moi, mais une chose est claire comme le jour : les hommes sont tous tunisiens et les femmes toutes européennes, sans exception. Manifestement, il s'agit de progressistes qui ne veulent pas entendre parler de l'islam intégriste. Les amis de Nouri sont habillés à l'européenne, ils boivent de l'alcool (du vin maghrébin bon marché, pas de champagne, hélas !) et ils ne voient aucun mal à parler avec leurs petites amies. Parler, que dis-je ? Ils tiennent des propos à ce point peu ambigus que j'en ai les cheveux qui se dressent sur la tête. Je fais de mon mieux pour ne pas les écouter et je me console en me disant qu'ici, le Nord et le Sud fraternisent, et c'est beaucoup.

A moins que nous, les femmes ici présentes, ne soyons que des connaissances fortuites, des objets de plaisir coupable, pendant qu'à la maison, leurs fidèles épouses gardent les enfants, passent leur temps à manger et prennent des kilos, par désespoir ? C'est bien possible. Mais je ne le saurai jamais, car c'est certainement la dernière fois que je me trouve dans une telle assemblée.

On distribue des assiettes et des cuillers. Nous nous pressons autour de la table. Chacun se voit servir une portion pantagruélique et mange là où il trouve une place. Je me glisse près de Nouri sur un canapé, en essayant de ne rien renverser, ce qui n'est pas très facile. Autour de moi, les gens mangent bruyamment et font des plaisanteries vulgaires.

– Nouri, demande une fille aux cheveux courts avec des boucles d'oreilles en strass, tu n'aurais pas un peu de lait? Je n'aime pas le vin.

– Du lait? lui répond un convive accroupi devant elle. Pourquoi, tu n'en as pas, toi? Et il fixe ses seins en éclatant de rire.

– Tais-toi! lui dit Nouri tout en offrant à la fille un verre de thé à la menthe. Mange, me dit-il ensuite d'un ton autoritaire. J'ai passé des heures à cuisiner. Tu ne mangeras jamais rien d'aussi bon.

Au menu, il y a du couscous: de la semoule de maïs, de la viande de mouton très grasse, et des légumes dans un épais bouillon rouge. Il n'y a rien de pire au monde pour mon régime. Je mange très lentement en mâchant longuement chaque bouchée, puis je pose discrètement par terre mon assiette à moitié pleine. Nouri, lui, dévore. En cinq secondes, il a fini son assiette et va la remplir.

– Je sais que tu m'aimes, m'annonce-t-il la bouche pleine, tais-toi, ne dis rien. Ofilie, ma petite fleur, c'est un secret de polichinelle!

– Ah oui? Et comment le sais-tu?

– Parce que tu n'arrêtes pas de maigrir! C'est fou. Tu fonds à vue d'œil. Je ne suis pas aveugle, tu sais! (Il rit d'un air triomphant.) Il y a trois semaines, tu pesais au moins cinq kilos de plus. Ce n'est pas vrai?

– Si!

– Quand on maigrit, c'est qu'on est malade ou amoureux. Toi, tu n'es pas malade.

Il me regarde droit dans les yeux, passe un bras autour de mon épaule et me serre contre lui.

– Moi aussi, je t'aime, chuchote-t-il, où est ton assiette? Mange, Ofilie, mange! Nous avons une longue nuit devant nous. Il nous faut des forces, tu comprends?

Je comprends, et je pousse mon assiette sous le divan avec le talon. Mais Nouri va m'en chercher une autre, la remplit à ras bord et ne me quitte pas des yeux jusqu'à ce que je l'aie vidée.

Ensuite, il y a des amandes, des dattes, des noix, du halva, de la pâte d'amandes et des gâteaux ruisselants de miel. Comme accompagnement, on sert aux femmes de la liqueur de figues et aux hommes de l'eau-de-vie de dattes, un alcool blanc très fort.

Bon! De toute façon, c'est fichu pour mon régime, alors j'en prends, par politesse. Voilà des semaines que je me surveille, et j'ai perdu l'habitude de manger autant. Après la deuxième pâte d'amandes, j'ai l'impression d'avoir une pierre sur l'estomac.

Un verre d'eau-de-vie va peut-être arranger ça? Comme médicament? En effet, c'est très efficace. Mais l'alcool me monte aussitôt à la tête. Tout se met à tourner autour de moi. Pourtant, ça ne m'empêche pas de voir ce qui se passe sur le divan à côté de moi.

Jussuf, le cousin de Nouri, parle avec animation à une ravissante Suédoise qui s'appelle Gunilla. Il parle, parle, parle et elle se contente de secouer la tête.

C'est une fille sympathique, la seule de toutes les personnes réunies ici que j'aimerais éventuellement revoir. Apparemment, c'est sa petite amie. Mais on se demande pour combien de temps encore, car ce type est insupportable. Il ne parle que d'une chose : sa virilité. Il n'arrête pas de se vanter, et tellement fort qu'on ne peut pas ne pas l'entendre.

Nouri ricane d'un air incrédule et pose une question en arabe que Jussuf trouve très drôle. Il se tord de rire, se tape sur les cuisses et répond en arabe par une avalanche de paroles qui me donnent le tournis.

– Oui, oui, s'écrie-t-il ensuite en français. Cet après-midi, j'ai pris Gunilla quatre fois en un quart d'heure !

Autour, tout le monde s'est tu et écoute soudain avec intérêt.

– Mais ce n'était que le début. Gunilla se lève pour s'habiller, mais je lui laisse pas le temps. Je saute du lit, je lui arrache son slip et je lui fais le plus beau des plus beaux. Voilà ! Elle crie, mais tout de suite après, je bande encore. Là, c'est le coup triomphant. Ensuite, elle veut se coiffer. Elle se met devant la glace et prend sa brosse, mais elle n'ira pas plus loin. Je l'emballe, exactement comme elle est là, et je lui fais l'inoubliable. Et c'est pas fini. Gunilla se précipite dans la cuisine, s'enferme, joue à cache-cache mais j'enfonce la porte, et ça continue – là c'est la béatitude. Voilà ! Je te jure sur ma tête. Huit fois en une demi-heure ! Et si tu ne nous avais pas invités, je serais encore en pleine action. Comme un papillon sur une fleur, enfin, sur le carrelage de la cuisine. Je n'ai jamais été aussi en forme !

Les autres rient. Moi, je ne comprends plus rien. Enfoncer la porte? Arracher le slip? Huit fois en une demi-heure? Ça ne fait même pas quatre minutes à chaque fois. Ce n'est pas possible ! Quand je fais l'amour avec un homme, cela dure pendant au moins une heure et demie. Même le plus mauvais de mes quarante-trois amants pouvait tenir pendant trois quarts d'heure. J'ai peut-être mal compris ce que disait Jussuf. Je ne bois presque jamais d'alcool. L'eau-de-vie m'aurait-elle engourdi les méninges?

– Qu'est-ce qu'il raconte, ton cousin? demandé-je à Nouri. Explique-moi, s'il te plaît, je viens d'un pays étranger, et je ne comprends pas vos coutumes.

Nouri se met à ricaner et me verse de force un verre de liqueur de figue.

– Il parle du mariage. Adam et Eve. L'homme et la femme. Vous ne connaissez pas ça, au Canada?

– L'homme et la femme? répété-je, indignée. Et tout ça ne dure même pas cinq minutes. C'est une plaisanterie!

– Oui, c'est une plaisanterie! crie Gunilla. Elle attrape son sac à main et s'enfuit dans la cour.

– Merde! s'écrie Jussuf en se levant pour lui courir après.

Nous ne les reverrons pas.

Nouri me serre contre lui en riant bêtement. Il me caresse les hanches et les cuisses. Sa main est chaude, et tellement moite que je la sens à travers la soie de ma robe.

– Ma petite fleur! Ma fatima! murmure-t-il à mon oreille. Son souffle est aussi moite que ses mains. Tu es trop belle, tu me rends fou! Avec toi, je peux faire l'amour toute la nuit! Cent fois! Jusqu'au lever du soleil, pas une seconde de moins. Mon cousin est un minable à côté de moi. Avec moi, ça dure des heures. Des heures! Tu vas voir!

Je commence à me méfier. Je sais par expérience que les hommes qui se vantent de leur virilité sont de piètres amants. Le connaisseur se tait. Il ne se vante jamais. Il ne fait pas étalage de ses conquêtes, ne parle jamais des mérites « physiques » de son sexe, il n'a jamais la prétention de satisfaire toutes les femmes, et ne raconte pas de blagues salaces. Il se tait et laisse parler les faits.

La vantardise de Nouri, ses mains moites, son regard avide en disent presque trop long. Mais quatre semaines d'abstinence et quelques verres d'alcool freinent ma détermination. Je vais rester pour voir ce que cette soirée me réserve encore. Il faut que je considère tout cela comme une expérience utile, et non comme un plaisir. Tout est bon pour apprendre. Et telle que je me connais, j'arriverai bien à en tirer quelque chose.

Les derniers invités partent à une heure du matin. Nous sommes seuls. L'appartement ressemble à un champ de bataille, l'atmosphère est à couper au couteau, mais ça ne semble pas gêner Nouri. Il allume une grosse bougie jaune qui diffuse aussitôt son parfum de rose, et il vient vers moi.

Je suis allongée sur le canapé, j'ai ôté mes chaussures, croisé mes bras sous ma tête et j'attends. Du haut de mes quarante et un ans, je regarde ce jeune homme qui ne m'attire plus du tout. Il est beau, d'accord. Mais moi aussi, je suis belle. Je ferais mieux de rentrer chez moi.

Nouri commence à déboutonner maladroitement ma robe. Trente-trois boutons. Ses doigts sont fébriles, son souffle est saccadé. Ça y est enfin. Il écarte les deux pans de soie jaune comme une cosse de haricot.

Puis il me regarde fixement. Sa langue rose et appétissante se glisse entre ses lèvres, il halète et pose ses mains nerveuses sur mes cuisses, sur la chair nue, là où s'arrêtent les bas. A son regard, je devine qu'il n'a jamais rien vu d'aussi excitant.

J'attends qu'il m'aide à enlever ma robe. Qu'il déroule mes bas fins comme la soie, qu'il prenne dans ses mains mes petits pieds bien soignés et admire mes orteils irréprochables. J'attends un geste tendre. Mais rien de semblable ne vient.

Tout à coup, Nouri pousse un cri, se lève d'un bond et arrache ses vêtements qui vont atterrir dans un cendrier plein. Il ne s'en aperçoit même pas. Il se tourne vers moi, et pour la première fois, je le vois nu. Un beau corps musclé, des jambes bien proportionnées. Quant à la chose qu'il tenait cachée dans son pantalon, elle est petite, brune, circoncise et recourbée.

Mais enfin, c'est très beau tout de même.

Intéressée, j'avance ma main, mais je n'arrive pas au but. Nouri pousse un gémissement à fendre l'âme et se jette sur moi avec une telle force que le canapé manque de s'effondrer. Puis il cherche à me pénétrer, ce qui n'est guère possible, à cause de mon body.

Complaisante, je veux me tourner sur le côté pour essayer au moins d'enlever les manches de ma robe, mais Nouri est allongé sur moi, tel un énorme bloc de pierre, et me tient enlacée.

Il halète, sursaute, râle, gémit et se presse contre moi – j'ai l'impression d'avoir déjà vécu ça aujourd'hui. Et voilà que je sens quelque chose d'humide couler entre mes cuisses.

Ce n'est pas possible!

Je suis vraiment anéantie. Est-ce que j'ai affaire à un adulte ou à un écolier qui touche une femme pour la première fois? Cette scène me rappelle l'époque où j'étais au lycée, les premiers baisers interdits sur le siège arrière d'une grosse voiture appartenant aux parents. Il se passait exactement la même chose alors – et déjà, je n'aimais pas ça, mais ces garçons, eux, avaient une excuse: ce sont des choses pardonnables à quinze ou seize ans. Mais Nouri en a vingt-cinq. C'est un adulte. Un homme. Décidément, la vie vous réserve de ces surprises!

– Chérie, tu me rends fou ! Je n'en peux plus ! Je meurs !
Il me pétrit les seins, ce que je ne supporte pas non plus, parce que ça me fait mal. Je commence à perdre patience.
– Lâche-moi, sinon je rentre chez moi. Tu me serres trop fort !
– Je suis un homme, et tu me rends fou !
– Un homme doit être capable de se contrôler ! Tu es trop impatient, et j'ai horreur de ça !
– Mais c'est *ta* faute ! (Il enfouit sa tête dans mes cheveux.) Tu me fais perdre la tête ! Ça ne m'est encore jamais arrivé. Jamais, jamais !
A dix-huit ans, j'aurais cru cette ineptie et je me serais immédiatement sentie coupable. Mais à quarante et un ans, on connaît les hommes, et on sait qu'ils rendent toujours les femmes responsables de leur défaillance.
– Lâche-moi, dis-je d'un air décidé, et regarde-moi !
Il obéit et lève la tête vers moi. Ses yeux sont rouges et brillants. Il pleure ? Manifestement, il n'a aucune expérience et, bien entendu, il refuse de l'avouer. Je pousse, malgré moi, un profond soupir. Mon dernier espoir de passer une nuit agréable s'est évanoui. Mais je ne peux pas me résoudre à le laisser seul ici dans cet état. Bon, eh bien je vais lui donner une leçon gratuite. Sa future femme m'en sera reconnaissante.
– Nouri, l'amour ça n'est bien que quand on fait tout lentement et tendrement. Tu comprends ? Nous avons toute la nuit devant nous. Tu n'as rien à perdre. Embrasse-moi, chéri ! Et caresse-moi un peu. Pas si fort ! Tu me fais mal à nouveau ! Tu n'entends pas ? Doucement, te dis-je. Et avec tendresse !
– Mais, je suis homme !
– Je sais, mon petit lapin !
– Les hommes ne sont pas tendres !
– Chez nous, si. Les femmes préfèrent de loin les hommes tendres, on ne te l'a jamais dit ? Alors, retiens ça pour l'avenir. Et puis, autre chose. Une femme n'aime pas qu'on se jette sauvagement sur elle au point de lui faire des bleus. Tu comprends ?
Les bleus, il est bien obligé d'admettre.
– Pardon, chérie.
Il se lève, va chercher un torchon de vaisselle et m'essuie les cuisses, puis il jette le torchon sur le tas de vêtements, par terre.
– Maintenant, je fais exactement ce que tu veux ! déclare-t-il tendrement en me lançant un regard plein d'espoir. Tu n'as qu'à me dire ce que je dois faire !
– Bon, alors, aide-moi à me déshabiller !
Nouri hoche la tête docilement et commence par les bas qu'il fait

lentement glisser le long de mes jambes. Sa chaîne en or se balance, ses cheveux noirs brillent à la lueur de la bougie. Son parfum flatte mes narines.

– Maintenant la robe. Et les sous-vêtements.

Nouri hoche toujours la tête et obéit. Enfin, nous sommes nus tous les deux.

– Ça y est ! annonce-t-il en me regardant, toujours dans l'expectative.

Mais moi, je me trouve devant un dilemme. Je ne prends pas la pilule, je ne la supporte pas. Je n'ai pas non plus de stérilet, parce que l'idée d'avoir un petit bout de fil de fer dans la partie la plus sensible de mon corps me déplaît. Les ovules, je n'en veux pas non plus, car un produit chimique assez puissant pour tuer le sperme ne peut pas être bon pour mon organisme. Je ne vais pas me ruiner la santé, je ne suis pas folle ! Ce sont les femmes qui portent tout le fardeau : les règles, la grossesse et la naissance. Alors, les hommes peuvent au moins faire attention. La plupart d'entre eux le font, d'ailleurs, quand on le leur demande. Mais curieusement, même à notre époque, le dernier quart du XXe siècle, des millions de femmes bien portantes ont tellement de mal à demander ça qu'elles préfèrent avaler des hormones pendant des années et se faire poser un bout de fil de fer dans le ventre – et plus tard, elles s'étonnent d'être malades.

« Fais attention, s'il te plaît, c'est dangereux aujourd'hui ! » Elles ne sont pas capables de prononcer cette phrase.

Moi si. Et je vais dire encore bien d'autres choses qui rendront à Nouri un immense service. Il est temps que les femmes apprennent à parler au lit – comment les hommes pourraient-ils deviner ce qu'elles veulent? Eh oui, c'est l'avantage d'avoir quarante ans. On a plus de courage, on dit ce qu'on pense et on contribue ainsi à augmenter le nombre des bons amants. Et croyez-moi, mes chéries, le monde en a cruellement besoin.

– Ça y est ! répète Nouri, agacé. A quoi penses-tu? J'ai fini. Dis-moi ce que je dois faire maintenant.

Assis devant moi, il se mord la langue en s'efforçant de ne pas regarder ma peau nue. Il ne se jette pas sur moi, mais il ne m'embrasse pas non plus, ne me caresse pas, ne me touche pas, probablement pour ne pas perdre le peu de maîtrise qui lui reste. Drôle de situation ! Si je devais attendre un regard tendre, un mot gentil, qui me mettrait enfin en train, je crois que je pourrais rester ici jusqu'au Jugement dernier.

– Pourrais-tu me dire maintenant, s'il te plaît, ce que je dois faire?

La voix de Nouri tremble d'impatience.

– Apporte-moi un verre d'eau-de-vie !
Il obtempère, sans mot dire, et je vide le verre d'un trait.
– Bon, écoute. Je ne prends pas la pilule, et aujourd'hui, c'est dangereux !
– Quoi ? Dangereux ? coupe-t-il, déconcerté. Alors, tu es mariée, et ton mari sait où tu es ?
– Mais non ! Je pourrais tomber enceinte !
– Ahhhh, mon amour ! Je suis l'homme qu'il te faut. Je vais te faire un bel enfant !
Il est tout content.
– Mais, je n'en veux pas !
– Tu ne veux pas d'enfant ? (Il n'en revient pas.) Tu en as déjà ?
– Non. Je n'ai pas le temps. Il faut que je travaille et que je gagne de l'argent. Et bientôt, je dois rentrer au Canada. As-tu un préservatif ici ?
Nouri secoue la tête d'un air désespéré. Naturellement, il n'en a pas. Non, mais qu'est-ce que j'espère ? Oh, mon dieu ! Je m'étais imaginé ma première nuit d'amour à Paris plus facile que cela.
– Tu peux faire attention ? demandé-je, méfiante.
– Dis-moi ce que je dois faire.
Il se mord les lèvres.
– Je viens de te le dire. Tu dois faire attention. Tu sais comment on fait ?
– Oui ! Oui ! Oui !
Il n'a pas l'air convaincu.
– Je fais toujours attention. J'ai toujours fait attention, avec toutes mes femmes.
– Il ne faut pas que tu jouisses en moi. Il faut que tu te retiennes le plus longtemps possible. Quand tu ne pourras plus tenir, dis-le moi. Tu me le promets ? Tu as compris ?
– Oui ! Oui ! Oui !
Il ne me regarde toujours pas. Il fixe le mur derrière moi et parle comme s'il était en transe.
– Tu m'écoutes ?
– Oui ! Oui ! Oui ! Je vais faire attention !
Je me pousse pour lui faire un peu de place sur ce canapé inconfortable à moitié affaissé. Qui sait, peut-être y arrivera-t-il ?
Soudain, je me rend compte que Nouri a déjà joui. Dans ces conditions, s'il me fait l'amour, il est inutile de faire attention. Après de longues et difficiles négociations, j'ai réussi à obtenir de lui qu'il aille faire pipi et qu'il se lave.
Brave garçon. Pour le récompenser (et pour m'assurer que tout est en règle), je vais l'embrasser là en bas. Je crois qu'il en a assez envie.

– Viens t'allonger près de moi, chéri. T'allonger, j'ai dit, pas te jeter. Non, non ! Pas sur moi ! Je ne supporte pas d'avoir un homme couché sur moi. Viens ici. A côté de moi. Voilà ! Et ne bouge plus, d'accord ?

Nouri respire bruyamment, tandis que je me penche vers lui. Le sperme a un goût âcre, presque un goût d'alcool. Je ne détecte rien de semblable sur le phallus dur et recourbé de Nouri. En passant ma langue tout autour, je ne sens que le goût du savon. Bien. Mais il faut que j'arrête immédiatement de le lécher, sinon je vais provoquer une nouvelle catastrophe. Nouri recommence à gémir et à trembler. Apparemment, il est déjà en route pour le prochain orgasme. Je lui mords le bras. Ça marche. Il ouvre les yeux.

– Du calme, chéri. Il faut que tu te maîtrises !

C'est alors qu'il éclate en sanglots.

– Je ne peux pas. Je veux faire l'amour, à la fin ! Je n'en peux plus, je deviens fou !

De grosses larmes jaillissent de ses yeux noirs. Aussitôt, je me prends de pitié pour lui.

– O.K. ! O.K. ! Calme-toi. Viens. Retourne-toi et viens te blottir contre mon dos. Comme ça ! Mets ton bras autour de moi, très bien ! Voilà ! On fait l'amour.

Je passe ma main entre mes cuisses, attrape son sexe et le fais doucement pénétrer en moi. Je dois avouer qu'après un mois de continence c'est très agréable.

– Mon Dieu ! Mon Dieu ! halète Nouri qui se met à remuer sauvagement. Mon Dieu, chérie !

Il accélère de plus belle.

Je suis prise de panique. Si ça continue comme ça, dans une seconde je suis enceinte. D'un mouvement habile, je glisse sur le côté et il sort de moi. C'est l'avantage de cette position : la femme est maîtresse de la situation. Visiblement, il était grand temps.

– Qu'est-ce que tu fais ? s'écrie Nouri, furieux.

– Je t'ai dit de faire attention !

– Mais je fais attention ! proteste-t-il.

– Tu as failli jouir.

– C'est pas vrai ! Je fais attention ! J'ai fait attention !

– O.K. ! O.K. ! Tu as raison, excuse-moi ! Mais ne remue pas si vite, sinon c'est fini. Lentement, chéri, le plus lentement possible. Plus ça dure, meilleur c'est.

Nouri fait de son mieux, et pendant quelques secondes la chose est vraiment très agréable. Son sexe est petit, mais comme il est recourbé, il touche en moi l'endroit le plus sensible. C'est vraiment bon. Mais comme toujours quand je trouve cela agréable, je contracte mes muscles. Non pas volontairement, ça se fait tout seul. Mais j'ai les muscles trop développés, trop en tout cas pour la capacité de résistance de Nouri. A peine ai-je eu le temps de sentir que je deviens plus étroite que tout se passe en un éclair. Nouri gémit lascivement tout en me pétrissant les seins. Il est pris de soubresauts convulsifs. Si ce n'est pas un orgasme, je ne m'appelle plus Ophélie !

Mon cœur s'arrête de battre. Voilà ce que c'est que de ne pas écouter son intuition et de vouloir à tout prix jouer les institutrices.

Nouri est anéanti.

– Pardon ! Pardon ! Pardon ! Je ne sais pas ce qui se passe. Je ne l'ai pas fait exprès. Je te le jure. D'habitude, je tiens pendant des heures et des heures, tu sais ! Viens avec moi en Tunisie. Nous nous marierons. Nous aurons beaucoup d'enfants. Nous resterons toujours ensemble ! Et il se serre tout contre moi et m'embrasse et me caresse, à tel point que je ne peux pas lui en vouloir.

De toute façon, il faut dire les choses comme elles sont : c'était vraiment dangereux la semaine dernière. Dans les périodes vraiment dangereuses, je n'ai de rapports qu'avec un ami sûr, en qui j'ai toute confiance. Je ne me laisse pas approcher par un inconnu, j'ai assez de maîtrise de moi pour ça. Aujourd'hui avec un peu de chance, il ne s'est rien passé !

– *O.K., honey, it's all right !* dis-je à Nouri pour le réconforter.

Pourquoi est-ce que je parle en anglais, tout à coup ? Parce que mon dernier petit ami était américain et qu'il faisait l'amour comme un dieu ? Parce que je souhaite ardemment qu'il soit ici à la place de Nouri ? C'est sûrement ça.

– Je t'aime, chérie !

Nouri me caresse les seins. Puis il se lève, va chercher un peigne, enroule mes longues boucles rousses autour de sa main et commence à coiffer les pointes.

– Comme tu es belle ! Ma belle, mon amour ! Je t'adore ! Tu viens avec moi en Tunisie.

– Peut-être !

Je suis trop fatiguée pour entamer une longue discussion.

– Tu peux ouvrir la fenêtre, s'il te plaît ? L'air est irrespirable !

– Non, répond Nouri, déterminé. Le concierge rôde par ici. Il sait que j'ai de la visite, et je ne veux pas qu'il nous voie. Dis, demande-t-il alors, plein d'espoir, est-ce qu'il faut encore que je fasse attention ?

– Non, plus maintenant !

Nouri jette le peigne par terre et me serre tellement fort que je ne peux plus respirer. Son haleine est chaude, il m'embrasse fougueusement dans l'oreille.

– Chérie, ma petite fleur, mon chou, mon lapin! Je t'aime! Aujourd'hui, c'est notre nuit de noces! Toi et moi, nous sommes imbattables. Jussuf en mourra de jalousie. Le plus beau des plus beaux, l'inoubliable, la béatitude – maintenant, je vais te montrer de quoi je suis capable! Tu restes avec moi. Demain aussi. Oui! Oui! Oui! Nous resterons toute la journée au lit. Le soir, je t'inviterai à dîner, au restaurant. Et au cinéma! Tu veux? Voilà, chérie. Regarde, j'ai encore envie de toi. Et il me montre fièrement qu'il est prêt à de nouveaux exploits.

Cette fois, je n'ai pas besoin de l'aider, il trouve le chemin tout seul, et le jeu recommence depuis le début. Nouri tente de se contrôler; il remue lentement; ça devient agréable, je sens mes muscles se contracter. Aussitôt il commence à gémir, pousse des cris de joie et laisse libre cours à son désir. Cette fois, le tout aura duré deux minutes!

Il est inutile de raconter le reste de la nuit. La même scène se répétera jusqu'à l'aube, à cette différence près que les intervalles entre les actions éclairs de Nouri seront de plus en plus longs.

Vers cinq heures du matin, après six «actes d'amour» de deux minutes chacun, j'en ai vraiment assez. Ma patience a des limites. Nouri vient de s'endormir, je me lève précautionneusement et m'habille sans bruit. Un dernier coup d'œil à ce beau corps détendu, allongé de tout son long sur le divan, à ces lèvres rouges, à ces longs cils noirs – un homme aussi appétissant et aussi mal programmé!

Puis je souffle la bougie presque entièrement consumée. Adieu, Nouri. Je te souhaite plus de chance en Tunisie.

Dehors, il fait déjà jour et il me semble apercevoir une silhouette sombre tapie dans le couloir qui mène aux toilettes. Le concierge? A-t-il vraiment écouté à la porte? Et alors? Il ne me connaît pas et ne me reverra jamais. Je respire profondément. L'air est délicieusement frais. Les oiseaux commencent à chanter et tout à coup, je me mets à courir, sans pouvoir m'arrêter. Les rues sont désertes, et je cours, avec mes ravissantes chaussures de luxe qui ne sont pas du tout faites pour ça, je descends toute la butte Montmartre et je continue jusqu'à chez moi, toujours en courant. Je ne suis pas sportive, mais cette course me fait énormément de bien. J'élimine de mon corps toute la frustration. J'arrive chez moi en nage, mon cœur bat à tout rompre. Je suis hors d'haleine et j'ai horriblement mal aux pieds.

Avec le peu de force qu'il me reste, je me traîne jusqu'au salon et me laisse tomber dans les moelleux coussins de soie de la méridienne. Sauvée ! Je défais mes chaussures, j'enlève mes bas, constate qu'ils sont filés et les jette sur la moquette rose. Lorsque j'ai enfin repris mon souffle, je vais pieds nus dans la salle de bains pour compter mes bleus. J'en ai cinq : deux sur le bras droit et trois sur les hanches. Je déteste les bleus !

Je me mets sous la douche, furieuse. Mais déjà, ça va nettement mieux. C'est merveilleux, l'eau chaude. Et le savon qui sent bon. Puis les serviettes de bain moelleuses. Et le peignoir de bain blanc à capuche que m'a laissé mon directeur adjoint de l'Opéra et dans lequel je m'enveloppe maintenant de la tête aux pieds.

Je m'asperge de mon parfum préféré, prends une profonde inspiration et relève mes cheveux. Puis, je m'assois par terre sur un drap de bain blanc tout doux et j'entame le rituel qui a toujours été salvateur pour moi, dans la vie. Chaque fois que quelque chose me fait sortir de mes gonds, chaque fois que j'ai besoin de réfléchir intensément, je me masse les pieds.

C'est un truc que je tiens de mon arrière-grand-mère brésilienne et je ne peux que le recommander à mon tour. Je ne connais rien qui détende plus, qui remette mieux les idées en place qu'un long massage des pieds.

Pour cela, j'utilise un mélange parfumé de fleurs de gardénias et d'huile de coco – une recette secrète qui vient de Tahiti – et je masse jusqu'à ce que la peau soit bien irriguée et ait des reflets roses. Ensuite, je lime mes ongles (mais oui, je me donne aussi la peine de limer mes ongles de pied !). Et s'il faut, je les enduis de vernis rouge. Ou rose nacré. Ou orange. Selon mon humeur.

Quand mes pieds sont prêts, qu'ils ne présentent plus le moindre durillon, j'ai en général retrouvé mon calme et tiré mes conclusions.

C'est exactement ce qui se passe cette fois.

Alors : qu'on ne vienne pas me dire que Nouri, Jussuf et Dieu sait quels autres Tunisiens encore sont sexuellement handicapés de naissance. Selon moi, ces petits chéris ont pris eux-mêmes la chose en main. Ils se sont soigneusement exercés à avoir le plus d'orgasmes possible d'affilée, le plus vite possible. Et c'est cela qu'ils appellent la virilité !

Mais oui ! C'est sûrement ça. Ils ont commencé secrètement à la puberté, à la main, dans leur chambrette, et maintenant ils se vantent de leurs performances devant leurs amis, comme Jussuf devant Nouri.

C'est incroyable ! Ils s'entraînent à devenir des armes sexuelles à tir rapide. Et tout ça pourquoi ? Parce qu'ils confondent quantité et qualité.

Et puis, c'est l'idéal aussi pour la polygamie. Évidemment ! le mâle à tir rapide est taillé sur mesure pour ça. Deux minutes seulement, et que ça saute ! Deux petites minutes et on en met encore une enceinte ! Voilà ! Voilà ! Et un fils, un ! Maintenant je comprends d'où vient le mot explosion démographique. Ah ! mes amis, quelle découverte je viens de faire ici à Paris, à six heures du matin, dans le luxueux appartement du directeur adjoint de l'Opéra ! Ce n'est pas un trait de lumière, c'est tout un rang de projecteurs qui s'allume dans ma tête.

Je suis vraiment contente d'être née au Québec. Je n'ai jamais été aussi satisfaite de mes quarante-trois amants; oui, je peux dire qu'ils me sont tous plus chers les uns que les autres. A commencer par le dernier, Leslie Rubin, avec qui j'ai bêtement rompu parce qu'il ne voulait pas que je vienne à Paris. Leslie, Baby ! *Where are you?* Rien que de penser à toi, j'ai envie de pleurer.

Nous nous sommes aimés pendant des nuits entières, lentement, longtemps (et jamais par devant). Chaque fois, c'était parfait. Nous nous embrassions et nous caressions pendant des heures. Ô Les ! *I miss you !* Mais maintenant, je vais aller me coucher et me caresser toute seule. Une sage décision, car je n'ai jamais été aussi frustrée de ma vie ! Heureusement la nature nous a ainsi faits que nous pouvons jouir sans l'aide de quiconque.

Oui, mes chéries, ce serait bien dur de ne pas pouvoir s'aider soi-même en cas d'urgence. Quelle horreur ! On serait totalement à la merci des autres, encore plus dépendant qu'on ne l'est déjà, constamment énervé, frustré, irrité, toujours à la recherche de quelqu'un pour nous conduire au plaisir. Une femme ne pourrait plus sortir seule dans la rue, et – sans même parler des viols – les gens s'agaceraient mutuellement, à vouloir toujours coucher ensemble.

Je me glisse, nue, entre les draps parfumés, avec, dans la main, la petite bouteille d'huile d'avocat du magasin diététique. Je vais d'abord me caresser à gauche, où la sensation de bien-être est plus sombre, plus veloutée, comme de la cannelle. A droite, c'est plus clair, plus pénétrant, plus rayonnant. Je vois des cristaux de neige. Des étoiles. Des orchidées blanches.

Voilà encore une chose que je n'ai découverte qu'à quarante ans: on ne ressent pas la même chose à droite et à gauche. On devient de plus en plus raffiné, avec le temps. La volupté s'amplifie. Et pour finir, je me caresse avec deux doigts. Alors l'orgasme est comme une explosion. A quoi pourrais-je penser? A ma dernière nuit avec Les? A son sexe long, beau, qui tient si longtemps? J'essaie pendant quelques secondes, mais sans succès. D'autres images me viennent. Un corps d'homme svelte et souple. Des mains soignées aux doigts longs et sensibles. Un lac romantique. Une odeur d'eau et de roses. Un hangar à bateaux. Un gigantesque gâteau blanc à trois étages plein de bougies allumées. Du champagne, le luxe, l'abondance !

Pas de doute ! C'est le jour de mes trente ans, le jour où tout a commencé. La nuit où ma sexualité s'est éveillée. Très bien, c'est exactement ce qu'il me faut. C'est l'idéal pour me consoler de mon aventure manquée à Montmartre.

Cet anniversaire a tout changé ! Il s'est passé des choses incroyables, des choses que je ne pensais pas possibles. Des événements d'une telle portée que je me suis complètement transformée, intérieurement et extérieurement. Avant mon anniversaire, j'étais très différente, physiquement. Méconnaissable. Et l'homme s'appelait Tristan. Un cadeau du ciel. Mais ça, mes chéries, c'est une autre histoire.

6

Mon trentième anniversaire a changé ma vie. Je l'ai passé chez ma tante Ophélie, la sœur aînée de ma mère, qui avait fait fortune en important au Canada de la lingerie fine en soie, de Paris. Elle possède une grande maison à Vancouver, où elle vit toute l'année à cause de la douceur du climat, et une île sur un grand lac, au nord de Toronto, où elle passe les mois d'été.

Cette île est un paradis. Elle est peuplée de canards sauvages, de cygnes, d'oiseaux chanteurs rares, de papillons et d'énormes érables, dont ma tante extrait elle-même son sirop, un régal. A peine arrivé sur l'île, on se croirait revenu dans les années 1920. Tout date de cette époque : la maison de maîtres, le hangar à bateaux en bois, la roseraie qui a déjà été photographiée deux fois pour la revue *Country Living,* tellement elle est belle. Mais aussi tous les meubles, les lampes, les vases, les tapis, les tableaux, et jusqu'à la vaisselle et aux draps en soie. Le voilier aussi est conforme au style, sans parler des barques à rames. Seul l'hydravion est récent. Il date de 1976. Ma tante a, bien entendu, son brevet de pilote.

Nous sommes devenues très proches à l'époque où je tenais ma librairie à Vancouver. Elle n'était pas très disponible, car c'est une femme d'affaires active, et l'un des secrets de sa réussite c'est qu'elle a de bonnes idées, qu'elle ne laisse rien au hasard et qu'elle vérifie toujours deux ou trois fois le moindre détail. N'ayant pas d'enfant, elle s'est prise d'affection pour moi. D'autre part, ma mère est son unique sœur (elles n'avaient pas de frères), et je suis la seule descendante de la famille qui perpétuera la tradition ophélienne.

Lorsque je débarquai sur l'île à la fin du mois d'août pour fêter mon anniversaire, j'étais très contente de moi. L'été était magnifique, je venais de vendre mon café littéraire d'Ottawa pour une somme rondelette, j'avais fait un placement sûr (des emprunts d'État américains à 7 %!) et je voulais me lancer dans quelque chose de nouveau. Je ne savais pas encore que j'avais la radio, la télévision et même Hollywood dans mon destin, mais je sentais que des moments passionnants m'attendaient. J'ai un sixième sens pour ce genre de choses, et il ne m'a jamais trompée. Je voyais donc l'avenir avec optimisme.

Physiquement, je n'avais rien d'extraordinaire à l'époque. Je portais les cheveux courts et des lunettes rondes à monture métallique, persuadée que ça convenait bien à une jeune bibliothécaire, à une libraire, à quelqu'un qui tient un café littéraire. Je cachais mes belles formes dans des robes austères à col montant que ma mère trouvait pour moi, j'enfouissais ma plantureuse poitrine sous des chemisiers en soie à col châle et dissimulais mon joli derrière sous des jupes plissées bien sages.

Quant au maquillage, je n'en utilisais pas. Je ne possédais même pas de rouge à lèvres. Toute mon énergie, je la mettais dans le travail, et ma vie privée était aussi paisible qu'insignifiante. Je vivais pourtant avec un jeune diplomate à l'avenir très prometteur, mais j'en étais déjà à un stade qui ne présage rien de bon, quand un homme ne m'attire plus du tout sexuellement. Quand, malgré tout le mal qu'il se donne au lit, mes parties les plus intimes restent désespérément sèches. Pour moi, c'est le début de la fin, et je me trouve bien vite un nouveau petit ami.

Car des hommes, déjà, je n'en manquais jamais. J'avais beau ressembler à un rat de bibliothèque et ne pas soupçonner le moins du monde mes talents sexuels, j'avais toujours du succès auprès d'eux. Sans doute me connaissaient-ils mieux que je ne me connaissais moi-même, et leur instinct infaillible leur disait qu'il y avait là un trésor caché.

D'autre part – aussi bizarre que cela puisse paraître – je n'avais pas de rivales, à ce moment-là. Jusqu'à une époque récente, le Canada était un territoire où l'on ignorait l'élégance. Il y avait très peu de belles boutiques, la haute couture était pratiquement inconnue, et si l'on voulait une jolie robe originale, il fallait la faire venir de Paris ou de Rome. Les femmes et les jeunes filles portaient essentiellement des pantalons de survêtement et des pulls en Dralon ou des jeans et des anoraks.

Elles ne se gênaient pas pour sortir en bigoudis et le visage luisant de crème. Ce n'était ni de la paresse ni du laisser-aller, mais simplement une manière d'éveiller la jalousie des autres, parce que cela voulait dire qu'elles étaient invitées à sortir le soir et qu'elles se préparaient. Moi, avec mes lunettes rondes, mes cheveux courts et mes petites robes sages à col montant, j'étais classée parmi les originales – je représentais même un « genre » que l'on imitait sans vergogne.

Il y avait une chose encore, pour laquelle j'étais à l'avant-garde :

j'avais la plus belle lingerie du Canada, celle que me fournissait ma tante Ophélie. Je portais de la soie, alors que les autres en étaient encore aux culottes en futaine qui descendaient jusqu'aux genoux. On les appelait des «épouvante-hommes» et c'était encore très répandu, à l'époque. Je portais des dentelles et des volants, des soutiens-gorge à balconnets et des chemisettes brodées, tandis que les autres se contentaient de coton épais et comprimaient leur poitrine dans des corsages en cretonne terriblement vieillots. En ce temps-là, on fabriquait encore au Canada des sous-vêtements qui ne se faisaient plus en Europe depuis la Première Guerre. Pas étonnant que ma tante ait fait fortune avec ses articles de luxe en provenance de Paris!

J'arrivai sur l'île avec mon tourne-disques portatif, un poste radio rouge, mon papier à lettres bleu et une énorme valise pleine de livres, rien que des biographies de personnages célèbres que je n'avais pas encore lues.

Pour mon anniversaire, j'avais apporté un deux-pièces en coton très léger rayé bleu et blanc dont la jupe droite et le haut sage effaçaient la taille et la poitrine. En fait, il ne me plaisait pas particulièrement, je trouvais qu'il me donnait une allure d'infirmière. Mais c'était un cadeau de ma chère maman, et de toute façon, c'était bien suffisant pour l'île.

Seuls quelques lointains parents et nos voisins du continent étaient invités, tous des gens charmants d'un certain âge, pour lesquels il était inutile de faire des effets de toilette. En plus, les consignes vestimentaires étaient simples: maillots de bain, shorts et bermudas étaient admis. Mais il était strictement interdit de se présenter à table en maillot de bain. Et il fallait aussi s'habiller long le soir, tante Ophélie y tenait beaucoup. La *long dress* était de rigueur pour le dîner dans la grande demeure blanche, fût-ce simplement de jolies jupes en coton bariolées, plissées à la main et longues jusqu'aux pieds.

Je pris l'avion d'Ottawa à Toronto, et louai une voiture pour aller jusqu'au lac où une première surprise m'attendait. Arrivée à l'embarcadère, je ne vis pas d'hydravion à l'horizon. Jay, le majordome de tante Ophélie qui habite toute l'année sur l'île avec sa femme pour garder la propriété n'était pas là, pas plus que Jordan, ce géant noir de deux mètres, deuxième chauffeur et jardinier de ma tante. En revanche, j'aperçus, très loin sur le lac, notre superbe vieux voilier, immobilisé par un calme plat.

Je me résolus à attendre, assise sur ma valise de livres. Enfin, au bout de deux bonnes heures, le vent se leva, les voiles se gonflèrent et le bateau se rapprocha, mais il me fallut encore un long moment pour distinguer celui qui avait eu la brillante idée de venir me chercher en bateau par ce temps radieux. Jay? Jordan? Ou tante Ophélie en personne? Mais non, c'était un inconnu. Et plus il se rapprochait, plus il m'était étranger. Qu'est-ce que cela signifiait?

Je me levai, avançai jusqu'au bout du débarcadère, attrapai le cordage qu'il me lança habilement, l'amarrai non moins adroitement et lui passai mes bagages. Ensuite, il me tendit la main pour m'aider à embarquer.

– Je suis Tris Trevor, dit-il avec un accent anglais. Je voulais absolument essayer ce superbe vieux voilier. Je suis désolé de vous avoir fait attendre aussi longtemps. Comment puis-je me faire pardonner?

Tristan Harrison Trevor arrivait tout droit de Londres. Il vivait et travaillait à Mayfair comme agent immobilier. Il avait le même âge que moi et s'était mis à son compte trois ans auparavant. Depuis, il n'avait fait que travailler, sans jamais prendre de vacances, et avait gagné beaucoup d'argent. C'était l'ami d'un ami d'un ami de ma tante. Ayant brusquement décidé de visiter le Canada, il avait débarqué sur l'île, où ma tante l'avait accueilli à bras ouverts.

Tris était fait pour ce bel endroit romantique comme l'amant est fait pour l'amour. Il était doué pour la musique, intelligent, jouait très bien du piano et avait des talents de conteur. Et par-dessus le marché, il mesurait 1 mètre 90, il était blond, mince, il avait un nez aristocratique et des yeux bleu-vert. Il comptait rester là deux semaines. Je n'avais rien contre.

Jusqu'au jour de mon anniversaire, notre relation fut amicale. Nous partions en voilier ensemble, faisions des parties de crocket, buvions le café sur la terrasse ombragée, mais nous n'étions jamais seuls. La maison était pleine d'invités, ma mère était tout le temps après moi, Jay et Jordan toujours présents. Nous éprouvions de plus en plus de sympathie l'un pour l'autre mais n'avions jamais l'occasion de nous le dire. Il y avait seulement ces longs regards rêveurs que chacun lançait à l'autre quand il pensait ne pas être vu, et une certaine gêne quand nous nous croisions par hasard dans le parc ou dans la maison.

Tris n'était pas un homme à femmes. Il n'avait pas besoin de ça. Il était beaucoup trop beau pour avoir à s'imposer. Il prenait son temps, et moi aussi. J'attendais d'être sûre qu'il fût amoureux de moi pour faire le premier pas. Mais oui. C'est moi qui le fis et non pas lui. C'est moi qui l'invitai à venir se baigner avec moi sur la côte ouest de l'île, dans une baie cachée que j'étais seule à connaître. C'est là que nous échangeâmes nos premiers baisers, rien de plus.

Mais ces baisers furent merveilleux. Pour la première fois de ma vie, je sombrai dans les bras d'un homme en oubliant tout le reste. Je ne savais plus où j'étais, ni l'heure qu'il était, je n'avais même pas peur que quelqu'un nous surprît. J'étais aux anges. Et il était clair que le soir même, après la fête, je l'inviterai à monter dans ma chambre, la plus belle de la maison, celle avec le grand lit bateau et la vue sur la roseraie.

– Tu viendras me voir, après? lui chuchotai-je pendant la soirée.

Tristan accepta l'invitation en me pressant discrètement la main. Il ne dit rien, mais baissa les yeux vers moi – d'une façon telle que je sentis mes genoux se dérober sous moi. Et j'eus la certitude qu'il allait se passer quelque chose de tout nouveau pour moi, quelque chose d'unique et d'inoubliable.

Cet anniversaire me réservait encore une surprise. Sans prévenir, ma tante Ophélie m'offrit sa précieuse bague. Tout à coup, elle me saisit la main en disant: « Il est temps, ma petite! » et passa à mon index droit l'opale de feu brésilienne, avec ses petits brillants bruts et sa splendide monture en or ciselé 22 carats.

– Fais-y bien attention, murmura-t-elle en m'embrassant.

Le soir, il y eut un repas de fête, mais dans mon énervement, je ne pus rien avaler. Je savais que Tris passerait la nuit avec moi. Chaque fois que je pensais à lui, j'avais un pincement à l'estomac et mon cœur se mettait à battre la chamade.

Quand il frappa enfin à ma porte à trois heures du matin, j'étais tellement émue que je craignais de m'évanouir. Mes genoux se mirent à trembler à tel point qu'il me fut impossible d'aller à sa rencontre. Je dus m'adosser à la fenêtre pour ne pas défaillir.

Tris n'était pas moins ému que moi. Mais en Anglais de bonne famille, il avait appris, dans des écoles choisies, à rester maître de ses sentiments ou du moins à n'en rien laisser paraître.

Il était seulement très pâle. Il avança rapidement jusqu'à moi, me prit dans ses bras et m'embrassa sans rien dire. Je portais un déshabillé de soie grise orné de dentelle, qui allait à ravir avec mes cheveux roux et faisait paraître ma peau encore plus lumineuse que d'habitude. Ouvert devant, il était retenu seulement par un ruban rose noué au-dessus de la poitrine et un autre à la taille.

Tristan ne les dénoua pas.

– Ma belle, ma précieuse Ophélie, me chuchota-t-il à l'oreille en me serrant très fort et longtemps comme si c'était la seule chose qu'il eût souhaité. C'était nouveau pour moi! J'étais habituée à ce que les hommes ne perdent pas de temps, à ce qu'ils aillent droit au but, me déshabillent pour se mettre aussitôt à l'œuvre.

Tristan, lui, n'était pas pressé. Ce n'est que lorsque, perdant patience, je commençai à déboutonner sa chemise qu'il passa à l'étape suivante : il me souleva du sol, sans le moindre effort, me prit dans ses bras comme une enfant et me porta délicatement jusqu'au lit. Ensuite, il ôta ses chaussures, s'allongea près de moi et dénoua les rubans de soie.

Nous fîmes l'amour toute la nuit. Tendrement d'abord, puis de plus en plus passionnément. Nous étions pris tous les deux d'une sorte d'ivresse, incapables de nous détacher, de quitter le lit, de nous séparer.

Le lendemain, nous ne parûmes pas au petit déjeuner, ni au déjeuner, ni même à l'heure du thé, sur la terrasse. Le soir, nous nous présentâmes enfin devant la famille étonnée (qui feignit, poliment, de ne rien remarquer), pâles, les yeux cernés, tremblant encore de notre désir réciproque.

Nous mangeâmes, certes, mais sans savoir quoi, en nous tenant discrètement la main, puis nous nous retirâmes, dès qu'il fut possible de le faire sans être impolis.

Après cette première nuit, j'étais totalement, éperdument amoureuse. Et Tristan, l'Anglais flegmatique, inaccessible, l'était aussi. Nous vivions l'un et l'autre notre première grande passion. La moindre séparation était douloureuse. Chaque seconde que nous ne pouvions passer blottis l'un contre l'autre nous causait une véritable souffrance physique.

Jusqu'alors, je pensais très sérieusement que j'étais frigide. A vingt-trois ans, avec mon premier amant, je ne sentis absolument rien, je trouvai ça ennuyeux, pour ne pas dire pénible. A vingt-cinq ans, quelques hommes plus tard, ça n'était toujours pas bien. A vingt-neuf ans, quand je rencontrai mon jeune diplomate, j'eus deux orgasmes les six premiers mois. Après quoi je m'étais toujours ennuyée avec lui.

Jamais, jamais je n'aurais pensé pouvoir rester de mon plein gré au lit avec un homme pendant des jours et des nuits. C'était exactement ce qui se passait avec Tristan. Pour la première fois de ma vie, je désirais un homme autant qu'il me désirait. A ma grande surprise, je trouvais maintenant très beaux les gestes de l'amour, c'était un miracle, car jusqu'ici ils m'avaient toujours rebutée. Tristan et moi, c'était la nature dans toute sa puissance. C'était plus fort que tout ce que j'avais ressenti jusqu'à présent. Ça atteignait les racines de mon être.

Je compris aussi pourquoi, dans beaucoup de civilisations, la sexualité est sacrée. C'est une fontaine de jouvence (avec le bon partenaire) ! Au lendemain de la première nuit, déjà, je me sentais plus belle, plus forte, plus gaie qu'avant. J'étais aussi fière que si je venais de réussir un examen difficile.

Je SAVAIS AIMER !

J'étais devenue adulte !

J'aurais voulu descendre en courant sur la terrasse où ma mère, ma tante et des invités de l'île voisine étaient en train de prendre le thé, pour leur raconter en détail, les joues brûlantes, ce que j'avais vécu la nuit précédente.

Avaient-elles connu ça? Ma mère? Ma tante? Mrs. Keller, avec ses beaux cheveux blancs? Avaient-elles vécu ça? Ou bien étais-je la seule?

Aujourd'hui, je sais ce qui se passa alors. Comme il arrive à beaucoup de femmes, à trente ans, mon corps avait atteint sa maturité, et j'ai eu la chance de rencontrer Tristan juste à ce moment-là. Je suis tombée sur ses genoux comme un fruit mûr. Il avait faim. Je voulais être mangée. C'est tout !

Au bout de trois nuits, nous nous étions aimés à feu et à sang. Nos parties du corps les plus délicates étaient devenues tellement sensibles qu'il nous fallut faire une pause pour ne pas nous épuiser dans notre béatitude.

Dans la journée, nous quittions la chambre, nous sortions au grand air, faisions de la voile, de la barque, des promenades.

Jamais la vie n'avait été si belle ! Le temps était toujours splendide, chaque jour étant plus radieux que le précédent. Et j'étais plus amoureuse de Tristan de jour en jour. Tout me plaisait en lui. Ses longues mains. Son nez aristocratique. Sa tendresse, sa douceur, son accent anglais très distingué, sa façon de me sourire en secouant la tête d'un air pensif, comme pour dire : « Ça y est ! Nous voilà amoureux ! »

Il racontait merveilleusement bien et avait ce subtil humour anglais que je trouvais irrésistible. Il aimait les enfants, les animaux, les plantes, qu'il admirait avec les yeux du néo-romantisme.

– Regarde cette petite chose, disait-il par exemple en me montrant une jolie pâquerette qui avait élu domicile sur le bord de la pelouse de crocket, regarde comment elle se tient. Quel port ! Elle a vraiment conscience de sa valeur. Je parie qu'elle se prend pour la plus belle créature du monde !

Depuis, j'ai beaucoup d'estime pour les pâquerettes et je prends garde de ne pas les piétiner.

A propos d'un oiseau chanteur au plumage bariolé qui s'était perché sur le hangar à bateaux et que j'avais remarqué à cause des plumes de sa tête dressées en brosse, il avait dit :

– Oh ! mais il est drôlement élégant, celui-là. Et quelle belle coiffure il a ! Si j'étais un oiseau, j'en serais malade de jalousie !

Je trouvais ces réflexions tellement merveilleuses que je mourais d'envie de lui sauter au cou. Mais au Canada, on ne fait pas étalage de ses sentiments devant tout le monde. S'embrasser ou se tenir la main en public est considéré comme vulgaire et *low class*.

Comme je l'ai déjà dit, nous autres Canadiens sommes des gens polis. En affichant son bonheur avec ostentation, on dérange les gens qui sont seuls dans la vie et ne peuvent faire autrement que vous voir. Contrairement aux Français qui exhibent leur désir en pleine rue, qui, à Paris, se livrent aux prémices de l'accouplement sur les bancs publics, nous gardons nos sentiments pour la chambre à coucher – par égard pour nos semblables. Donc, je me retenais, aussi pénible que ce fût.

En revanche, il n'y avait aucune limite lorsque nous étions seuls. Nos blessures d'amour guérirent étonnamment vite, et pendant les derniers jours avant le départ de Tristan, nous fîmes l'amour le matin, le soir et aussi l'après-midi, quand la grande maison blanche était silencieuse, que les roses commençaient à exhaler leur parfum et que tout le monde faisait la sieste.

Je sais ! Trois fois par jour, ce n'est pas normal. Mais nous avions perdu la raison. Notre attirance mutuelle était trop forte. Dès que nous étions seuls, nous nous jetions dans les bras l'un de l'autre.

Tris ne se ruait jamais sur moi, ne me demandait rien de pervers. Il me caressait là où il fallait, me faisait l'amour par tous les côtés (sauf par devant) et à ma grande surprise, j'avais orgasme sur orgasme.

Pour la première fois de ma vie, je pouvais m'égarer complètement. La manière dont Tristan bougeait en moi prouvait que ça pouvait durer des heures. Et dès que je me disais : « Ça va durer toujours, ça ne s'arrêtera jamais. Ça durera aussi longtemps que je veux ! », je me détendais et je jouissais sans effort, je m'envolais.

Jamais auparavant je n'étais arrivée à savourer le plaisir, à le faire durer et augmenter. J'observais toujours mon partenaire avec inquiétude. Dès que ça devenait agréable, je commençais à tressaillir. Ça va s'arrêter. Il va jouir, déjà ? Ça y est, il gémit ! Maintenant il accélère. Maintenant il ne me caresse plus. Maintenant c'est fini ! Encore trop tôt, merde !

Quelle femme ne connaît pas ça ! La barbe ! Dès que le désir monte, ça s'arrête. Et si ça arrive souvent, on est bloqué pour la vie. On se force à ne plus rien sentir, pour ne pas souffrir après. Je connais ça, j'étais sur cette pente dangereuse. Mais Tristan a prononcé la formule magique : « Je n'arrêterai pas avant que tu viennes, détends-toi, fais-moi confiance. » Et tout se passa très bien, parce que l'orgasme (j'ai appris cela le jour de mes trente ans) c'est aussi une question de confiance !

C'est vrai ! Je lui faisais confiance. Je faisais confiance à ses bras, à ses mains, à sa bouche, à son cœur et bien sûr aussi à son sexe qui me donnait tant de joie. Il était bouleversant de beauté : assez long, rond au bout, rose, sain et tel que la nature l'avait fait. Sous la peau, tout était lisse, ferme et tellement appétissant qu'on avait envie de mordre dedans.

Évidemment, je n'avais pas la technique (je ne l'ai apprise qu'à Paris, comme il se doit !), mais je l'embrassais là en bas pendant des heures et je voulais le faire jouir. Seulement, les Anglais n'ont pas les mêmes mœurs que nous.

– Tu me rends fou, gémissait Tris en me tirant pour me faire remonter vers lui, arrête, Ophélie ! Je ne veux pas !

– Pourquoi ?

– Tu n'aimes pas faire ça.

– Si ! Si ! Si ! Laisse-moi faire, s'il te plaît !

Mais il me retenait, et il n'était pas question de le faire changer d'avis. Et puis, il était de plus en plus pensif.

– Ophélie, me dit-il lors du dernier après-midi que nous passâmes ensemble, je me demande où nous allons. Je n'ai jamais fait l'amour avec quelqu'un aussi longtemps et aussi souvent. Je ne savais même pas qu'on pouvait rester aussi longtemps en une femme. Deux heures entières ! C'est fou !

Il prit mes mains et les embrassa.

– Je t'aime ! Vraiment ! Tu me prends toutes mes forces. Veux-tu que je te dise ? Ça m'inquiète ! Je peux être allongé là, épuisé, meurtri par trop d'amour, le dos en compote, dès que tu franchis la porte, je suis de nouveau prêt. Je peux encore faire l'amour – même contre ma volonté !

Il lâcha mes mains et me regarda droit dans les yeux.

– Ça me dérange ! Je ne suis pas obsédé de la virilité. Deux fois par semaine me suffisent. Mais trois fois par jour ? Ce n'est pas normal ! Ça fait peur. Et pourtant, c'est la plus belle chose qui me soit jamais arrivée !

– Pourquoi as-tu peur, alors ? Je ne comprends pas.

– Parce que tu as du pouvoir sur moi.

– Mais, toi aussi, tu en as sur moi. C'est exactement la même chose pour moi.

– Pour l'instant, oui. C'est la première fois que tu tombes amoureuse. J'ai plus d'expérience que toi. Moi, je suis ordinaire. Je le sais. Toi, tu es exceptionnelle, mon amour. Tu es ce qu'un homme peut espérer de mieux.

– Tu parles sérieusement?

– Le plus sérieusement du monde.

Tristan fit un signe de tête et garda le silence, perdu dans ses pensées. Soudain, il m'embrassa.

– En tout cas, tu es le meilleur remède que je connaisse contre l'impuissance. Je suis ravi de t'avoir trouvée.

– Combien de femmes as-tu connues? Dix? Vingt? Plus? (Tris était mon septième, je le lui avais dit!)

Mais un vrai Britannique reste discret, même au lit. Tris se mit à bâiller.

– Pas tellement, répondit-il à la légère. Rien d'extraordinaire. Disons, ce qu'on peut trouver à Londres, comme ça, au fil des jours.

Puis il passa son bras autour de moi et ferma les yeux.

Mais moi, je me relevai.

Je voulais lui demander une chose que j'avais depuis longtemps sur le cœur.

– Tristan, tu connais ce vieux dicton: *la nuit, tous les chats sont gris.* C'est vrai, ça? Est-ce que pour un homme, c'est pareil avec toutes les femmes?

– Gros bêta! (Il éclata de rire.) Bien sûr que non! Oublie ça, c'est une absurdité! Au contraire. Avec chaque femme, c'est autre chose. Il y a des différences énormes. Un homme n'a pas envie de n'importe quelle femme. En plus, il y a des femmes qui, à l'intérieur, ne sont, comment dirais-je, pas du tout attirantes. Elles ne sont pas non plus agréables à toucher. Je ne sais pas à quoi ça tient, mais c'est comme ça.

– Et moi?

– Toi, on ne peut pas s'empêcher de te toucher! Écoute, ne fais pas comme si on ne te l'avait jamais dit!

– Si, on me l'a dit. Mais je ne le croyais pas, parce que moi, je ne sentais jamais rien. Avec les autres hommes, c'était toujours ennuyeux à mourir.

– Tu as dépassé ce stade. Désormais, tu aimeras ça.

– Mais pas avec n'importe qui. Seulement avec toi. Seulement avec toi, Tris, je te le jure!

– Évidemment, pas avec n'importe qui. Mais il ne faut pas que je te perde de vue trop longtemps. Si je le faisais, je serais le plus bel imbécile que la terre ait jamais porté! Ophélie, *darling,* à quoi penses-tu? Tu ne m'écoutes pas.

– Tu t'en vas demain. A huit heures du matin. (Les larmes me montèrent aux yeux.) Je n'y survivrai pas.

Il rit, me prit dans ses bras, embrassa mon nez mouillé.

– Mais si, tu survivras, voyons. Il n'y a aucune raison de pleurer. J'ai une surprise pour toi. Nous allons nous revoir bientôt. Plus tôt que tu ne le penses. Je te le jure !

Tristan Harrison Trevor tint parole.

Par amour pour moi, il quitta Londres pour s'établir à Toronto. Nous vécûmes ensemble pendant un an, et au début, ce fut le bonheur parfait. Je me laissai pousser les cheveux, jetai mes lunettes à monture métallique et commençai à porter des vêtements seyants avec de larges ceintures qui mettaient ma silhouette en valeur. Subitement, tout le monde me fit des compliments. Tout à coup, j'eus la réputation d'avoir un corps « parfait ».

– Je ne savais pas que tu étais si belle, me disaient des amis qui me connaissaient depuis des années, depuis quand as-tu d'aussi grands yeux ? Et cette silhouette ? Tu as maigri, ou tu fais de la gymnastique ?

J'étais ravie, naturellement, surtout que je ne faisais rien de particulier pour mettre en valeur ce que je possédais depuis toujours.

Tris faillit devenir mon mari. Il voulait m'épouser, avoir des enfants, il me pressa, me supplia, se servit même de ma mère, qui aurait d'ailleurs bien aimé l'avoir pour gendre. Mais je ne pouvais pas me résoudre à devenir une épouse. Pendant une année entière, je ne fis rien d'autre que la cuisine, la lessive, le repassage, les courses et le ménage. Je ne cherchais pas de travail, parce que Tris me voulait pour lui tout seul. Il gagnait assez d'argent, nous nous en sortions très bien.

Mais, au bout de six mois, je m'aperçus avec tristesse que mon grand amour ne suffisait pas à tuer ce quotidien que je ne supportais pas. Je m'ennuyais à mourir à la maison, je ne voulais pas encore d'enfants, Tris travaillait comme un fou et quand il rentrait le soir, il était fatigué et voulait être tranquille. Il y avait bien longtemps que nous ne faisions plus l'amour trois fois par jour. Deux fois par semaine, tout au plus. Il lui arriva même de ne pas me toucher pendant quinze jours. Dès lors, je décidai de faire quelque chose. Il fallait que ça change !

Sans rien dire, je me mis à chercher du travail. A peine avais-je mis le nez dehors, dans le monde, que j'avais encore moins envie de finir mes jours comme femme au foyer. En très peu de temps, j'avais remporté une victoire : le poste de responsable du programme des pièces radiophoniques à Radio Canada.

Je dis une victoire, parce qu'à cette époque, ce genre de programme n'existait pas encore. Je persuadai les directeurs qu'il en fallait absolument un et que nul autre que moi n'était mieux à même de le créer et de le diriger. Sinon, à quoi bon avoir fait des études? A quoi bon parler plusieurs langues et avoir lu toutes les littératures anglaise et française de A à Z?

Mon don de persuasion fit merveille. Après quelques jours de réflexion et trois semaines de négociations au sujet de mon contrat et de mon salaire, je devins l'un des cadres de la respectable Canadian Broadcasting Corporation. J'avais ma secrétaire, un magnifique bureau dans le plus chic gratte-ciel de Toronto et un travail qui me passionnait.

Je choisissais les pièces (sans cadavres, sans meurtres ni homicides, sans tueries ni violences – des pièces qui incitaient les gens à s'aimer). Je prenais contact avec des théâtres et je choisissais les comédiens pour lire les rôles. J'assistais aux enregistrements, je me battais comme une lionne afin d'obtenir les meilleures heures pour « mes » pièces radiophoniques et dans les sondages, j'obtenais toujours le meilleur classement, parce que je ne déprimais pas les gens, je leur remontais le moral, je les distrayais et je développais leur culture générale. C'était merveilleux !

J'eus bientôt quatre personnes sous mes ordres. Le seul problème était qu'il y avait beaucoup trop peu de pièces sans cadavres. Aussi décidai-je d'en faire écrire quelques-unes. Je fis paraître des annonces, je me battis afin d'obtenir des fonds pour donner des primes et des prix littéraires, et je réussis à convaincre la femme la plus riche de Toronto, une veuve multimillionnaire, de créer une fondation pour les écrivains canadiens de talent.

J'avais beaucoup de succès, mais ce n'était pas facile. Bientôt, je travaillai autant que Tristan, la maison ne m'intéressait plus du tout. Il était prévisible que j'allais quitter notre appartement commun. Quand les choses en arrivèrent là, il n'y eut pas de scène. Tristan accepta, avec son flegme typiquement britannique, il m'aida même à déménager et vint me voir souvent dans mon loft ensoleillé, situé près de la station de radio. Il en fut ainsi pendant des années. Il n'y a jamais eu de séparation officielle, nous sommes en contact encore aujourd'hui, nous nous voyons une ou deux fois par an, et quand ni lui ni moi n'avons personne avec qui passer nos vacances, nous partons ensemble.

Tris a fait lui aussi une grande carrière. Propriétaire du meilleur cabinet immobilier du Canada, il est l'homme le plus en vue dans la profession. Il est riche, ne s'est jamais marié et m'attend toujours.

Tristan Harrison Trevor! *Ça*, c'était de l'amour. Je me demande si je revivrai ça un jour. Peut-être cet été? Ici, à Paris? J'ai le sentiment que le moment est venu. Mais avec qui? Il faut que ce soit un homme important. J'en ai assez des pâtissiers, des étudiants, des fonctionnaires, des immigrants et des instituteurs. J'en veux un du dessus du panier. Mais les hommes importants sont rares, et le plus gros problème est de savoir comment les rencontrer.

Les grands manitous ne vont pas au café du coin. Ils ne fréquentent pas les boîtes de nuit ni les salles de lecture des bibliothèques, ils ne vont pas seuls au restaurant. De nos jours, ils sont le plus souvent entourés de gardes du corps et presque toujours mariés. Comment les approche-t-on? C'est là la question. Pourtant, depuis le jour de mes trente ans, je sais que je peux avoir n'importe quel homme, si je veux. Et je veux! Le reste, allez, par-dessus bord!

Je bâille profondément puis je m'étire, avec plaisir. J'ai arrêté depuis un bon moment de me caresser, ça ne donnera rien de bon, je suis trop fatiguée pour me laisser aller à des fantasmes voluptueux.

Soudain, le téléphone sonne.

J'ai été tellement surprise que je suis parfaitement réveillée. Qui ça peut-il être? Nouri? Dieu m'en garde! Comment a-t-il eu mon numéro? Je ne lui ai même pas donné mon adresse exacte.

Je décroche, non sans hésitation. C'est Nelly!

– Allô? Allô? Ah, enfin! Tu es difficile à joindre. Tu ne rentres plus chez toi? Je t'ai réveillée?

– Non, non. Je ne dormais pas encore. Quelle heure est-il en Californie?

– Huit heures du soir. Et à Paris?

– Six heures du matin. Les oiseaux chantent déjà.

– Alors, cette soirée?

– Plutôt médiocre. J'y suis restée beaucoup trop longtemps. Je ne sais pas pourquoi.

Elle rit.

– Était-il beau, au moins?

– Oui. Mais à part ça, c'était plutôt frustrant.

– Quatre fois en dix minutes? C'est ça? Et en plus il en était fier!

Cette fois, je ne peux m'empêcher de rire.

– Comment as-tu deviné?

– Ma chère enfant, je suis restée longtemps à Paris... Mais rassure-toi, ils ne sont pas tous comme ça. Tu es tombée sur un rustre. Il y en a de meilleurs. Une fois, j'ai connu un Tunisien très gentil, parfait au lit.

– Pourquoi vous êtes-vous séparés?

– Il était trop jaloux. Mais ce n'est pas pour ça que je t'appelais. Écoute, Ophélie, tu as de l'expérience dans les médias. Es-tu déjà passée à la télévision? Je veux dire devant la caméra.

– Bien sûr, puisque j'ai fait ma propre émission. Je ne t'ai pas raconté ça?

– Non. Ou j'ai oublié. En tout cas, ça tombe très bien. Dis-moi, est-ce que tu as le trac?

– Pas du tout. Dès que les projecteurs sont braqués sur moi, il me vient les meilleures idées du monde.

– Très bien, ma petite! As-tu envie d'aller à Londres en juillet, à une table ronde sur les cures d'amaigrissement, pour me représenter? J'irais bien moi-même, mais je ne peux pas partir en ce moment.

– Bien sûr! Avec joie! Demain matin, ou tout de suite, si tu veux.

Nelly rit.

– Pour l'instant, tu n'es pas encore assez mince. En juillet, ma cocotte. D'ici là, ça ira. Mais je veux que tu sois vraiment mince comme une anguille, pour donner crédit à mon régime auprès des gens. A propos de régime, tu t'es pesée, aujourd'hui?

Mon Dieu! Dans mon énervement, j'ai complètement oublié.

– Pas encore, répondis-je en baissant la voix, mais attends une seconde, je vais le faire tout de suite.

– Non, ce serait trop long. Tu me le diras la semaine prochaine, ou tu me l'écriras. De toute façon, tu me dois une lettre. Et comment ça marche, le manuscrit?

– Aucun problème. Demain soir, je t'envoie deux nouveaux chapitres. Ils sont très bons.

– C'est parfait. Mais moi aussi, j'ai bien travaillé. Tu vas recevoir cinquante nouvelles pages. Bon, maintenant, nous allons arrêter de bavarder, je suis invitée à dîner, et il faut encore que je me change. Alors, adieu, ma petite! Je te rappelle la semaine prochaine. Et ne sois pas triste à cause de cette nuit, tu trouveras sûrement mieux!

Nelly raccroche, et je vais dans la salle de bains, toute heureuse. La perspective de cette émission de télévision à Londres fait taire la crainte de l'excès de poids que va m'annoncer aujourd'hui la balance. Du pain, du vin, de l'eau-de-vie, des figues, des dattes, de la pâte d'amandes et une assiette et demie de couscous bien gras – j'ai pris deux kilos, c'est sûr.

Mais que vois-je?

Est-ce possible? Je regarde l'aiguille, médusée. Hier matin, je pesais soixante-quatre kilos, et maintenant, je n'en pèse pas soixante-six ou soixante-sept, mais seulement soixante-trois. Il doit y avoir une erreur!

Je descends de la balance et la secoue un peu avant de remonter dessus précautionneusement – c'est bien ça ! Soixante-trois kilos ! Hourra ! Je pèse SOIXANTE-TROIS KILOS ! Un kilo de moins qu'hier. C'est incroyable !

Nelly n'a donc pas la science infuse ! Les Tunisiens ne sont pas dangereux pour la ligne, comme elle le dit, non, bien au contraire : ils vous frustrent tellement que, de colère, vous parcourez la moitié de Paris au pas de course. Il n'y a rien de tel pour maigrir !

J'inscris fièrement un gros 63 sur le tableau et je vais enfin me coucher, soulagée, ravie. Je n'ai pas gâté mon régime, je m'envole pour Londres, je passe à la télévision – je serai sûrement logée dans un hôtel de luxe. Et le lendemain, je reviens à Paris. Non. J'irai voir mes peintres préférés à la Tate Gallery. Et ensuite j'irai au British Museum. Et puis chez Dillon's, ma librairie préférée. Peut-être aurai-je aussi des billets pour Covent Garden ou pour une pièce de Shakespeare à l'Aldwych Theatre. Quelle fête !

A moitié en rêve, je décide que j'irai aussi chez Liberty, le grand magasin le plus chic de Londres après Harrods, naturellement. Ah, je me réjouis comme une enfant !

Et sans soupçonner le moins du monde les suites qu'aura ma nuit avec Nouri, je me tourne sur le côté et m'endors comme une bienheureuse.

7

La journée du lendemain commence de façon insignifiante mais s'achève par une catastrophe. Il se passe quelque chose d'horrible, sans la moindre alerte et sans que j'y sois pour rien.

C'est comme un éclair dans un ciel radieux. J'ai été à deux doigts de m'enfuir, de quitter Paris, de renoncer à ma carrière et de mettre mon avenir en jeu.

Dieu merci, je reste assez forte pour ne pas en arriver à ces extrémités. Mais je peux dire, sans exagérer, qu'en ce dimanche de mai, ma vie prend une autre tournure.

Je me réveille à midi, en proie à une étrange agitation, et bien que six heures de sommeil soient bien insuffisantes pour moi, je décide de me lever tout de suite pour aller faire des courses. A Paris, il y a des magasins ouverts le dimanche. Au coin de ma rue, sur la place Monge, il y a même un marché le matin. En me dépêchant, j'arriverai encore à temps.

En un quart d'heure je suis prête, cheveux relevés, des chaussures confortables aux pieds et un panier à provisions au bras. Les rues regorgent de gens en tenue légère, et quand je pense que chez nous il neige sûrement encore, je me mets à chantonner et je m'imagine sur la Riviera. La journée s'annonce très bien !

On ne peut pas être triste à Paris. Surtout quand on va faire ses courses. C'est là que commence en fait la fameuse tradition gastronomique française. Les denrées que, dans le Nouveau Monde, on achète au supermaché une fois par mois emballées sous plastique, conditionnées sous vide, déshydratées ou surgelées, en paquets géants, que l'on entasse négligemment dans le coffre de la voiture, que l'on fait cuire en vitesse pour les avaler distraitement, eh bien ici, on les achète fraîches et savoureuses, en petites quantités, juste assez pour deux ou trois jours.

Chez nous, faire les courses est une corvée. Ici, à Paris, c'est un plaisir sensuel. En plus, on flirte avec les commerçants, c'est une obligation, ça fait partie du jeu. J'aime les Français pour ça. Ils savent rire, ils sont charmants, beaux parleurs, et connus pour leur humour. Ils vous font des compliments innocents (et qui n'engagent à rien !). Jamais on ne vous demande un rendez-vous, pas plus qu'on ne vous fait d'allusions désobligeantes la fois suivante. Non, on joue un jeu, et les deux parties le savent. On s'amuse, c'est tout.

– Bonjour, monsieur, dis-je à mon marchand de journaux, dont je suis la meilleure cliente, compte tenu du prix des journaux étrangers. Une vraie journée de printemps aujourd'hui. Vous avez remarqué?

Il est grand, maigre, et il a un sourire enchanteur.

– Mais oui ! Bonjour madame. Vous semblez très en forme ce matin, dit-il en me regardant de la tête aux pieds d'un air admiratif.

– Merci, monsieur ! Mais vous aussi !

– Moi? Ça va très mal ! Oh la la ! Je crois que je vais me pendre.

Il ferme les yeux et soupire d'un air pitoyable.

– Mon Dieu ! Que s'est-il passé?

– Tout, madame ! Je n'y tiens plus, je vais me pendre pas plus tard que maintenant !

– Mais où? Où voulez-vous vous pendre?

– A votre cou, bien sûr, chère petite madame !

Sur ce, nous rions en chœur et alors seulement j'achète mon *Times* du samedi avec le supplément littérature, *Le Monde* et le *Wall Street Journal*. Oui, c'est ça, Paris. Pourquoi n'est-ce pas pareil chez nous? Le badinage, ça ne coûte rien et ça embellit la vie. Il n'y a rien de plus sain que le rire.

Voyons, qu'est-ce que je pourrais m'offrir de bon à manger aujourd'hui? Le choix est difficile. Je me fraye un chemin à travers la foule, je passe devant les gens qui font la queue le long des étals du marché, devant les montagnes de fraises, de cerises, de pêches, de papayes, de mangues, et j'arrive aux légumes. Elles sont là, les asperges blanches et dodues, appétissantes dans leurs barquettes en bois. C'est exactement ce que je veux. C'est sain, diurétique, hypocalorique. Un peu de salade aussi. Et les sept fines herbes qui vont avec : persil, aneth, ciboulette, cerfeuil, citronnelle, basilic, estragon. A Paris, ce n'est pas un problème, on les achète fraîches, en petits bouquets. On ne peut pas dire qu'elles soient bon marché. Mais dans l'eau ou au réfrigérateur, elles se conservent plus d'une semaine. Encore quelques pommes de terre? Parfait.

Je range soigneusement tout ça dans mon panier. Puis je passe vite devant la poissonnerie, en détournant la tête. Ils me font pitié ces poissons qui gisent sur la glace, la bouche béante, les yeux ouverts. La viande ne m'inspire pas plus confiance. Souvent, des têtes coupées voisinent avec les côtelettes. Des têtes de lapin, de mouton, de porc. Non, tout ça me dégoûte. En revanche, j'achète un gros steak, cher, puis je flâne le long de la rue Mouffetard, je passe devant des mottes de beurre, des châteaux de fromage, des pyramides d'œufs, des terrines de pâté, de jolies tresses d'ail.

Il y a aussi un marché dans la rue Mouffetard. J'ai envie de me mêler à cette foule bariolée et après, je m'offrirai un café au tabac. Ah, j'allais oublier : il me faut des tulipes jaunes pour le piano à queue et quelques frésias délicieusement parfumés, des blancs, des mauves et des roses, pour mon bureau. Voilà ! Ça suffit !

Mais soudain, sans que je sache pourquoi ni comment, je suis prise d'une irrésistible envie de sucreries. A côté du fleuriste, il y a une pâtisserie qui exhale des odeurs alléchantes. Me voilà à l'intérieur. Je demande deux petits pains aux raisins et une couronne aux noisettes que j'avale avant même qu'on m'ait rendu la monnaie. Mais ça ne me suffit pas. Non, j'en veux encore ! Encore ! Encore ! Une religieuse au chocolat. Un éclair au café ! Un baba au rhum dégoulinant d'alcool qui contient à lui seul la bagatelle de sept cents calories.

Pour couronner le tout, je prends encore deux grosses tablettes de chocolat aux noisettes, et à peine dehors, au milieu des touristes et des marchands qui font l'article, des ménagères lourdement chargées, des pères de famille avec leurs jeunes enfants, je déchire le papier d'aluminium et j'enfourne un carré de chocolat après l'autre, comme si ma vie en dépendait.

A la maison, le deuxième acte de la tragédie commence. Je suis prise d'une terrible fringale de toasts au fromage, d'omelette au lard et de pain beurré. Je me précipite dans la cuisine pour préparer tout ça. Ensuite, je fais cuire le steak, mais je n'en viens pas à bout. Je mets la moitié qui reste au réfrigérateur.

Et là, je tombe sur une boîte de crème de marrons de première qualité, bien sucrée. Je la sors, m'installe sur un tabouret près de la table-comptoir, et je vide la boîte, à la petite cuiller, sans perdre une seconde, après quoi j'ai tellement soif que je bois un demi-litre d'eau minérale. Cette fois, je me sens vraiment mal.

Pour me punir, je monte immédiatement sur la balance. Dieu du Ciel ! Ce n'est pas possible ! Je pèse soixante-six kilos ! SOIXANTE-SIX KILOS ! Trois kilos de plus que ce matin. Je n'ai pas eu une telle fringale depuis des années.

Ce sont sans doute les effets à retardement de la soirée d'hier. Nelly avait raison.

Bon ! A vingt ans, j'en aurais fait une maladie et pour me consoler je me serais immédiatement préparé une montagne de crêpes arrosées de sirop d'érable. Mais maintenant, à quarante ans, j'ai davantage de discipline, et donc je ne mangerai plus rien aujourd'hui, pas la moindre bouchée. Je vais tout de suite m'asseoir à mon bureau et je n'en bougerai pas jusqu'à huit heures du soir ! Ensuite, j'irai au cinéma, pour faire diversion. Car normalement, pour ne rien vous cacher, je m'offre le restaurant chinois tous les dimanches soir. Un plaisir coupable que je cache à Nelly et que je m'avoue à peine à moi-même (c'est pourquoi je n'en avais pas encore parlé). L'habitude est une seconde nature. Une fois par semaine, je mange normalement. Je n'arrive pas à renoncer complètement à la viande.

Mais j'ai assez péché pour aujourd'hui. Le cinéma à la place du restaurant, c'est décidé, et à partir de demain, je reprends mon régime strict Hollywood Star. Telle que je me connais, dans trois jours, j'aurai perdu ces kilos en trop.

Je persiste dans ma résolution avec une volonté de fer. Je ne quitte pas mon bureau de toute la journée, ne mange strictement rien, ne bois que du thé et de l'eau minérale, et j'écris onze pages sur les soins de beauté. A neuf heures, je descends au Quartier latin pour voir *Bus Stop,* avec Marilyn Monroe, dans un minuscule cinéma de la rue Galande. C'est un excellent film, je l'ai déjà vu cinq fois, mais c'est le seul de tout le quartier dans lequel il n'y ait ni meurtres, ni tueries, ni violence, ni torture – et cet arrondissement ne compte pas moins de dix-sept salles de cinéma !

Tandis que je savoure le talent de Marilyn, le drame se prépare déjà au-dessus de moi (mais je ne me doute de rien). Je continue à suivre le déroulement du film avec ravissement, et à onze heures un quart je me retrouve dans la rue, tellement en forme que je décide de rentrer chez moi à pied.

J'ai encore mal aux jambes de mon marathon d'hier, et il est tard, mais je n'ai pas peur. Je suis à Paris, pas à New York. Ici, les femmes peuvent se promener seules la nuit, ici on est libre de ses mouvements, et je me sens en sécurité.

Confiante, je remonte l'étroite rue Galande, avec ses pavés irréguliers, jusqu'au boulevard Saint-Germain. Et là, qui vois-je sous la grande pendule, à l'angle de la rue Monge ? Pas de doute ! C'est Nouri, avec Jussuf, son antipathique cousin. Seraient-ils allés en chœur me chercher place de la Contrescarpe ?

Panique. Je ne veux surtout pas les rencontrer, mais il faut que je remonte la rue Monge, il n'y a pas d'autre chemin. Que faire ? Pendant quelques secondes, je reste comme paralysée au milieu de la rue et je réfléchis à toute vitesse. Le métro ! C'est mon seul salut. Prendre le métro, disparaître de la surface. Il y a une station juste là, comment s'appelle-t-elle ? Maubert-Mutualité. Parfait. Vite, filons !

Je dévale l'escalier. M'ont-ils reconnue? Hors d'haleine, je demande un ticket en me retournant plusieurs fois. Non! Fausse alerte! Personne ne me suit. Ma fuite a réussi. Rassurée, je descends encore une volée de marche jusqu'au quai.

La station est silencieuse, on n'entend pas encore la prochaine rame arriver. Elle est déserte aussi – mis à part quatre silhouettes inquiétantes à l'autre bout du quai, quatre jeunes gens qui me semblent tout de suite louches.

Mon instinct me dit clairement de faire demi-tour, de remonter l'escalier, de disparaître sur-le-champ! Tout de suite! Mais là-haut il y a Nouri, et s'il me voit, je ne pourrai pas m'en défaire. Non, je reste. Encore une nuit comme celle d'hier et je n'ai plus qu'à entrer au couvent. D'ailleurs, il ne m'est jamais rien arrivé de grave, ni au Canada, ni aux États-Unis. Je n'ai jamais été menacée, ni agressée, ni volée. Il ne faut pas devenir paranoïaque. Soyons positive, et tout se passera bien. Dans mon cher Paris, je n'ai rien à craindre.

Je m'assieds sur le long banc qui s'étire jusqu'au bout du quai et je regarde mes chaussures, faisant comme si je n'existais pas.

C'est une erreur, je m'en aperçois tout de suite.

A peine assise, je sens que les quatre hommes approchent. Je ne les entends pas, car ils se déplacent sans bruit, mais je sais qu'ils sont là! En quelques secondes, je suis cernée.

Mon cœur se met à battre très fort, mais je continue à me croire hors de danger. A Paris, il ne m'arrivera rien.

– Mademoiselle? interroge une voix juste derrière mon oreille droite.

Je lève la tête. S'ils veulent des cigarettes, ils frappent à la mauvaise porte. Mes réflexions s'arrêtent là, je reçois quelque chose de piquant en plein visage, mes yeux me brûlent affreusement, une épée traverse mes poumons, je peux à peine respirer, je suffoque, je tousse, je lutte pour avoir un peu d'air. C'est épouvantable! Atroce! Ce n'est pas vrai! C'est un mauvais rêve! A Paris, il ne m'arrivera... Soudain, je sens quelqu'un tirer sur mon sac à main.

ILS N'AURONT PAS MON SAC! C'est ma seule pensée claire dans ce moment d'horreur. Je me penche en avant pour le protéger, mais je reçois un coup violent sur la tête et m'effondre par terre. Mon sac est sous moi, je le couvre de mon corps. Non! Non! Non! Non! Je ne le leur donnerai pas! Ils ne l'auront pas! Jamais! Mais quatre hommes sont plus forts qu'une femme. En deux secondes ils se sont emparés de leur proie et s'enfuient.

Combien de temps je reste couchée sur le sol crasseux, je ne sais pas. Une éternité, il me semble. Lorsque enfin je me relève, j'ai l'impression d'avoir cent ans. J'ai mal partout, à la tête, aux genoux, au dos. Et surtout aux mains. Qu'est-ce que c'est que ça? Elles sont rouges, rouge écarlate, rouge partout, et ma robe aussi. Du sang? De l'acide? Au secours! Je suis mutilée! J'étouffe!

Toussant et haletant, je titube jusqu'à l'escalier. Le chef de station accourt à ma rencontre.

– Mon Dieu, madame, vous êtes blessée?

Secouée par les sanglots, je lui montre mes mains rouges.

– Ce n'est rien, c'est de la teinture, me rassure-t-il, des gaz lacrymogènes et de la teinture rouge. Ce n'est pas dangereux, madame. Appuyez-vous sur moi. Voilà! Je vais vous aider à monter.

Il me prend sous les bras, me porte jusqu'en haut et va me chercher une chaise. Il a déjà prévenu la police qui arrive deux minutes plus tard. Trois hommes en civil avec des têtes de bons pères de famille. Ils me demandent laconiquement: « Combien étaient-ils? Comment sont-ils habillés? Par où se sont-ils enfuis? » Puis ils remontent l'escalier et disparaissent dans la nuit.

Je reste assise là, essayant de retrouver ma respiration. Je ne me suis jamais sentie aussi misérable. Il me semble que je suis complètement nue. Un morceau de viande plus qu'un être humain. On se sent comme ça quand on vous mène à l'abattoir. Maintenant je sais ce que c'est que d'être tué.

A ce moment, je m'aperçois que je n'ai plus ma bague. Ma superbe bague avec l'opale de feu. Et les clefs. Ils ont mes clefs. Et mon argent. Et ma carte de crédit. Et mon passeport. Ils connaissent mon nom et mon adresse, je suis à leur merci. Ils sont peut-être déjà dans l'appartement à m'attendre.

– Vous portez plainte? Il faut porter plainte!

Le chef de station a une feuille de papier et un stylo à la main. Je lui dis ce qu'il y avait dans mon sac et lui décris aussi ma bague dans les moindres détails.

– Y a-t-il une chance qu'on leur mette la main dessus? demandé-je ensuite.

Il me répond par un haussement d'épaules. Je comprends. On ne les retrouvera jamais, ces types! Mais comment vais-je faire pour rentrer chez moi sans argent? Aujourd'hui, je ne pourrai plus mettre un pied devant l'autre. Et comment rentrerai-je sans clefs? Comment retrouverai-je ma bague? Il y a de quoi désespérer!

Je recommence à tousser sans pouvoir m'arrêter. La vie est absurde! Est-ce que tout est perdu? Mais non! J'ai un ange gardien. Au plus fort de mon désespoir, un miracle se produit, je n'en reviens pas.

J'entends tout à coup des voix, des pas, des cris, des piétinements. Les policiers sont de retour, ils descendent l'escalier dans un tapage infernal. Et ils ne sont pas seuls. Ils en ont rattrapé trois sur les quatre. Les types, menottes aux poignets, se débattent comme des enragés, hurlant, crachant, donnant des coups de pieds. S'ils pouvaient, ils nous tueraient tous, ça se lit sur leurs visages.

– C'est bien eux? me demande un policier sans se soucier du vacarme.

J'acquiesce.

– Mais il en manque un!

Alors le plus grand des trois se tourne vers moi, un type effrayant, au regard perçant, les yeux injectés de sang.

– Vous mentez! hurle-t-il tellement fort que sa voix se brise. Vous ne m'avez jamais vu! Jamais! Dites-le à la police. Vous ne m'avez jamais vu, j'ai passé toute la soirée boulevard Saint-Michel, je ne suis absolument pas venu ici! Vous me prenez pour quelqu'un d'autre! Dites-leur.

Je le reconnais tout de suite, c'est celui qui m'a frappée. Je détourne la tête et le laisse brailler.

– Ce sont eux, j'en suis certain, intervient le chef de station, je les ai très bien vus. Je leur ai couru après dans la rue. Et ils ont jeté ça. Tenez!

Il tend au policier un petit vaporisateur, des gaz lacrymogènes mélangés à la teinture. On peut en acheter dans n'importe quelle droguerie. Ils sont conçus pour l'autodéfense. Mais apparemment, ils sont tout à fait appropriés aussi pour l'agression.

– Avez-vous retrouvé mon sac? demandé-je en tremblant. Et ma bague? Ils m'ont aussi volé ma bague!

En guise de réponse, il secoue la tête d'un air navré.

– Pas encore, madame. Nous ne les avons rattrapés que dans la rue Saint-Jacques, et là, votre sac avait déjà été vidé et jeté. D'autre part, leur chef nous a filé entre les mains, c'est lui qui a le butin de toute leur journée y compris votre argent et votre bijou. Mais n'ayez pas peur, nous le pincerons. Dites-moi, c'est à vous, ça?

Il sort de sa poche un billet de cent marks chiffonné.

– On l'a trouvé sur celui-là.

Il montre le plus petit des trois, un jeune garçon de vingt ans tout au plus, vêtu d'un blouson style cosmonaute qui semble coûteux. Il a une mine patibulaire: sourcils noirs et épais, front bas, regard lourd et nez de boxeur. C'est lui qui m'a aspergé avec les gaz lacrymogènes. Maintenant il se tient là, comme si tout cela ne le concernait pas.

– Non, ce c'est pas à moi. Je n'avais que de l'argent français. Pensez-vous vraiment que vous allez trouver ma bague?

– A-t-elle de la valeur?

– Bien sûr.

– Dans ce cas, il y a peu de chances. Vous savez, le type qui nous a échappé est depuis longtemps à Pigalle, et il a déjà tout fourgué. Il cherche à s'en débarrasser tout de suite, et puis, ce qu'il veut, c'est de l'argent. Ça se passe très vite. Un bijou volé à Paris disparaît pour au moins deux ans. Puis il refait surface à Marseille ou à Londres, ou à Rome. Enfin, quand il s'agit d'un beau bijou ancien. Les bijoux courants sont refondus.

Mon cœur se serre convulsivement. Ma bague vendue à un receleur! Cachée pendant des années dans un coffre-fort. Comment la retrouverai-je? J'ai envie d'éclater en sanglots. Mais je ne pleurerai pas devant ces malfrats.

– Bien, annonce le policier, maintenant nous allons tous au poste de police pour faire une déposition. Là-bas, vous pourrez vous débarrasser de cette teinture rouge, madame. Ensuite nous irons boulevard de l'Hôpital au quartier général de la police judiciaire. J'ai bien peur que vous ne dormiez pas beaucoup cette nuit.

Nous nous mettons tous en route. Les trois types ont cessé de hurler, ils filent doux, en silence. Ils sont attachés aux policiers par des menottes et n'offrent plus aucune résistance. Je les observe en hochant la tête. Ils tremblent de peur, maintenant. C'est typique des agresseurs. A quatre, ils sont plus courageux, surtout pour frapper une femme. Quatre hommes contre une femme! Là ils se sentent forts. Ce sont les héros de notre époque. On ne fait plus de sentiment, aujourd'hui.

Dehors, dans la rue, je cherche des yeux Nouri et Jussuf. Mais ils ont disparu l'un et l'autre. S'ils n'avaient pas été là tout à l'heure, ce cauchemar m'aurait été épargné.

Au commissariat, je reçois le deuxième choc. Une jolie femme policière blonde qui porte très bien l'uniforme bleu s'occupe de moi, m'emmène dans un cabinet de toilette, m'apporte du savon et des serviettes en papier.

Je me regarde dans la glace – et je recule, horrifiée. Ce n'est pas possible. C'est moi, ça? J'ai le visage rouge écarlate, comme si on l'avait peint, les yeux à peine visible tellement ils sont gonflés, les cheveux collés, et ma robe est pleine de taches rouges.

Je commence à me frotter désespérément les mains, les bras, les joues, le nez. Enfin, au bout d'un long moment, mon visage est redevenu blanc. Trop blanc même, j'ai l'air d'une revenante. Blafarde, épouvantée. Et je me mets aussitôt à trembler de tout mes membres. Cette personne dans le miroir, ce n'est plus moi, je le comprends en un éclair. Ce n'est pas la joyeuse Ophélie venue du Québec qui me regarde, mais encore une victime anonyme de nos métropoles, où la loi du plus fort se propage comme une épidémie mortelle. Ce que je vois, c'est une femme désespérée parmi toutes celles qui cette nuit, à Paris, à Londres, à New York, à Rome et à Los Angeles, ont vécu la même chose, ou pis. Une victime parmi tant d'autres, voilà ce que je suis.

Et il y en a chaque jour davantage. Au quartier général de la police judiciaire, on s'active comme dans une ruche. Soixante-quatre agressions ont déjà été signalées, et il n'est que minuit.

Je suis assise dans une grande salle d'attente bourrée de monde. A côté de moi, un couple d'Anglais dont on a pillé la voiture. Ils sont en route pour l'Italie, c'est leur premier jour de vacances. Ils n'ont plus rien à se mettre, on leur a volé tous leurs bagages.

Ils discutent avec deux Américaines qui se sont fait voler leur argent et leurs papiers dans le métro en allant dîner au restaurant. Elles sont désespérées. Elles ont tout perdu : passeports, billets d'avion, chèques de voyage, argent liquide, tout le budget de leur séjour en Europe pour lequel elles avaient économisé pendant des années !

A deux heures du matin, c'est enfin mon tour, on me conduit à travers un long couloir austère jusqu'à un minuscule bureau. A peine ai-je franchi la porte que l'agent commence à éternuer sans pouvoir s'arrêter, à cause des gaz lacrymogènes que j'ai dans les cheveux. Ce n'est qu'après avoir ouvert la fenêtre qu'il peut enregistrer ma déposition. Il est très gentil, petit, jeune, avec une moustache blonde et de grandes oreilles rouges.

Il tape à la machine sans relâche. L'heure tourne. De temps en temps, il me pose des questions très précises. Le temps passe. Enfin c'est terminé. Après avoir relu son rapport à haute voix, il va me chercher de l'eau, m'offre une cigarette et me demande de dessiner ma bague. Tandis que je m'applique du mieux que je peux, on frappe tout à coup très fort à la porte. Un policier noir entre avec un sourire et une mine de Père Noël. Il tient quelque chose à la main – mon sac ! Je n'en crois pas mes yeux !

– Il est à vous? me demande-t-il pour la forme. Nous l'avons trouvé rue Saint-Jacques dans une entrée d'immeuble. L'argent a disparu, mais tous les papiers doivent y être encore.

L'argent, c'est le cadet de mes soucis. Je n'avais pris que cent francs, je n'en mourrai pas. Je le remercie vivement, et prends mon sac dont je vérifie tout de suite le contenu. Passeport, cartes de crédit, carnet d'adresses, chéquier, clefs – tout est là. Me voilà soulagée d'un grand poids. Je suis sauvée ! Je peux rentrer chez moi ! La situation est déjà beaucoup moins grave.

A trois heures du matin, je signe la déposition. Et comme je n'ai pas un sou, le gentil blond moustachu me raccompagne dans sa voiture particulière. C'est un misérable tas de ferraille, un combi Renault gris sale pétaradant et bringuebalant mais il roule encore – c'est l'essentiel.

– Vous les connaissez, les types qui m'ont agressée? lui demandé-je, tandis que nous filons bruyamment sur les boulevards déserts. Ce serait indiscret de vous demander d'où ils viennent?

– Pas du tout. De l'île de La Réunion. Ça fait des mois que nous sommes après cette bande.

– Seront-ils extradés?

– Non. Ce sont des Français, avec des passeports français. Ils feront de la prison. Deux ans, je pense. Ils ont tous des antécédents judiciaires.

– Des antécédents? Mais ils sont très jeunes !

– Le petit a dix-neuf ans, les deux autres vingt-trois. Leur chef n'est guère plus vieux, il n'a pas trente ans. C'est un ancien militaire de carrière. Déserteur. On va le cueillir au petit déjeuner.

– Où habite-t-il?

– Dans un petit hôtel à Pigalle. Mais évidemment, il ignore que nous le savons déjà, il croit que les autres ne le trahiront pas. Mais ils ont tout de suite craché l'adresse, ça allégera un peu leur peine, ils en ont bien besoin. Ce soir, ils ont déjà agressé une étudiante, une vieille dame, un touriste allemand, tout ça en deux heures exactement, entre neuf heures et onze heures. La dernière, c'était vous.

– C'est la faute des médias, dis-je après un court silence, partout on tue et on frappe, il n'y a pas de film sans cadavres. Ces quatre-là viennent sûrement de familles de malfrats, ils passent la journée devant la télé, où ils apprennent à voler et à tuer. Et le soir, ils vont dans la rue et font exactement la même chose.

– C'est possible. Mais ils ont aussi des prédispositions. Beaucoup d'entre eux ont des frères et sœurs qui sont braves et honnêtes. Mais dans le lot, il y a une brebis galeuse qui frappe sa sœur et vole de l'argent à sa mère dans son sac à main. De toute façon, il ne veut pas travailler, alors il cherche quelques comparses et vient en France. A La Réunion, dans certains milieux, le bruit court qu'à Paris on peut devenir millionnaire en cinq ans en attaquant les gens dans la rue.

– Et ils croient ces idioties?

– Bien sûr. Ce ne sont pas les plus intelligents qui font ce genre de choses.
– Et que se passe-t-il après les deux ans de prison?
– Ils récidivent.
– Quoi?
– Oui, malheureusement. C'est toujours pareil. Pendant quinze jours ils se tiennent tranquilles, ils cherchent même du travail, parfois. Mais au bout de la troisième semaine, ils sont de nouveau à Pigalle, ils fréquentent certains bars, reprennent contact avec d'anciens amis, et le soir même ils se remettent en infraction. Jusqu'au jour où on les reprend. J'observe ça depuis plusieurs années. Ces types n'en tirent aucune leçon. Mais ils commettent des délits de plus en plus graves!
– Alors, que peut-on faire?
– Rien. Les enfermer et espérer qu'ils en auront assez de la France et retourneront chez eux.
– Et que font-ils, une fois chez eux?
– La même chose. Seulement là-bas, on a la détente plus facile qu'ici, et un jour ou l'autre, ils y passent. Ces types ne font pas de vieux os. Mais ce n'est pas notre problème. Nous sommes bien contents d'en être débarrassés. Avec la bande qui vous a attaquée, nous aurons peut-être cette chance. En tout cas, ne prenez plus le métro le soir, madame, c'est trop dangereux. Moi-même, je ne prends le métro que quand je ne peux pas faire autrement. Et j'ai toujours un vaporisateur sur moi, cette bombe avec laquelle vous avez été agressée aujourd'hui.

Il fouille dans sa poche et en sort cet atomiseur que je connais bien maintenant.
– Je ne sors jamais sans. Il peut m'arriver la même chose qu'à vous, madame. La semaine dernière, une de mes collègues s'est fait agresser, elle est encore à l'hôpital.

Il freine brutalement et tourne dans la rue Lacépède.
– Nous y sommes. Comme convenu, je vous contacterai dès que j'aurai du nouveau au sujet de votre bague. Et allez chez le médecin dès demain. Vous avez une légère blessure à la tête. Gardez le rapport médical, s'il vous plaît, nous en aurons besoin pour le procès. Bonne nuit, madame.

Il attend que je sois entrée dans le hall, me fait un signe de la main à travers la porte vitrée. Je lui souris vaillamment et répond à son geste. Surtout ne pas montrer de faiblesse.

Mais en haut, dans l'appartement, mes forces m'abandonnent. Je verrouille la porte, m'appuie le long du mur. Debout, dans l'obscurité, toute tremblante, je n'ose pas allumer la lumière.

C'est la première fois de ma vie qu'on me frappe. La violence, je ne la connaissais que par ouï-dire. Ma mère ne m'a jamais donné une gifle. Ni à l'école ni au jardin d'enfants on ne nous corrigeait. Mais aujourd'hui, quatre inconnus se sont jetés sur moi et m'ont frappée. C'est un choc !

Brusquement, je réalise combien je suis vulnérable. Comme il est facile de s'en prendre à une femme. Comme la vie tient à peu de chose. Et ça, mes amies, ça change tout !

Tremblant de tous mes membres, tendue à l'extrême, je me presse contre le mur et j'écoute, dans l'obscurité. Je tressaille au moindre bruit. J'imagine un agresseur dans chaque recoin. Peut-être le chef de la bande qui nous a échappé est-il quand même dans l'appartement ? Mais non, Ophélie ! Il est à Pigalle en train de vendre ta bague pour cinq cents francs ! Pourtant, il me semble entendre grincer la porte du balcon. Mais oui ! Quelqu'un essaie d'entrer. Où dois-je me cacher ? Je suis une femme sans défense ! Je retiens mon souffle, mon cœur bat tellement fort qu'il résonne dans mes oreilles. Je suis la victime par excellence ! J'attends mon assassin. Une victime ? Moi ? Jamais ! Sans défense, peut-être, mais pas lâche. J'ai toujours été plus courageuse que les autres. Donc, je vais allumer la lumière. Voilà ! Et maintenant, je vais avancer jusqu'à la porte du balcon pour voir qui rôde là dehors, dussé-je y laisser ma peau.

Il n'y a personne sur le balcon. Tout est silencieux et paisible. Les lauriers sont toujours là, le ciel s'éclaircit peu à peu. En haut, sur le jardin suspendu, les moineaux gazouillent, encore à moitié endormis. Soulagée, je referme la porte-fenêtre derrière moi. Bon, surtout, ne pas devenir hystérique. C'est le plus important, pour le moment. Il faut que j'agisse tout à fait normalement. Je vais dans la cuisine me faire une tasse de thé. Je le bois lentement, gorgée par gorgée, c'est chaud. Ça fait du bien !

Ensuite, je me lave les cheveux. Il faut que je me débarrasse des gaz lacrymogènes pour faire passer cette envie d'éternuer. J'utilise la moitié d'un flacon de shampooing, la teinture rouge s'écoule par litres. Enfin, au bout du cinquième lavage, l'eau est claire. Maintenant, un massage au conditionneur, un peu de merphène sur la blessure, voilà ! Cette odeur âcre est partie. Mes cheveux sentent bon de nouveau. Voilà pour la tête.

Maintenant, la robe. Effaçons toutes les traces !

Je remplis le bidet d'eau chaude, j'ajoute un peu de savon en paillettes et je plonge la robe dedans. Puis j'enroule autour de mes cheveux mouillés une serviette propre que je noue en turban, et assise sur le bord du bidet, je regarde la teinture rouge se détacher de la soie jaune et se dissoudre dans l'eau.

Alors, j'y suis passée, moi aussi. Presque toutes les femmes que je connais au Canada et aux États-Unis, y compris Nelly et ma mère, se sont fait agresser. Mais comme je suis belle et que je ne veux de mal à personne, moi, je me croyais invulnérable ! Grave erreur, la preuve ! C'est un fait : dans ce dernier quart du XXe siècle, une femme ne peut plus se permettre de prendre le métro seule le soir. Surtout pas un dimanche vers minuit, surtout pas dans une superbe robe en soie et avec un sac verni de chez Dior. Je donne l'impression d'être riche, j'ai quelque chose d'une créature de luxe, et les types ont certainement pensé que je me promenais avec plusieurs milliers de francs sur moi.

Mais qu'est-ce que je peux y faire? M'habiller comme une clocharde? Me couvrir la tête? Me couper les cheveux? Ne plus sortir le soir? Prendre des cours de karaté? Apprendre à tirer? Porter un revolver? Jamais! Je ne peux pas, je ne veux pas vivre comme ça!

Mais il le faut peut-être, après tout?

Y a-t-il une autre solution?

Je me lève, me drape dans une robe de chambre verte que j'ai trouvée dans la salle de bains (en très beau velours, c'est à mon directeur adjoint de l'Opéra), et je vais dans la cuisine me faire une deuxième tasse de thé. Je la bois au salon, sur la méridienne jaune d'or, et je cogite, jusqu'au lever du jour.

Le tir? C'est trop brutal pour moi.

Mais pourquoi n'apprendrais-je pas le karaté?

Après ce qui vient de se passer, il y a une chose qui me paraît évidente. Dans une grande ville, les femmes sont du gibier non gardé. Les hommes ne nous protègent plus. Nous protéger! Ils n'osent pas sortir eux-mêmes sans leur bombe de gaz lacrymogène. Il est grand temps de faire quelque chose! Dès que j'ai fini les cinquante prochaines pages, je fais une pause et je m'inscris à un cours de karaté!

Oui! Je vais apprendre le karaté pour me défendre. Non pas contre des hordes sauvages d'envahisseurs, non, contre mes semblables, qui parlent la même langue que moi, habitent la même ville, fréquentent les mêmes cinémas, les mêmes bistrots, les mêmes cafés. Qui osera encore prétendre que nous vivons en paix? La guerre civile est déclarée, il ne faut pas se faire d'illusions. Tous contre tous. La loi du plus fort règne! Et, mes chéries, nous avons encore un privilège. Nous vivons à une époque où la lutte entre les sexes a lieu concrètement... Entre autres dans le métro, la U-Bahn, le Subway, dans les trains de banlieue, les gares désertes, aux arrêts d'autobus, dans les garages souterrains, les parkings géants, les parcs mal éclairés, les entrées d'immeubles sombres, et les rues vides. Partout où l'on peut voler, violer et tuer des femmes sans être vu, des femmes sont volées, violées, tuées. Nuit après nuit. Jour après jour!

Et par qui? Par nos adorables petits chéris, nos chères moitiés, le valeureux sexe fort. Les hommes gouvernent le monde, mais voilà bien longtemps qu'ils ne l'ont plus en main. Ils nous mènent tous à la ruine avec leurs jeux de pouvoir, leur folie des grandeurs, leurs machinations, leurs interminables guerres et leur course aux armements!

Propagande féministe? Laissez-moi rire!

Imaginons encore une fois la situation inverse. Que penseraient-ils de nous, les hommes, si c'était nous, les femmes, qui formions des bandes pour les voler, les frapper et les assassiner, dans le noir? Si nous, les femmes, avions sur la conscience quatre-vingt-dix pour cent des crimes et la plupart des guerres de l'Histoire? Si c'était nous qui menions la folle course aux armements jusqu'à l'ultime catastrophe?

Nous feraient-ils une confiance aveugle, seraient-ils là à louer notre intelligence et à nous vénérer comme le joyau de la création? Certainement pas! Ils auraient peur de nous, ils nous haïraient, ils contesteraient notre souveraineté. Suis-je trop dure envers ces chers trésors? Ah! mes chéries, l'heure est à la désillusion totale. Nous autres femmes regardons les maîtres de la création avec désenchantement. En effet, que voyons-nous? Des enfants cruels. D'horribles enfants qui jouent à la guerre, qui violent, qui volent, qui tuent et dont les livres, les films et les pièces de théâtre regorgent de barbarie et de sadisme.

J'arrête ici mes réflexions. D'un bond je me dresse sur mon séant et resserre ma robe de chambre autour de moi. Est-ce que je commencerais à haïr les hommes? Moi qui pense être sur terre pour encourager l'amour entre les gens? Cette pensée me fait froid dans le dos.

Je me lève et commence à faire les cent pas dans le salon. J'ai mal à la tête, le sang bat dans la blessure, les poumons me piquent, les yeux me brûlent – je suis la victime de quatre détrousseurs! Après tout, on peut bien voir les choses comme ça. Bien sûr qu'on peut, mais je ne veux pas! Je ne veux pas haïr! C'est contraire à ma nature. En plus, il y a une chose dont je suis sûre, aussi vrai que je m'appelle Ophélie: rien n'est plus facile, de nos jours, que de dresser les hommes et les femmes les uns contre les autres. J'observe cette évolution depuis des années, et je ne veux pas être mêlée à l'avalanche de haine de ce maudit siècle! Des hommes, il y en a aussi de bons! *Voilà!* « Les hommes », ça n'existe pas. Il y a les bons et les mauvais, de même qu'il y a partout des individus bons, et qu'aucun peuple au monde n'est fait que de mauvais. Je refuse de me laisser monter la tête. Je ne veux pas de massacre d'amazones. De toute façon, ce sont toujours les innocents qui payent.

Mais je vais apprendre le karaté. Et je ne prendrai plus jamais de sac à main. Ai-je vraiment besoin de toutes mes cartes de crédit, de mon chéquier, d'argent liquide, de mon passeport et de mon carnet d'adresse pour aller au cinéma? Non! Les femmes trimbalent toujours tout un fatras. Il n'y a que les idiotes pour traîner la moitié de leurs affaires quand elles sortent le soir.

A partir d'aujourd'hui, je n'emporterai que le strict nécessaire. Et je le mettrai dans la poche de ma veste.

Et puis, je vais faire aussi autre chose – et c'est le plus important. Je vais me forcer à oublier le plus vite possible l'incident d'aujourd'hui. Celui qui hait devient haïssable! Je suis beaucoup trop intelligente pour me promener désormais avec la mine défaite et paraître dix ans de plus que mon âge. Le monde est plein de gens aigris, peureux, sombres, accablés, pleins de haine. Je ne serai jamais comme ça, jamais!

Je ne laisserai personne me briser.

Personne n'aura ce plaisir, surtout pas ces quatre loubards. Allez, le fatras, par-dessus bord!

Je m'arrête brusquement devant la cheminée, jette un regard dans le miroir qui la surmonte et me force à sourire. Eh bien voilà! Ça va mieux! J'ai déjà les yeux moins rouges, le teint plus clair. Mon regard est mortellement triste, bien sûr, mais ça va passer. Seulement, il ne faut pas que je m'attendrisse sur moi. Ce serait la fin de tout!

Je suis là, seule dans une ville étrangère de plusieurs millions d'habitants et je n'ai personne pour me consoler.

Et alors?

Je me console toute seule.

Et demain, il fera jour!

8

Mon agression n'est pas sans conséquences.

Il se passe des choses étranges !

Je ne me reconnais plus !

Pour la première fois de ma vie, je néglige mon travail. Pourtant je m'assieds chaque matin, comme d'habitude, devant la machine à écrire, je prépare tout – à droite les notes brouillonnes de Nelly, à gauche les pages du manuscrit définitif –, je commence à lire, je mets une feuille de papier dans la machine, mais je ne vais pas plus loin. Ça ne rime à rien. A quoi bon travailler, puisque je peux mourir d'une seconde à l'autre? A quoi bon écrire un seul mot?

Une vague de dégoût m'envahit quand je regarde les pages soigneusement dactylographiées. Cent cinquante pages terminées, laborieusement dégagées du foisonnement chaotique de la pensée de Nelly. Ordonnées en phrases puissantes, claires, percutantes dans un style pur, brillant, peaufiné, pour faciliter la lecture. Des heures et des heures de travail patient et difficile. Et tout ça pour quoi? Pour me faire agresser dans le métro !

J'appelle Nelly pour lui raconter toute l'histoire et lui demander quelques jours de vacances. Elle comprend tout de suite et préconise une excursion aux châteaux de la Loire, à ses frais. Ma mère me téléphone, me plaint, me réconforte. Si je veux venir au Canada, elle m'enverra un billet d'avion. Je réfléchis longuement. C'est tentant. Mais finalement, je décide de rester. Je ne fuirai pas. Il faut que je surmonte le choc autrement.

Les quelques jours de vacances vont devenir deux mois entiers.

De début mai à début juillet, je suis incapable de me concentrer, je n'écris pas une ligne. En revanche, je me jette à corps perdu dans la vie trépidante de Paris, car j'aime toujours autant cette ville somptueuse. Je ne mets plus les pieds dans le métro. Je prends le bus ou le taxi pour aller aux défilés de mode, au concert, au théâtre. Je visite l'Opéra, tous les musées, je flâne dans les rues, et passe des après-midis entiers aux terrasses des cafés à regarder tous ces gens fascinants venus, comme moi, des régions les plus lointaines du globe, attirés par la Seine.

Ma vie est faite d'extrêmes. Si j'ai passé les trois premières semaines cloîtrée chez moi, je passe les huit suivantes toujours par monts et par vaux. A peine réveillée, il faut que je voie des gens : je m'habille en hâte et me précipite dehors, sur la place de la Contrescarpe pour prendre mon petit déjeuner à La Chope. Dès que j'ai devant moi un grand crème à l'odeur alléchante (je n'en connais pas de meilleur sur la place de Paris !), dès que j'entends parler et rire, je me sens mieux.

De temps en temps, j'aperçois Jussuf qui donne un coup de main dans la pâtisserie tunisienne. Une fois, il est venu me donner le bonjour de Nouri. Je dois lui rester fidèle, il viendra me voir cet été. Bon, très bien. L'été est encore loin, j'ai bien le temps de m'inquiéter. Pour l'instant, je veux m'amuser ! Maintenant, tout de suite ! Tant que dure cette belle vie ! Demain, il sera peut-être trop tard. Je ne me fie plus à rien !

Je sors tous les soirs et ne rentre jamais avant quatre heures du matin. Par hasard, je découvre les boîtes de jazz autour du Châtelet, Le Petit Opportun, Le Baiser Salé, le Music-Hall, le Sunset, des bars minuscules, enfumés, souvent installés dans une cave, des endroits où, avant, je n'aurais pas mis les pieds pour tout l'or du monde. Maintenant j'y viens toutes les nuits, et la musique apaise, comme un baume, mon âme blessée.

Les meilleurs musiciens du monde viennent à Paris. J'entends Dizzy Gillespie, Clark Terry, Buddy Tate, Chet Baker, Oscar Peterson et Ray Charles. Je paye deux cents francs, une petite fortune, pour aller voir Ella Fitzgerald au Palais des Congrès; c'est peut-être son dernier spectacle, et je ne veux pas le manquer. Un concert remarquable. Les gens sont déchaînés.

J'aime la musique classique, mais pour l'instant, j'ai besoin de rythme et de délire, je veux battre le tempo avec mes pieds et voir la sueur ruisseler dans le col de chemise des musiciens. Je veux une musique improvisée sur l'instant, qui vous vole ce qui vous reste de maîtrise, je veux les notes les plus hautes, les cadences les plus rapides, les harmonies les plus géniales.

Le jazz, c'est un débordement sexuel, un désir physique exprimé musicalement. Dans ces clubs, l'atmosphère déborde de sensualité. Après chaque solo, j'applaudis à tout rompre. Je sais que mes cheveux roux brillent dans l'obscurité. Je sens que j'attire tous les regards. Je suis la mystérieuse inconnue qui vient seule et repart seule. Quoi de plus excitant?

Du haut de la scène, les musiciens me sourient. Les hommes assis près de moi se rapprochent. Ils se demandent tous la même chose. Qui est-elle? D'où vient-elle? Peut-on oser l'aborder? Mais dès la fin du dernier set, entre deux heures et quatre heures du matin, je me lève, je remonte, je hèle un taxi et rentre chez moi, seule, épuisée, heureuse, de la musique plein la tête, le rythme dans le sang. Je n'ai plus peur! Je vis! Tout ira bien!

Je dépense beaucoup d'argent.

Mais qu'est-ce que ça peut faire, puisque j'en ai? Pour la première fois de ma vie, je vais chez l'esthéticienne, mais pas dans un de ces grands salons. Je vais chez Jeanne, rue Lacépède, qui fait elle-même ses produits. Elle me nettoie soigneusement la peau, la masse doucement, la tonifie avec des ondes à haute fréquence et me fait des compliments qui me ravissent.

– Vous n'avez pas une ride, me dit cette grande Bretonne blonde aux sourcils joliment arqués et au nez grec, même vos rides d'expression sont à peine visibles. Vous avez vraiment de la chance. Vos pommettes hautes sont superbes et votre peau est ferme. Vous aurez toujours un visage jeune. A quarante ans, vous serez exactement comme aujourd'hui. On parie?

– Mais j'ai quarante ans, dis-je en riant gaiement.

– Vous, vous avez quarante ans?

Elle n'en revient pas.

– Quarante et un ans, même.

– Je vous aurais donné dans les vingt-huit, vingt-neuf ans, dit Jeanne qui, elle-même, en paraît à peine trente. Alors, sincèrement, c'est formidable. Vous savez, moi j'en ai quarante-quatre. Mais je mens sur mon âge. De toute façon, personne ne me croit.

De retour chez moi, je me regarde longuement dans une glace.

Ma peau est saine et resplendissante. Les squames sur mes joues, causés par les gaz lacrymogènes, ont disparu. J'ai le visage lisse, les yeux clairs, apparemment je suis sur la voie de la guérison.

Ensuite, je m'inscris, pour un prix exorbitant, dans un club de sport, un établissement assez huppé, non loin de chez moi. Je prends des cours de natation et d'autodéfense. Le karaté, ce n'est pas pour moi.

Eh bien, figurez-vous, mes chéries, que les femmes sont loin d'être sans défense. Nous avons des genoux, des coudes, des dents et des ongles, nous sommes souples et rapides, nous avons toutes les chances, il suffit de vouloir!

J'éprouve de nouvelles sensations physiques extraordinaires, je découvre des forces que je ne soupçonnais pas, des muscles que je n'avais jamais sentis. Pourquoi n'apprend-on pas cela à l'école? A quoi servent ces cours d'éducation physique stupides, à quoi servent la danse rythmique et l'aérobic? C'est du temps perdu. Aujourd'hui, ce sont des cours d'autodéfense qu'il nous faut, et du courage! Le courage de vouloir se défendre. On attend encore le généreux sauveur, et avant qu'il n'arrive, on a le temps de mourir trois fois! L'homme moderne n'a pas de courage civique. Mais désormais cela ne m'arrivera plus. Un coup bien dirigé dans le creux de l'estomac, un autre dans la jambe d'appui – et le voilà par terre, et je suis libre! C'est tellement simple. Il me suffit de mobiliser mon courage et d'agir très vite. L'effet de surprise. C'est ça, notre force.

– Celui qui s'attaque aux femmes est un lâche, nous explique notre professeur, la moindre résistance le fait fuir, parce qu'il ne s'y attend pas! Malheureusement, la plupart des gens ignorent combien il leur serait facile de se défendre. C'est pour ça qu'il se passe tant de choses!

Eh bien, je le crois. Et il peut être content de moi. Je suis sa meilleure élève, je comprends tout de suite, et une chose est sûre: plus personne ne m'attaquera aussi vite!

La natation, c'est une autre affaire. Là j'ai de sérieux problèmes. Avec la meilleure volonté du monde, je ne comprends pas comment cette eau inconsistante et transparente pourrait me porter. Elle ne me porte pas, d'ailleurs. Dès que je n'ai plus pied, je coule et je suis incapable de remonter seule à la surface.

Mon professeur est un bel homme aux grands yeux noirs très doux. De ses mains puissantes, il me maintient par le milieu du corps, et dans ses bras je me sens en sécurité. Il s'appelle Hervé. Il est de mère indienne et de père normand. Il a de la patience, beaucoup de patience et il lui en faut. C'est ma neuvième tentative pour apprendre à nager.

Je sais bien ce qui se passe. C'est à cause d'Hamlet et Ophélie. La jeune fille noyée. C'est justement parce qu'il faut à tout prix que j'apprenne à nager que je n'y arrive pas. Pendant huit années de suite, en été, j'ai pris des leçons, au Canada, en Californie, partout, mais toujours en vain. Dans l'eau, je ne suis pas dans mon élément, je ne peux me tenir nulle part. Alors, deux fois par semaine, nous nous épuisons Hervé et moi, à barboter pendant une demi-heure, et finalement je descends, frustrée, jusque chez Shakespeare & Co., quai de Montebello, en face de Notre-Dame. Et là, dans ma librairie préférée, je me remets peu à peu. Je fouille dans les bacs des nouveautés, j'achète quelques livres, après quoi je vais au Roselight, un petit restaurant végétarien, très bien coté à Paris.

Car il s'est passé autre chose, aussi !

Depuis mon agression, je ne peux plus manger de viande. Pendant les trois premières semaines de mon séjour à Paris, ça m'avait été difficile. Je faisais des efforts – mais l'habitude reprenait toujours le dessus.

Maintenant, c'est différent. Le steak, que j'avais acheté en ce fatal dimanche de mai et que je n'avais mangé qu'à moitié, a pourri dans le frigidaire.

C'est très étrange : je regarde le morceau de viande brunâtre dans mon assiette, et, en fait, c'est la bête entière que je vois devant moi, et je ne veux plus qu'un animal meure pour moi.

Dans les jours qui ont suivi l'agression, je ne pouvais rien avaler. Ensuite j'ai eu mes règles prématurément, accompagnées d'horribles spasmes. J'ai dû rester couchée pendant vingt-quatre heures. Quand je me suis relevée, j'avais les idées beaucoup plus claires.

Nelly a raison ! C'est chez les animaux que commence l'humanisme. Le sang, l'abattoir, la mort, la guerre, tout cela est étroitement lié. Et je me désolidarise !

Sans viande, la vie est plus facile !

Tout à coup je me sens mieux, la pesanteur diminue, j'ai moins faim, et je maigris sans peine. Je descends bientôt à cinquante-neuf kilos, et pour la première fois depuis des années, je suis à nouveau parfaitement satisfaite de mon corps.

CINQUANTE-NEUF KILOS ! Je n'ai pas été aussi mince depuis bien longtemps. Dans la salle de bains, je me mets nue devant le miroir et me regarde sous tous les angles. Je suis superbe ! Mes seins sont toujours aussi ronds et fermes, heureusement, rien ne change de ce côté-là. J'ai les hanches minces et le ventre plat. Les poignées d'amour que j'avais dans le dos au-dessus de la taille ont complètement disparu. C'est ce qui me réjouit le plus. Je vais enfin pouvoir m'acheter un bikini et porter des robes très décolletées dans le dos – et des chemisiers moulants. L'été peut arriver !

Cinquante-neuf kilos ! Yves Saint-Laurent approche. Si ça continue comme ça, je vais bientôt retrouver mon corps de jeune fille. Reste à savoir si j'y tiens vraiment. Cinquante-neuf kilos pour 1,64 mètre – moi, ça me suffit. Mais Nelly tient à cinquante-cinq kilos, quatre de moins. Je me demande bien où je dois les perdre. Sur les cuisses ? Les bras ? Mais il est trop tôt pour m'inquiéter de ça.

Et il y a encore autre chose de nouveau ! Après six semaines sans viande, je constate que je n'ai pas la même odeur. Le matin au réveil, je n'ai plus ce goût fade dans la bouche. La digestion se fait aussi sans problème, tout est réglé très rapidement.

Je transpire moins qu'auparavant et je me sens plus jeune, mieux portante, plus attirante que jamais. Je suis prête pour un nouveau grand amour. Pour l'homme influent, le ministre, le président de la Banque mondiale, le chef d'État, car je suis absolument certaine que je vais le rencontrer.

Après cette agression, le destin me doit réparation. Il en a toujours été ainsi dans ma vie. Un malheur – et puis quelque chose de merveilleux. Pourquoi serait-ce différent cette fois?

Ça ne l'est pas. Un beau jour de juin, à une heure de l'après-midi exactement, le téléphone sonne.

Je suis justement très occupée, assise à mon bureau, à passer au crible tous les journaux financiers que j'ai pu dénicher. Je suis plongée dans mes réflexions, car il s'est passé quelque chose d'étrange qui me tient en haleine depuis plusieurs semaines.

Depuis mon arrivée à Paris, le dollar est monté en flèche. Au début, il était à six francs, maintenant il atteint les neuf francs cinquante, soit une augmentation de plus de 50%. Comme je l'ai déjà expliqué, je possède, avec la contribution de ma mère, un capital de cent cinquante mille dollars pour ma maison d'édition. En avril, il valait neuf cent mille francs mais aujourd'hui, j'aurais un million quatre cent vingt-cinq mille francs.

Imaginez. D'avril à maintenant, j'ai gagné un demi-million de francs – à condition que je me décide à échanger mes dollars contre des francs.

Mais le risque est le suivant: si le dollar continue à monter, je pourrai gagner encore plus de francs en faisant ma transaction plus tard, et je m'en voudrai à mort de n'avoir pas attendu. En revanche, s'il baisse, il faut que je vende immédiatement pour racheter ensuite avec mes francs des dollars bon marché. Si j'ai la chance qu'il chute aussi vite qu'il est monté, cette opération pourrait m'avoir rapporté à l'automne cinquante mille dollars. J'aurais ainsi deux cent mille dollars de capital de départ pour ma maison d'édition!

C'est vraiment tentant!

Mais ça n'est pas si simple. Je peux aussi bien perdre beaucoup d'argent. Nul ne peut dire si le dollar va monter ou chuter.

Je suis plongée dans mes journaux, les joues rouges d'excitation, je cogite, je compare les chiffres, les courbes monétaires, les analyses.

C'est alors que le téléphone sonne.

Depuis ce matin j'attends avec impatience un appel de ma mère. Mais c'est une voix inconnue. Un homme. Pas français. Il a un accent très prononcé. Peut-être un Italien? Ou un Espagnol? En tout cas, il me semble que je le connais.

– Bonjour, bonjour ! Je voudrais parler à Valéry.
Valéry Beltour est mon directeur adjoint de l'Opéra.
– Je regrette, monsieur Beltour est aux États-Unis.
– Aux États-Unis? Voyez-vous ça ! Et quand revient-il?
– En octobre. Voulez-vous son adresse?
– Jamais de la vie. Son numéro de téléphone ! Si toutefois il en a un !
Je lui donne le numéro tout en m'étonnant de son ton dictatorial. Mais je connais cette voix. Où ai-je bien pu l'entendre?
– Bon, dit l'inconnu avec son accent étranger très prononcé, je vous remercie. Et qui êtes-vous, si ce n'est pas indiscret? Sa nouvelle amie?
Le ton frise l'insolence.
– J'ai loué son appartement, répliqué-je, glaciale.
– Vous êtes chanteuse?
– Non, malheureusement.
– Avez-vous quelque chose à voir avec l'opéra?
– Absolument pas.
– Très bien !
Bref silence à l'autre bout du fil.
– Je suis Reginaldo Rivera. Ça vous dit quelque chose?
Et comment ! Reginaldo Rivera ! Le célèbre chef d'orchestre. Maintenant je sais d'où je connais sa voix. Il est constamment interviewé, passe pour avoir un caractère exécrable, se brouille quotidiennement avec les chanteurs, engueule les musiciens à longueur de journée et change de femme tous les deux ans.
Reginaldo Rivera. L'enfant terrible du monde de la musique. Le multimillionnaire qui a hérité de la fortune colossale de son grand-père et vit comme un maharadjah. Pas plus tard que la semaine dernière, il a encore fait parler de lui parce qu'il dirige à Marseille une mise en scène moderne du *Marie Stuart* de Donizetti et qu'il divorce pour la énième fois.
– Je vous connais, maestro, bien sûr, dis-je poliment.
– Je vous dispense du « maestro ». Vous avez un accent charmant. D'où venez-vous?
– Du Canada. Québec. Vous connaissez le Canada?
– Bien sûr ! Un pays sublime. Il faut que nous nous voyions. Vous me raconterez ce qu'il y a de nouveau là-bas. Ce soir? Brasserie Lipp. A sept heures précises. Mais pas sur la terrasse, les gens me regardent trop. A l'intérieur, dans la salle. D'accord?
– Volontiers, réponds-je sans hésiter.
J'ai un rendez-vous dans une boîte de jazz, mais les chefs d'orchestre mondialement connus passent avant.

– Merveilleux !

Rivera semble très content et tout à coup il se met à parler anglais. Sans accent cette fois. Il m'est tout de suite plus sympathique.

– *Well, my dear.* (Sa voix a perdu son ton autoritaire.) Je suis ravi. Mais comment vous reconnaîtrai-je ?

– J'ai les cheveux roux, longs, et je serai habillée en noir.

– Moi, vous me reconnaîtrez, non ?

– Bien sûr. On vous voit beaucoup à la télévision.

Il rit, manifestement flatté, et prend congé. Moi, je repose le combiné, abasourdie. Un chef d'orchestre de renommée mondiale. Un des grands. Et un bel homme, en plus, presque deux mètres, pas une once de graisse. Des cheveux blancs comme neige, des yeux noirs de braise, une prestance de star du cinéma.

Quant à la femme de Rivera, c'est une créatrice de mode américaine très en vue. S'il faut en croire les rumeurs, ce serait elle qui l'aurait quitté récemment pour un jeune homme rencontré à Rome dans un hall d'hôtel. L'avant-dernière femme de Rivera était une célèbre actrice française et la précédente un splendide mannequin anglais. Elle s'est suicidée. Pauvre enfant !

Apparemment un homme difficile, et d'habitude je me garde bien de les approcher. Mais qui sait, peut-être nous trouverons-nous mutuellement sympathiques ? En plus, son argent m'en impose (ça ne me déplairait pas d'avoir un petit ami qui possédât son avion privé). Sa réputation, son influence – il doit avoir des histoires intéressantes à raconter. Peut-être fait-il partie de ceux qui voient la vie de haut ?

Quand ma mère m'appelle, je m'empresse de lui raconter toute l'histoire et elle m'apprend une nouvelle stupéfiante. Nelly aurait eu une liaison avec Rivera, il y a très longtemps, lors de son tout premier séjour à Paris.

– Tu en es sûre ? lui demandé-je, ébahie.

– Absolument. Rivera est l'homme dont elle était tellement folle qu'elle a perdu sept kilos en un mois. Tu te souviens de cette histoire ? C'était le meilleur ami de Valéry Beltour, avec qui elle a aussi couché, d'ailleurs.

– Quoi ? Comment tu le sais ?

– Nelly m'appelle souvent. Nous avons tiré au clair les histoires du passé. Y compris celle de ton père...

– Alors, est-elle partie avec lui ou non ?

– Bien sûr ! Mais je te raconterai ça à ton retour. Le téléphone coûte trop cher. En tout cas, il faut reconnaître que Nelly a beaucoup de goût en ce qui concerne les hommes. Presque tous ses amants sont devenus célèbres. Et elle ne mâche pas ses mots, elle raconte les choses exactement comme elles se sont passées, sans se gêner le moins du monde. C'est ce que j'aime chez elle. Voilà, ma petite, je ne te retiens pas plus longtemps. Amuse-toi bien ce soir. Fais-toi dorloter. Tu vas bien? Bon! Écris-moi vite, je te rappelle la semaine prochaine!

A sept heures sonnantes, j'entre chez Lipp.

Je porte un pantalon de satin noir moulant, un chemisier de soie noire sans manche avec des petits boutons et une large ceinture en verni jaune. Je n'ai pas de sac à main. Tout ce dont j'ai besoin ce soir – rouge à lèvres, clefs, papiers et trois cents francs en liquide – est dans une poche astucieusement aménagée dans ma ceinture (fabrication spéciale).

Il fait très doux, ce soir. Je suis venue à pied, avec mes nouvelles ballerines à la mode, plates, dans lesquelles c'est un plaisir de marcher, et je me réjouis comme une gamine d'être dans cette ville magnifique dont je ne me lasse décidément pas.

Il règne à Paris une ambiance de vacances. Les platanes du boulevard Saint-Germain ont mis leurs grandes feuilles vertes, il y a des tables et des chaises devant tous les cafés. Les femmes portent de longues robes bariolées extravagantes, les hommes des pantalons larges très seyants et des costumes clairs.

On rencontre de tout, ici. Des touristes, des Parisiens, des artistes, des comédiens, des chanteurs. Ils viennent tous à Saint-Germain-des-Prés. On voit beaucoup de visages connus, on se sent au cœur du monde. Les cafés sont pleins à craquer, tout le quartier est un immense défilé de mode international.

Mais les gens les plus élégants, ceux sur qui on se retourne deux fois, ne vont ni au Flore, ni aux Deux Magots, ni même au Drugstore ou au Bonaparte. Non, non, mes chéries. Les plus excentriques sont tous chez Lipp. Comme moi!

Rivera est déjà là. Assis à gauche, près de la porte à tambour, il attend. Un regard – il me reconnaît tout de suite! Il se lève, sourit, me fait un baisemain parfait. Il est plus grand que moi d'une bonne tête. Son costume clair en soie brute, remarquablement bien coupé, met en valeur ses larges épaules et ses hanches minces. Il est tellement impressionnant que tout le monde lève les yeux pour nous regarder.

Mais je ne suis pas mal non plus. Mes cheveux sont tout propres, je porte un nouveau parfum à l'œillet, très troublant, et mon décolleté (quatre boutons ouverts) dépasse tout ce que l'on peut voir à Paris dans le genre. Je m'assieds lentement (la beauté ne connaît pas de hâte), m'adosse à mon siège, et souris en silence. Je lui plais, ça crève les yeux.

Rivera se racle la gorge.

– Je bois un *whisky on the rocks*. Voulez-vous la même chose?

– Non, merci. Je voudrais un jus de tomate et quelques olives.

– Une goutte de vodka dans le jus de tomate?

– Non, merci!

– Mais c'est bien meilleur. Allez! Un *bloody Mary*!

– Non, s'il vous plaît, je le préfère non saignante.

Ça l'amuse. Il sourit d'un air condescendant et commande au garçon, d'un ton autoritaire, ce que j'ai demandé. Je l'observe à la dérobée. C'est toujours intéressant de voir les célébrités de près. On a souvent des surprises. Rivera n'est pas aussi beau que sur les photos ou à la télévision. La peau de son visage est grossière, un peu boursouflée et pleine de petits vaisseaux éclatés. Boirait-il trop? C'est possible. M'est-il sympathique? Je ne sais pas.

Quand il s'adresse au garçon (voilà aussi le propriétaire de la brasserie qui vient lui serrer la main, ravi), il a l'air d'un tyran. De toute façon, il n'est pas tendre. Je me demande ce que Nelly a bien pu lui trouver. Cet homme n'est pas du tout son genre.

Quoi qu'il en soit, c'est un vrai gentleman et un interlocuteur amusant. Nous discutons avec animation du Canada, puis il me parle de ses tournées, de ses représentations à l'Opéra, et de ses nouveaux disques. Il a dirigé les orchestres les plus grands. Les Américains, dit-il, sont les plus gentils, les Français et les Autrichiens, en revanche, sont insupportables. Ils prétendent tout savoir et on ne peut rien leur dire.

– Et vous supportez cela? demandé-je d'un ton amusé.

Il sourit gaiement, ses yeux noirs pétillent.

– *My love*, je ne me laisse absolument pas marcher sur les pieds, je suis connu pour ça. Ça pose des problèmes, mais je reste fidèle à moi-même.

Et de me raconter les répétitions à Marseille où il a aussi des difficultés parce que deux cantatrices célèbres ont été engagées pour les deux rôles principaux et qu'elles se sentent l'une et l'autre défavorisées. Rivera ne parle que de lui, pour m'impressionner. Ça ne me surprend pas tellement. Je connais quelques célébrités, et je sais qu'elles se prennent pour le nombril du monde. Il parle de ses succès, de ses maisons, de son avion, et il veut aussi acheter un yacht.

Il m'en impose. Mais je le tiendrais en plus haute estime s'il manifestait une pointe d'intérêt pour mon travail. Je ne dis pas pour moi, car il est parfaitement évident qu'en tant que femme, je l'intéresse. Il me fait des compliments sur mes cheveux roux, me prend la main et admire mes doigts délicats, et il ne cesse de loucher discrètement sur mon décolleté.

– Le métier de chef d'orchestre n'est pas facile, conclut-il avec un profond soupir. Je préfère de loin être à Paris, chez Lipp, en compagnie d'une jolie femme. Surtout avec une Québécoise. Les Québécoises sont particulièrement charmantes, vous savez?

– Qu'est-ce qui vous fait dire ça? demandé-je innocemment. Vous en avez connu une?

– Oui, mais il y a longtemps, ici à Paris, quand j'étais tout jeune.

Il vide son verre d'un trait et en commande un autre.

– Une femme extrêmement séduisante. Tempérament espagnol! Inoubliable!

– Qu'est-elle devenue?

– Je l'ai perdue de vue.

Il me reprend la main et baisse la voix pour me dire, dans un chuchotement enjôleur:

– Dites-moi, *my dear*! Je ne suis pas à Paris pour très longtemps. Auriez-vous un peu de temps pour moi?

Absolument. S'il m'invite maintenant à dîner, j'y vais. Mais les événements prennent une tournure inattendue. Tout à coup, une femme brune se plante devant notre table. Elle porte un ensemble Chanel rose et la détermination aux coins des lèvres. De gros brillants scintillent à sa main gauche, à ses oreilles brandillent des pendants en plumes roses affreusement tape-à-l'œil. Elle regarde fixement Rivera et m'ignore complètement. Une Française, sans doute, car chez nous les femmes ont davantage de respect mutuel. Même quand il y a un homme en jeu, au Canada on n'oublie pas les bonnes manières. On a au moins la politesse de dire «bonjour» quand on arrive!

Brusquement, Rivera est transformé. Il se lève, m'annonce d'un ton glacial qu'il est attendu pour dîner et me remercie poliment pour cette conversation. Puis il prend la femme par l'épaule et je les suis du regard tandis qu'ils descendent le boulevard Saint-Germain au pas cadencé.

Qu'est-ce que ça veut dire? Je reste assise là à ronger mon frein. Pourquoi m'a-t-il fait venir? Il devait bien savoir qu'il avait rendez-vous avec une autre. Je commande une petite bouteille de Perrier et commence à ruminer. Mais pas pour longtemps. Tout à coup, Rivera est de retour, seul et tout essoufflé.

– Écoutez, marmonne-t-il en hâte, il faut que je vous revoie. Rendez-vous demain pour déjeuner au Ritz, en début d'après-midi. Pas au restaurant, au bar. O.K.?

Il me dévisage d'un regard pénétrant et j'acquiesce, comme hypnotisée.

– Vous êtes une femme adorable !

Il prend ma main qu'il embrasse avec empressement.

– Demain, *my love*, entre deux heures et deux heures et demie. D'ici là je ne penserai qu'à vous. Ne m'oubliez pas. Au revoir !

Ensuite il paye mon jus de tomate, les olives et l'eau minérale, prend congé du patron accouru pour le raccompagner à la porte, m'adresse un sourire complice suivi d'un petit signe de la main, et disparaît. Les gens me regardent encore.

Une demi-heure plus tard, je pars moi aussi. Je flâne à pied jusqu'aux Halles, il fait un temps splendide, presque un temps d'été déjà, je suis d'humeur radieuse, mais je commence à avoir faim et décide de manger un petit quelque chose à l'Arbre à Souhaits. J'ai découvert cet endroit il y a peu de temps : il se trouve en face de l'église Saint-Eustache, et pour quatre-vingts francs, on me sert quatre petits plats indiens végétariens, une soupe et un dessert, et en plus j'arrive à l'heure à mon rendez-vous.

Au Sunset, je dois en effet rencontrer un guitariste américain, Buddy. Il ne me lâche pas d'une semelle depuis des semaines. Il est très gentil mais ne m'intéresse pas particulièrement. Buddy est de Los Angeles. Il veut tenter sa chance ici comme musicien, parce que là-bas, aux États-Unis, il y a trop de concurrence. En Europe, m'a-t-il expliqué, les bons jazzmen sont plus rares, donc même les musiciens de second ordre ont leur chance, et il est loin d'être au point, le pauvre. Les deux fois où je l'ai entendu jouer, il m'a déçu. D'ailleurs, à vingt-deux ans, il ne gagne pas un sou, habite dans une chambre de bonne dans le treizième arrondissement (une rue sordide). Et vit sur ses économies. Il s'en sort parce que le dollar cote assez haut.

Peu après onze heures, j'arrive au Sunset. La silhouette courte et filiforme de Buddy est reconnaissable entre toutes. Il est assis au fond, le dos au mur, et m'a gardé une place. Il me fait signe. Ses cheveux lui descendent jusqu'aux épaules, il porte un jean délavé moulant avec un ceinturon de cuir noir muni d'une boucle en laiton, et des bottes de cow-boy richement brodées avec des talons américains, assez hauts. Ses dents sont blanches et assez grandes. Il me fait un peu penser à un hamster.

– *Hi !* Buddy !

– *Hi there !*

Je m'installe à côté de lui sur la banquette mal rembourrée, et il m'embrasse sur les deux joues, comme ça se fait à Paris. Buddy a le grand avantage de connaître tous les musiciens de Paris. Il sait exactement qui joue où, il sait qui vient à Paris et quand, avant même que ce ne soit annoncé dans les programmes. Il connaît les patrons de toutes les boîtes, et c'est ainsi qu'il a appris, par exemple, que Teddy Edwards est exceptionnellement à Paris, sans que ce soit officiel. Évidemment, il m'a téléphoné pour me prévenir. La salle est pleine.

Tous les amateurs de jazz sont là. Je vois beaucoup de visages connus, je dis bonjour à droite et à gauche, je me sens tout de suite comme chez moi. Teddy Edwards était encore à New York hier, il a à peine dormi dans l'avion, le décalage horaire l'épuise, mais il joue merveilleusement bien. Il tire de son saxophone des notes tellement douces, tellement câlines, que j'en ai les larmes aux yeux. Après son *Tenderly,* tout le monde est envoûté.

Assise dans la pénombre, au comble du bonheur, je m'adosse au mur, ferme les yeux et me laisse emporter très loin par la musique. Vers minuit, pourtant, après le premier set, je décide de rentrer chez moi, à la grande déception de Buddy. Il me reste juste assez d'argent pour prendre un taxi.

– Tu viens demain aux Trois Maillets? me lance-t-il au moment où je m'en vais. J'ai des amis californiens qui viennent chanter. Du gospel. C'est la première fois qu'ils passent à Paris. Il faut que tu les entendes.

– Peut-être. Ils restent longtemps?

– Trois jours seulement.

– Bon, je viendrai. Demain ou après-demain. Adieu, Buddy! Je t'appelle!

En réalité, ce n'est pas le gospel que j'ai en tête, mais Rivera. C'est pourquoi je rentre. Je veux passer une bonne nuit, j'ai beaucoup à faire, demain. J'ai l'intuition que le maestro n'est pas un homme pour moi. Mais je ne veux pas toujours jouer sur du velours. Je veux vivre quelque chose. Voilà! J'irai au Ritz, coûte que coûte!

Je sais très bien que Rivera ne veut pas seulement déjeuner avec moi. Et moi, qu'est-ce que je veux? Qu'il tombe amoureux de moi, voyons! Donc, demain je vais jouer la comédie. La compagne idéale d'un homme célèbre, sur le thème: sois belle et tais-toi. Ça marche encore très bien, de nos jours malheureusement. (Ne pas oublier les regards admiratifs!) Je vais me faire silencieuse, mystérieuse, et envoyer des signaux érotiques. Et aussi vrai que je m'appelle Ophélie, je vais lui faire perdre la tête.

Mais l'homme propose et le destin dispose. N'en a-t-il pas toujours été ainsi? Me voilà partie dans une aventure tellement bizarre et tellement folle que je ne l'oublierai jamais.

9

Avant d'oser franchir la porte du Ritz pour y retrouver Reginaldo Rivera, j'ai un problème d'ordre pratique à résoudre. Je n'ai rien à me mettre ! Ma robe à petits boutons est devenue trop grande pour moi, je ne peux plus compter sur elle pour faire sensation, et je ne serais pas assez chic en pantalon et en chemisier. Je n'oserai plus jamais me montrer à cet homme du monde dans une pareille tenue.

Je connais la haute société. A Hollywood, j'ai eu le loisir de l'étudier : pour ces gens-là, la tenue vestimentaire a énormément d'importance. Le savoir, le charme et le talent sont appréciés, ils ne gâtent rien, mais c'est surtout la toilette qui compte. L'apparence avant tout ! Le reste est secondaire. Si vous n'avez pas la tenue adéquate, vous êtes fichu ! Et les seuls vêtements qui trouvent grâce aux yeux des gens, dans ce milieu, viennent de chez Yves Saint-Laurent, Chacock, Dior, Montana, Castelbajac, bref, de chez les grands couturiers et comme chacun sait, ils coûtent une fortune.

Que faire? Mettre plusieurs milliers de francs dans une robe? Je ne suis pas folle ! Mais je ne veux pas non plus être ridicule.

Après un bref moment de réflexion, il me vient une idée de génie. Je vais aller courir les dépôts-vente dans le 16e arrondissement. Avec un peu de chance, je suis sauvée !

A ce propos, il faut savoir ceci : il y a des Parisiennes qui ne portent pratiquement que des vêtements de haute couture, et toujours les dernières créations. Mais dès la fin de la saison, elles vendent toute leur garde-robe, même si elles n'ont porté ces toilettes qu'une seule fois, pour ne pas dire jamais. Ces vêtements, on les trouve dans les dépôts-vente, de même que les modèles qui ont été présentés une ou deux fois dans des défilés de mode. Mais parce qu'il leur manque un bouton ou qu'une couture est décousue, ils coûtent cinq cents francs au lieu de cinq mille francs ! Et comme j'ai été assez maligne pour acheter le guide *Paris pas cher* en arrivant à Paris, j'ai les adresses et les numéros de téléphone de ces magasins. Alors, en route !

Je suis toute gaie. Les Parisiennes ne me font plus peur. Je ne me sens plus lourde comme un éléphant, mais légère, élégante et parfaitement dans mon élément. J'ai perdu onze kilos et je découvre dans les dépôts-vente les plus beaux modèles à ma taille (une véritable victoire). En un rien de temps, je me trouve à la tête de deux robes en soie de Givenchy, un ravissant ensemble trois-pièces de Chacock et une adorable pochette argentée en forme de cœur, que l'on peut porter sur une robe au bout d'une chaînette, le tout pour le prix de deux paires de chaussures neuves.

Le vie est belle!

A deux heures sonnantes (il fait merveilleusement beau, le ciel est d'un bleu profond), je suis au Ritz. Je viens de prendre un bain et de me laver les cheveux au henné, et je suis aussi élégante qu'une star dans ma robe de soie vert d'eau très séduisante, avec un décolleté dans le dos qui descend jusqu'à la taille!

J'entre dans le légendaire hôtel, où Coco Chanel a longtemps vécu, par la place Vendôme, pour ne pas être trop ponctuelle et pour avoir le temps de me calmer en parcourant le long couloir qui mène au bar. Je suis très nerveuse: mon cœur bat très fort, mes joues sont beaucoup trop rouges, et je vais sûrement bafouiller dès que j'ouvrirai la bouche.

Le portier me regarde passer avec des yeux exorbités. Les grooms tournent la tête pour me suivre du regard. Pas étonnant! Je me vois dans les vitrines en miroir du corridor et honnêtement, je dois dire que je n'ai jamais été aussi belle! Qu'en dira Rivera?

Le célèbre maestro ne dit rien du tout. Il m'attend dans le joli bar Espadon, un agréable salon aménagé avec beaucoup de goût et de raffinement – fauteuils en cuir, banquettes en velours, cheminée de marbre – et quand il me voit arriver dans ma nouvelle robe de soie, son verre lui échappe des mains. Littéralement subjugué par mon apparition, il ne s'en aperçoit même pas et manque de trébucher sur le garçon qui est accouru pour ramasser les glaçons éparpillés sur la moquette.

Ma nervosité s'évanouit instantanément. Amusée, j'attends à la porte en me demandant: « Que va-t-il faire, maintenant? » Mais un homme du monde se sort sans difficulté d'un incident de ce genre. Reginaldo se rattrape in extremis avant la chute, essuie du revers de la main les gouttes qui sont tombées sur son complet blanc sur mesure, ouvre tout grand les bras et vient à ma rencontre d'un air rayonnant.

– Bonjouououour, ma belle Canadienne!

Il est vraiment très séduisant. Ses épais cheveux blancs sont ondulés exactement comme il faut pour mettre en valeur l'arrière de sa tête qu'il a très proéminent. Ses fameux yeux noirs sont brillants de fougue et d'admiration. Sa taille, sa tenue, son attitude aussi m'impressionnent. Il dépasse d'une tête tous les hommes présents, et il me plaît nettement plus qu'hier soir à la brasserie Lipp. Il a cinquante-six ans.

– Ophélie, savez-vous que toute la nuit j'ai pensé à vous, rien qu'à vous?

Il semble surexcité, presque à bout de souffle. Cette fois, il ne me fait pas de baisemain. Il me prend par les épaules d'un geste possessif et presse sa bouche sur mon front.

– Avez-vous faim? me chuchote-t-il ensuite à l'oreille. Il ne parle pas de nourriture, c'est clair.

J'acquiesce d'un signe de tête, car je n'ai pas déjeuné ce matin.

– Très bien!

Il me regarde dans les yeux d'un air qui en dit long et laisse lentement glisser ses mains le long de mes bras nus. Ses mains sont douces et soignées, d'un contact agréable.

– Nous allons manger ici. J'ai une table là-bas dans le coin, où nous serons tranquilles. Le service est plus rapide ici qu'au restaurant. Et puis, tout Paris n'a pas besoin de savoir avec qui je déjeune.

Il pose sa main sur mon dos nu, me laisse passer et attend poliment que je sois assise. Puis il prend place en face de moi et me fixe de ses yeux noirs jusqu'à ce que le garçon apporte la carte et un nouveau verre pour lui.

Fidèle à ma résolution, je souris gentiment et me tais.

– Saumon fumé! ordonne Reginaldo sans attendre ma réponse.

– Champagne?

– Volontiers. Mais juste une coupe!

Je m'adosse gracieusement, croise les jambes et admire ce cadre raffiné, les fleurs, les verres étincelants et les gens distingués qui me regardent avec bienveillance. J'ai le sentiment d'appartenir à ce monde, et je n'ai pas peur de sourire gentiment dans toutes les directions. Au Québec, ce n'est pas défendu. On peut, de temps en temps, sourire à des hommes qu'on ne connaît pas, sans se compromettre. Rivera s'en rend compte et décide d'y mettre tout de suite le holà. Ça ne lui plaît pas du tout.

– Avec qui flirtez-vous, ma chère?

A son intonation, je comprends qu'il est un peu froissé.

– Ne suis-je pas assez bien pour vous?

Il se penche en avant, me prend les mains et les serre fort.

– Moi, je n'ai d'yeux que pour vous!

– Évidemment, derrière moi, il y a un mur !

– Une question que je voulais déjà vous poser hier, dites-moi, de qui tenez-vous ces superbes boucles rousses ?

– De mon arrière-grand-mère brésilienne.

– Vous avez du sang brésilien ? (Il semble ravi.) Ahhh, très bon métissage ! Ici, en France, les plus belles filles de joie viennent du Brésil. Et les travestis les plus fascinants aussi. On les voit le soir au bois de Boulogne. Elles sont toutes plus belles les unes que les autres. Il faut absolument voir ça. Si vous voulez, nous irons ensemble. Cela vous plairait ?

– Peut-être, dis-je en souriant.

Quoique ce ne soit pas du tout mon rêve. Le milieu de l'amour vénal ne m'intéresse pas. Je n'y vois rien d'amusant ni d'émoustillant, et au fond, je méprise tout homme qui trouve ça excitant.

– Êtes-vous mariée ? me demande Rivera après une courte pause et un regard à la dérobée sur ma poitrine qui, à son grand dam, est cachée sous la soie vert d'eau (devant, ma robe monte jusqu'au cou). Avez-vous des enfants ?

– Pas de mari, pas d'enfants. Ou plutôt : pas encore !

– Naturellement, se croit-il obligé d'ajouter, vous êtes encore très jeune. Vous avez toute la vie devant vous. Puis-je vous poser une question indiscrète ? Quel âge avez-vous ?

– Quel âge me donnez-vous ?

Je parie qu'il ne me donne pas trente ans.

Il me répond du tac au tac :

– Vingt-six ans. Non ? Vingt-sept ? Non plus ? En tout cas, vous avez moins de trente ans. Je me trompe ?

Je ne réponds plus. Le garçon nous sert, et Rivera oublie ce qu'il voulait savoir. Il doit être affamé, car il se précipite sur le saumon. Il ne me souhaite pas bon appétit, ça ne se fait pas, dans le grand monde.

Quant à moi, je m'aperçois que je ne peux plus manger non plus de poisson. Je prends ma fourchette par automatisme, seulement, sur mon assiette ce n'est pas un morceau de saumon rose que je vois, mais le superbe poisson vivant. Je peux dire adieu à mon appétit !

Tant pis ! Je m'en tiendrai aux toasts chauds et croustillants, au beurre frais et au succulent champagne brut. Après tout, je ne suis pas venue ici pour m'empiffrer. En plus, mes chéries, le Ritz, c'est tout un monde. Ici, on n'a pas besoin de manger pour se sentir bien. Le cadre suffit. Tout est précieux, raffiné, soigné. Les prix sont astronomiques. Une bouteille de vin coûte jusqu'à trois mille dollars ! (Pour le prix de deux bouteilles, on peut s'acheter une voiture !)

Pourtant, le bar est plein, toutes les tables sont occupées et l'ambiance est à la gaieté et à l'insouciance.

Rivera boit trop. D'abord trois whiskies, puis quatre grandes vodkas. Mais il se tient bien. Apparemment, il est habitué à l'alcool. Seul son regard, qui commence à se voiler légèrement, révèle qu'il n'est pas tout à fait à jeun.

Tout à coup, il s'aperçoit que je n'ai rien mangé.

– Vous n'aimez pas le saumon? demande-t-il surpris.

– Si, si. Mais je n'ai plus faim, subitement.

– Vous avez un appétit d'oiseau, constate-t-il. Je vais vous commander un dessert. Il y a des fraises des bois fraîches. Est-ce que ça vous dit?

– Volontiers.

Je le remercie d'un sourire et croise mes mains sur mes genoux.

– Êtes-vous toujours aussi silencieuse? me demande-t-il en faisant cliqueter les glaçons dans son verre.

– Seulement quand c'est nécessaire. J'ai plaisir à vous écouter. Votre anglais est remarquable. Avez-vous vécu longtemps aux États-Unis?

Rivera sourit, flatté.

– Ma femme est américaine.

Il dit « ma femme » et non « mon ex-femme ». Serait-ce qu'il n'est pas d'accord pour divorcer?

– Écoutez, reprend-il aussitôt, comme s'il avait deviné mes pensées, vous avez peut-être lu quelque part que ma femme m'avait quitté, mais c'est un mensonge. Lisa est fidèle. C'est moi qui suis toujours en quête de quelqu'un. C'est moi qui ai besoin de nouveauté et d'émotions fortes. Sans amour, on ne peut pas travailler. Comprenez-vous? Un artiste a besoin de sa liberté. (Il prend ma main, l'embrasse et la tient serrée dans les siennes.) Si je vous dis maintenant que je ne peux pas résister à une femme aussi belle que vous, serez-vous fâchée?

– Non, bien sûr! (Je retire ma main.) Mais on ne doit pas faire souffrir la personne avec laquelle on vit. Ça finit toujours mal.

Il me regarde, déconcerté.

– Qu'est-ce qui ne finit pas mal, dans la vie? me demande-t-il d'un ton provocateur. Pouvez-vous me le dire?

« Beaucoup de choses », pensé-je, « c'est quand même beau la vie, par moments ». Mais je ne suis pas venue ici pour me quereller avec lui, je me contente donc d'afficher un mystérieux sourire. Ça le fascine.

– Ma belle Canadienne. A quoi pensez-vous? (Lui, je sais à quoi il pense...)

– A votre femme.

– A *ma femme*? Pourquoi pensez-vous à ma femme, mon adorée, alors que c'est moi qui suis assis en face de vous, en chair et en os?

– J'aimerais savoir où elle est.

– A la campagne, répond-il morose, dans la propriété que nous avons dans le sud de la France.

– Et que fait-elle, là-bas?

Il soupire.

– Elle travaille à sa nouvelle collection.

– De beaux modèles?

– Aucune idée. Je ne connais rien à la mode. Mais nous avons mieux à faire que de parler de ma femme.

– De quoi voudriez-vous que nous parlions? De la dame d'hier soir? Une ancienne amie à vous?

Reginaldo éclate de rire.

– Vous m'amusez, Ophélie. Si jeune et déjà sarcastique. Mais je suis quelqu'un de discret, *my love.* Vous n'apprendrez rien de moi. Ma vie privée est sacrée, pour moi, oui, oui, une femme peut me faire confiance. Elle peut participer avec moi aux orgies les plus effrénées, je n'en dirai jamais un mot à quiconque. Je peux être muet comme une tombe. Avec moi, vous êtes bien gardée.

– Je déteste les orgies.

– Pourquoi?

– Parce que ça n'a rien à voir avec l'amour. C'est bon pour les pervers ou les impuissants.

Il commande une autre vodka.

– Vous avez raison, dit-il après la première gorgée, les orgies n'ont rien d'appétissant. Le mieux c'est avec une femme, seul. Je vais m'asseoir près de vous. Vous êtes trop loin de moi, *my love.*

Rivera se lève et prend place à côté de moi sur la banquette de velours marron.

On m'apporte les fraises des bois, et il me regarde les manger, son verre de vodka à la main. Quand j'ai fini, il passe son bras autour de moi et me serre.

– Que faites-vous cet après-midi?

– Je ne sais pas.

– Puis-je vous faire une proposition?

– Je n'aime mieux pas.

Il veut poser sa main sur ma cuisse, mais je l'en empêche. Si j'étais amoureuse, ça me serait égal. Mais là, je suis gênée par tous ces gens qui regardent furtivement dans notre direction, pour voir comment le célèbre chef d'orchestre Reginaldo Rivera s'y prend pour tromper sa femme une fois de plus. On n'a pas souvent l'occasion de voir ça d'aussi près.

Mais plus encore que les autres personnes présentes, c'est l'homme qui vient d'entrer qui me dérange. Il est assis sur un tabouret au bar, commande d'une voix forte un cognac, et pas n'importe lequel, le fameux Cognac fine champagne 1830 qui fait la célébrité du Ritz et ne coûte pas moins de deux cents dollars le petit verre. Il avale une gorgée, pousse un soupir de satisfaction puis fixe Rivera avec un air de dégoût, comme s'il était de la police des mœurs.

Il y a quelque chose de louche chez cet homme. Il était dans le hall quand je suis entrée dans l'hôtel, il est passé plusieurs fois devant la porte ouverte du bar d'un pas nerveux, la tête baissée, un type trapu, fort, replet, habillé d'un costume marron de grand prix. Il s'est enfin décidé à entrer, mais ce n'est pas fini. Mon intuition me dit qu'il nous veut quelque chose. Pas à moi, mais à Rivera.

– Connaissez-vous cet homme, au bar? lui demandé-je à voix basse. Celui qui porte cet élégant costume marron?

Rivera lève rapidement les yeux.

– Non, jamais vu. Pourquoi?

– Il ne vous quitte pas des yeux. Lui, il vous connaît, peut-être.

– C'est possible. Je suis célèbre, ma chère. Beaucoup de gens me connaissent que je n'ai jamais vus. Mais maintenant, il faut que je vous embrasse!

– Non, je vous en prie. Il y a trop de monde ici.

– Vous avez parfaitement raison.

Reginaldo se lève, remet sa cravate en place, rajuste son gilet et fait signe au garçon.

– Garçon, une dernière vodka et l'addition.

– Où allez-vous?

Je joue les naïves.

– Vous le savez très bien.

– Et si je ne vais pas avec vous?

Rivera sourit d'un air triomphant.

– Vous n'allez pas me laisser en plan, je le sais. Pas habillée comme vous l'êtes. Votre robe en dit long. Elle est envoûtante, d'ailleurs. Ravissante. Si vous saviez chanter, je vous engagerais sur-le-champ. Je ne peux donc que vous inviter à prendre un verre dans ma suite. Vous permettez?

Il me prend la main qu'il serre très fort.

Un verre? Laissez-moi rire. Je sais bien ce qu'il veut. Mais cette idée ne m'est pas désagréable. Cela fait des semaines que je suis seule. Depuis mon agression dans le métro, pas un homme ne m'a embrassée. Je veux me donner, me laisser aller dans des bras musclés, oublier tout le mal. Faire l'amour avec quelqu'un, c'est toujours une expérience intense. Et c'est tout à fait ce qu'il me faut en ce moment. Je veux enfin me débarrasser des visages de ces quatre agresseurs qui me poursuivent jusque dans mes rêves. Rivera est marié, certes, et je n'ai pas pour habitude de briser les ménages. Mais, en l'occurrence, je ne lui prends pas sa femme. Il n'arrête pas de la tromper. Une de plus ou une de moins...

– Un seul verre, dis-je avec coquetterie, un petit verre, rien de plus. C'est promis?

– Mais bien sûr. (Il m'embrasse le bout des doigts.) Je suis espagnol, et les Espagnols sont des gentlemen. Vous ne le saviez pas, *my love?*

Il règle la note, une somme faramineuse. De la poche de son pantalon, il sort une grosse liasse de billets, en pose négligemment quelques-uns sur la table sans trop compter, remet le reste dans sa poche avec le même détachement, glisse encore un billet dans la main du garçon et m'escorte jusqu'à l'ascenseur.

Lorsque nous passons devant le bar, l'homme au costume marron avance la main, veut dire quelque chose, mais se ravise au dernier moment et détourne la tête.

– Il voulait un autographe, déclare Rivera avec suffisance. Je suis sans cesse importuné. Mais il n'y a rien à faire, c'est comme ça quand on est sous les feux de la rampe.

Nous sommes seuls dans l'ascenseur, et bien que nous n'ayons qu'un étage à monter, il passe aussitôt à l'action. A peine la porte s'est-elle refermée qu'il a déjà une main sur mes seins et glisse l'autre sous ma robe, et tandis que je me débats, il presse ses hanches si fort contre moi que je ne peux rien ignorer de son anatomie. Si je ne me trompe, il est très bien bâti, je dirais même deux fois mieux que Nouri. Belle surprise!

Normalement, ça suffit à me mettre dans l'ambiance. Je suis plutôt du genre ardent, et j'aime le corps masculin, je le trouve magnifique, et pour peu que quelque chose s'agite là en bas, mes sens s'éveillent. Mais cette fois, la chose se produit trop tôt, ou plus exactement, il me la fait remarquer prématurément. Et ça, c'est mauvais signe.

Quand, avant le premier baiser, un homme m'oblige à mettre la main entre ses cuisses ou qu'il me donne un coup de bélier dans les reins (ou dans le ventre, ça revient au même), c'est qu'il est impuissant et qu'il fait une fixation sur sa virilité.

Je sais de quoi je parle. Sur mes quarante-trois amants, deux ont fait exactement la même chose que Rivera, et ils ne valaient rien, ni l'un ni l'autre. Dès que leur sexe se dresse, ils veulent qu'on les vénère, qu'on se soumette. Je connais le scénario. Le mieux que l'on ait à faire c'est de se dégager et de prendre ses jambes à son cou!

Reginaldo marmonne quelque chose d'inintelligible en français (avec un accent épouvantable) et me serre contre le mur. A-t-il fait ça aussi avec Nelly? Ça commence à devenir intéressant. Je suis curieuse de connaître la suite. Enfin l'ascenseur s'arrête, la porte s'ouvre automatiquement, et je jure que si j'avais su ce qui m'attendait, j'aurais fait demi-tour! Sur-le-champ!

L'illustre maestro espagnol occupe la meilleure suite de l'hôtel, le numéro 101. Ceux qui connaissent le Ritz sauront de quoi je parle! Ce chiffre vous fait frissonner, car il cache un royaume digne des contes de fées. Le gigantesque salon est une orgie de rouge et d'or, de miroirs et de marbre. Toute la gloire de la France est ici présente. Le plafond haut de quatre mètres est orné de dorures comme les portes et les murs.

Les rideaux à eux seuls valent une fortune – cent mètres de tissu par fenêtre, d'après mon estimation, voilages et doubles rideaux de velours rouge retenus par une embrasse. Velours, soie, damassé, brocart, tout ce qu'il y a de plus cher!

Tous les tapis sont authentiques, de même que les tableaux dans leurs énormes cadres dorés. Il y a des antiquités de grande valeur. J'ai l'impression d'entrer dans un château. Un château de plaisir, pour être exacte, car le lit à baldaquin de la chambre à coucher (rose, vert amande et ivoire) promet des nuits inoubliables, et les coupelles en argent pleines de friandises et de fruits exotiques posées sur la table de chevet me confortent dans mon opinion : ce lit n'est pas fait pour se reposer mais pour s'adonner aux plaisirs de la chair!

Dans le salon, un seau à champagne trône sur une superbe commode antique à dessus de marbre. Que tient-il au frais? Une bouteille de Bricout Brut Réserve, excellente marque. A côté, des coupes se tiennent prêtes sur un plateau en argent massif recouvert d'une serviette en damassé.

Une entrée, un salon, une chambre, une salle de bains en marbre noir, beige et rose, avec une baignoire ovale – je ne peux pas m'empêcher de me demander si j'irai moi-même assez loin dans la vie pour pouvoir descendre dans des suites comme celle-ci au cours de mes voyages.

Il est beaucoup plus difficile pour une femme d'arriver à cela, par ses propres moyens j'entends, quand elle n'a ni fortune, ni richissime époux. Mais pourquoi pas, après tout? Je vous le demande. Je n'ai que quarante et un ans, il me reste le meilleur de mon existence à vivre. A quarante et un ans, mes chéries, tout est encore possible. Pourquoi n'aurais-je pas fait assez de chemin, dans quelques années, pour m'offrir une suite au Ritz?

L'illustre maestro ne perd pas de temps. Au lieu de m'embrasser ou de me prendre dans ses bras, il ôte sa veste, déboutonne son gilet en réprimant un bâillement et se laisse tomber sur le grand canapé rouge et or du salon. Puis il desserre sa cravate et en vient tout de suite au fait.

Ou plus exactement il s'affaire autour de son pantalon et – je n'en crois pas mes yeux – il déballe! Et ce qu'il déballe est de belle taille, gros et dur, et si je ne me trompe, il a un rétrécissement du prépuce.

Que dire? Nous sommes loin du néo-romantisme! On pourrait plutôt parler de mentalité de pacha. En plus, je ne connais rien au monde de moins érotique qu'un homme tout habillé, la braguette ouverte.

Qu'attend-il, au juste? Que je me mette à son service, comme une prostituée? Ou bien veut-il seulement me faire l'amitié de me montrer ce qu'il a à m'offrir? Dois-je le féliciter? « Très bien, mon petit, c'est très beau ce que tu as là »!

Drôles de mœurs! Décidant d'ignorer Rivera, mais avec tact, je me dirige vers la fenêtre et j'admire la jolie place Vendôme tout ensoleillée. Il faut qu'il se passe quelque chose. Mais quoi?

– Je suis là! clame le maître depuis son canapé.

Je me retourne, le sourire aux lèvres.

– Oui, je le vois bien! – Puis je commence à me déshabiller lentement, savamment et sans la moindre honte car j'ai maigri de onze kilos et je suis en pleine forme. Oui. Je me sens tellement belle et sûre de moi que je pourrais très bien sortir nue sur le balcon si cela pouvait être utile à quelqu'un.

Et comme Rivera ne m'admire pas, je me plante devant le premier miroir venu pour m'admirer. Oui, décidémment, j'ai un corps de déesse. Il faudrait être aveugle pour ne pas me remarquer! Je me racle discrètement la gorge, je secoue ma crinière rousse, mais Rivera semble en état de transe. Il a les yeux fixés vers le bas, fasciné par sa braguette. Mais je vous parie que ça va changer.

Je pose délicatement ma robe de soie sur le sofa saumon, près de la fenêtre, glisse mes chaussures dessous, prends ma pochette argentée et me dirige vers la chambre à coucher en passant ostensiblement devant Rivera sans lui accorder le moindre regard. Puis je m'allonge, nue, sur le lit à baldaquin drapé de soie, je dispose joliment mes cheveux autour de mes épaules et je ferme les yeux.

Voilà! Les choses commencent à prendre tournure!

A peine ai-je terminé qu'il se précipite dans la chambre en slip, les pans de sa chemise flottant sur ses cuisses. Il a le visage rouge, ses épais cheveux blancs tout ébouriffés. Il ne va pas tarder à se jeter sur moi. Mon Dieu, c'est toujours la même chose! Il ne me reste qu'une solution: jouer la comédie!

– Viens..., susurré-je d'une voix aguichante en tendant lentement un bras vers lui. Viens près de moi, *my darling!*

Le ton est on ne peut plus théâtral, Mae West n'aurait pas fait mieux – et ça marche comme prévu.

Rivera tombe à genoux, saisit ma main qu'il se met à embrasser passionnément, passe sa langue sur la face interne de mon bras jusqu'au coude, baise la pointe de mes seins, pose sa tête sur mon ventre et enfonce sa langue dans mon nombril.

– Ma belle Canadienne, dit-il dans un souffle, ta peau est douce comme du velours, tu es plus troublante que Cléopâtre. Te baignes-tu à longueur de journée dans du lait d'ânesse?

Puis il arrache son slip et sa chemise, s'agenouille à la tête du lit et tient son machin en érection devant ma bouche.

C'est bien ce que j'avais pressenti dans l'ascenseur. Cet homme fait une fixation sur son pénis! Heureusement, je n'ai plus vingt ans, mais quarante et un, et je sais me défendre. Oh non! je ne me laisse plus exploiter. Je ne fais que ce qui me plaît. Je détourne donc la tête et prends son objet chéri dans la main.

– Attention! hurle Rivera en serrant mes doigts comme dans un étau.

Mais j'ai compris. Son rétrécissement du prépuce est presque total. Je me demande comment il fait l'amour.

– Doucement! Tout doucement! m'ordonne-t-il en anglais en poussant ma main d'avant en arrière. Lentement, très lentement. Oui! C'est ça! C'est bon! C'est bon!

Et s'il ne tenait qu'à lui, je devrais continuer comme ça pendant des heures.

C'est incroyable ce que certains hommes sont égoïstes. Celui-ci se conduit comme s'il était dans un bordel, comme s'il m'avait payée, et il ne s'en rend même pas compte. Dois-je le ramener à la raison, poser sa main sur la partie la plus sensible de mon corps, entre mes jambes, et lui donner des ordres? Non! Il ne s'en remettrait pas.

– Plus fort! lance Rivera, interrompant le fil de mes pensées. Il faut que tu serres plus fort. Beaucoup plus fort. Voilà!

Et il se met à gémir lascivement, tandis que mes doigts s'engourdissent de plus en plus.

Oui, mes chéries. A quoi sert la superbe suite, le magnifique lit à baldaquin à l'hôtel Ritz avec un homme qui n'est pas le bon? A rien!

– Lâche-moi, lui demandé-je plusieurs fois, lâche ma main. Tu me fais mal!

Il ne m'entend pas. Les yeux fermés, il gémit. Il m'a oubliée.

Cet homme me dépasse d'une tête et demie et doit peser vingt kilos de plus que moi. Mais je ne suis plus la petite femme sans défense que j'étais. Si je le faisais basculer par terre? C'est vraiment tentant. Je pourrais enfin aller manger royalement. Des œufs brouillés aux truffes, au Café de la Paix. J'ai une faim de loup, tout à coup.

A ce moment, le téléphone sonne. Rivera sursaute, ouvre brusquement les yeux, me lâche la main et décroche.

– Pas d'appels! hurle-t-il dans le combiné. Non! Aucun. Quoi? De quel journal? Connais pas! Renvoyez-le. Interdisez-lui l'entrée de l'hôtel! Qui? Un photographe? De quelle revue? Pas question! Je vous dis que non! Je suis occupé! Je ne suis là pour personne! Personne! C'est compris?

Il raccroche. Puis il se tourne vers moi et veut que je continue. Mais il n'en est pas question.

– Je meurs de faim, dis-je en croisant les mains sur mon joli ventre plat.

– Faim? (Rivera baisse les yeux vers moi, abasourdi.) Mais nous venons de manger.

– Pas moi. Enfin, à part deux toasts, un verre de champagne et dix malheureuses fraises des bois.

– Moi, je n'ai absolument pas faim!

– Ça ne m'étonne pas!

Je me lève avec grâce du somptueux lit aux draps de soie et me dirige vers la porte, sous les yeux exorbités du maestro.

– Où allez-vous? crie-t-il en français.

Son horrible accent me conforte dans ma décision de disparaître d'ici le plus vite possible.

– Où allez-vous?

– Au Café de la paix. Manger des œufs brouillés aux truffes.

Il en a le souffle coupé.

– Je peux aussi vous en commander ici.

– Non, merci, ce serait trop long.

– Ahhh, ma chérie! Vous ne pouvez pas me laisser seul maintenant! (Il me court après, me rattrape dans le salon, m'entoure de ses bras par-derrière, enfouit son visage dans mes cheveux.) Vous restez avec moi, je ne vous laisserai pas partir.

– Je n'ai même pas déjeuné, ce matin.

– Non, non, je ne vous laisse pas partir !

Il écarte doucement mes boucles et se met à m'embrasser la nuque. Puis il me prend dans ses bras et me porte dans la chambre. Ça ne me déplaît pas du tout.

– Tenez. (Il me montre une coupelle en argent posée près du lit.) Servez-vous, ma chérie. Ou, attendez. Vous permettez? (Il me met dans la bouche un morceau de chocolat absolument délicieux.) Encore un? Voilà, ça fond dans la bouche, non? C'est ma marque préférée. Je les fais venir de Bruxelles. Mais je n'en mange pas, c'est pour mes amis. Tenez.

Et il pose la jolie coupelle près de moi sur le dessus-de-lit en soie. Puis il ferme les rideaux et revient vers moi, dans la pénombre, pour continuer à me donner la becquée.

Enfin. Enfin il pense à moi, et pas à son Ali Baba ! Mais je me réjouis trop vite. Quand je ne veux plus de chocolat, la comédie reprend depuis le début.

– Embrasse-moi ! gémit-il en me montrant son sexe dressé vers le ciel, embrasse-moi avec ta belle bouche en chocolat !

– C'est vraiment indispensable? demandé-je d'un ton volontairement désabusé.

– Embrasse-moi, ma belle Canadienne ! Prends-moi dans ta bouche ! Dans ta bouche en chocolat !

Et il rampe vers le haut du lit jusqu'à ce que son ventre se trouve tout près de ma tête.

En plus, il est pervers. Si je ne prends pas garde, il va bientôt me demander quelque fantaisie très désagréable pour moi. Allez savoir ce qui peut lui passer par la tête. Non, non, il ne reste qu'une chose à faire, un truc infaillible.

Je me tourne et commence à lui caresser les hanches.

– Viens plutôt vers moi, murmuré-je ensuite comme si une folle excitation me brisait la voix, viens, je veux te sentir. Dans mon corps. Tout au fond de moi. Tu comprends?

Il comprend. N'importe quel homme comprend cette expression. Elle est totalement irrésistible, j'ai toujours constaté cela, et l'anatomie de Reginaldo, déjà appréciable, atteint brusquement des proportions insoupçonnées. Mais à quoi sert le plus beau des sexes chez un homme qui n'est pas le bon? Je préférerais moins de volume et plus de délicatesse. Je n'ai absolument pas envie de lui ! Mais j'aimerais bien finir par trouver ce qui a tant fasciné Nelly chez cet homme. Comme amant, il doit bien avoir certaines qualités.

Qui sait? Il est musicien. La musique, c'est le rythme. Peut-être a-t-il une manière de bouger qui vous fait décoller de terre? Tout est possible. En tout cas, il est assez bien bâti pour cela.

– Ahhh, *my love* (il recommence à parler en anglais), tu as raison, il faut que je te prenne. Maintenant, tout de suite !

Et le miracle se produit. Reginaldo ne se jette pas sur moi, non, non, il s'allonge derrière moi, sans que j'aie à lui demander. Il se presse tout contre mon dos (qui sait, peut-être cela va-t-il devenir très bien ?) et doucement, très doucement, il me pénètre. Mais, que se passe-t-il ?

Je ne sens absolument rien !

Maintenant, il repart en arrière. Toujours au ralenti. Je ne sens toujours rien. Pas le moindre petit frisson. J'ai eu quarante-trois amants, mais ceci est le coït le plus barbant de ma vie. Je n'ai même pas de mots pour le décrire. Et Nelly aurait trouvé ça tellement formidable qu'elle aurait perdu sept kilos en un mois ? Je n'y comprends plus rien. Moi, j'ai du mal à garder les yeux ouverts. Je réprime à grand-peine un bâillement. Je suis terriblement fatiguée, tout à coup.

Rivera, lui, gémit, soupire, frémit – et ne fait aucune tentative pour me caresser là où il faudrait. Il ne me demande pas non plus s'il doit faire attention, bref, il ne pense qu'à lui et à son plaisir. En voilà un qui peut continuer comme ça éternellement. Hélas !

Combien de temps ça dure, je ne sais pas. En tout cas, il ne s'arrête plus, et je m'endors en pleine bataille. C'est bien la première fois qu'il m'arrive une chose pareille. Quand je me réveille, il s'est assoupi à son tour, toujours uni à moi et sans avoir mené l'affaire à son terme. Allons bon ! Je comprends au moins pourquoi il n'a pas d'enfants. Au giron féminin, il préfère les bouches et les mains. Cela explique aussi tous ses divorces. Sexuellement, ça ne doit pas être une sinécure d'être mariée avec lui.

Reginaldo dort à poings fermés (pas étonnant après tous ces whiskies et ces doubles vodkas) et ne se rend pas compte que je me détache délicatement de lui pour m'étendre plus confortablement sur le dos. Cette chambre est fabuleuse ! Un baldaquin, comme dans un château. Un rêve pour des amoureux !

Mais à quoi bon tout cela ? Ce luxe, ces étoffes hors de prix, vert tendre, rose et ivoire, ces draps de soie, ces couvertures précieuses, tout cela ne sert à rien, ce lit restera pour moi un mauvais souvenir.

Une fois de plus, j'imagine la situation inverse. Les hommes mettraient-ils tant de zèle à tromper leur épouse si nous, les femmes, étions toujours prêtes à relever nos jupes – mais juste pour nous faire embrasser là en bas, jusqu'à ce que nous en ayons assez ? Si c'était nous qui avions un orgasme au bout de deux minutes, pour aussitôt tourner le dos à notre partenaire – « c'était bon, pour toi, chéri ? » –

tandis qu'il resterait là avec son truc en érection, se demandant comment il va passer le reste de la nuit?

Qu'est-ce qu'ils feraient si cela arrivait deux ou trois fois par semaine, ou, voir Nouri, six fois coup sur coup dans la même soirée? Je suis sûre d'une chose : les hommes se laisseraient couvrir d'argent et de cadeaux avant de suivre une femme dans sa chambre, ou devant l'autel ou sous un ciel de lit au Ritz.

Mais je n'irai pas plus loin dans mes réflexions.

Soudain, on frappe violemment à la porte du salon.

L'après-midi prend une tournure que je n'aurais jamais pu imaginer même dans mes rêves les plus fous. Il n'y a qu'à Paris que ce genre de chose peut arriver. Et je ne dois qu'à mon intuition de ne pas avoir eu ma photo, le lendemain, à la une de tous les journaux à scandales de France.

Mais n'anticipons pas.

On frappe donc avec force à la porte, à la fameuse porte numéro 101, qui cache la suite la plus somptueuse de tout Paris.

Et le destin suit son cours.

10

Les coups ne s'arrêtent plus. De plus en plus forts et rapides, ils finissent par tirer Reginaldo de son sommeil alourdi par l'alcool.

– Que se passe-t-il? demande-t-il en anglais.

– Il y a quelqu'un à la porte.

– Comment? Quoi? Dieu du Ciel! (Pris de panique, il saute du lit, tire les rideaux et ouvre grand les fenêtres.) Il est déjà quatre heures et demie? Il doit être quatre heures et demie! J'avais complètement oublié! A quatre heures et demie, j'ai rendez-vous avec la directrice artistique de Polydor.

Il baisse les yeux vers moi. De toute évidence, il ne souhaite qu'une chose: que je me volatilise.

– C'est au sujet de l'enregistrement de *Marie Stuart* à Marseille. C'est très, très important!

– Je vais me cacher dans la salle de bains, proposé-je, pour le rassurer.

– Oui, oui! Bonne idée. Parce que, vous comprenez, elle connaît ma femme!

On frappe à nouveau, encore plus longuement cette fois.

– Elle sait très bien que je suis là!

Rivera attrape son slip et sa chemise, et se précipite dans le salon en claquant la porte derrière lui.

– J'arrive, ma chère, s'écrie-t-il en français avec son épouvantable accent. Une toute petite seconde. Je suis à vous tout de suite!

« Pourvu qu'il pense à cacher ma robe », me dis-je. Et pourvu qu'il ne la chiffonne pas trop. Et que va-t-il faire de mes chaussures? Et de ma jolie petite culotte en dentelle?

– Voilà! Voilà! Mon adorée, je me dépêche!

Il est déjà habillé? Incroyable! Il doit avoir l'habitude de ce genre de situation.

Je m'approche de la porte de communication sur la pointe des pieds, pour ne rien manquer de la séance de salutations. On entend absolument tout. Elle entre, maintenant ils sont tous les deux au milieu du salon rouge et or. Baisers, rires, en tout cas ils se connaissent très bien, ça ne fait pas l'ombre d'un doute !

Ça, un rendez-vous d'affaires? Avec ces roucoulements? Jamais de la vie ! D'ailleurs, je connais cette voix. Je l'ai entendue hier soir. A la brasserie Lipp. Mais oui ! C'est cette personne survoltée, avec les gros diamants, la bouche pincée et les épouvantables boucles d'oreilles en plumes roses.

Je ne peux pas m'empêcher de pouffer. Elle ne m'a même pas saluée, hier soir. Je pourrais prendre ma revanche en sortant de la chambre, nue comme la main? « Bonjour, madame ! Comme c'est gentil à vous d'être passée ! Je m'appelle Ophélie. Et vous? »

Et si je le faisais? C'est bien tentant ! En tout cas, tout cela est complètement fou. On se croirait au cinéma ou au théâtre. J'ai vraiment l'impression d'être dans un vaudeville, seulement là il ne s'agit pas d'un ménage à trois mais à quatre. L'épouse à la campagne, la maîtresse dans le salon, une petite amie accessoire dans la chambre à coucher et l'homme au milieu de tout ça – peut-on imaginer un dénouement sans tambours ni trompettes?

D'ailleurs, les trompettes ne vont pas tarder à sonner, et je vais me trouver mêlée à mon insu à un croustillant scandale du Tout-Paris.

Oui, sans que j'intervienne, tout va se passer comme il se doit.

Je reste donc tapie derrière la porte à écouter.

Ils devisent tous deux dans le somptueux salon, Rivera essayant poliment de se débarrasser d'elle.

– Je suis très fatigué, aujourd'hui, très chère amie. Je me suis même assoupi avant que vous n'arriviez.

Comme je m'y attendais, ils se vouvoient, c'est de bon ton dans la haute société parisienne. Les enfants disent « vous » à leurs parents, les hommes disent « vous » à leur femme, leurs petites amies et leurs relations, même l'amant et la maîtresse ignorent la tendresse du tutoiement dans leurs ébats.

– Assoupi? répète la voix antipathique. Alors, j'arrive à point nommé, mon cher. J'ai une nouvelle fracassante qui va vous réveiller tout de suite. Devinez.

– Ne me mettez pas au supplice !

– Vous ne devinez pas? Non? Non, eh bien je vais vous le dire. Lisa a demandé le divorce.

– Vous êtes folle !

– Mais non ! Voyez vous-même ! (Bruit de journal que l'on déplie.) Voilà ! Tout un article avec des photos. Elle a fait une demande de divorce, elle est à Londres, et elle va épouser son petit jules.

– Qu'est-ce que c'est que ce torchon? hurle Rivera.

– *France-Soir* ! Et la nouvelle s'est déjà répandue. Le hall de l'hôtel est plein de journalistes. Il y en a même un d'un journal espagnol qui m'a priée d'intercéder en sa faveur auprès de vous.

– Qu'est-ce qu'ils veulent, ces imbéciles?

– Que vous preniez position. Car Lisa a promis de raconter sa vie au plus grand journal à sensation d'Angleterre. Y compris les histoires de fesses. Elle pense qu'il est temps de révéler au monde ce que c'est réellement que d'être mariée au célébrissime Reginaldo Rivera !

– Elle a perdu la raison !

– Elle veut vous ruiner, mon cher. Apparemment, vous l'avez trop trompée (gloussement), ce dont je n'ai absolument pas à me plaindre.

– Arrêtez vos bêtises, s'écrie Rivera, et montrez-moi ce journal. Quel scandale ! C'est la photo de notre mariage. Je vais porter plainte. C'est de la provocation. Je vais à Londres. Je pars tout de suite. Il faut que Lisa soit frappée d'interdiction. Partez, maintenant. Allez-vous-en ! J'ai besoin d'être seul, de m'éclaircir les idées...

– Peut-être un whisky, d'abord?

– Oui ! Oui ! Bonne idée ! Non ! Une vodka !

– Une grande? Une petite?

– Un verre plein !

Cliquetis de glaçons dans un verre. On ouvre une bouteille.

– Voilà, chéri ! Trinquons à votre liberté ! Embrassez-moi, ce n'est pas si grave que cela. D'ailleurs, je ne peux pas partir tout de suite, j'ai commandé un plateau. Le garçon sera là d'un moment à l'autre. Juste un petit quelque chose. Je n'ai encore rien mangé aujourd'hui.

– Vous avez quoi? tonne Rivera.

– J'ai commandé à manger. Ne le prenez pas aussi mal ! Je meurs de faim. Et puis, à cette heure, ils n'ont rien à faire aux cuisines, ce sera servi dans cinq minutes. Tenez, je vous ai apporté ça. Le contrat pour les enregistrements de disques à Marseille. Pourquoi ne le lisez-vous pas tout de suite? Ou mieux : nous allons l'étudier ensemble, point par point. O.K., chéri?

Rivera grommelle quelque chose, mais j'entends qu'il s'assoit. Que vais-je faire, maintenant? Tout cela se prolonge dangereusement. Après le contrat, elle va manger, puis elle va parler, il ne se débarrassera pas d'elle comme ça. Je connais ce genre de pot de colle. Et je n'ai pas envie de rester enfermée pendant des heures, toute nue dans une salle de bains d'hôtel. Ce serait indigne de moi, même s'il s'agit d'une salle de bains de grand luxe, en marbre rose et noir, au Ritz.

Et que ferai-je si Rivera veut encore coucher avec moi quand elle sera partie ? Non, non, tout mais pas ça ! Pour la bouche en chocolat, il n'aura qu'à s'adresser à sa bonne amie. Moi, j'en ai marre des chocolats belges! Rien que d'y penser, j'en ai la nausée!

Il faut que je parte. Mais comment?

Je sais par expérience que les suites ont toujours une seconde porte de sortie, comme ça on peut les louer séparément au besoin. J'inspecte les murs. En effet, la chambre à coucher a une porte qui donne directement dans le couloir. Elle est dissimulée derrière une lourde portière de velours, mais mon œil expérimenté l'a repérée immédiatement. La clef est sur la porte, la serrure fonctionne. Sauvée!

Évidemment, je n'ai rien à me mettre, puisque ma robe et mes chaussures sont restées dans le salon rouge, mais j'ai encore ma pochette argentée avec mes clefs, mon rouge à lèvres et mon argent – et en plus, j'ai du cœur au ventre, c'est l'essentiel!

Je vais emprunter à Rivera son peignoir de bain (je le lui renverrai demain matin). J'arriverai bien à passer devant le portier pour aller jusqu'à la station de taxi de la place Vendôme.

Et si quelqu'un me demande pourquoi je me promène dans l'hôtel pieds nus dans cette tenue? Eh bien, il faudra que je trouve quelque chose.

Le peignoir de bain blanc en éponge est beaucoup trop long et trop grand pour moi. Mais il sent bon l'eau de Cologne de luxe et il a une grande capuche. Je me l'enfonce sur la tête en laissant dépasser mes boucles devant, et je remets du rouge à lèvres. Pas mal! Le blanc me va bien. J'ai l'air frêle et fragile dans ce grand manteau, on dirait presque un ange descendu du ciel.

Adieu, Rivera! Je m'approche sans bruit de la porte, l'ouvre précautionneusement et quitte en catimini le lieu du délit (qui n'en était pas un). Voilà! Le couloir est vide, personne en vue. Il ne me reste plus qu'à sortir à l'air libre sans me faire remarquer.

Tout à coup, j'entends des pas derrière moi. Quelqu'un m'attrape brutalement par le coude et me tombe dessus à bras raccourcis.

– Espèce de garce! Traînée! Putain! Salope!

J'y perds mon latin!

Encore une agression? Ah, mais cette fois ils sont mal tombés. Il va voir ce qu'il va voir celui-là. Je vais lui donner une telle leçon qu'il ne touchera plus jamais une femme! Rapide comme l'éclair, je me retourne pour lui assener un coup de genou dans le ventre – mais je me fige, en plein mouvement. J'ai devant moi l'homme au costume marron!

Il est aussi perplexe que moi. Nous nous regardons sans mot dire.

– Que me voulez-vous! demandé-je enfin.

Il rajuste sa cravate, l'air embarrassé.

– Pardon, madame, je vous ai prise... pour quelqu'un... pour quelqu'un d'autre... je veux dire, pour une autre personne, une tout autre personne...

– Que vous vouliez assommer?

– Mais non, voyons!

Il pâlit, recule, veut s'en aller, mais à ce moment, la porte de la suite de Rivera s'ouvre, et la femme aux boucles d'oreilles en plumes roses sort. L'homme pousse un hurlement de colère, m'écarte brutalement de son passage et part en courant.

– Espèce de garce! Putain! Canaille! Je vais te tuer!

– Albert! s'écrie la femme, éberluée.

Elle fait un bond en arrière, referme la porte, et au moment où il pose la main sur la poignée, elle verrouille de l'intérieur.

Que va-t-il se passer maintenant? Cela devient palpitant. Albert ne tergiverse pas longtemps. Il prend une profonde inspiration et se met à hurler tellement fort que les murs en tremblent. Je ne comprends pas grand-chose à tout cela, mais je pense pouvoir conclure que la personne qui s'est enfermée avec Rivera est sa femme, et qu'elle ne sortira pas de là vivante.

Tel un dément, il frappe à coups de pied et de poing, puis se lance de tout son poids contre la porte 101. Il fait un bruit de tous les diables, et je me demande si j'aurai le temps de disparaître avant que la police n'arrive. Non. Trop tard. La voilà!

Que faire? Ah, mais non! Fausse alerte. Ce n'est pas la police mais un garçon d'étage qui tourne le coin du couloir, poussant devant lui une jolie table roulante couverte d'une nappe blanche. C'est bien appétissant. Assiettes, couverts en argent, des noisettes de beurre sur de la glace, un plateau de fromage, une rose dans un vase, deux pots en argent d'où s'échappe une délicieuse odeur de café, une corbeille de pain. Un charmant petit repas pour un tête-à-tête dans un palace parisien.

Le garçon, très élégant dans son uniforme, avance d'un air imperturbable vers le forcené.

– Laissez-moi passer, ordonne-t-il, room-service!

L'homme au costume marron fait volte-face, comprend immédiatement de quoi il retourne. Il plisse les yeux et serre les dents. Son visage s'empourpre. Puis il donne un coup de pied dans la table roulante qui bascule: le fromage roule sur la moquette dans toutes les directions, le café noir gicle sur les murs.

– Vous êtes fou? hurle le garçon en reculant d'un bond. Vous êtes malade, ou quoi?

Il se précipite vers le téléphone de service pour appeler à l'aide.

– Ma femme, imbécile. Ma femme est là-dedans ! vocifère le mari en donnant un autre coup de pied dans la table. Ma femme ! Avec ce don juan. Ce sale Espagnol. Enfermés. Je vais les tuer tous les deux. Sors d'ici, crapule (il martèle la porte), ouvre, espèce de canaille ! Ouvre ! Ouvre ! Ouvre...

Il est grand temps que je file.

Le garçon a raccroché le téléphone, le renfort va arriver d'un instant à l'autre. Je tire la capuche sur mon visage et longe le mur sans bruit jusqu'au coin du couloir. Où est l'escalier? Là. Personne à l'horizon, très bien. Mais en bas, horreur ! Le salon de thé devant lequel je dois passer commence à se remplir de monde. Qu'est-ce que je vais bien pouvoir faire?

Le chemin vers la sortie me semble infiniment long tout à coup. Il y a beaucoup trop de gens partout. Des journalistes qui attendent Rivera pour l'interviewer sur son divorce. Des dames distinguées qui s'installent pour prendre le thé, et plus loin, devant la porte, deux photographes bardés d'appareils, en compagnie du chef réceptionniste. Seul le portier n'est pas là – heureusement –, encore qu'il ne m'aurait certainement pas reconnue. Ça ne doit pas être très courant d'entrer dans ce respectable hôtel dans une robe de Givenchy et d'en ressortir pieds nus, déguisée en fantôme.

Si seulement j'avais des chaussures ! Et comment dois-je sortir pour me faire remarquer le moins possible : en marchant ou en courant? Je préférerais courir. Mais ça semblerait louche. Ils seraient capables de me prendre pour un rat d'hôtel et de m'arrêter. Donc, il faut que je marche, tout à fait naturellement, comme si j'avais l'habitude de me promener en plein jour à Paris, pieds nus et en peignoir blanc.

Je relève la tête, affiche un sourire amusé, mets une main dans une poche, laisse l'autre pendre négligemment et avance, comme si j'étais sur une passerelle. Pas trop vite, pas trop lentement, mais droit vers la sortie. Je ne regarde ni à droite, ni à gauche, mais du coin de l'œil je vois que les gens se retournent sur mon passage. Le silence s'établit autour de moi. Mon cœur bat à tout rompre.

– Mais, qu'est-ce que c'est? s'écrie l'un des photographes, au moment où je passe devant lui en silence. Vous cherchez la plage, Madame?

Je réfléchis à toute vitesse. Que vais-je pouvoir dire? Alors je tourne la tête et sourit de toutes mes dents en disant :

– Nous faisons des photos de mode dans la suite 101. Des maillots de bain. J'ai oublié ma trousse de maquillage, je vais vite la chercher dans la voiture !

Le deuxième photographe émet un sifflement admiratif.
– Joli modèle, dit-il, on peut l'acheter?
– Certainement ! Mais je crains que ce ne soit trop cher pour vous.
– Je n'en suis pas si sûr, ricane-t-il, nous ne gagnons peut-être pas autant que vos mannequins, mais assez pour nous payer un petit extra de temps en temps !
– Des photos de mode? interrompt le chef réceptionniste d'un air suspicieux, où fait-on des photos de mode? Dans la suite du maestro Rivera? Il ne m'en a rien dit. Je dois vous prier, madame...
Il ne va pas plus loin.
– Cent un? s'exclament en chœur les deux photographes. C'est donc là qu'il se cache?
Ils ont déjà les appareils en main.
– Jean-Luc, s'écrie le plus grand avec empressement, on y va, vite !
Et il part en courant. Le réceptionniste se lance à ses trousses.
– Eh ! Arrêtez ! Qu'est-ce qui vous prend? Il ne faut pas déranger le maestro. Vous êtes au Ritz, ici. Nos clients ne doivent pas être importunés. Vous entendez? Revenez où je vous fais arrêter !
Il s'ensuit une violente querelle, tous les journalistes se précipitent et je profite de cette agitation pour m'éclipser. Je me glisse dans la porte tournante sans que personne me voie, et me voilà à l'air libre.
Quatre taxis attendent sur la place Vendôme ensoleillée. Les chauffeurs fument leur cigarette sur le trottoir, l'un d'eux lit le journal, un autre discute avec le portier de l'hôtel des courses de dimanche prochain à Longchamp. Lorsque je fais mon apparition, ils tournent tous les yeux vers moi en même temps. Le portier regarde discrètement mes pieds nus, mais il a du tact. Après tout, je sors du Ritz. Qui sait? Je suis peut-être une millionnaire américaine excentrique?
– Vous êtes libre? demandé-je au premier chauffeur.
Il sourit bêtement et m'ouvre aussitôt la portière.
– Bonne route ! me souhaite le portier en ricanant à son tour.
M'a-t-il reconnu? Et après?
– Rue Lacépède, s'il vous plaît.
– A la piscine?
– Non. Tout en haut de la rue. Presque à la place de la Contrescarpe.
La course se déroule sans encombre. Aucun policier ne m'arrête pour outrage à la pudeur. Une fois seulement, dans un monstrueux embouteillage, sur le Pont-Neuf, nous sommes immobilisés pendant plusieurs minutes à côté d'un autobus. Moment pénible !
Plusieurs paires d'yeux curieux se posent brusquement sur moi.

J'ai l'impression d'être toute nue, je tire la capuche le plus bas possible et je ferme les yeux. Mais la course prend bientôt fin aussi. Peu après cinq heures, je suis chez moi, et à peine me retrouvé-je saine et sauve dans l'appartement que je suis prise d'un inextinguible fou rire.

C'était finalement très drôle. Je n'ai peut-être pas de nouveau petit ami possédant son avion privé (je ne reverrai jamais cet homme !), mais j'ai beaucoup appris. C'est un cauchemar que de dépendre d'un individu aussi égoïste que Rivera. Je viens de perdre une de mes illusions (sur les grands, qui voient la vie de haut). S'ils sont tous comme Rivera, je n'ai rien raté !

Il n'y a qu'une chose qui m'échappe ! Pourquoi un homme riche et célèbre de cinquante-six ans s'empoisonne-t-il la vie avec un rétrécissement du prépuce? Une petite incision, et il aurait une vie sexuelle normale. Ce qui est encore plus étrange, c'est qu'aucune de ses nombreuses épouses et maîtresses ne l'aient convaincu de se faire faire cette opération tout à fait bénigne.

Il a dû défendre son sacro-saint phallus comme une lionne défend ses petits et les dames ont accepté cela comme un tribut à l'homme illustre (Je serais curieuse de connaître leur consommation de chocolat !)

Je prends un bain chaud suivi d'une douche froide, me frictionne de la tête aux pieds avec une lotion rose délicieusement parfumée à la guimauve, enfile un large kimono blanc en coton que j'ai acheté dans une petite boutique boulevard Victor-Hugo et me prépare enfin à manger.

Une copieuse salade de mâche, trois pommes de terre en papillottes, du beurre aux fines herbes et de la crème fraîche : je m'installe avec tout cela sur la terrasse qui donne sur le Panthéon et je me régale.

Pour ne rien vous cacher, c'est succulent ! Je mange jusqu'à plus faim en sachant que je ne prendrai pas un gramme. Même le dessert, une délicieuse mousse de banane très légère – une recette de Nelly – est tout à fait dans l'esprit du régime Hollywood Star.

Ne suis-je pas comblée? Je me penche en arrière et pose mes jambes en hauteur pour me délecter de la vue fascinante sur les toits de Paris qui s'emboîtent les uns dans les autres, jusqu'au Sacré-Cœur. Je suis heureuse, contente, légèrement somnolente, mais il y a une chose que je brûle de savoir.

Que se passe-t-il en ce moment dans la célèbre et luxueuse suite numéro 101 du grand hôtel Ritz? L'impétueux Albert a-t-il déjà enfoncé la porte? Les cendriers et les seaux à champagne sont-ils en train de voler – sans parler des délicieux chocolats belges? Bon, je vais téléphoner tout de suite. Reginaldo doit se faire un sang d'encre à l'idée que, pour tout arranger, on va me trouver nue dans son lit à baldaquin.

Après avoir vérifié le numéro, j'appelle, mais je ne vais pas plus loin que le standard.

– Le maestro ne prend aucune communication, me répond-on courtoisement. Madame souhaite-t-elle laisser un message?

– Oui, s'il vous plaît, répliqué-je dans mon meilleur français, sans un soupçon d'accent canadien, veuillez l'informer qu'il peut faire prendre son peignoir de bain chez le directeur adjoint de l'Opéra de Paris. Qu'il ait l'obligeance de me rappeler aujourd'hui même.

– Monsieur connaît-il le numéro?

– Oui, mademoiselle.

J'attends son appel toute la soirée, en vain. Que s'est-il passé entre eux trois? Je commence à m'inquiéter. J'espère qu'il est encore en vie.

L'acte II de la tragédie est rapporté dans tous les journaux du lendemain. La presse du matin se contente de quelques lignes : Reginaldo Rivera, le chef d'orchestre espagnol qui fait scandale, doit reporter son concert à Marseille pour cause... d'accident !

Mais dans *France-Soir,* l'histoire est relatée dans les moindres détails. Apparemment, Albert a emprunté la porte par laquelle je me suis enfuie pour entrer dans la suite, où il s'est comporté comme un sauvage, cassant une côte à sa femme et assommant Rivera d'un coup au menton. Lorsque la police est arrivée il était toujours fou furieux et il n'a été maîtrisé qu'au prix d'un violent corps à corps.

D'autre part, la femme aux boucles d'oreilles roses est effectivement directrice artistique d'une maison de disques, même si ce n'est pas Polydor, et son colérique époux – qui l'eût cru? – est multimillionnaire. Il est propriétaire d'une chaîne de deux cents laveries automatiques à Paris. Encore une preuve vivante que l'argent n'est pas un gage de distinction.

Le lendemain matin, je téléphone au Ritz pour la dernière fois. Qui sait, Reginaldo reviendra peut-être à l'hôtel après son séjour à l'hôpital? Malheureusement ce n'est pas le cas.

– Le maestro est parti, m'annonce-t-on sans commentaire.

Je meurs d'envie de demander si, en faisant la suite 101, on n'a pas trouvé une robe de soie vert d'eau et une paire de chaussures à lanières. Mais j'y renonce. Je regrette pour ces belles affaires, mais je n'en mourrai pas !

Un homme – une robe. A peine portée, déjà jetée. C'est comme boire à la russe : cul sec et on jette le verre en criant hourra ! Mais oui, mes chéries ! A quarante ans, on peut se permettre ça. (A vingt ans, j'en aurais fait une maladie.) Et puis, c'était un bon placement. Le coup d'œil dans les coulisses du Tout-Paris valait la peine.

Ma théorie se confirme une fois de plus : la vie professionnelle et la vie privée sont intimement liées. Indélicat dans son métier, indélicat à la maison. Brutal au bureau, brutal au lit. Ce n'est pas un génie immodéré qui se cache derrière les réactions, les scandales, les procès de Rivera, mais tout simplement une vie sexuelle boiteuse. Des problèmes d'impuissance ! C'est là la clef de son caractère.

Voilà pour le cas de Rivera. Il ne reste qu'une chose : son emprise sur Nelly ! Je ne me l'explique toujours pas. Mais je finirai bien par élucider aussi ce mystère. Chaque chose en son temps.

11

Dans les deux semaines suivantes, les événements se bousculent, le plus important étant que Nelly suspend ses paiements.

Je la comprends. Je n'ai pas écrit une seule ligne depuis des semaines; le manuscrit n'est qu'à moitié terminé, rien n'avance. Je crois qu'à sa place j'aurais fait la même chose.

Nelly a patiemment attendu un mois. Puis elle m'a proposé de m'aménager une chambre au Hollywood Star Ranch pour que nous puissions continuer à travailler ensemble sur le livre. Mais je ne veux pas quitter Paris. Je suis sûre que bientôt je pourrai à nouveau écrire. Et en plus, j'ai le sentiment qu'il faut que je reste ici. Il va se passer quelque chose d'important. Je ne veux pas aller en Californie.

– Bon, dit Nelly, tu peux rester dans l'appartement. Mais écoute, ma petite, tu comprendras que je refuse de financer la paresse. Jusqu'à ce que tu recommences à écrire, il faudra que tu te débrouilles toute seule.

– Et le voyage à Londres en juillet?

– Le débat à la BBC? Ça, c'est du travail. Je te le paierai, enfin, à condition que tu sois descendue à cinquante-cinq kilos.

Nous en restons là.

Pendant plusieurs jours, je me demande que faire. Je ne veux pas toucher à mes économies, mais il faut bien que je vive. Nelly m'envoyait quinze mille francs par mois. Il ne me reste rien du dernier versement. Je suis même à découvert de deux mille francs, car depuis mon agression, je n'ai pas arrêté de dépenser de l'argent. J'ai pris l'habitude d'aller partout en taxi. Je vais au concert, je mange dans de bons restaurants végétariens, j'achète des livres, des disques et les places d'opéra les plus chères. Comme je n'avais plus rien à me mettre, j'ai été obligée de m'acheter quelques vêtements légers, des pantalons et des chaussures, de jolies tenues idéales par temps chaud. Mais à partir de maintenant, je vais faire des économies.

Cette garde-robe me suffira pour le moment.

Si je supprime le restaurant et que je mange chez moi, je m'en sortirai avec deux mille francs par mois. La cuisine végétarienne est économique. Je me rends compte maintenant des sommes astronomiques qu'on peut dépenser chez le boucher.

Je vais limiter les courses en taxi en prenant le bus dans la journée. Je vais renoncer à l'opéra. De toute façon, la saison n'est pas très intéressante. Mais je ne me priverai ni des concerts ni des boîtes de jazz. Je continue aussi les cours de natation. Et puis de toute façon, ma banque m'autorise un découvert de dix mille francs. Je peux tenir comme ça pendant quelques semaines, et ensuite, si je n'arrive toujours pas à écrire, je trouverai bien une solution.

Aujourd'hui, c'est le premier dimanche de juillet. Au Luxembourg, les roses sont en fleur, le soleil brille, les arbres sur la place de la Contrescarpe ont de belles feuilles vert tendre en forme de cœur, il est une heure de l'après-midi, et je décide d'aller à Montmartre.

J'y vais souvent depuis mon agression. Je parcours lentement les ruelles étroites et raides qui vont de Pigalle à la place du Tertre, de la rue Caulaincourt au Sacré-Cœur en passant par la rue Lamarck. Mais ce n'est pas pour admirer les petites maisons pittoresques et les jardins romantiques. Non. Je les regarde à peine. Je m'arrête devant toutes les vitrines des horlogers, des orfèvres et des bijoutiers, dans l'espoir d'y retrouver ma bague.

C'est ridicule, je sais. L'officier de police m'a clairement expliqué que tout bijou volé restait invisible pendant deux ans avant de réapparaître dans une autre ville ou un autre pays. Mais je continue à chercher, c'est plus fort que moi. Peut-être y aura-t-il une exception pour moi? Le voleur a peut-être perdu la bague dans sa fuite et quelqu'un l'a trouvée dans la rue et l'a revendue à un bijoutier? Des miracles, il s'en produit tous les jours, il ne faut pas désespérer. Je n'en ai parlé ni à ma mère, ni à ma tante Ophélie, et chaque fois que je pense à la resplendissante opale de feu, mon cœur se serre et j'ai envie d'éclater en sanglots.

Mais ce n'est pas pour cela que je vais à Montmartre aujourd'hui. C'est pour faire faire mon portrait sur la place du Tertre et, s'il plaît à Dieu, enfin rencontrer un Français. Je n'y suis toujours pas arrivée. C'est à croire que le diable s'en mêle : je ne tombe que sur des étrangers. Dans les boîtes de jazz, la colonie américaine est en surnombre, de même que chez Shakespeare & Co. et dans mes cafés préférés de Saint-Germain-des-Prés. Dès que je quitte ce que j'appelle « les sentiers battus par les Américains », et que je vais m'asseoir sur un banc au Luxembourg, un Arabe ou un étudiant sénégalais s'approche pour engager la conversation.

Dans les cafés, je rencontre inévitablement des touristes égarés qui n'arrivent pas à lire le plan ou regardent d'un air perplexe la monnaie que le garçon vient de flanquer sur la table. Comme la plupart d'entre eux parlent très mal le français (quand ils le parlent), je m'empresse de leur venir en aide, de traduire, d'expliquer. Car, je vous l'ai dit, nous autres Québécois sommes des gens très serviables.

Mais ce ne sont pas des touristes avec appareil photo et plan de Paris que je veux. Pas d'Américains, d'Anglais, de Japonais, d'Espagnols en jean, T-shirt, blouson d'aviateur et sac à dos. Je veux un ministre et si c'est trop demander, au moins pas un étranger. J'ai assez de moi comme étrangère. Pourtant, j'ai effacé toutes les traces. Je suis venue à bout de mon accent québécois. Je ne roule plus les *r*, j'ai perdu cette habitude rustique de mettre un *g* à la fin des mots – « ving » au lieu de « vin » – ça, c'est fini à jamais ! On me prend pour une Parisienne, je parle le français avec l'effronterie, l'aisance et le charme des autochtones. J'en fait partie. Et je veux un homme qui sache faire la même chose. Qui me regarde au fond des yeux et me dise « ma chérie, je t'adore » sans le moindre accent.

Voilà ce que je veux, et Nelly aussi. Mais apparemment, c'est trop demander. Je vis en plein cœur de Paris – mais où sont les Français?

Je sais bien que pendant la première année qu'il passe à Paris, un étranger ne rencontre que des étrangers (ça promet, pour moi qui ne reste que six mois !). Je sais aussi que les Français ne s'aiment pas entre eux. Ils travaillent dans le même bureau, face à face, pendant vingt ans, sans s'appeler par leur prénom et sans jamais poser à l'autre une seule question sur sa vie privée.

Les Français sont des gens de contrastes, pleins d'humour, accueillants, amoureux de la vie – mais au fond, ils sont franchement méfiants ! Ils préfèrent rester en famille; si vous n'avez pas de liens de parenté avec eux, vous êtes suspect. Alors pourquoi devraient-ils fraterniser avec des étrangers?

Mais je ne désespère pas, malgré tout. Au contraire ! Cette fois, j'attaque de front, je vais à Montmartre. Selon l'administration, il y a officiellement là-haut trois cent soixante peintres dont plus de la moitié sont français.

Mon plan est simple. Si l'un d'eux m'est sympathique, je lui demande un portrait. Si ensuite il me plaît toujours, je l'invite à dîner. Après, on verra.

Il fait chaud, dehors. Qu'est-ce que je vais mettre? C'est vite vu. Ma nouvelle salopette qui me va si bien. Elle est en coton rose pâle à petits pois blancs, légère, aérée et confortable. C'est la grande mode à Paris cet été. Un vêtement très drôle, résultat d'un croisement entre une barboteuse et une combinaison de cosmonaute, avec des jambes longues surmontées d'un haut sans manches retenu sur les épaules par des bretelles. Avec ça, je porte des chaussures plates en vernis blanc, aucun dessous et une petite ceinture en perles roses.

J'ai tressé mes cheveux en une grosse natte. A part un soupçon de rouge à lèvres rose, je ne suis pas du tout maquillée. J'ai l'air d'une collégienne. Depuis que je ne mange plus de viande, cela fait maintenant plusieurs semaines, j'ai nettement rajeuni. Plus de cernes sous les yeux, le teint plus clair, l'ensemble du visage plus frais.

Je glisse mille francs dans ma poche, j'attrape mes nouvelles lunettes de soleil à monture blanche et je sors de chez moi. Je reviendrai avec un Français. Si je n'arrive pas à écrire, je peux au moins accumuler des expériences. Une autre façon de faire avancer le livre de Nelly. C'est le moins que je puisse faire pour elle.

Je ne prends pas de taxi pour aller à Montmartre, mais le bus. A deux heures et quart, je suis sur la fameuse place du Tertre, qui est noire de monde. J'avais complètement oublié que nous étions dimanche et que cet endroit est une véritable fourmilière pendant le week-end. Aujourd'hui, c'est pire que jamais. Il fait un temps splendide, et on dirait que la terre entière s'est donné rendez-vous ici. Les gens se pressent en troupeau autour de la petite place. Des touristes des quatre coins du monde, des provinciaux, sans compter les enfants et les chiens.

On entend parler toutes les langues de la planète, l'ambiance est à la bonne humeur, et au café, sous les jolis parasols rouges au milieu de la place, il n'y a plus une seule chaise libre. J'en trouve une pourtant – à la table d'un groupe de touristes québécois (qui me prennent d'emblée pour une Française).

Invitée à boire un verre avec eux, je commande un café noir et un Perrier, et tandis que nous parlons du Louvre, de *la Joconde*, de Notre-Dame et de la beauté des Parisiens, j'attends que la foule se dissipe pour pouvoir enfin m'approcher des artistes installés à touche-touche sur le trottoir.

Vers cinq heures, enfin, la foule commence à se disperser. Je remercie mes compatriotes et me lève. Il y a encore beaucoup de touristes, mais on peut maintenant flâner sans être poussé et bousculé de tous côtés.

A mesure que je déambule tranquillement autour de la place, je suis de plus en plus ravie. Des peintres, il y en a à foison. Des femmes peintres aussi, plus que je n'aurais imaginé, mais les hommes sont plus nombreux, et la palette fait plaisir à voir. Des grands et des petits, des gros et des maigres, des noirs, des blancs, des jaunes, des rouges (mais oui, les Indiens peignent aussi !). Des blonds bouclés, des chauves barbus. Il y en a des jeunes, mignons à croquer, et des moins jeunes intéressants aussi. Il y a vraiment de tout. Et il suffit de s'arrêter devant l'un d'eux pour qu'il vous interpelle.

– Mademoiselle ! Une petite silhouette de profil? Dix francs seulement. Dix francs.

Mais moi, je ne veux pas de silhouette. Ni de dessin au crayon pour trente francs. Ni de peinture à l'huile pour trois cents francs. Ce sont les portraits au pastel qui m'intéressent. Deux cents francs pour une demi-heure de pose. Mais à qui vais-je le demander?

Parée de mon plus beau sourire, je parcours les rangs, cherchant des yeux ceux qui ne portent pas d'alliance et qui ont l'air français. Enfin j'en choisis trois, à qui je donne la chance de leur vie.

Quel merveilleux après-midi ! Je me fais faire trois portraits : par un jeune Lyonnais frisé, un petit Marseillais brun aux yeux bleus et un blond aux cheveux raides, très drôle, avec lequel la demi-heure de pose passe à toute allure. (Lui, c'est un banlieusard, de Montrouge.)

Après leur avoir promis à tous les trois de revenir, je m'en vais, tout heureuse, mes portraits sous le bras.

A peine tourné le coin de la rue, je m'arrête sur la petite place du Calvaire. Sous les arbres sont installés les tables et les chaises blanches du restaurant Chez Plumeau. Il ressemble à un abri de jardin en bois. Un petit cabanon sans prétention et plein de charme datant probablement du siècle dernier, de l'époque où Paris était deux fois moins grand et mille fois moins dangereux.

Je m'assieds dans un coin sur une chaise métallique. Nom d'un chien, ce qu'elle est inconfortable ! Pas de doute, les chaises, elles sont contemporaines. Mais qu'importe, je ne vais pas m'énerver pour si peu. Je commande un verre de limonade et je déroule les trois portraits devant moi. Je vais les analyser pour savoir à qui je donnerai la palme. Au bout de deux minutes, je sais tout.

Le Lyonnais est éliminé d'office. Il m'a fait des ombres beaucoup trop agressives sur les joues. La signification est claire : il est jaloux de ma beauté, et ça, c'est rédhibitoire. A Hollywood, je connais un peintre (dont le style se rapproche beaucoup de celui-ci) qui coupe les cheveux à toutes ses petites amies. Il y en a même une qu'il a complètement rasée, la veille de la cérémonie de remise des oscars à laquelle elle était invitée. Et tout ça au nom de l'art, naturellement. Elle était affreuse, la pauvre. Il lui a fallu longtemps pour s'en remettre. Non, non les artistes destructeurs, je m'en méfie comme de la peste.

Mais le Marseillais n'est guère mieux. Je n'ai quand même pas dépensé tout cet argent pour rien? Il a mis tout l'accent sur mes lèvres. Mon visage n'est qu'une énorme bouche. Pas très difficile de savoir ce que ça cache. Cet homme est lubrique, égoïste. Au lit, il ne pense qu'à lui, et ça, j'en ai soupé. Après Nouri et Rivera, il me faut quelqu'un de plus reposant. Et en plus, il n'a aucun talent.

Le blond est de loin le meilleur. Je me reconnais dans ce portrait. Il a parfaitement saisi l'expression du visage. Il a mis en valeur les yeux, le menton et la bouche. Pourtant, il ne fera pas non plus mon affaire : il a un ongle de pouce déformé. Dommage ! Ce gros morceau de corne dure creusé de stries brunâtres, défigure toute sa main gauche. Je ne m'en suis aperçue qu'à la fin, au moment où il m'a tendu le portrait. Ça m'a tout de suite refroidie.

Les ongles de pouce déformés, je ne veux pas en entendre parler.

Le mari d'une de mes amies de Toronto en avait deux (non pas à la suite d'un accident, ce qui arrive souvent, mais de naissance). Aujourd'hui, la malheureuse est dans une clinique psychiatrique. Il la trompait systématiquement, avec des hommes et des femmes qu'il ramenait sans vergogne à la maison pour s'ébattre avec eux dans le lit conjugal, la salle de bains ou le jardin.

Ensuite, il réclamait un repas copieux que sa femme devait préparer et servir nue. Cet homme avait le caractère le plus exécrable que j'aie jamais connu.

Mais ce n'est pas tout. A Hollywood, je connaissais un photographe. Il me téléphonait constamment pour que je l'invite chez moi et quand un soir il réussit à me convaincre, à force de promesses et de regards langoureux, il resta assis sur mon canapé pendant des heures, sans dire un mot, les bras croisés sur la poitrine comme pour se protéger. Je mis un disque, je fis du café, il ne bougea pas. Lorsque enfin je vins m'asseoir près de lui, il recula en rougissant jusqu'aux oreilles.

De guerre lasse, à deux heures du matin, je lui demandai : « Tu veux dormir ici ou rentrer chez toi? » Alors il se leva brusquement, marmonna quelque chose d'incompréhensible et disparut. Il avait les deux ongles de pouce déformés.

Le lendemain, je racontai cette histoire à ma secrétaire.

– Mais, il vit avec un homme, me dit-elle, tu ne le savais pas?

Non, je l'ignorais. Mais maintenant, je savais ce qu'il voulait. Il avait peur du SIDA ! L'autre rivage est devenu dangereux. Celui qui a la moindre attirance pour les femmes essaie de changer de bord. Ce soir-là, il y en a un qui a échoué. Il ne m'a plus jamais appelée. Pauvre garçon, j'aurais bien voulu l'aider.

Voilà mes expériences, d'autres ont peut-être vécu l'inverse. Mais moi, ça m'a servi de leçon, je ne me laisse plus approcher par un homme qui a les ongles de pouce déformés. Et je viens de jeter six cents francs par la fenêtre. Ces trois artistes étaient un mauvais investissement. Nelly devra attendre encore un peu. Je n'ai vraiment pas de chance avec les Français.

Alors que j'empile rageusement mes trois portraits, l'un d'eux m'échappe des mains et glisse par terre. Je me baisse pour le ramasser. Quand je me relève, il y a un inconnu assis à ma table.

Ça, c'est le comble.

– Bonjour, mademoiselle !

Il fait celui qui me connaît depuis des années.

– Bonjour ! dis-je froidement.

Mon éducation canadienne m'oblige à répondre. Mais je me lève aussitôt, j'appelle le garçon pour demander l'addition, et je m'apprête à redescendre jusqu'à l'arrêt d'autobus. J'ai eu ma ration d'inconnus – pour aujourd'hui, en tout cas.

Mais je ne vais pas très loin. Le voilà qui me court après, me rattrape et se plante devant moi, de sorte que je suis obligée de m'arrêter ! C'est l'inconvénient d'avoir l'air trop jeune. Le premier imbécile venu se sent supérieur à vous et se permet de vous casser les pieds.

– Vous n'avez pas un petit mot gentil pour moi ?

– Non.

– Dommage. Ça fait des heures que je vous observe. Vous vous êtes fait faire trois portraits.

Je reste obstinément muette.

– Puis-je les voir ?

– Non.

– Ça ne fait rien. Je suis sûr qu'ils sont minables. Vous avez dépensé beaucoup d'argent, chère demoiselle, pour trois mauvais portraits. Mais le ciel est avec vous. Me voilà ! Le meilleur peintre de tout Paris. Je ferai de votre visage un chef-d'œuvre. Le Louvre l'achètera. Le monde entier se l'arrachera. Nous commençons tout de suite. D'accord ?

Il sourit effrontément sans bouger d'un pouce. Je suis bien obligée de le regarder mieux. Il doit avoir à peine quarante ans, mais il en paraît plus. Les yeux bleus, les cheveux un peu clairsemés et deux rides marquées au coin de la bouche. Maigre de visage comme de corps. Il est vêtu d'un pantalon gris, large, très à la mode et, malgré la chaleur, d'un pull en cachemire bleu ciel de très bonne qualité. Il a de belles dents blanches. Ses gestes sont souples, vifs, sympathiques. Son français est parfait. Il me dépasse d'une tête. En somme, quelqu'un d'intéressant.

– Vous êtes vraiment peintre? demandé-je.
– Le meilleur, mademoiselle, le meilleur!
– Je reviendrai la semaine prochaine, dis-je pour me débarrasser de lui. Aujourd'hui, je n'ai pas le temps. Il est six heures et demie. On m'attend chez moi.
Et me voilà partie. Mais ça ne le dérange pas. Il m'emboîte le pas, le plus naturellement du monde.
– Écoutez, j'en ai pour une heure, pas plus. Vous serez chez vous à temps pour le dîner.
Sa démarche jeune et nonchalante me plaît.
– En plus, j'ai quelque chose à vous dire (ça semble très urgent). – Il faut que je fasse votre portrait. Et je le ferai. Je vous ai tout de suite remarquée. Dès que vous êtes arrivée sur la place, je n'ai plus vu que vous. Je me suis dit: « Cette femme n'est pas une touriste comme les autres. Elle a quelque chose de spécial. » Êtes-vous une star de cinéma? Ou une princesse? D'où venez-vous? Qui êtes-vous? Comment vous appelez-vous?
– Je suis canadienne et je m'appelle Ophélie.
– Ophélie! Ça vous va à merveille!
– Vous êtes français?
– Ça ne s'entend pas? Je m'appelle Fabrice. (Il s'arrête et me lance un regard suppliant.) Ophélie, il faut absolument que je fasse votre portrait. C'est le destin qui vous envoie. Vous comprenez. Cet homme a un pouvoir de persuasion! Je ne me suis jamais trouvée dans pareille situation. Je pousse un profond soupir.
– Mais où voulez-vous faire mon portrait? demandé-je après un silence. Et à quel prix?
– Ça ne vous coûtera rien. Et je vous peindrai là-haut, dans mon atelier.
– Pardon?
– Dans mon atelier. Moi, je ne travaille pas sur le trottoir comme eux (il écarte le bras dans un geste oratoire qui en dit long sur son mépris), je suis un peintre établi. Je ne cours pas après les touristes. J'ai des commandes, j'expose dans le monde entier. Ce qu'ils font eux (il montre ses collègues qui s'affairent avec leurs pinceaux sur la place du Tertre) je ne l'ai jamais fait. Jamais! Moi, je suis un génie. Ça, c'est du barbouillage. Alors, vous venez?
– Où est-il, votre atelier? demandé-je pour gagner du temps.
– Tout près d'ici. N'ayez pas peur. Nous pouvons y aller à pied. C'est là, juste derrière le Sacré-Cœur. Écoutez. (Il voit bien que j'hésite encore.) Vous allez venir chez moi pour regarder mes toiles. Si elles vous plaisent, vous me laissez faire votre portrait. Sinon, nous

buvons un verre et vous rentrez chez vous. C'est sans engagement aucun. D'accord?

Je ne suis toujours pas décidée. Mais il ne se décourage pas, loin de là.

– D'ailleurs, nous sommes de vieilles connaissances, vous savez?

Je le regarde d'un air dubitatif.

– Vous ne me reconnaissez vraiment pas?

– Non.

– Vous allez à des concerts de jazz. On vous voit presque tous les soirs dans les boîtes des Halles. (Il rit.) Je me trompe? Chet Baker, il y a quelques jours? Vous étiez au Sunset. Avec un jeune Américain. Un guitariste. Complètement nul, d'ailleurs.

– C'est vrai? m'exclamé-je, stupéfaite. Je ne vous ai pas vu. Où étiez-vous?

– Au fond, le long du mur. Vous avez aimé le concert?

Il m'entraîne habilement dans une conversation sur les grands trompettistes de jazz, il les a tous entendus, il les connaît, il a leurs disques. La glace est rompue. Je vais suivre Fabrice, car il n'est plus seulement cet inconnu qui m'a abordé dans la rue. Nous sommes un peu du même bord, nous aimons la même musique. Tout naturellement, nous nous tutoyons.

– O.K. Je viens. J'aimerais bien voir tes toiles.

– Parfait. Attends-moi devant le Sacré-Cœur. J'ai une course à faire. Ce ne sera pas long. J'en ai pour deux minutes. A tout de suite, Ophélie!

En l'attendant, je recommence à avoir des doutes. Fabrice est trop prétentieux. Je suis le meilleur. Je suis un génie. Ce que les autres font, c'est du barbouillage. Je n'aime pas ça. Et puis, ces rides marquées au coin de la bouche. J'appelle cela des rides de concupiscence; on en voit souvent chez les vieux homosexuels et les hommes qui ne savent pas maîtriser leurs pulsions. En tout cas, il semble épuisé par la débauche.

Mais, qu'est-ce que ça peut faire? C'est un vrai Français, et en plus un peintre qui a son propre atelier à Montmartre, et moi, je veux y monter. Je n'ai pas peur. Je suis capable de me défendre s'il devient trop entreprenant.

Fabrice revient au bout de deux minutes, légèrement essoufflé, des petites gouttes de sueur sur le front. Il porte un sac en papier kraft contenant deux bouteilles de vin. Il n'a pas menti. Son immeuble est situé juste au coin de la rue. C'est un beau bâtiment ancien, encore plus vieux que celui dans lequel j'habite, avec des fenêtres très hautes et une porte cochère bleu foncé. L'escalier est sobre et propre, mais je ne vois pas d'ascenseur.

– Où est l'ascenseur? demandé-je intriguée.

– Il n'y en a pas, répond Fabrice, mais on sera vite en haut, tu verras.

Il monte les premières marches quatre à quatre. Nous montons, montons, montons.

– C'est à quel étage?

Je suis presque à bout de souffle.

– Encore trois étages.

– Encore trois? Mais on en a déjà monté quatre!

– Exact. J'habite au septième. Quatre et trois, sept.

Il n'en dit pas plus.

– Je ne sais pas si je survivrai, gémis-je, épuisée.

– Mais si. C'est très sain de monter les escaliers.

J'y arrive, en effet, et je suis bien récompensée par ce que je découvre lorsque Fabrice ouvre la porte. L'atelier est une vaste pièce, très haute de plafond, aux proportions superbes. Le mur qui fait face à la porte est entièrement vitré, et la vue est encore plus grandiose que celle que j'ai de chez moi.

Juste en face se dresse, énorme, la coupole blanche du Sacré-Cœur. Tout autour, le ciel à l'infini, et au-dessous la ville, qui s'étend jusqu'à l'horizon. Tout cela est tellement irréel que j'ai l'impression de survoler Paris en ballon.

Ce panorama domine toute la pièce. C'est au deuxième coup d'œil seulement que je remarque que les murs sont tendus de noir. Le parquet est également peint en noir, de même que le plafond. Je surprends mon reflet dans un immense miroir, sur le mur droit de l'atelier. Avec mon teint clair, mes épaules nues, ma salopette rose à petits pois blancs, j'ai l'air d'une fleur toute fraîche dans une serre obscure.

Je me retourne. Derrière moi, encore un grand miroir. Au plafond, deux rangées de spots fixés sur des rails.

La porte de la cuisine, derrière laquelle Fabrice vient de disparaître, est elle aussi recouverte d'un miroir. Décontenancée, je m'assieds sur la banquette en bois qui court tout autour de la pièce. Elle est garnie de coussins plats en velours noir. Pas très confortable. Mais il n'y a rien d'autre pour s'asseoir.

Fabrice m'apporte un verre de vin rouge.

– Santé, Ophélie.

Il trinque avec moi avant de disparaître à nouveau. Dans la cuisine, j'entends des bruits d'assiettes.

– J'arrive tout de suite, crie-t-il, tu peux faire connaissance avec mon atelier, en attendant.

C'était bien mon intention. Je m'adosse au mur et me laisse imprégner de ce lieu étrange. Une chose est sûre : j'ignore qui est le propriétaire de cet appartement, mais il a dépensé beaucoup d'argent. J'ai l'œil pour ces choses-là. L'étoffe tendue sur les murs n'est pas un tissu ordinaire mais de la soie brute de première qualité. Le parquet est en chêne et il a sans doute été fait sur mesure.

Le lit a été conçu par un architecte. Installé en hauteur le long du mur du fond, il repose sur une mezzanine soutenue par quatre colonnes grecques. On y accède par une échelle de corde. Sous la mezzanine, des placards et des étagères où sont empilées d'innombrables toiles. Le chevalet est posé au milieu de la pièce, à côté d'une grande table basse en verre encombrée d'un fouillis multicolore : pinceaux, palettes, chiffons froissés, pots vides ou remplis à moitié de térébenthine.

En somme un spectacle agréable, confus et beau à la fois. Seuls les miroirs me gênent. Je dirais même qu'ils m'agacent profondément, car un jour, au Canada, un peintre m'a humiliée en préférant un miroir à moi. Je vous le jure. Je n'oublierai jamais cela.

Ça se passait après un dîner, chez des amis, à la campagne. J'étais assise par terre, près du peintre en question qui me plaisait assez pour que je commence tout de suite à flirter avec lui.

– Tu sais, me dit-il tout à coup, je suis sensible à ton charme et j'aimerais bien faire l'amour avec toi, mais pour dire la vérité, j'en ai fini avec les femmes. Crois-moi, c'est beaucoup plus excitant de faire ça tout seul devant une glace. On n'est jamais mieux servi que par soi-même. Tu comprends?

C'est un imbécile, me suis-je dit en m'efforçant de ne plus y penser. Une exception. Un dingue. Et me voilà, quelques années plus tard, dans un atelier tapissé de miroirs, avec cette histoire qui me trotte par la tête. Et puis ce n'est pas tout :

J'ai un faible pour les peintres. Depuis des années, je rêve d'en connaître un dont je serai l'égérie, la muse. En rêve, au Canada, je voyais mon artiste à Paris, dans un misérable atelier, debout devant son chevalet, débordant d'inspiration, essayant d'arriver plus haut, toujours plus haut. Mais si j'en juge par le nombre de miroirs qu'il y a chez lui, ce peintre-ci ne cherche pas son inspiration en haut. Il serait plutôt intéressé par le bas. Ce n'est pas un pinceau qu'il tient dans la main, quand il est seul devant sa glace...

Mon dieu, quelles révélations ! Je vais de désillusion en désillusion.

Je vide mon verre d'un trait. Tiens, il est bizarre, ce vin. Il doit y avoir quelque chose de fort dedans, car il me monte aussitôt à la tête. Ce n'est pas un vin comme les autres, il est trop sucré et trop fort. Fabrice m'aurait-il droguée?

A ce moment, la porte de la cuisine s'ouvre. Du calme, Ophélie. Surtout, ne t'affole pas.

– Voilà le réconfort, s'écrie une voix enjouée.

Et mon hôte apparaît portant d'une main un plateau avec du pain, du beurre, du fromage et du pâté de foie, de l'autre une carafe pleine de vin rouge. Du bout du pied, il pousse un coussin de velours noir et pose le plateau entre nous deux, sur la banquette.

– Qu'est-ce que tu as mis dans le vin? demandé-je d'un ton détaché, sans le moindre tremblement dans la voix.

– De la liqueur de fraises. C'est bon, non?

– C'est bon. Mais c'est fort.

– Bien sûr! C'est un apéritif! C'est typiquement français. Donne-moi ton verre. Voilà. Maintenant, tu as du bordeaux. Mon préféré. A la tienne! (Tout en buvant, il me regarde au fond des yeux.) Et maintenant, mange. Il te faut quelque chose de consistant. Ça fait cinq heures que tu n'as rien avalé!

– Comment le sais-tu?

– A deux heures pile, tu as bu un petit café noir sur la place du Tertre et après, tu as croqué deux morceaux de sucre. Depuis, plus rien.

Je suis touchée.

– Tu m'as observée tout l'après-midi?

Il acquiesce et me beurre une tranche de pain.

– Fromage ou pâté?

– Fromage, s'il te plaît.

Le camembert est délicieux. Je commence seulement à m'apercevoir que je suis affamée. Le vin aussi est excellent. Épais et capiteux, comme je l'aime.

– Tu as un bel atelier, dis-je après un moment. Très luxueux. Mais, c'est toi qui as fait poser tous ces miroirs?

Fabrice comprend tout de suite. Il rit, se lève et va mettre un disque de jazz. Le fameux *My Funny Valentine*, de Chet Baker. Il a bon goût. Ça, c'est indiscutable.

– Les miroirs, c'est mon prédécesseur qui les a mis, dit-il en revenant s'asseoir. Je ne suis pas narcissique, rassure-toi. Je ne suis ici que depuis six mois. Tu sais ce que c'était avant? Une école de danse. (Il vide son verre d'un trait et s'en ressert un derechef.) Mais j'aime les miroirs. Celui du fond reflète ma plante (il montre une luxuriante masse vert sombre qui grimpe vigoureusement le long d'une colonne grecque, près de la porte de la cuisine) et l'autre le Sacré-Cœur. Tu veux encore du pain? Avec du pâté?

– Non, merci.

– Tu le trouves trop gras?

– Je ne mange plus d'animaux.

Il me regarde avec étonnement.

– Ce n'est pas un animal, c'est du pâté de foie.

– Et le foie, ça vient d'où, à ton avis? Je ne mange rien de ce qui sort de l'abattoir.

– Pourquoi?

– J'ai pitié des animaux.

Fabrice mâchonne.

– Moi, je serais incapable de tuer un animal. Mais ça, c'est tellement bon. Parle-moi de toi. Que fais-tu à Paris? Tu es mariée?

Toujours cette question idiote.

– Écoute, montre-moi plutôt tes toiles. C'est beaucoup plus intéressant que moi.

– Avec plaisir!

Fabrice se lève prestement (j'aime bien sa façon de bouger) et il me précède jusqu'à la niche aménagée sous la mezzanine.

– Tout ça, c'est pour ma prochaine expo à Rome. (Il me passe les toiles les unes après les autres.) Le vernissage a lieu dans trois semaines. Tu veux venir avec moi? Réfléchis. Tu aimes ce que je fais? C'est autre chose que les gribouillages de la place du Tertre, tu ne trouves pas?

Il me lance un regard plein d'espoir.

Je hoche la tête, en silence.

Pour ce qui est du talent, les peintres pour touristes ne lui arrivent pas à la cheville, ça ne fait aucun doute. Les traits sont nets, expressifs, les couleurs sont bien choisies, ce sont des tableaux puissants, impressionnants. Voilà pour la technique. Mais ce qu'il peint est horrible. Ce sont essentiellement des femmes, mais les femmes les plus hideuses que j'aie jamais vues de ma vie. Des visages et des corps décharnés, pleins de plis. Des seins qui pendent jusqu'au nombril. Des bouches béantes découvrant des dents acérées. Il ne peut pas exister, sur toute la planète, une femme d'une laideur aussi repoussante. Ça, j'en suis sûre.

– C'est fort, dis-je en lui rendant la dernière toile. Mais je ne te ferai pas faire mon portrait.

– Pourquoi?

– Parce que je n'ai pas envie de ressembler à ces femmes. Tu crois que j'en ai assez de la vie? Si j'avais un tableau comme ça chez moi, je me suiciderais au bout d'une semaine.

– N'aie pas peur. Je te peindrai autrement. En reine-soleil. Tu as des couleurs magnifiques. Ta peau blanche. Tes merveilleux cheveux roux. Je rêve d'un modèle comme ça depuis des années. Si j'étais marié avec toi, je ne peindrais que toi. (Il empile les toiles sur une étagère, en pose quelques autres le long du mur.) Tu t'habilles bien, continue-t-il, le dos tourné. Le rose te va à ravir. Tiens (il me tend un cadre fraîchement tendu de toile blanche), c'est le format qu'il faut pour ton portrait. Si tu veux, nous commençons tout de suite.

– Maintenant? Il fait bien trop sombre. Tu n'as pas besoin de la lumière du jour?

Fabrice secoue la tête et reprend la toile vierge qu'il met en place sur le chevalet.

– Moi, non. Je peins toujours la nuit. Avec des projecteurs. (Il montre le plafond.) Je ne peux peindre qu'une fois la nuit tombée. Mets-toi là-bas. Défais ta natte. Je veux que tes cheveux tombent librement sur tes épaules.

– Je ne pourrais pas m'asseoir quelque part? protesté-je. J'ai du mal à rester longtemps debout.

– Si, si, bien sûr!

Il va chercher dans la cuisine un haut tabouret sur lequel il m'aide à m'installer.

– Attends, s'écrie-t-il avant de commencer à peindre, une photo, d'abord.

Puis il allume les spots et me photographie très vite sous toutes les coutures.

– C'est pour me rafraîchir la mémoire, quand tu ne seras plus là. Je ne finirai certainement pas aujourd'hui.

Il se met au travail. Je l'observe avec intérêt. Il est debout derrière son chevalet, très à l'aise, la tête légèrement inclinée.

Ses mains sont fines, ses bras maigres et nerveux. De temps en temps il sourit, comme s'il se moquait de lui-même. Ça me plaît. J'aime bien les gens qui ne se prennent pas toujours pour le nombril du monde. Mais au bout de deux heures, je ne tiens plus en place.

– Qu'est-ce qui se passe? demande Fabrice en levant les yeux.

– J'ai mal partout. Et il faut que je rentre.

– Bon. Viens ici, viens admirer mon œuvre! Voilà, la reine-soleil. Ça te plaît?

Je m'approche avec curiosité.

– Je n'ai utilisé que trois couleurs. Tes couleurs. L'ivoire, l'orange et le rose. Alors, qu'en dis-tu?

– Bravo!

Je suis agréablement surprise.

C'est bien vrai, Fabrice m'a représentée comme un soleil. Le visage au centre (simplement ébauché pour l'instant) et les cheveux tout autour comme des flammes qui vont mordre les bords de la toile. Vraiment très joli. Style Art nouveau. Positif. Plein de gaieté.

– Les espaces entre les rayons de soleil, je les peindrai peut-être en or, dit Fabrice, pensif, en examinant sa toile. Mais je ne sais pas encore. Je vais réfléchir. Quand peux-tu revenir? J'ai du temps mercredi. Toi aussi? Très bien. Nous allons boire un dernier verre avant que tu ne partes.

Et il disparaît sous la mezzanine, derrière une porte, qui, je l'ai appris entre-temps, mène à la salle de bains. Il reste longtemps parti. J'entends des bruits d'eau. Il prend une douche.

Ha ha! me dis-je, je vais avoir droit au petit quart d'heure de tendresse. Décidément, rien ne m'est épargné! J'ai de la sympathie pour Fabrice, mais physiquement, ce n'est pas mon type.

J'aime les hommes grands. Au moins 1,90 mètre. Le reste n'a pas tellement d'importance. Blond ou brun, gros ou mince, ça m'est complètement égal. Ce qu'il faut, c'est qu'il soit grand, si possible une tête de plus que moi. Car si je ne peux pas toujours apprécier l'esprit masculin, je veux au moins pouvoir admirer un corps grand et beau.

Fabrice est trop petit. Mais il est français, et les Français figurent dans mon contrat. Et puis, la France est le pays des femmes satisfaites. Ici, les hommes nous aiment vraiment. En tout cas, c'est ce que les Français répètent inlassablement dans leurs films, leurs livres, leurs poèmes et leurs chansons. Ici, on embrasse et on caresse, on cajole et on aime, toujours parfaitement, ni trop vite, ni trop lentement, et toute la nuit s'il le faut. Vérité ou propagande? Aucune idée. De toute façon, je suis ici pour le découvrir. Mais pas maintenant, pas ce soir. Ce serait précipité. Ce n'est pas mon style.

Je n'aime pas faire l'amour avec un homme le premier jour. Un inconnu ne me stimule pas. Il faut d'abord se connaître un peu mieux. Il faut que la tension monte. Il faut ne plus pouvoir se regarder sans se mettre à trembler de la tête aux pieds. Alors seulement, un baiser est vraiment bon! Quand le cerveau se fige, quand le sang se glace, quand l'estomac se serre, quand tout, autour de vous, devient flou.

Le premier jour, on en est loin.

Il faut se rencontrer et se séparer pendant au moins une semaine. Rentrer chez soi et s'ennuyer de l'autre. Ne pas trouver le sommeil tellement on pense à lui. Imaginer en rêve comment il embrasse, comment il gémit, comment nos deux corps s'entendent. Et, avoir un pincement au cœur chaque fois qu'on y songe (si on n'en a pas, le jeu ne vaut pas la chandelle!).

Mais si ça fait vraiment mal, alors il faut foncer. Et le plus beau, dans tout cela, c'est que c'est toujours différent de ce que l'on a imaginé. On peut se représenter mentalement quatre-vingt-dix-neuf variantes à une nuit d'amour, la réalité vous en réserve toujours une centième. Et c'est ce genre de surprise que j'aime dans la vie.

Fabrice revient. Je m'assieds sur la banquette. J'ai refait ma natte.

– Je vais te montrer quelque chose, dit-il. Attends...

Et il éteint la lumière. Qu'est-ce à dire? Va-t-il se jeter sur moi, dans le noir? Mais non, il veut seulement me faire admirer la vue. C'est grandiose.

Illuminé par d'énormes projecteurs, le grand dôme blanc du Sacré-Cœur rayonne de tout son éclat dans l'atelier. Tout autour, le ciel est d'un bleu profond. Plus bas, sur l'horizon, il prend une couleur rougeâtre sous les reflets de la ville immense qui s'étend à nos pieds. Tout en haut, brillant d'un merveilleux éclat blanc, l'étoile du berger. C'est beau, tellement beau – c'est comme au cinéma!

Fabrice s'assied près de moi et me prend la main. Je le laisse faire. Mercredi, je lui en donnerai un peu plus. Nous restons assis en silence à contempler ce magnifique spectacle. De temps à autre, il baisse les yeux – vers mes seins. Mais il les relève aussitôt. Voilà un homme qui sait se maîtriser. J'aime ça. Et quand je me lève pour partir, il ne m'oblige pas à rester. Il se contente de me raccompagner à la porte, nous nous étreignons amicalement, et il m'embrasse sur les deux joues. Puis il pose la tête sur mon épaule et reste là pendant quelques secondes sans bouger. Et juste au moment où je me dis « ce sera bien, mercredi », voilà que ça se gâte.

Soudain, Fabrice se met à trembler de tout son corps, il m'enlace, me serre, halète dans mon oreille. J'étouffe. Aussitôt je pense: « genou dans le ventre, coup d'épaule ». Mais non, voyons. Ce n'est pas un ennemi. Et de toute façon, frêle comme il est, je risquerais de lui casser les reins.

Pendant que je réfléchis à tout cela, Fabrice ne perd pas son temps. De ses doigts tremblants, il défait les boucles de ma salopette, il a déjà une main entre mes seins et il descend de plus en plus bas, à la vitesse du vent. Il s'approche déjà de régions très intimes. Non, vraiment, ça va trop loin.

– Tu ne peux pas attendre deux jours? dis-je d'une voix forte. Je reviens mercredi!

Alors, il se met à geindre.

– Je ne peux pas. Je ne peux pas. Oh, baby! Ça fait des années que j'attends une femme comme toi. Des années. Je ne te laisserai pas partir. Oh, baby!

Il prend ma main et la met entre ses jambes.

Je sursaute. Pas possible, encore un! S'il y a une chose dont j'ai horreur, c'est bien celle-là. Quand un homme me plaît, j'en viens là, tôt ou tard. Mais c'est moi qui décide du moment.

Mais il y a une autre raison à ma frayeur : Fabrice a posé ma main vers son pantalon – mais le pantalon est vide ! Vide. Mais oui ! Il ne m'est jamais arrivé une chose pareille ! Je n'y comprends plus rien. C'est ça, l'art de l'amour qui fait la réputation des Français? En haut tout feu tout flamme, et en bas le néant?

Mais je n'ai pas le loisir de m'interroger plus longtemps.

Malgré mes véhémentes protestations, voilà que mon peintre se déshabille précipitamment, en haletant et en gémissant. A sa place, je me serais abstenue. Tout habillé, il semblait mince, à présent, les épaules décharnées, les hanches osseuses. Je comprends, maintenant, pourquoi il porte des pulls épais, même en été. Il n'a pas un gramme de graisse, le pauvre ! Mais le pire, ce sont ses cuisses. Flasques et flétries, la peau bistre, comme du cuir. Lamentable.

Et entre ses cuisses flasques pend une petite chose brune toute ratatinée qui, devant mes yeux étonnés, commence soudain à se dresser comme par enchantement. Lentement, par à-coups, elle monte à la verticale et enfin, ô miracle, s'écarte du corps. Elle a à peu près la taille de mon index. C'est le zizi (pardonnez-moi) le plus riquiqui qui m'ait jamais été montré. Je reste là, figée, interdite.

Fabrice est aux anges.

– *Oh, darling!* Je savais que tu pouvais. Dès que je t'ai vue, je me suis dit, cette femme va y arriver. *Oh, baby ! Baby ! Let's go to bed and make love !*

Et maintenant, la deuxième surprise de la soirée.

– Pourquoi tu parles anglais, d'un seul coup? m'écrié-je, inquiète. Ma voix commence à trembloter.

– Parce que c'est ma langue maternelle. Viens, allons au lit.

– Tu n'es pas français?

Je recule, épouvantée.

– Je suis de Dublin !

Le choc m'oblige à m'adosser au mur. Encore un étranger. Merde alors ! Mais ce n'est peut-être pas vrai? Je ne connais personne de langue maternelle anglaise qui parle parfaitement le français, je veux dire sans accent. Eh bien, voilà c'est fait.

– Tu es né ici?

– Non. J'ai été marié pendant vingt-cinq ans avec une Parisienne. Ça aide.

– Pourquoi m'as-tu menti?

– Parce que tu cours après les Français, comme toutes les étrangères.

– Et alors? C'est interdit? C'est un crime?

– Non. Mais si je t'avais dit que j'étais Irlandais, tu ne serais certainement pas montée avec moi.

Il a raison. Mais ça ne l'excuse pas. Je me détourne et referme les boucles de ma salopette.

– Où est ta femme? Elle t'a quitté?

Je regrette aussitôt d'avoir posé cette question. Mais Fabrice n'a même pas entendu. Il baisse les yeux d'un air investigateur vers son corps squelettique. Pendant cette brève interruption, la petite chose brune s'est recroquevillée.

– Tu sais, me dit Fabrice, mélancolique, j'ai vu un film où un homme se promène nu dans un jardin. Il effleure un pétale de rose, et il se met à bander. Rien qu'avec un pétale de rose. Tu te rends compte?

– Et alors?

– C'est ce qui peut arriver de mieux à un homme.

– Intéressant. Et tu as essayé? Tu t'es déjà promené dans un jardin en te frottant aux pétales de roses?

Fabrice acquiesce d'un signe de tête.

– Ça ne marche pas. Mais toi, avec toi, ça marche. Oh, baby, viens au lit avec moi.

– Non! Je ne veux pas. Pas aujourd'hui. Je n'ai pas envie.

Miraculeusement, il n'insiste pas. Il voit que je parle sérieusement. Il ne se vexe pas non plus, et je lui en suis très reconnaissante.

– Tu viens, mercredi? me demande-t-il, tout en allant chercher dans la salle de bains une serviette de toilette qu'il enroule autour de ses hanches maigrichonnes. Je t'attendrai.

– Je te téléphone!

– Mercredi, nous pourrons commencer plus tôt. Si tu as le temps. Je serai chez moi à cinq heures.

– Donne-moi ton numéro de téléphone.

Il écrit le numéro sur un bout de papier, et dessine dessous un gros cœur.

– Qu'est-ce que tu vas faire, ce soir? lui demandé-je sur le pas de la porte.

J'ai pitié de lui, tout à coup.

– Je suis invité. Mais si tu étais restée, j'aurais annulé.

Nous nous embrassons sur les deux joues.

– Jette ça, s'il te plaît, lui dis-je en lui tendant les trois portraits que j'ai fait faire l'après-midi. Tu as raison, ils sont minables.

Puis je redescends seule les sept étages, en hochant la tête. Et voilà, encore un fiasco. C'est le troisième depuis que je suis à Paris. Ils sont tous pires les uns que les autres. C'est quand même incroyable! Paris, la ville de l'amour. Pour moi, c'est la ville des amants impossibles. Quand je raconterai ça, au Canada, personne ne voudra me croire. A ce train-là, je serai frigide avant l'automne.

Ah, mes chéries! La vie n'est pas facile pour une femme, en cette fin de XXe siècle. Nous ne sommes plus mariées de force par nos parents, nous subvenons à nos propres besoins et nous couchons avec qui nous voulons, c'est vrai. Mais à quoi bon, je vous le demande, puisqu'il y a si peu d'hommes qui savent s'y prendre avec les femmes? Ici, en Europe, ils ne pensent qu'à eux, ces petits chéris!

C'est vrai, enfin! Je suis loin d'être chauvine, je me considère plutôt comme une citoyenne du monde, mais il faut bien admettre que chez nous, les hommes se donnent plus de mal! Bien sûr, ils ne sont pas tous parfaits. Parmi mes quarante-trois amants, il y avait aussi quelques tocards. Mais trois de suite! Jamais! Je me demande si ça va s'arrêter un jour. Et qu'est-ce que je vais faire s'ils sont tous comme ça, ici? Dieu m'en garde! Je commence à avoir le mal du pays.

Non, la vie n'est pas facile. En amour, ce n'est pas encore le règne du néo-romantisme. Les choses continuent à suivre leur petit train-train. Et je sais pourquoi. La révolution sexuelle, que tout le monde glorifie, n'a pas encore eu lieu! Mensonge, trahison! Ce que nous avons entendu, dans les années 1970, c'était le cri des hommes, et seulement des hommes, déplorant la pruderie des femmes.

A la suite de cela, les femmes sont devenues plus accessibles, on le sait (en grande partie grâce à la pilule). Elles suivaient plus volontiers ces messieurs dans la chambre à coucher, et bien souvent elles en ressortaient précipitamment, déçues. Pourquoi? Parce que rares sont les hommes qui en ont tiré des leçons. Ceux qui l'ont fait sont ceux qui le voulaient (Dieu les bénisse!).

Mais les autres continuent à s'affairer sur leurs compagnes comme des machines à coudre, en s'étonnant qu'elles ne s'évanouissent pas de plaisir.

Fabrice est de ceux-là (en fait, il s'appelle Faddy). Voilà pourquoi je n'ai pas voulu rester. Imaginons une fois encore la situation inverse. Que ressentiraient les hommes si les femmes ne se faisaient plus belles pour eux? Si nous arrêtions de faire des régimes, de la gymnastique, d'aller au sauna, si nous cessions de nous astiquer, de nous lotionner, de nous soigner, de nous pomponner, pour leur plaire?

Ne seraient-ils pas blessés dans leur orgueil?

Que feraient-ils si une personne du sexe féminin ayant les attraits d'un Faddy les enfermait chez elle sous un prétexte fallacieux, pour leur imposer tout de go leur affligeante nudité? Honnêtement, vous ne croyez pas qu'ils détaleraient, comme moi? Mais si! Ça ne fait pas l'ombre d'un doute!

Mais, revenons à la réalité. Si j'avais un corps aussi squelettique que celui de Faddy, une peau aussi triste, des cuisses aussi désolantes, il faudrait que je sois sous hypnose pour oser me montrer nue. Mais les hommes, eux, n'ont pas honte. Leur prétention dépasse tout ce que l'on peut imaginer. Elle restera toujours incompréhensible pour une femme.

A trente-neuf ans, Faddy a déjà l'air d'un vieillard. L'alcool? La drogue? Je penche plutôt pour cette dernière hypothèse. Il a dû en prendre pendant des années. C'est cette saleté qui lui a donné ce corps émacié. En prend-il toujours? Je ne sais pas. Ses horribles portraits de femme aux dents de requin, il les a peut-être peints drogué à mort. A moins qu'il ne s'agisse d'autoportraits sous une forme féminine?

En tout cas, je ne reviendrai pas mercredi. Je n'oserai plus entrer seule dans son atelier. Mais je lui demanderai de terminer mon portrait d'après les photos qu'il a prises, et de me l'apporter. Je le paierai, bien sûr. Mais pas en nature. Mercredi, je lui téléphonerai pour lui proposer ça.

Encore deux étages, et je suis en bas. Il fait plus frais, je supporterais une veste.

Mais le ciel est constellé d'étoiles, ça sent bon le caramel et les crêpes (il y a une crêperie juste au coin de la rue), de la musique s'échappe des bars alentour, et tout à coup, alors que j'étais encore si tendue il y a quelques secondes, je sens monter en moi un extraordinaire sentiment de bonheur. Tout à coup, je sais que ma période de malchance est terminée. Je le sais! Je suis sauvée. Je vis. Je suis à Paris. Il va m'arriver quelque chose de merveilleux. Bientôt.

Je respire à fond, je ferme les yeux un moment. Demain, je pourrai recommencer à écrire.

Sur ce, je sors dans le bleu profond de cette nuit d'été, qui me réserve encore une grande, une très grande surprise.

12

Il est onze heures du soir quand je quitte l'immeuble de Faddy, et Montmartre est une vraie kermesse. Des touristes, des guides, des musiciens de rue, des acrobates, des mimes et des cracheurs de feu surgis de nulle part avec l'obscurité occupent maintenant tous les trottoirs. Sur les marches du Sacré-Cœur, des amoureux se blottissent pour admirer la vue sur Paris. Des hommes me courent après, me sifflent, m'interpellent. Mais j'en ai assez des hommes pour aujourd'hui. Je fais celle qui ne comprend ni l'anglais, ni le français (un vieux truc !). Après quelques phrases restées sans écho, ils me laissent tranquille.

Un clochard me demande l'aumône. Il n'est pas rasé et il sent mauvais. Une bouteille vide est fichée dans la poche de sa veste. Je lui donne vingt francs. Son visage s'épanouit de joie. Il aura de quoi s'enivrer ce soir. La vie est belle, ici !

Le Sacré-Cœur est l'une de mes églises préférées. Il y a des gens qui la trouvent trop « kitsch ». Moi, ça ne me gêne pas. Le monde serait bien plus beau s'il y avait davantage de ce kitsch. Je l'échangerais volontiers contre les silos d'habitation, les tours en béton, les périphériques et les centrales nucléaires. Plus de kitsch comme le Sacré-Cœur, moins de béton, et tout irait mieux.

Oui, mes chéries, le progrès technique est une erreur. L'humanité a enfourché le mauvais cheval, avec toutes les conséquences fatales que cela implique. De chez Faddy, je ne voyais pas seulement Paris, mais aussi sa banlieue, hideuse, envahissante, repoussante ! Pas un arbre jusqu'à l'horizon ! C'est déplorable ! Même la plus belle ville du monde est entourée d'une ceinture de monstruosité moderne. Même l'Europe n'est plus ce qu'elle était ! Même l'Europe a été touchée par l'épidémie de notre siècle, que j'appelle la « pensée boiteuse » (l'expression est de moi.) Personne ne sait plus ce qui est *important*. C'est pourquoi la technologie compte plus que la nature et l'argent plus que le bonheur, le profit, plus que la santé, l'amour, la vie.

Mais j'aime mieux ne pas y penser. Je ne vais pas me démoraliser, ça n'avancera à rien. Et d'ailleurs, nous avons progressé un peu. Non, tout espoir n'est pas perdu. Il va y avoir un renouveau, et je le vois naître sous le signe du néo-romantisme.

J'y veille. Avec les livres que je vais éditer. Avec le manuscrit de Nelly. Je m'en porte garante ! Finissons-en avec la pensée boiteuse ! Allez, au diable tout ce fatras !

Je suis fatiguée subitement. J'ai envie de rentrer chez moi.

Rue Azaïs. Je longe la place du Tertre. Rue du Mont-Cenis. Rue Saint-Vincent, je passe devant le dernier vignoble de Paris, devant des petites maisons, des escaliers escarpés, des murs de pierre romantiques couverts de lierre et de mousse. Je marche d'un bon pas, plongée dans mes pensées. Mais soudain je sursaute, alertée par la lueur d'une cigarette. Deux ombres s'approchent du bas de la rue sombre. Deux hommes ! Que faire? Revenir sur mes pas, m'enfuir? Non, jamais ! Je vais me prouver que je n'ai plus peur, dussé-je risquer ma vie ! C'est l'épreuve du feu. Maintenant ou jamais !

Je frissonne dans ma petite salopette. Mais je relève la tête, je bande mes muscles en me concentrant de toutes mes forces et je marche droit sur eux. La rue n'est pas large. Il va falloir que je passe tout près d'eux. J'arrive à leur hauteur, maintenant. Ils ne bougent pas d'un pouce. En une fraction de seconde, je vois leurs visages.

On ne peut pas dire qu'ils inspirent confiance ! Ils sont jeunes, mal soignés, pas rasés et beaucoup plus grands que moi. L'un d'eux a une cigarette allumée au coin de la bouche, l'autre me regarde en souriant bêtement. Il a un tatouage sur le menton.

– Pardon, dis-je le plus sèchement possible.

Et le miracle s'accomplit. Ils s'écartent tout de suite pour me laisser passer. Je me force à ne pas courir, mais je ne peux pas m'empêcher d'écouter attentivement derrière moi. Me suivent-ils? Je ne crois pas. En tout cas, je suis persuadée qu'en temps normal ils m'auraient importunée. Ces deux types sont tout à fait du genre à s'amuser aux dépens d'une femme seule, la nuit, sans défense.

Mon courage m'a sauvée (même si je n'ai pas eu à le montrer). C'est intéressant ! Quelque chose dans mon pas leur a dit que celle-ci n'était pas une proie facile, qu'elle savait se défendre, qu'il valait mieux ne pas s'y frotter. Mon professeur avait raison. La meilleure défense, c'est le courage.

Soulagée, je quitte la ruelle sombre pour déboucher sur la rue Caulaincourt, mieux éclairée. Elle est plantée de vieux marronniers splendides. Où est l'arrêt d'autobus le plus proche? Je n'en vois pas. Mais là-bas, devant, il y a une station de taxis et à côté, si je ne me trompe, une bijouterie. Automatiquement, je me dirige vers la vitrine pour en examiner le contenu. Combien de fois j'ai fait ça, ces dernières semaines, je serais incapable de le dire. Ça ne rime à rien, je le sais, mais c'est plus fort que moi.

Et voici le bouquet.

La vitrine comprend trois rayons. En bas sont exposés les réveils et les thermomètres, au-dessus les bijoux en argent bon marché. En haut, sur le dernier rayon, se trouvent les bagues, les chaînes, les bracelets en or, des bijoux de série comme on en voit partout. Mais au milieu, j'aperçois un écrin rouge en similicuir, et à côté, un petit carton avec cette inscription: « Offre exceptionnelle! Collection privée! » Et dans l'écrin, est-ce possible? C'est ma bague! Ma bague!

Je laisse tomber ma tête sur le grillage qui protège la vitrine et je pleure de joie. J'ai envie de passer la nuit ici pour garder mon bien, mais c'est ridicule. D'abord, il y a une pancarte sur la porte: Fermé le lundi. Et en plus, le bijoutier en veut douze mille francs. Ce n'est qu'une fraction de sa valeur réelle mais je ne les ai même pas. Mon compte bancaire à Paris est en rouge. Au pire, je peux demander une autorisation de découvert supplémentaire de cinq mille francs, mais c'est tout. De toute façon, j'ai besoin d'argent. Et tout de suite!

Il faut que je trouve une solution.

Je reste là à ruminer devant la misérable bijouterie de la rue Caulaincourt. Au moins, la bague est en bon état. Elle vient d'être nettoyée, il ne lui manque rien. Les brillants scintillent, l'opale de feu est éclatante, même la monture en or ciselée est indemne. Ma bague! Ma bague! Qu'est-ce que je vais faire?

A un moment donné, je saute dans un taxi, je rentre chez moi et je passe le reste de la nuit à me creuser la tête. Au lever du jour, ma décision est prise. Je ne vais pas embêter Nelly ou ma mère avec ça. Je vais faire quelque chose que je n'ai jamais fait. Une chose à laquelle je répugne. Je suis pourtant d'une nature prudente (mon prénom oblige) mais cette fois, je n'ai pas d'autre issue: je vais spéculer!

A neuf heures pile, je suis chez mon marchand de journaux. J'ai à peine remarqué que le temps avait changé. Je sors de chez moi sans parapluie et je remonte trempée jusqu'aux os, des journaux financiers plein les bras. Dehors, il tombe des cordes. Des rafales de vent glaciales précipitent la pluie contre les carreaux, et sur le balcon les lauriers chancellent dangereusement. Mais rien ne m'arrête.

J'ôte mes vêtements trempés, j'enfile mon bon vieux pyjama d'intérieur vert, je me prépare du thé (aux amandes) dans une grande théière, et je me retire dans mon bureau. Il y a là un luxueux canapé couvert de coussins moelleux en velours vert. Je m'installe confortablement, les jambes en hauteur, et je déplie les journaux. J'ai sept heures devant moi. Dans sept heures, les banques ouvrent à Montréal, et d'ici là, je dois avoir pris une décision qui pourrait bouleverser ma vie.

J'épluche soigneusement la presse financière. A deux heures de l'après-midi, ma décision est prise. Aujourd'hui, c'est un grand jour. Aujourd'hui, je vais faire une chose dont je rêve depuis des semaines. Je comprends tout de suite que la bague n'a été qu'un détonateur. Il faut que ça passe ou que ça casse. Aujourd'hui, je vends mes dollars.

C'est le bon moment. Récemment, le dollar est monté en flèche : il est passé de neuf francs à onze francs.

Impossible qu'il se maintienne à ce taux. Il doit forcément chuter, et je vais acheter des francs.

Je m'assois à mon bureau, pleine de détermination, mes feuilles de papier couvertes de chiffres étalés devant moi, le téléphone à portée de la main. J'additionne, je multiplie, je soustrais, je calcule. Dois-je tout vendre? Ou seulement la moitié? Mon argent est bien placé, il me rapporte neuf pour cent d'intérêt. Est-ce vraiment raisonnable de vendre ces valeurs sûres pour me lancer dans des spéculations monétaires aussi hardies? Je ferme les yeux pendant quelques secondes pour réfléchir. Le dollar doit redescendre. Ce n'est pas possible autrement. Mais comment expliquer cela à la banque qui gère mes biens, au Québec? Le directeur va penser que j'ai perdu la tête. Que vais-je lui dire?

A quatre heures pile, je décroche le téléphone.

Le 19 pour l'international, l'indicatif 1 pour l'Amérique du Nord, le 514 pour Montréal, puis le numéro de ma banque, ou plus exactement, le numéro personnel du directeur. La communication s'établit instantanément, il y a seulement un peu de friture sur la ligne. C'est M. Freitag en personne qui décroche. Je l'imagine devant moi. Un petit homme fluet, les épaules légèrement voûtées et le regard toujours soucieux. Il est assis dans un beau bureau lambrissé, avec vue sur la vieille ville. Il ne sait pas encore ce qui l'attend.

J'entre tout de suite dans le vif du sujet. Plus tôt je l'aborderai, mieux ça vaudra.

– Monsieur Freitag, dis-je d'une voix suave, pourriez-vous faire quelque chose pour moi?

– Mais bien sûr ! Je suis toujours à votre disposition !

– Je voudrais, s'il vous plaît, que vous vendiez toutes mes valeurs et que vous me donniez l'équivalent en francs.

Silence de mort à l'autre bout du fil. M. Freitag en reste pantois. Enfin, il parvient à articuler, d'une voix rauque :

– Qui vous a mis cette idée insensée dans la tête?

– Personne. L'idée est de moi. Je suis certaine que le dollar va chuter. Quand il sera au minimum, je revendrai mes francs contre des dollars, avec un beau petit bénéfice.

Interminable raclement de gorge de mon interlocuteur.

– Je vous le déconseille vivement. Dites-moi que ce n'est pas sérieux!

– Pourquoi?

– Personne ne sait comment va évoluer le dollar.

– Si. Il va descendre.

– De façon minime. Et pour très peu de temps. Pas assez longtemps pour une spéculation aussi hasardeuse. Si vous tenez absolument à spéculer, je peux vous proposer des actions dans une entreprise de construction. Des parts dans une tour d'habitation en Floride. Début de la construction à l'automne prochain. Voulez-vous que je vous envoie les documents?

– Non, merci!

Je connais ça. Les directeurs de banque veulent toujours vous fourguer ce que personne d'autre ne veut acheter! Après, on ne peut plus s'en débarrasser. Et je sais d'ailleurs, pour avoir lu la presse économique et financière, que le marché est totalement saturé. Personne, en ce moment, n'achète des appartements dans des tours en Floride. Il y en a déjà trop.

– Je veux des francs, des francs français!

– C'est de la folie! insiste M. Freitag. De la folie pure! Vous allez échanger cent cinquante mille dollars contre une monnaie imbécile. Le franc a été dévalué trois fois en trois ans. Vous ne le savez pas?

– Si. La dernière dévaluation date de mars.

– Eh bien, alors!

– Je crois que nous allons avoir un an de répit. De toute façon, je ne garderai pas mes francs très longtemps. Jusqu'à ce que le dollar soit au plus bas, c'est tout!

– Le dollar monte! hurle M. Freitag, il n'a pas encore atteint le plafond. Et on ne sait pas où il va s'arrêter. J'ai moi-même racheté des dollars, pas plus tard qu'hier. Et je ne suis pas le seul.

– Je ne veux vraiment pas vous contrarier, dis-je doucement (car M. Freitag a déjà fait un infarctus), cela n'engage que moi. J'en assume toute la responsabilité. Mais je veux des francs français. Aujourd'hui même!

Pour toute réponse, j'entends une respiration saccadée et un nouveau bruit de gorge.

– Très bien, comme vous voudrez! (Il y a de l'hostilité dans sa voix.) Et que dois-je faire de ces cinq cent mille francs?

– Achetez des emprunts pour un mois ou deux, pas plus. Quel est le taux d'intérêt?

Je le sais parfaitement, mais je le demande quand même.

– Ri-di-cu-le, tempête M. Freitag dans une dernière tentative de dissuasion. Il chute à toute allure. Écoutez-moi. Gardez vos neuf pour cent! C'est un bon conseil.

– Non, je ne veux pas. Allons, dites-moi combien ça me rapporte si je place mon argent en France pendant un mois.

– Attendez! (Brève pause.) Onze pour cent. (Il semble ulcéré.)

– Parfait! C'est bien, non? C'est plus que je ne gagne en ce moment.

– Non. Parce que la monnaie n'est pas stable. Combien de fois faut-il que je vous le dise?

Je commence à avoir pitié de lui. Il a été de bon conseil pour moi, ces dernières années. Nous nous sommes toujours bien entendus.

– Alors, qu'est-ce que je fais? Je vends? Ou bien avez-vous changé d'avis?

– Vendez, s'il vous plaît.

– Tout ce que vous avez? (Son ton est désabusé, à présent.)

– Oui, tout.

– Autre chose?

– Une question. Combien me reste-t-il sur mon compte courant?

– Un instant, je regarde. Six mille dollars. Voulez-vous les vendre aussi?

Je réfléchis. Six mille dollars, ça fait soixante mille francs. J'en dois cinq mille à la banque. Plus douze mille pour la bague, ça fait déjà dix-sept mille. Il faut aussi que je vive. D'autre part, je dois acheter des droits (au cas où mon éditeur reviendrait à Paris). Et puis, je n'ai plus envie de me restreindre. Il me faut de l'argent à Paris.

– Envoyez-les à Paris, je vous prie. Par mandat télégraphique. Par la poste, ça prend trop de temps.

– Ce sera tout?

– Oui, je vous remercie.

– Alors, adieu.

Il raccroche avant que j'aie eu le temps de prendre congé. Je regarde le combiné, stupéfaite. M. Freitag a semé le doute dans mon esprit. C'est lui l'expert, moi, je suis une profane. Est-ce lui qui a raison? Est-ce que vraiment le dollar continue à monter? Non, c'est impossible. Je ne vais pas me mettre martel en tête. J'ai pris une décision, je m'y tiens, un point c'est tout.

Et puis j'ai appris une chose: personne au monde ne sait comment faire un placement sûr. C'est la première leçon que j'aie apprise, à mon grand étonnement, lorsque j'ai enfin réussi à gagner plus d'argent qu'il ne m'en fallait pour vivre.

Personne, absolument personne ne peut dire avec certitude si le cours d'une monnaie va monter ou descendre, s'il vaut mieux investir dans les actions, les emprunts, le pétrole, l'immobilier ou l'or. Moyennant des honoraires faramineux, on peut toujours demander conseil à des agents de change, des experts financiers ou des amis fortunés. Mais avec le recul, on s'aperçoit qu'ils ont aussi souvent tort que raison. Pour moi, ç'a été une révélation. Parce que, quand on n'a pas d'argent, on est persuadé que ceux qui en ont savent parfaitement comment le faire fructifier !

Eh bien, mes chéries, pas du tout. Plus on monte haut, plus on nage dans l'incertitude. Gérer une fortune est une entreprise périlleuse. Tout est fluctuant, tout. On ne sait jamais combien on possède. On n'est jamais tranquille ! Et faute d'une vigilance draconienne, on perd son argent en un rien de temps.

Voilà pourquoi j'ai décidé une fois pour toutes de ne me fier qu'à moi seule. Je m'informe au maximum, bien sûr, j'écoute tous les conseils qu'on veut bien me donner. Mais ensuite, j'agis selon mon instinct. Et jusqu'à présent, ça m'a très bien réussi.

Dehors, il pleut toujours à verse.

Maintenant, je vais appeler la police pour annoncer au jeune inspecteur à la moustache blonde que j'ai retrouvé ma bague. Il faut que je fasse partager ma joie à quelqu'un.

Je compose le numéro qu'il m'a donné. Il décroche instantanément, me reconnaît aussitôt et me félicite, après quoi il prend un ton plus professionnel.

– Comment s'appelle la boutique? L'adresse exacte, s'il vous plaît. Merci. Je vérifie tout de suite le nom du propriétaire dans l'annuaire, c'est peut-être une vieille connaissance. (Il émet un rire sardonique.) Ma parole, il est devenu fou. Cacher une bague volée dans une vitrine ! On n'a jamais vu ça.

– Dieu le bénisse, dis-je du fond du cœur. Demain matin à neuf heures j'y vais, j'achète la bague. Après, je me sentirai beaucoup mieux.

– Acheter? répète l'inspecteur, incrédule. Un bijou qui vous appartient? Non, non, madame, nous allons procéder autrement. (Je l'entends fouiller dans des dossiers.) Nous allons vous faire faire des économies. Voilà. Nous nous retrouvons demain à neuf heures rue Caulaincourt. Vous demandez à voir la bague. Si vous vous êtes trompée et que ce n'est pas la vôtre, vous quittez la boutique au bout de trois minutes. Trois minutes exactement. Si c'est bien la vôtre, vous l'essayez et vous faites semblant de vouloir l'acheter. Si vous n'êtes pas ressortie au bout de quatre minutes, on entre et on les fait tous coffrer. C'est clair? Très bien!

Le lendemain, il fait moins mauvais.

Réveillée à six heures, je me lève à sept heures et prends le petit déjeuner chez moi (La Chope n'est pas encore ouverte à cette heure-là). Ma tasse de café à la main, j'admire – une fois n'est pas coutume – le ciel matinal. C'est superbe. Le soleil est cerné de voiles argentés, signe qu'il fera chaud encore aujourd'hui. Tant mieux. Quand on vient du Canada, chaque jour d'été est une bénédiction. Nous avons tellement de froid et de pluie, chez nous.

A neuf heures, je suis en haut de la rue Caulaincourt. Tout commence de façon anodine. M. Vernez m'attend sous un marronnier, près de la station de taxi, avec deux collègues en civil. Lui porte un manteau gris et un chapeau marron. Il me fait un clin d'œil puis se met à parler avec les deux autres.

J'ai le cœur qui bat très fort, tout à coup, mais je ne sourcille pas. Sans même regarder autour de moi, je me dirige vers la boutique et j'entre.

Il n'y a personne. Mais une forte odeur de haschisch vient jusqu'à mes narines. J'ai peur, subitement.

– Bonjour, dis-je d'une voix forte en regardant avec stupéfaction l'effroyable désordre qui m'entoure. Est-ce vraiment une bijouterie, ou un foyer d'hébergement? Des vêtements, des journaux, des disques sont entassés pêle-mêle sur le comptoir. Par terre, dans un coin, sur le sol crasseux, des peaux de banane voisinent avec des mouchoirs en papier usagés. Une valise ouverte et deux gros sacs en toile sont posés près d'une porte qui mène probablement à l'arrière-boutique. Elle est entrebâillée. Elle s'ouvre maintenant sans bruit et un homme apparaît. Un Noir. Africain. Assez inquiétant, au premier coup d'œil. Il est vêtu d'un pantalon de velours rouge et d'une chemise jaune, ouverte.

– Qu'est-ce que vous voulez?

Il a trois petits brillants dans le lobe de l'oreille droite. Il ne me regarde pas.

– Je voudrais essayer la bague qui est en vitrine, dis-je de mon ton le plus aimable. Celle qui a une pierre orange.

– Ma vendeuse est en congé!

Sans un mot de plus, il reste immobile dans l'encadrement de la porte et attend que je m'en aille. Il peut toujours attendre.

– Pourrais-je au moins la voir? (Je souris gentiment.) Elle est là, sur le rayon du haut.

J'avance d'un pas vers la vitrine. Cette fois, il réagit.

– Restez là, bougez pas. Je vais la chercher, moi. C'est ma boutique !

De mauvaise grâce, il attrape l'écrin en similicuir rouge, en sort la bague, me la tend et me regarde la passer à l'index de ma main droite.

– Pas ce doigt-là, dit-il d'un ton hargneux, elle est bien trop grande pour vous. Elle ne vous va pas. Donnez.

Il tend la main vers moi. Mais je fais exprès de m'attarder à l'admirer, car ça ne fait certainement pas quatre minutes que je suis entrée.

– Dites-moi, demandé-je innocemment, d'où vient-elle, cette bague? Et qu'est-ce que c'est, comme pierre?

– Un rubis orange.

Ça n'existe pas, les rubis orange.

– Elle vient de Côte-d'Ivoire. Elle appartient à une femme peintre qui l'a rapportée de là-bas.

– Pourquoi elle la vend?

L'homme n'a pas le temps de répondre. La porte s'ouvre et M. Vernez fait irruption avec ses adjoints.

– Police judiciaire. (Il montre sa carte.) Je vous arrête, cette bague a été volée !

– Pas par moi, en tout cas, répond l'autre sans se démonter, elle est ici en dépôt.

– En dépôt? On va voir ça. Qui l'a apportée? Nom? Adresse? Date exacte? J'espère que vous avez inscrit tout ça dans vos livres?

L'homme acquiesce, disparaît dans la pièce voisine où on l'entend farfouiller. Mais soudain il claque la porte et la verrouille. Tout s'est passé en un clin d'œil.

– Donnez-moi la bague, m'ordonne M. Vernez qui, à ma grande frayeur, vient de sortir un revolver. C'est bien la vôtre?

J'opine de la tête sans rien dire, les yeux rivés sur son arme.

– Vite, donnez. J'en ai besoin pour le dossier. Je vous la rendrai sous peu. Et maintenant, rentrez chez vous. Je vous appellerai.

Je montre la porte fermée.

– Il a dû s'enfuir par la porte de derrière.

– Ne vous inquiétez pas. Deux de nos hommes sont postés de l'autre côté. (Il fourre la bague dans la poche intérieure de sa veste. Sa moustache blonde tressaille.) A bientôt, madame !

Et déjà, il donne un coup de pied dans la porte.

Je me retrouve dans la rue, décontenancée. Si seulement je n'avais pas prévenu la police ! Si seulement j'avais racheté la bague, sans rien dire à personne ! Le dossier, le dossier ! Un inspecteur de police peut très bien perdre une bague. Surtout s'il se lance dans une folle poursuite. La bague pourrait facilement glisser de sa poche. Je rentre chez moi, désespérée. Il faut que j'arrête d'y penser, sinon je vais faire une crise de boulimie.

Pendant une semaine entière, je dors à peine, car Vernez ne m'appelle que le lundi. Il était temps, je devenais folle d'angoisse.

– Pouvez-vous passer boulevard de l'Hôpital? me dit-il comme si nous venions de nous quitter, j'ai quelque chose pour vous. (Intéressante cette histoire.) Bon, je vous attends. A tout de suite, madame!

Une heure plus tard, nous sommes assis face à face, M. Vernez derrière son bureau, moi à cette même place où j'étais assise il y a deux mois, après mon agression, complètement défaite, à bout de forces. Mais j'ai bien changé, depuis. Oh oui! Je m'adosse et je croise les jambes. Aujourd'hui, le soleil brille. La fenêtre est grande ouverte. Et près du coude droit de Vernez, sur une feuille de papier blanc, il y a ma bague. Indemne, plus belle que jamais, brillant d'un éclat plein de promesses.

– Vous l'avez tué, cet homme?

C'est ma première question. Vernez croise les mains et se penche en avant avec un air de chat repus et content.

– Bien sûr que non! Il s'est rendu immédiatement. Il n'avait aucune chance. Les collègues qui étaient postés près de l'escalier de secours l'ont pincé.

– C'était qui? Qu'est-ce qu'il faisait dans cette boutique?

Vernez rit.

– Elle est à lui. Il l'a gagnée au poker il y a quelques semaines.

– Au poker? Une bijouterie?

– Mais oui. Cet homme est joueur, souteneur, trafiquant. Un polyvalent. Vous savez ce qu'on a trouvé dans le magasin? Cinquante kilos de haschisch, douze kilos d'héroïne, quatre-vingt-trois faux passeports, six mitrailleuses, quinze bombes à retardement. Et deux caisses d'explosif. (Il me regarde.) Votre bague nous a mis sur une bonne piste. (Il prend l'opale de feu et la regarde dans la lumière.) Vous avez eu de la chance. L'homme qui vous a agressée n'a pas pu se défaire de la bague. (Il rit.) Premièrement, on ne trouve pas d'opales de feu ici. Deuxièmement, il y a des chiffres gravés sur la monture. Je viens juste de m'en apercevoir, et ces petits voyous ne touchent pas aux bijoux numérotés, c'est trop dangereux pour eux. Que signifient ces chiffres?

– Rien de particulier. Simplement le titre en or fin. La monture est en or 22 carats, et l'orfèvre brésilien qui l'a faite a gravé ça à la place d'un poinçon.

Vernez acquiesce puis repose la bague sur la feuille de papier.

– C'est ce qui vous a sauvée, madame. Voici ce qui s'est passé : comme il n'arrive pas à vendre la bague, il l'offre à sa petite amie, mais celle-ci ne l'aime pas. Elle a l'impression qu'elle lui porte malheur. Elle est vendeuse, mais se fait passer pour une artiste peintre et gagne sa vie avec des chéquiers volés. Avant, elle était amie avec le polyvalent. De temps en temps, lorsque notre ami aux multiples talents part en voyage, elle garde la boutique. Mais cette fois, elle commet une erreur. Son petit ami est parti chercher de la camelote. Elle met la bague en vitrine en espérant en tirer un bon prix. C'est ce qui l'a perdue. Nous l'avons arrêtée hier matin.

– Où?

– Là où ils sont tous. Dans un petit hôtel de Pigalle.

J'ai appris entre-temps que Pigalle est le repère de la pègre (la petite, la minable). Les gros calibres sont aux Champs-Élysées.

Vernez se lève, ouvre un placard et revient avec une grande corbeille noire dont il vide le contenu sur son bureau, devant mes yeux écarquillés. Des bagues, des chaînes, des bracelets dégringolent, des briquets, des boucles d'oreilles, des montres, des broches, des porte-clefs, des boutons dorés, des épingles de cravate. Un petit sac du soir en strass, une boucle de ceinture étincelante. Un médaillon incrusté de faux rubis.

– Y a-t-il là-dedans quelque chose qui vous appartienne? me demande M. Vernez. Tout ça a été volé. Nous avons trouvé cette corbeille dans la chambre d'hôtel. Juste à côté de son lit, sur le rebord de la fenêtre.

Je regarde fixement ce monceau d'objets scintillants.

– Tout ça a été volé? demandé-je, hébétée.

– Tout! confirme Vernez en tirant une chaîne de cet amas disparate. Voyez-vous, madame, elle est cassée devant, ce qui veut dire qu'elle a été arrachée du cou d'une femme. Dans le métro. Ou dans la rue!

– Mais, toutes ces boucles d'oreilles... ils les ont aussi arrachées?

– Oui. Comme vous voyez, nous sommes tombés sur les bons numéros.

– Apparemment, oui! Mais il y a une chose que je ne comprends pas. Tous ces bijoux sont en toc. Ça se voit tout de suite. Ça n'a aucune valeur. Alors, pourquoi est-ce qu'ils les volent?

Vernez lisse sa moustache.

– Les voleurs à la tire ne sont pas des lumières, vous savez. Ils se jettent sur tout ce qui brille en se disant qu'un jour, il y aura bien quelque chose de vrai, dans le tas. Alors, il n'y a rien à vous, là-dedans? Non? Très bien!

Il remet tout dans la corbeille qu'il pose par terre. Puis il enfile ma bague avec un sourire de satisfaction.

– Voilà votre bien, madame. Signez ici, s'il vous plaît, pour attester que nous vous avons tout restitué. Merci. Et encore une bonne nouvelle : vous n'avez pas besoin de venir aux débats judiciaires. Nous avons pris les types sur le fait. Il n'y a aucune confusion possible.

Je quitte le bâtiment folle de joie, ma bague qui m'a tant manqué, bien visible à l'index de ma main droite. Aujourd'hui est un jour de fête. Je vais arroser ça. Mais d'abord je vais à mon cours de natation. Il n'a jamais fait aussi chaud, 35° à l'ombre, et je meurs d'envie d'aller dans l'eau. Sinon, à quoi bon être inscrite dans un club de sport aussi chic? Je retourne chez moi pour me changer, puis je descends la rue Thouin d'un pas léger.

Dans mon nouveau bikini blanc, les cheveux relevés, le ventre admirablement plat, je commence mes exercices. Hervé est parti déjeuner, je suis seule.

Et c'est alors qu'a lieu le miracle. Pour la première fois de ma vie, j'arrive à me maintenir à la surface de l'eau. Pas longtemps, une minute, peut-être. MAIS JE NAGE !

Avec des mouvements puissants et réguliers, je traverse le bassin, dans le petit bain, évidemment, mais sans toucher le fond de la pointe des pieds. Sans m'ébrouer, sans gigoter en tous sens, sans m'énerver. Je nage d'un bord à l'autre. L'eau me porte, moi. Moi ! Moi ! Hamlet et Ophélie s'estompent dans ma mémoire. La jeune fille qui se noie, cette part de moi-même obscure et angoissée commence à se détacher de moi. Hourra ! Oserai-je le grand bain, demain?

Mais cette journée me réserve encore une surprise.

Chez moi, je trouve, dans une revue française, un article sur le Hollywood Star Ranch de Nelly. Huit pages entières avec des photos d'acteurs célèbres, de chanteurs, de comédiens auxquels elle a donné une nouvelle jeunesse.

Pour la première fois, je découvre aussi les prix de Nelly. Ils sont vraiment astronomiques. Une petite cure de beauté dans son paradis au bord du Pacifique coûte le prix d'une belle voiture de milieu de gamme.

L'article est passionnant. Je le lis avidement de la première à la dernière ligne. Je suis assise en maillot de bain blanc, sur un gros coussin rouge, les jambes croisées, à l'ombre des deux lauriers. J'ai un verre de jus de pomme posé près de moi, et j'apprends tout sur l'ascension foudroyante de Nelly, le succès éblouissant de son livre, son loft à New York et son nouveau projet : monter en Californie une chaîne de restaurants végétariens chics pour les gourmets. Elle entend ainsi prouver au monde que l'on peut vivre très bien (et beaucoup plus sainement) sans tuer d'animaux. « Je suis une adepte du néo-romantisme », explique Nelly, « ne rien tuer, faire le moins de dommages possible, et par là même rester jeune, beau et bien portant ! » A la fin de l'article, il y a une photo pleine page de ma marraine, sur laquelle elle est tout simplement superbe. Sous la photo, cette légende : « Qui n'aimerait pas être aussi belle à soixante-quatre ans? La beauté et la jeunesse de cette femme extraordinaire semblent bien confirmer le bien-fondé de ses théories ! »

Il faut que j'envoie cet article à Nelly ! Elle va être ravie. Je me lève prestement, cours pieds nus sur la moelleuse moquette rose, je passe devant les compositeurs juchés sur leurs colonnes de marbre noir, les portes en miroir, les portières en velours, les tableaux, et j'entre dans mon bureau. Je détache les huit pages de la revue, les glisse dans une grande enveloppe sur laquelle j'inscris l'adresse de Nelly, et j'affranchis. Voilà ! Je posterai ça tout à l'heure.

Et à ce moment, il se passe une chose étrange. Je me mets à ranger mon bureau avec une singulière ardeur, alors que j'avais décidé qu'aujourd'hui serait un jour de fête. Je sors la machine à écrire de l'armoire, je pose les notes de Nelly à droite, mes cent cinquante pages terminées à gauche, je relis les dernières que j'ai écrites, et sans même me rendre compte de ce que je suis en train de faire, je commence à travailler. Je reprends là où j'avais arrêté il y a exactement deux mois, en plein milieu de ce chapitre passionnant sur la beauté intérieure et extérieure, dans lequel Nelly livre les petits secrets de son éternelle jeunesse.

Je travaille pendant plus de six heures sans interruption, et j'écris vingt et une nouvelles pages. Cette pause de huit semaines m'a rafraîchi les idées, ça marche comme sur des roulettes. Je suis assise devant ma machine, dans mon maillot de bain blanc, les cheveux relevés. Dehors, il fait un temps radieux, idéal pour aller faire un tour en barque au bois de Boulogne ou se promener au bois de Vincennes. Pourtant, je travaille d'arrache-pied, sans pouvoir m'arrêter. Je suis prise d'une véritable rage d'écrire, et chaque phrase claire et parfaite que je couche sur le papier ajoute à mon bonheur. Mes doigts volent. Les touches cliquettent. Adieu terroristes, bombes et voyous du métro, vous êtes bien loin, maintenant.

Je peux à nouveau écrire !

La vie est redevenue belle !

A neuf heures, j'appelle Buddy. Il est encore chez lui, dans sa minuscule chambre de bonne sous les toits, place d'Italie.

– Buddy, aujourd'hui je t'invite à dîner !
– C'est vrai ? Où ça ?
Il a l'air fou de joie.
– Dans un endroit très chic, La Bûcherie. Tu as faim ?
– Toujours. Je passe te chercher. Donne-moi ton adresse. Où habites-tu ?
Pas question qu'il vienne me chercher. Je n'ai jamais invité Buddy chez moi. Je ne veux pas qu'il voie le luxe dans lequel je vis. Il me prend pour une étudiante canadienne qui a fait des économies pendant des années pour venir passer quelque temps à Paris. Il ne sait pas non plus mon âge. Et c'est très bien comme ça.
– Écoute, on se retrouve directement au restaurant.
Buddy hésite.
– Je ne veux pas entrer seul à La Bûcherie, proteste-t-il, je n'y suis jamais allé. C'est vraiment bourgeois, cet endroit. Et puis, tous ces serveurs. Ça me rend malade.
– Alors, rendez-vous au café d'à côté. Tu peux y être dans une heure ?
– Sans problème. Dans une heure pile. Tu sais, je n'ai rien mangé de la journée. Tu me sauves. *I love you, pal !*
Je m'habille avec grand soin. Un ensemble neuf, blanc et or, que je n'ai jamais mis. Un peu trop voyant, peut-être. Mais aujourd'hui, j'ai envie d'éclipser tout le monde. Encore un peu de parfum à la rose. Un dernier coup d'œil dans la glace. J'attrape la lettre pour Nelly et je sors.
La nuit commence à tomber. Les réverbères s'allument. De puissants projecteurs illuminent subitement le Panthéon, le Sacré-Cœur, Notre-Dame, la tour Eiffel et toutes les autres merveilles de cette ville magnifique. Paris commence à étinceler. Jamais elle n'a été aussi belle, jamais l'air n'a été aussi plein de promesses qu'en cet instant où la nuit tombe. Et quelle nuit ! Une nuit d'été, chaude et séduisante. Une nuit pendant laquelle, pour une fois, tout se passe comme prévu, une nuit qui me récompense de trois mois difficiles. Mais oui ! Paris veille sur les siens (quand ils ont la patience d'attendre).
Ce qui va se passer ?
C'est très simple. Je vais rencontrer un homme merveilleux. Et croyez-moi, mes chéries, il est grand temps !

13

Comme convenu, je retrouve Buddy à dix heures pile dans un café, quai de Montebello, juste en face de Notre-Dame. En me voyant dans ma nouvelle tenue, il manque de tomber à la renverse. Il a l'habitude de me voir en pantalon et en pull, car pour aller dans les concerts de jazz, je m'habille simplement.

Mais aujourd'hui j'ai envie qu'on me remarque. Je ne l'ai pas encore dit, mais depuis mon aventure avec l'illustre chef d'orchestre Reginaldo Rivera, j'ai perdu trois nouveaux kilos. Je ne pèse donc plus que cinquante-six kilos, quatorze de moins que le jour où je suis arrivée à Paris. Aujourd'hui, pour la première fois, j'ai enfin pu mettre l'ensemble Chacock blanc et doré que j'ai acheté juste avant ce mémorable déjeuner au Ritz. Jusque-là, je ne rentrais pas dedans. Maintenant, il me va comme un gant.

Il est fait d'une ample jupe longue à volants, d'une tunique cintrée légèrement décolletée à manches ballon, et d'une large ceinture dorée. Il est en coton indien blanc vaporeux tissé de petits fils d'or. Avec ça, je porte de fines sandales dorées, un bandeau également doré dans les cheveux, et bien sûr, ma bague.

– C'est bien toi? (Buddy me regarde, médusé.) Qu'est-ce qui t'arrive? Tu as gagné au loto?

Il porte ses éternelles bottes à talons et son jean moulant. On ne peut pas dire que nous soyons très bien assortis. D'ailleurs, il refuse purement et simplement d'aller à La Bûcherie. Nous allons donc manger au restaurant chinois du coin où il se sent plus à l'aise. C'est moi qu'on regarde comme une apparition!

Buddy est végétarien, lui aussi. Tant mieux.

Nous commandons de la soupe aux asperges, des nouilles chinoises aux morilles et aux pousses de bambou, du tofu aux épices, deux salades et comme dessert du gingembre confit et des petits gâteaux blancs en forme de croissant de lune. C'est succulent, mais Buddy mange du bout des dents. Il a l'air soucieux.

– Tu t'es fiancée? me demande-t-il enfin, les yeux rivés sur ma bague. Qui est-ce qui t'a donné ça?

– Ma tante. Elle me l'a offerte pour mon anniversaire.

– Je ne t'ai jamais vue avec, constate-t-il.

– Eh non! Je l'avais perdue. Mais aujourd'hui, je l'ai retrouvée. Au bout de deux mois. C'est pour ça que je fais la fête ce soir.

– Elle a de la valeur?

J'acquiesce d'un signe de tête.

– C'est une bague de famille, tu sais. C'est irremplaçable.

Le voilà rassuré. Ce n'est pas un homme qui m'a offert cette bague. Maintenant, il peut savourer ce dîner.

Moi, j'observe ce qui se passe à la table voisine. Là, à côté de moi est assise une femme seule. Brune aux cheveux courts. Rouge à lèvres foncé. Un visage insignifiant. Elle boit de l'alcool de riz tout en regardant un groupe de Français, quatre femmes et cinq hommes, attablés en face. Au moment où l'homme qui n'est pas accompagné regarde dans sa direction, elle lève son verre comme pour trinquer à sa santé. Quoique surpris, il lève lui aussi son verre en souriant, mais détourne aussitôt le regard et se remet à parler avec les autres. C'est alors qu'elle se lève, se fraye un chemin entre sa table et la nôtre, s'assied sur la chaise vide à côté de l'homme en question et lui dit, avec un regard émouvant :

– Excuse-moi de te déranger, mais je ne vais pas très bien, aujourd'hui. Est-ce que je peux bavarder avec toi?

De stupéfaction, je lâche mes baguettes. C'est la plus audacieuse (et la plus intelligente) entrée en matière que j'ai jamais vue. Et je suis sûre que ça va marcher.

En effet, ça marche immédiatement. Le jeune homme a l'air ébahi, mais il approuve d'un signe de tête. Elle se rapproche et lui murmure quelque chose à l'oreille. Il lui offre un verre de vin et les voilà bientôt tous deux en grande conversation. Au bout de quelques minutes (alors que les autres pouffent de rire et se poussent du coude), il se lève, paye, prend brièvement congé et quitte le restaurant avec sa nouvelle compagne.

Mais le comble, c'est la réaction des quatre hommes qui sont encore à table. Ils trouvent cela fabuleux. Ils ne sont pas choqués, mais malades de jalousie.

– Ce n'est pas à moi que ça arriverait, déplore l'un d'eux à voix haute.

La fille qui l'accompagne n'a pas l'air d'apprécier cette remarque.

– Quel veinard, ce Paul!

Et les hommes s'accordent à dire qu'ils devraient sortir plus souvent seuls pour être disponibles à ce genre d'aventure. Buddy est très impressionné, lui aussi.

– Tu as vu ça? me dit-il avec un sourire équivoque. En voilà un qui est verni.

Je ne dis rien. Mais je n'en pense pas moins. Je me demande pourquoi des millions de femmes attendent qu'on les aborde, alors que quelques mots suffisent pour avoir ce que l'on désire. Cette femme n'était même pas belle. Elle n'était ni jeune, ni séduisante, ni intéressante. Mais elle avait du courage. Et le courage, ça paye. Oui, mes chéries! C'est de l'audace qu'il nous faut. De l'audace, encore de l'audace, toujours de l'audace! C'est essentiel, dans la vie.

A Toronto, un jour, j'ai eu assez d'audace pour donner un coup de ciseaux dans une robe toute neuve. Ça aussi, ça a payé. C'était au début de ma relation avec Tristan, j'étais follement amoureuse de lui, et chaque fois qu'il regardait quelqu'un d'autre j'en étais malade. Nous étions dans une soirée, Tristan discutait depuis des heures avec d'autres femmes sans m'accorder la moindre attention. Alors j'allai aux toilettes, dénichai une paire de ciseaux et sans une seconde d'hésitation, je me taillai, à même le corps, le décolleté le plus osé de ma vie. Cela me fendait le cœur de saccager cette belle étoffe de laine, une robe noire, bien sage, à col montant, un cadeau de ma mère, mais je ne supportais plus d'être ainsi laissée pour compte. Ce fut radical!

A peine étais-je sortie des toilettes, les seins pratiquement nus, que tous les hommes s'agglutinèrent autour de moi. Tristan ne comprenait pas pourquoi. Lorsqu'il découvrit le pot aux roses, il ne se départa pas de son flegme typiquement britannique, bien entendu, mais il bouillait de jalousie. Et moi, je jubilais. A partir de ce jour, plus jamais il ne me négligea dans une soirée. C'est ce soir-là aussi que me vint l'idée de la robe à boutons. (Les entailles aux ciseaux reviennent un peu cher, à la longue.)

– Buddy, je t'offre une bouteille de champagne.

– Où, ici?

– Où tu voudras.

– Aux Trois Maillets!

– Très bien!

J'appelle le garçon et je paye. (Mon argent, mes clefs et mes papiers sont cachés dans ma ceinture.) Nous marchons bras dessus bras dessous jusqu'à la boîte préférée de Buddy où nous buvons une bouteille de champagne de la maison en écoutant un nouveau groupe de Lyon. Du jazz français. Pourquoi pas? Ce sont des amis de Buddy. Ils jouent bien et joueront sans doute de mieux en mieux (dans quelques années!). Mais à l'hôtel Méridien, ce soir, il y a un concert de Dizzy Gillespie, le célèbre trompettiste américain, avec sa nouvelle formation. Comment résister? Je sais que Buddy met beaucoup d'espoir dans cette soirée. Il me prend souvent la main et me regarde comme un hamster amoureux, mais rien n'y fait. A minuit, je n'y tiens plus.

– Buddy, je vais au Méridien.

– Quoi? Maintenant? (Il n'en revient pas.) Tu veux aller au Méridien maintenant? Mais tu vas payer l'entrée au moins deux cents francs!

– Tu veux venir?

– Je ne vais jamais au Méridien, par principe!

Je me lève.

– Comme tu veux. Je t'appelle demain.

Je l'embrasse très vite sur les deux joues et je disparais avant qu'il ait compris ce qui lui arrivait. Ça me fait de la peine pour lui, mais la bouteille de champagne est encore à moitié pleine, et il a ses amis. En plus, c'est moi qui ai payé. Maintenant, je veux enfin écouter de la bonne musique.

Je traverse Paris en taxi, par les boulevards pleins de lumières jusqu'à la porte Maillot. Les Champs-Élysées sont tout illuminés. Devant le Lido, il y a l'habituel embouteillage de minuit (les gros cars de touristes sont mal garés, comme toujours) et autour de l'Arc de triomphe la circulation est aussi dense qu'aux heures de pointe. Mais à minuit et demi j'atteins enfin mon but, et la musique qui me parvient au moment où je pousse la porte vitrée me dit déjà que ma décision était la bonne. J'ai bien fait de venir!

L'hôtel Méridien n'est pas sur les pistes américaines. Ce bâtiment moderne sans âme avec son hall prétentieux en marbre et en verre est trop américain pour les Américains. En revanche, il attire les Français comme un aimant. C'est ici que les gens qui se veulent cosmopolites et qui ont de l'argent viennent écouter du jazz. En outre, le club situé derrière le hall est étonnamment confortable. Fauteuils capitonnés, tapis, éclairage agréable, bonne aération permettant de ne pas suffoquer dans la fumée. Malheureusement, il est plein à craquer, ce soir. Plus une seule table de libre. Je ne reconnais personne dans la foule qui se presse au bar. Les nombreux projecteurs diffusent une chaleur intense. J'ai bien du mal à me frayer un chemin jusqu'à un serveur.

– Vous ne pourriez pas me trouver une petite place? Lui demandé-je de mon air le plus désespéré (ça marche toujours, en France). Il y en a peut-être encore une au fond?

– Mais bien sûr, madame ! Attendez-moi ici.

Il sort dans le hall, en revient avec une chaise qu'il porte au-dessus de sa tête, se faufile habilement dans la foule tout en me faisant signe de le suivre et pose la chaise juste devant la scène. Il n'y a pas mieux.

Dieu bénisse les Français !

Je m'assieds avec soin pour ne pas froisser ma jupe (j'ai mis un temps fou à la repasser), et je lève les yeux vers les musiciens. Cela me frappe tout de suite comme un éclair. Qui est cet adonis, là, sur scène ? Grand Dieu. C'est le plus bel homme que j'aie jamais vu. Il est noir et il mesure près de deux mètres. Il est superbe. Il a les traits européens, la peau marron clair (café au lait, comme disent les Français) et les cheveux courts, très crépus.

Je n'y comprends plus rien. Jusqu'à présent, je n'avais jamais été attirée par un Noir. Les Blancs seuls me plaisaient. Parmi mes quarante-trois amants, il y avait toutes sortes de nationalités, mais ils avaient tous la peau blanche. Je n'ai jamais eu envie de faire l'amour avec un homme de couleur. Et me voilà hypnotisée par ce beau musicien noir, incapable d'en détacher mes yeux. Il joue de la contrebasse. Et comment il en joue ! Il se donne à fond. Les autres aussi, d'ailleurs. Ils ont un talent à vous couper le souffle. L'air est chargé d'électricité, je n'ai jamais connu une telle ambiance.

Des gens qui ne se connaissent pas se sourient, se font des signes de connivence, se balancent en mesure, marquent le rythme avec leurs pieds, s'exclament et applaudissent après chaque solo. Dès le premier morceau, je suis ensorcelée, je ferme les yeux et je souris, je souris jusqu'à en avoir mal aux joues. Le morceau suivant est rapide, sensuel, Gillespie baisse son instrument pour chanter la première strophe : *O Baby, ain't I good to you?* Et il esquisse des petits pas de danse comiques. Les gens sautent sur place, déchaînés, les applaudissements me brisent les tympans. Le thème suivant est une de ses compositions, *Night in Tunisia,* l'une des plus belles mélodies jamais écrites. Je m'adosse pour mieux savourer les notes. Mon regard glisse à nouveau vers le contrebassiste. Ces mains. Ces yeux. Cette bouche. Les gestes qu'il fait en jouant. Cet homme exerce sur moi une attraction magique. Il joue seul, maintenant. Il s'incline, sourit, et je brûle d'envie de sauter sur la scène pour lui éponger le front.

Cet homme est exactement mon type. Grand, fort, et l'âme tendre. Ça doit être merveilleux de faire l'amour avec lui. Je suis sûre qu'il tient toute la nuit. Une vague de chaleur m'envahit, tout à coup. Il faut absolument que je fasse sa connaissance. Mais comment ?

Le concert finit à deux heures du matin.

Le public, déchaîné, refuse de partir. Des hommes et des femmes se précipitent vers la scène, hurlent des acclamations, réclament des autographes et sautent au cou des musiciens qui descendent de la scène. Moi, je reste à ma place, mais je me hisse sur la pointe des pieds pour mieux voir. A ce moment, une brune se précipite sur le contrebassiste et l'embrasse sur la bouche, tout en tirant discrètement sur sa pochette blanche. Ça c'est un peu fort! Cette femme vient de lui voler sa pochette, et je suis la seule à l'avoir vue. Mais en voici une autre. Une blonde avec un turban rouge. Elle l'embrasse quatre fois sur les deux joues et en redemande.

Je me détourne, écœurée. Que dois-je faire? Rentrer chez moi? Revenir demain en espérant qu'il y aura moins de monde? Non! Impossible. Les musiciens ne restent à Paris qu'une semaine, je n'ai pas de temps à perdre.

Tandis que tout le monde se presse vers la scène, je me fraye un chemin vers le bar. Là, je m'assieds sur un grand tabouret, je commande un verre de jus d'orange et je pousse un profond soupir. La nuit sera longue.

Comme je l'ai déjà dit, je n'aime pas aborder les hommes. Mais je connais les moyens de ne pas faire le premier pas! Seule à un bar, il n'y a pas mieux. Mais il faut une patience d'ange, car ce que l'on attend se produit toujours juste avant la fermeture, pas une seconde avant, au moment même où l'on se dit: ma soirée est fichue, j'ai attendu pour rien. On dirait que c'est une loi de la nature.

Ce n'est pas facile d'attendre! Au début, on se fait constamment aborder par des hommes affreux pour lesquels on n'a aucune sympathie. Mais il faut tenir bon. Quand j'étais plus jeune, je ne pouvais pas, j'avais peur, et je partais souvent comme une voleuse. Puis je me retrouvais seule dans la rue, furieuse. Mais aujourd'hui, plus personne ne me fait fuir. Aujourd'hui, à quarante et un ans, je regarde le type droit dans les yeux et je secoue la tête d'un air navré en disant poliment: « Désolée, j'attends quelqu'un. »

Donc, il faut savoir attendre, et il est très utile de sympathiser avec le barman. Le mieux est de payer tout de suite en lui donnant un généreux pourboire, et d'engager la conversation en lui demandant comment vont les affaires. Ainsi, on a déjà quelqu'un à qui parler, ce qui rend l'attente moins pénible.

Autrement, on pense trop. Pourquoi personne ne vient-il vers moi? Suis-je trop grande? Trop petite? Trop maigre? Trop laide? Pas assez séduisante? Trop prétentieuse? Et ainsi de suite. On se torture pour rien, car aussi étrange que cela paraisse, ce sont les moins belles qui ont le plus de chances.

– Deux femmes sont assises au bar, m'expliquait un jour un serveur au Canada, l'une belle comme une déesse, l'autre seulement mignonne. A votre avis, laquelle trouvera un homme la première? Toujours la moins belle! C'est aussi sûr que deux et deux font quatre.

Eh oui, mes chéries, trop d'éclat fait peur aux hommes. Quand une femme est trop resplendissante, ils se disent tout de suite qu'ils ne sont pas assez bien pour elle. J'ai mis longtemps pour comprendre cela. Une femme est convaincue qu'elle n'est jamais assez belle. Elle a du mal à admettre qu'elle puisse l'être trop pour qu'on l'aborde. Pourtant il y a deux mille ans, Ovide incitait déjà les Romaines à la prudence: « Ne faites pas l'étalage de bijoux et de toilettes coûteuses », écrivait-il dans son célèbre traité sur l'art d'aimer, « cela fait peur aux hommes que vous voulez attirer. »

Dans ce cas, je ne suis pas habillée comme il faudrait. Je suis trop voyante pour un homme du commun. Mais pour un artiste, je suis parfaite. Un musicien que l'on vient d'acclamer sur scène, qui a Paris à ses pieds, qui est presque étouffé par ses admirateurs, fait exception à cette règle. Il est en pleine exaltation. Rien n'est trop beau pour lui. Je croise les jambes et regarde autour de moi. Aussi loin que je puisse voir. Je suis la mieux de toute la salle. Franchement! Le miroir, derrière le bar, me le confirme. Dans ma robe blanc et or, j'ai l'air de venir d'une autre planète. La lumière se brise sur les fils d'or, mon bandeau doré brille de mille feux. Je suis fatiguée, mais ça ne se voit pas. Je prends mon mal en patience. Il est deux heures moins vingt, et la foule qui entoure les artistes se déplace lentement vers le bar. Les héros ont soif. Rien de plus normal, cela fait des heures qu'ils transpirent sous les projecteurs.

Voici le contrebassiste, entouré d'un essaim d'admiratrices. Je connais maintenant son nom qui est écrit en gros sur l'affiche, à l'entrée: Prosper Davis. Il est encore plus beau vu de près. Immensément grand et fort. Un géant! Il rit. Je n'ai jamais vu des dents aussi blanches!

Juste à ce moment, il me voit. Il ferme brusquement la bouche et me fixe, comme s'il avait été frappé par la foudre. Mais voilà que deux blondes lui jettent le grappin dessus et l'entraînent à l'autre extrémité du bar. Il est hors de ma vue. Mais je ne me décourage pas. Il y a eu une étincelle, et je suis absolument certaine qu'il va revenir vers moi. S'il n'a ni femme ni petite amie à Paris, il essaiera de faire connaissance avec moi ce soir.

Je ne me suis pas trompée. Une heure et demie plus tard, il arrive. C'est long, une heure et demie. Toute autre que moi aurait renoncé et serait partie. Mais je connais ce milieu. Voilà deux mois que je passe toutes mes nuits dans des boîtes de jazz, et j'ai beaucoup appris. Je sais que les admiratrices même les plus ferventes finissent par disparaître, et les musiciens, à quatre heures du matin, se retrouvent presque toujours seuls (et déçus). Les deux blondinettes partent peu avant trois heures (elles doivent sans doute se lever tôt). Quant à celle qui a volé la pochette, elle a disparu. Une chose est claire : les femmes qui se montrent les plus exubérantes après le concert ne font pas partie de l'entourage des artistes. Une femme seule assise dans un coin l'air fatigué, un peu soucieuse, est dangereuse ! C'est à coup sûr l'épouse d'un musicien. Mais je n'en vois aucune ici qui réponde à cette description.

Il est quatre heures lorsque Prosper Davis s'approche de moi. Le club est presque vide, il ne reste plus qu'un petit noyau de gens : les musiciens, le patron, quelques bons amis et une poignée de noctambules assis au bar, qui me lorgnent sans vergogne depuis des heures. Il n'y a plus de lumière sur la scène, l'ambiance est très détendue. Prosper demande un verre avec des glaçons et une bouteille d'eau minérale. Puis il se tourne vers moi et me sourit. Il ne dit rien. Apparemment, il est timide. Maintenant, il faut agir. Maintenant ou jamais. Allons, de l'audace, Ophélie !

– Tu as joué merveilleusement bien, dis-je en anglais en essayant de contenir les trémolos de ma voix (il est tellement beau que c'est à peine si j'arrive à parler). Bravo, et merci !

– Merci à toi. (Il n'a pas l'air surpris. J'ai l'impression qu'il attendait un mot de moi.) Je suis content que ça t'ait plu. Je t'ai vue devant la scène tout à l'heure. Tu es américaine?

– Non, canadienne. Mais je vis à Paris.

Je n'ai pas besoin d'en dire davantage. L'affaire est dans le sac. Prosper Davis se racle la gorge.

– Tu attends quelqu'un?

– Non.

– Je peux m'asseoir près de toi? J'ai toujours besoin de parler à quelqu'un après un concert. (Il s'installe sur un tabouret à côté de moi et étend ses longues jambes. La situation devient critique.) Ça fait six semaines que nous sommes en tournée. Tu veux que je te dise? New York me manque ! – Il me tend un paquet de cigarettes. – Tu fumes?

– Non, merci.

Il sourit et en prend une.

– Ne commence jamais. C'est mauvais pour la santé.

– Il n'y a pas de danger. Je n'aime pas ça.

Je le regarde à la dérobée tandis qu'il souffle la fumée bleue avec délectation vers le plafond. Sa peau veloutée est émaillée de reflets dorés, il a les yeux noisettes et des cils longs et brillants. Ses lèvres sont charnues, larges, joliment recourbées. C'est un mulâtre parfait. Ses cheveux, ses yeux et sa bouche sont africains. Son nez droit et son front haut nettement européens. Mais c'est sa voix qui m'impressionne le plus. Elle est sourde, profonde, lente, légèrement rauque. Je n'ai jamais entendu une voix aussi sensuelle. C'est celle d'un homme qui prend le temps de faire les choses, qui les fait bien ou pas du tout, qui ne commence rien qu'il ne soit sûr de finir. Je l'ai entendu jouer. S'il fait l'amour aussi bien qu'il joue, mon Dieu, il ne faut pas que j'y pense, sinon je vais perdre l'équilibre.

– Tu n'es pas très bien installée, ici, constate Prosper Davis, ils sont dangereux, ces tabourets. Viens, on va s'asseoir à une table, là-bas.

Je le suis, complètement troublée, comme si je n'avais plus aucune volonté. Puis il me parle de la tournée. Rome, Madrid, Londres, Stockholm, Oslo, Vienne, Berlin et maintenant Paris. Huit pays en six semaines. Un concert presque chaque soir. Mais la France est la dernière étape. Après, il retourne enfin chez lui.

L'heure tourne, mais c'est à peine si je m'en rends compte. Ma fatigue s'est envolée. Ce beau Noir raconte très bien, sans se laisser aller à aucune familiarité. Son anglais est excellent, il est sans doute cultivé. Je regarde discrètement ses mains. Elles sont fines, sensibles, avec de longs doigts. A-t-il un ongle de pouce déformé? Non (sinon, j'aurais pris mes jambes à mon cou), tout va bien, ses ongles sont clairs, bien formés, soignés. Les paumes de ses mains sont roses, beaucoup plus claires que sa peau. Sa langue aussi est plus claire que ses lèvres.

Il m'est soudain très familier, bien que je le connaisse à peine. Et en écoutant sa voix sensuelle, je commence à vibrer intérieurement. Cet homme a un rayonnement qui agit sur tous mes sens. Et pourtant, peu après cinq heures, je me lève pour partir.

– Tu t'en vas déjà? demande Prosper manifestement alarmé. On t'attend?

– Non. Mais j'ai beaucoup de travail, demain. Tu es fatigué toi aussi, non?

– Quand je joue, je ne dors jamais avant sept heures du matin. (Il me regarde au fond des yeux.) Tu ne peux pas rester encore une demi-heure? Le temps de boire un verre de champagne?

– Non, il faut vraiment que je parte.

Prosper se lève donc, et me regarde longuement en silence.

– Est-ce que je vais te revoir? demande-t-il enfin.
– Bien sûr. Demain soir.
– Je ne connais même pas ton nom.
Je le lui dis avant de prendre congé.
– A quelle heure viendras-tu demain, Ophélie? Aussi tard qu'aujourd'hui?
– Non, plus tôt. Je serai là à dix heures.
– Bien.
Il me raccompagne, à travers le vaste hall, jusqu'à la station de taxis.
– Je t'attendrai!
Il m'aide à monter, puis prend ma main pour l'embrasser et me suit des yeux, jusqu'à ce que la voiture ait tourné le coin de la rue.
Pendant toute la journée du lendemain, cette image me poursuit: ce grand Noir, dans son élégant costume clair, devant l'entrée de l'hôtel. Une image forte, presque irrésistible. Elle me donne la force d'écrire quatorze nouvelles pages, elle ne me quitte pas tout le temps que je mange, que je prends ma douche et que je m'habille pour le soir.
Toute la journée je suis folle de joie.
Prosper Davis sera mon premier amant noir, ça ne fait aucun doute. C'est le destin qui me l'envoie, pour effacer le mal que quatre autres Noirs m'ont fait dans le métro. Ou bien est-ce moi qui m'imagine cela? Si j'ai envie d'un Noir, c'est peut-être seulement pour ne pas trembler de peur chaque fois que je croise un visage foncé dans la rue? Une chose est sûre, en tout cas: si je ne fais pas l'amour avec quelqu'un bientôt, je vais devenir folle.
Il porte une alliance, mais ça m'est égal. Je n'ai pas l'intention de l'épouser. Eh oui, mes chéries. A quarante et un ans, j'ai dépassé cela. Je suis enfin capable de faire ce que les hommes font tout naturellement: tomber amoureuse physiquement sans le payer de mon âme. J'espère, du moins, en être capable, car c'est bien là mon intention.
A dix heures précises, je suis au Méridien. Le concert est extraordinaire, Prosper Davis ne joue que pour moi, et après je reste avec lui jusqu'à cinq heures du matin. Mais cette fois nous sommes assis tellement près l'un de l'autre que nos cuisses se touchent. De temps en temps, il me prend la main. Nous parlons peu. Nous nous regardons longuement en silence.
Cette fois encore, je rentre seule chez moi, au petit jour. Cette fois encore, il suit le taxi des yeux jusqu'à ce qu'il disparaisse de sa vue. Mais avant que je ne monte dans la voiture, nous nous embrassons. Je

me hisse sur la pointe des pieds, passe mes deux bras autour de son cou et l'embrasse sur la bouche. J'ai l'impression que je vais m'évanouir de plaisir. Il me tient fermement, je sens les battements de son cœur.

– Tu dois vraiment partir? me demande-t-il d'un air triste.

Je fais oui de la tête. Mais je lui donne mon numéro de téléphone. A peine suis-je arrivée chez moi qu'il appelle.

– Je peux venir te voir?

Sa voix est encore plus grave que d'habitude.

– Où es-tu?

– Dans ma chambre. Je ne peux pas dormir. Oh, baby! Il faut que je te voie.

Il parle lentement, avec ce timbre profond et sensuel qui me met dans tous mes états. Pourquoi diable ne suis-je pas restée? Je sais que cet homme est fait pour moi. Mon intuition me le dit clairement. Pourquoi est-ce que je joue l'inaccessible déesse? Parce ce qu'il n'a pas la peau blanche?

Je reste longtemps allongée sur la méridienne du salon, l'écouteur collé à l'oreille.

– Tu es seule? demande Prosper qui a du mal à réprimer le tremblement de sa voix.

– Oui. Absolument seule.

Les larmes me montent aux yeux. Je n'ai jamais été aussi seule, insatisfaite, frustrée, irritée, de toute ma vie. Je suis la personne la plus seule du monde. Trois mois sans amour! De grosses larmes roulent sur mes joues.

– Tu pleures, Ophélie?

– Non, dis-je dans un sanglot.

– Tu es fatiguée? Tu veux dormir?

– Non! Non!

– Bon. Je suis là dans dix minutes. Où habites-tu?

J'hésite pendant une fraction de seconde. Jamais un homme n'est venu ici depuis que j'y réside. Dois-je vraiment l'inviter?

– Ophélie! Tu m'entends? J'ai de quoi écrire. Vas-y. Comment s'appelle ta rue?

Alors, je rassemble mes forces et je lui donne mon adresse.

14

Ce sera la plus belle nuit de ma vie.

Elle surgit de l'immensité des autres nuits comme un pic ensoleillé au-dessus d'une mer de nuages. Je croyais tout savoir de l'amour et de la passion. Avec mes quarante et un ans et mes quarante-trois amants (Paris non compris), je me prenais pour une experte. Mais on n'a jamais fini d'apprendre.

Ma rencontre avec Tristan le jour de mes trente ans avait fait date. J'ai longtemps pensé que rien ne pourrait surpasser cette expérience. Mais Prosper Davis m'a donné une autre chance, il m'a fait gravir un échelon de plus. Avec lui, j'ai atteint le summum de ce qu'un homme et une femme peuvent se donner : l'extase totale ! Mais, n'anticipons pas.

En raccrochant le téléphone, je sais qu'il me reste peu de temps. A six heures du matin, Paris est désert, il ne faut pas plus de vingt minutes pour aller de la porte Maillot au Panthéon. Il n'est plus question de prendre un bain ni de faire une grande toilette. Je me lave donc en hâte. Je dispose dans la salle de bains des serviettes propres et un nouveau savon à l'œillet, et je refais le lit avec les plus beaux draps que je trouve dans l'armoire de mon directeur de l'Opéra, des draps brillants et soyeux en satin rose pâle à revers brodés, avec des taies d'oreiller bordées de larges volants.

Ensuite, je tends bien le couvre-lit et je contemple un moment le baldaquin en soie indienne qui surmonte le lit. La première fois que j'ai dormi ici, j'ai rêvé d'aventures romantiques. Et que s'est-il passé ? Rien. Absolument rien. Ce n'est qu'aujourd'hui, trois mois plus tard que je vais étrenner ce grand lit. Qui aurait cru que ce serait si long à venir ?

Je tire les épais doubles rideaux (dehors, il fait déjà jour). Je me mets une goutte d'huile de rose derrière chaque oreille et retourne au salon, pieds nus. J'ai à peine franchi la porte que la sonnette retentit. Prosper ! Il est là ! Mon cœur se met à battre très fort, j'ai une douleur au creux de l'estomac, toutes mes forces m'abandonnent, je suis incapable de faire un pas. Nouveau coup de sonnette, long, insistant, puis un autre.

– Ophélie, chuchote sa voix grave, c'est moi. Ouvre !

Ces mots me raniment. Je cours jusqu'à la porte, je l'ouvre et il est là, devant moi, le grand homme noir. Il est un peu gêné. Encore plus beau que dans mon souvenir, encore plus élégant qu'après le concert. Il s'est changé : costume clair en lin, chemise à rayures rouges, pas de cravate mais une pochette rouge. Et moi qui suis en peignoir de bain ! Peu importe, me dis-je, de toute façon, je serai bientôt déshabillée !

– Excuse-moi, dit Prosper, il m'a fallu plus de dix minutes.

– Ça ne fait rien. Entre !

– C'est ton appartement? demande-t-il, étonné. Splendide !

Il va droit au salon, ouvre le piano à queue et joue quelques notes.

– Bon piano. Tu es musicienne?

– Non, hélas !

Je suis toujours debout devant la porte et je le regarde, fascinée. C'est vraiment le plus bel homme que j'aie jamais rencontré. Il se retourne et avance très vite jusqu'à moi.

– Oh, baby !

Il prend mon visage dans ses mains, me regarde tendrement, pose son front sur le mien pendant quelques secondes puis cherche ma bouche. Un long baiser brûlant qui n'en finit pas.

Ses lèvres douces et rondes ont une tendresse presque enfantine.

– Ophélie (il me prend les mains et me dévisage), tu es fâchée que je sois venu?

– Mais non ! Je suis ravie ! Tu as faim?...

Question idiote.

– ... ou tu veux boire quelque chose?

– Non merci. (Il baisse les yeux vers moi.) Je n'ai besoin que de toi.

Pendant ce baiser passionné, mon peignoir de bain s'est ouvert, découvrant mes seins. Je laisse le peignoir glisser par terre. Cette fois, tout est parfait. Je suis nue devant lui mais nullement gênée.

– Alors viens, dis-je avec un sourire, je vais te montrer la chambre. Quelques secondes plus tard, nous sommes allongés sur le grand lit aux draps tout frais. Prosper a un corps superbe. Fort, ferme, musculeux, mais sa peau est veloutée. Il me serre dans ses bras, nous restons longtemps côte à côte sans bouger. J'aime ses bras puissants, sa poitrine velue. Seuls ses cheveux me rebutent un peu, au début. Ils sont durs, secs, différents. Je passe ma main dessus, j'hésite. Il le sent tout de suite.

– Tu as déjà eu un amant noir? me demande-t-il avec un coup d'œil inquisiteur.

– Non, jamais. Et toi, tu connais beaucoup de femmes blanches?

– Seulement des Blanches. Ma mère est blanche. Elle est danoise. J'ai deux cousins à Copenhague qui sont aussi blancs que toi.

– Que fait-elle, ta mère?

– Elle est photographe. Elle a beaucoup de succès.

– Et ton père?

– Professeur de théologie. Méthodiste. Mais ils sont séparés. Lui vit à Philadelphie, elle à Boston.

– Tu t'entends bien avec eux?

– Très bien. Nous nous voyons souvent. (Il me sourit et commence à me caresser doucement.) Tu as une belle poitrine, et si ferme, dit-il alors en posant sa tête sur mes seins. Oh, baby, tu me sauves, tu sais? Je suis seul depuis des semaines, tellement seul que j'ai cru mourir! Nous nous tenons étroitement enlacés. Ma peau blanche rayonne comme de l'ivoire sur son corps brun doré. Je suis un lis et lui un splendide arbre tropical. Je repense aux fresques de Crête, ces belles femmes blanches avec leurs fiers amants noirs.

– Tu ne t'exposes jamais au soleil, constate Prosper, c'est bien. (Puis après un silence:) Tu n'as pas de bougies? C'est tellement romantique, les bougies!

Je lui souris et je vais chercher dans la salle à manger un grand chandelier avec cinq bougies bleues qui sentent bon la cire d'abeille. Je les allume et les pose à côté du lit.

– C'est magnifique, s'exclame Prosper du fond du cœur. *Oh, Baby! Baby! Let's make love!*

Puis il caresse mes cheveux et commence à me faire l'amour.

Prosper Davis est un virtuose. Il prend lentement possession de moi, pas à pas, centimètre par centimètre. Il se redresse, m'admire en souriant, se penche, puis m'embrasse posément de la tête aux pieds. Je sens ses lèvres, sa langue, son haleine. Je me pâme de désir! J'ai chaud et froid à la fois, au bout de cinq minutes je meurs d'envie de lui.

Mais il n'est pas pressé. Il prend tranquillement mes pieds dans sa main et m'embrasse les orteils. Je deviens folle! Je veux le sentir en moi! – Embrasse-moi ici, dis-je en montrant ma bouche.

Ça le fait rire. Il m'attire vers lui, cherche mes lèvres, me couvre de baisers. Je ne peux plus respirer, mon cœur s'arrête de battre. J'ai vu son sexe et il m'a paru immense. Il s'allonge derrière moi et me pénètre tout doucement. C'est fantastique! Lentement et délicatement, pour ne pas me faire mal, il entre dans mon corps. Pas trop loin, juste assez pour toucher mon point le plus sensible.

– Ohhhhh...

Il gémit de plaisir, m'entoure de ses deux bras, me presse contre lui, et moi je me plie à sa volonté, je sombre dans sa chaleur, je sens son grand corps brun autour du mien. C'est autre chose. C'est nouveau. J'ai attendu ça toute ma vie. Nous nous aimons pendant deux heures entières.

Le plus beau, c'est que cet homme au corps de géant est tendre comme un enfant. Il se meut avec aisance, calme et régularité. Il est souple. Même Tristan ne s'est jamais prêté à moi comme ça. Il fait aussi bien l'amour qu'il joue de la contrebasse. Mon instinct ne m'a pas trompée : c'est un homme qui fait les choses comme il faut ou pas du tout. Qui prend son temps. C'est l'homme qu'il me fallait.

Quel plaisir ! Je deviens très étroite. Que va-t-il se passer maintenant ? Va-t-il perdre contrôle ? Non ! Il n'accélère pas. Mais je sens son souffle chaud contre mon oreille.

– Viens, baby ! Viens !

Je vais avoir un orgasme. Je le sais et Prosper aussi.

Maintenant, il commence à me caresser. Doucement, lentement, exactement où il faut. Et tout à coup je vois des lumières de toutes les couleurs, j'entends des sons inouïs. Parfois, juste avant d'arriver au sommet, je vois de longs films en couleur défiler devant mes yeux. Cette fois, j'ai une vision étrange. Nous faisons l'amour dans une grande salle de jeu très bruyante. Mon corps se transforme en un flipper blanc. C'est Prosper qui joue. Un coup frappé, une cible allumée. La boule argentée remonte tout en haut, allume des lampes, redescend, est relancée vers le haut à toute vitesse.

Un coup frappé, une cible allumée. Nouvelles lumières partout. Je tremble de désir. Je vacille sous la vitre. Je palpite et je scintille. Les chiffres clignotent en rouge, en jaune, en bleu. Un coup frappé, le jeu est gagné ! Les points les plus importants sont tous allumés, maintenant. Je ne suis plus que lumière. Ça y est. Plus qu'un coup. La dernière boule monte ! Le but est atteint !

Oui ! Oui ! Oui ! *Oh, darling* ! Je me dissous en un feu d'artifice. Des couleurs explosent, des étincelles jaillissent dans mes veines, me picotent le bout des doigts, mes oreilles tintent. Presque évanouie, je sombre dans une mer de volupté.

– *Sweetheart, did you come*?

– Oh oui !

– Est-ce qu'il faut que je fasse attention ? demande Prosper d'une voix haletante.

– Non ! Viens, mon amour, viens !

Les bougies bleues, presque complètement consumées, répandent une odeur de cire. Prosper bascule sur le dos sans se détacher de moi, il me hisse sur lui. Je suis couchée sur mon ventre, les épaules sur sa poitrine et il me serre dans ses bras.

Voici le meilleur, maintenant. La récompense!

J'aime les derniers moments avant l'orgasme d'un homme. Ses mouvements sont différents. Plus spontanés! Plus intenses! Maintenant qu'il n'a plus besoin de se contrôler, qu'il peut penser à lui, seulement à son plaisir, la nature prend le dessus.

Pour la première fois, il pénètre tout au fond de moi. Ce sexe brun qui me faisait peur, au début, remplit brusquement tout mon être. Mais ça ne me fait pas mal! Je suis ouverte, déliée, je le prends dans toute sa grandeur, il s'enfonce jusqu'à mon cœur, ouvre la dernière porte, la porte cachée. Encore un coup! Maintenant, il quitte terre. Encore un coup! Le dernier! Le plus beau!

– *I love you, baby*!

Il y est.

Le beau géant noir se dresse, gémit, sursaute en moi. C'est fantastique! C'est fou! C'est aussi bouleversant que ma propre naissance. Puis nous restons longtemps sans bouger, heureux, désarmés, épuisés.

Prosper enfouit son nez dans mon cou, m'embrasse tendrement l'oreille. Toujours liés l'un à l'autre, nous nous endormons.

Nous nous réveillons à midi passé. Il fait noir dans la pièce.

– Quelle heure est-il?

Prosper cherche sa montre.

– Mon dieu! Il faut que je retourne à l'hôtel. On vient nous chercher à deux heures pour aller dans un studio je ne sais où, en banlieue. Pour des enregistrements. (Il saute du lit.) Qu'est-ce que tu fais, ce soir?

– Rien.

Je bâille en m'étirant voluptueusement.

– Il y a relâche, ce soir. On dîne ensemble? Je viens te chercher. Si je suis chez toi à huit heures, ça va? Très bien. Je serai là à huit heures. Si je suis en retard, je t'appelle. Mais je viens de toute façon. Attends-moi, mon amour.

– Comment veux-tu que je m'habille?

– Mets quelque chose de moulant. Tu as un corps magnifique.

– Un peu trop rond, non?

– Trop rond? (Il rit.) Jamais de la vie. Tu peux prendre dix kilos, si tu veux. Plus il y a de rondeurs, mieux c'est!

Toute nue, j'accompagne Prosper à la porte puis je retourne dormir. Je ne me réveille qu'à cinq heures, et je me fais une tasse de thé que je savoure devant la fenêtre ouverte de ma grande cuisine lambrissée. Je n'ai pas la moindre envie de sortir pour rencontrer des gens. L'agitation dans laquelle j'étais depuis mon agression m'a quittée. Pour toujours. Je suis guérie.

Je me lave les cheveux, je prends un bon bain. Tout en me prélassant dans l'eau chaude, je revis mentalement la nuit passée. Dieu bénisse tous les musiciens, ils vous protègent du naufrage. Au Canada, il y a quelques années, j'ai bien connu un trompettiste. Mais en général, les cuivres n'arrivent pas à la cheville des violons. Les trompettistes, les saxophonistes, émettent des sons aigus et intenses. Ils sonnent et tonnent, s'élancent et se pressent, et c'est mauvais pour le cœur. Les violonistes, les violoncellistes, les contrebassistes cajolent et caressent, frémissent et frissonnent. Ils cherchent leurs notes du bout des doigts, avec une infinie tendresse. Un millimètre trop haut ou trop bas, et tout est fichu. Et dans les films d'amour, qu'est-ce qu'on entend au moment du premier baiser? Des violons, et non pas des trompettes. Croyez-moi, ceux qui jouent d'un instrument à cordes sont les rois! Je vous les recommande.

Mais les contrebassistes sont de loin les meilleurs. C'est la contrebasse qui fait toute la musique. C'est elle qui soutient les autres instruments. Elle est chaude, voluptueuse, entière, ténébreuse. Elle n'est jamais en vedette, non, elle laisse briller les autres. Et puis, ne ressemble-t-elle pas au corps féminin? Un homme qui sait dompter cette géante, qui tire de ses grosses cordes métalliques des notes suaves et vibrantes, qui les caresse avec un archet doux, les faisant trembler et tinter, cet homme-là... – mais je m'égare – j'ai déjà tout dit sur ce sujet.

Prosper arrive à neuf heures, avec un gros bouquet de roses de différentes couleurs et deux bouteilles de champagne. Nous dînons au coin de la rue, dans un charmant restaurant français très bon et très cher. Par égard pour moi, il renonce à la viande et commande du pâté de légumes, du soufflé au fromage, de la salade et des poires au vin. Il paye, sans sourciller devant le montant de l'addition, et laisse un bon pourboire.

Puis nous descendons la rue Mouffetard main dans la main, dans la nuit tiède. Dans une petite boîte de nuit, appelée « Jazz o Brasil », nous buvons un verre de punch coco en écoutant une excellente chanteuse de Rio. Nous sommes assis juste devant la scène, dans le rayon des projecteurs, blottis l'un contre l'autre.

Je porte mon pantalon noir en satin, avec un haut rouge moulant qui fait penser à une chaussette. C'est tout simplement un tube en tricot qui colle au corps et se porte sans rien dessous. Mes cheveux sont retenus par un bandeau de velours noir. Prosper, habillé tout en blanc, est tellement beau que toutes les femmes le regardent sans gêne.

Nous sommes vraiment le centre d'attraction. J'imagine l'effet que nous faisons aux autres : une Blanche vautrée sur un géant noir, la tête posée sur sa poitrine, moulée dans un pantalon brillant, sa crinière rousse flottant sur ses épaules nues – ma mère aurait une attaque si elle me voyait ! (Et Nelly me féliciterait pour mon goût !)

Au bout d'une heure, Prosper en a assez.

– Je suis fatigué, dit-il doucement de sa belle voix grave en me caressant tendrement le bras. Tu sais ce qu'on va faire ? On va dormir un peu, et après, on ira faire une promenade nocturne dans Paris !

A onze heures et demie, nous sommes de retour à la maison. Nous débouchons une bouteille de champagne et nous retirons sur le grand lit français, ignorant ce qui nous attend.

– Je n'ai jamais vu une aussi belle pièce, dit Prosper avec conviction.

Il est assis près de moi, nu, un bras autour de mon épaule, un verre de champagne dans sa main libre, le regard admiratif. C'est vrai que ma chambre est somptueuse. Hexagonale, elle est tapissée de tentures indiennes peintes à la main qui ressemblent à s'y méprendre à des tableaux : des oiseaux de paradis assis sur de fines branches d'arbres, des fleurs tropicales grimpant sur des bambous, on pourrait rester au lit pendant des heures à les admirer. Mais ce n'est pas tout.

La moquette rose est couverte de splendides petits tapis persans, une épinette du XVIIIe siècle se dresse au milieu de la pièce, à côté d'une ottomane basse rouge cerise, couverte de coussins de velours multicolores. Le grand lit trône dans un encorbellement (sur une estrade, comme je l'ai déjà dit), et de part et d'autre, de larges portes-fenêtres donnent sur le balcon aux deux lauriers.

Il y a également une cheminée en marbre blanc, et à côté une colonne noire tournée, surmontée d'une jolie statue de danseuse indienne. C'est une chambre magnifique, et le plus merveilleux, c'est qu'elle est placée sous le règne du néo-romantisme ! Ici, on peut à nouveau rêver. Ici, il arrive des prodiges.

– J'ai l'impression d'être un sultan, dans ce lit, déclare Prosper au bout d'un moment.

– Et tu en as l'air, lui dis-je en l'embrassant sur la bouche.

Alors il pose son verre et m'attire vers lui.

– Tu sais, les sentiments, ça va et ça vient, dit-il en pesant ses mots. Mais là, maintenant, je t'aime. Je t'aime, Ophélie. J'ai envie de toi.

J'ai attendu ce moment toute la journée.

– Moi aussi, je t'aime.

Puis nous perdons complètement la tête. Nous nous étreignons avec une telle ardeur que je m'envole tout de suite à une hauteur vertigineuse. L'excitation de la nuit dernière n'a pas disparu, au contraire, elle resurgit à chaque caresse. Au feu ! Je brûle ! Je n'ai jamais rien éprouvé de semblable. Chaque cheveu, chaque nerf, chaque centimètre carré de ma peau est chargé d'électricité. Prosper et moi !

Plus cela se prolonge, et plus les sensations deviennent fortes. Et soudain, il se passe quelque chose d'incroyable. Prosper me pénètre et chaque poussée est comme un vol en altitude. Chaque poussée est un orgasme, mais la sensation ne diminue pas, elle est continue. Le plaisir à l'infini. Est-ce possible ?

C'est l'extase ! J'en suis certaine, à présent. Ce que je ressens dans les bras de ce bel homme noir est incomparable avec ce que j'ai éprouvé avant. C'est l'extase ! Ce plaisir a une autre dimension. Un aveugle retrouverait la vue. Un sourd entendrait pour la première fois de la musique. Comment décrire cela ? Je suis un peu comme un piano sur lequel on n'a joué jusqu'à présent que des études, des chansons enfantines, parfois des sonates. Et tout à coup, voici un virtuose : il prend place devant le clavier et joue tout un concerto. Des harmonies superbes, des traits fougueux, des accords sublimes. Un univers de plaisir. Je n'aurais jamais soupçonné que mon corps pût sonner ainsi.

Comparés à Prosper Davis, mes amants d'avant sont durs, maladroits, rigides, inflexibles, crispés. Prosper est souple, tendre, délicat, joueur. Il ne me fait jamais mal, même dans l'ivresse la plus intense. Cette nuit, pas de bleus, pas de griffures, pas de cheveux arrachés. Nous faisons l'amour pendant des heures, mais sans nous meurtrir. Si c'est ça, l'amour noir, je pourrais bien y succomber.

Mais attention ! Prudence ! Ce n'est pas « l'amour noir ». C'est Prosper Davis. Ne généralisons pas. Il y a partout de bons amants et des mauvais, des virtuoses et des nullités. L'amour noir, ça n'existe pas, pas plus que l'amour blanc.

Ah, mes chéries, me voilà bien intellectuelle tout à coup, dans mon grandiose grand lit, entre les draps de satin et les caresses du plus bel homme de ma vie. Mais non, je ne veux pas réfléchir. Je ne veux pas passer mon temps à méditer, analyser, philosopher, tirer des conclusions, me creuser la cervelle sur les Noirs et les Blancs, l'amour et l'infidélité, l'avenir de l'humanité et le salut du monde. Allez, le fatras, par-dessus bord ! Je cogiterai plus tard, quand je serai seule. Pour l'instant, je veux sentir, jouir, caresser, embrasser.

Nous sommes à genoux sur le lit. Je m'appuie sur les mains, Prosper est derrière moi. Il me pénètre profondément. C'est la position que je préfère, celle dans laquelle je sens le mieux. Car la voie, parfaitement droite, conduit directement au plus profond de moi. Prosper a ses deux mains sur mes hanches et de temps en temps, il me caresse les seins. Le plaisir est si intense que mon cerveau m'abandonne, je ne pense plus à rien. Prosper peut tenir éternellement. Sa maîtrise dépasse tout ce que l'on peut imaginer. J'ai perdu toute notion de temps, je ne sais plus où je suis.

– Viens, chérie, viens, murmure-t-il de sa belle voix rauque en me serrant contre lui.

Dehors, le jour se lève, les oiseaux commencent à chanter.

– Tu peux venir?

– Non!

Je ne veux pas, il faut qu'il continue comme ça, toujours. Alors, il sort de moi, me retourne, s'agenouille au pied du lit et pose mes jambes sur ses épaules. Je ne sais plus où j'en suis, je me laisse faire.

Prosper commence à m'embrasser, je sens sa langue. Depuis des heures, je suis au bord de l'explosion. En dix secondes, ça y est. Une délicieuse sensation fond sur moi comme une énorme vague qui m'engloutit. Je me noie dans le plaisir.

A ce moment, je ne sais quand, Prosper se dresse devant moi et plonge ses yeux noirs dans les miens. Il me semble géant, massif, colossal! Il me pénètre debout et remue en moi comme s'il était en transe. Il enlace mes hanches. Je sens son orgasme comme le mien. Il tressaille en moi puis rit aux éclats avant de se laisser tomber sur le lit visiblement satisfait. Il cherche à tâtons le verre de champagne qu'il vide d'un trait.

– Eh bien, c'est raté pour la promenade nocturne, dit-il tout content, c'était à prévoir.

Puis il se blottit contre moi, ferme les yeux et s'endort paisiblement.

Il y a des hommes qui sont de merveilleux amants mais de mauvais compagnons de sommeil. Passé le moment d'euphorie, ils vous tournent le dos, s'enroulent dans les draps, s'enfouissent sous les couvertures, comme pour vous dire « bas les pattes, je reprends mes droits sur moi! » Mon émigré allemand était de ceux-là, et aussi un Autrichien, un Suisse et un Hollandais. Ça doit être un trait de caractère germanique. Heureusement, les Anglo-Saxons ne sont pas comme ça. Ils veulent de la chaleur toute la nuit. Le retour au sein maternel, sans doute. Ils veulent sentir, serrer, câliner, cajoler, pour ne pas que l'amour refroidisse. J'adore ça. On peut dire tout ce qu'on veut des Anglais, des Américains, des Canadiens, mais pour dormir, ce sont les meilleurs ! Après l'amour, on se blottit l'un contre l'autre – et le monde peut bien s'écrouler.

Prosper Davis ne fait pas exception à cette règle.

Nous nous endormons serrés comme deux petites cuillers en argent dans un tiroir. Quand l'un de nous se retourne, l'autre suit automatiquement. Et il n'y a jamais ni coude ni jambe qui se mette en travers, pas de bras engourdi, pas de genou qui vienne rompre cette harmonie. Nos corps s'emboîtent parfaitement, même nos battements de cœur et notre respiration semblent synchronisés. C'est merveilleusement rassurant.

Je me réveille peu avant onze heures en pleine forme.

Prosper ! J'allonge le bras pour caresser son dos. Aussitôt, il m'attire vers lui avec un soupir de bien-être en murmurant quelque chose de confus de sa voix lente et grave. A moitié endormis, nous recommençons à faire l'amour, pas longtemps, juste un peu, pour bien commencer cette journée. C'est flou, doux, c'est un jeu et un rêve à la fois et cela dure à peine un quart d'heure. C'est de la tendresse, pas de la passion. Et quand c'est fini, nous sommes bien réveillés. Bon, assez d'amour, maintenant il est temps de se lever.

Nous sautons du lit ensemble et courons à la fenêtre. J'ai hâte de tirer les doubles rideaux pour regarder dehors. On ne sait jamais à Paris, le temps peut avoir changé. Eh bien non. Il fait aussi beau qu'hier. Grand ciel bleu, soleil radieux. Il fait chaud et il n'y a pas un brin de vent. Nous prenons un bain ensemble. C'est bon de se savonner mutuellement, de s'ébrouer, de s'éclabousser, de s'asperger. Nous nous amusons comme deux enfants. Prosper m'essuie le dos et me frictionne avec de l'eau de Cologne.

– Tu n'as pas un seul endroit rugueux sur tout le corps, me dit-il d'un air admiratif. Tu as la peau douce comme les fesses d'un bébé !

Ensuite, nous passons en revue ma garde-robe.

– Ah, c'est très joli, ça ! dit-il lorsque j'enfile ma salopette rose pâle à petits pois blancs, ça te va bien. On dirait une vraie Parisienne.

Il m'enlace par-derrière, enfouit ses joues dans mes cheveux, pousse un profond soupir – puis tout à coup, il me lâche et me repousse comme si quelque chose lui avait fait peur.

– Qu'est-ce qu'il y a?

Je me retourne, surprise.

Il secoue la tête d'un air déconcerté et pose ses mains sur mes épaules.

– Rien, baby. Rien. Tout va très bien !

Nous prenons le petit déjeuner sur la terrasse, avec vue sur le Panthéon. Et le plus merveilleux, c'est qu'il fait assez beau pour baisser le store, ce qui n'arrive pas très souvent à Paris. Un vélum jaune à larges rayures blanches se déroule sur simple pression d'un bouton. On se croirait sur la Riviera. Les meubles en rotin blancs garnis de coussins rouges ajoutent encore à l'ambiance méridionale.

Prosper s'assied en face de moi, pantalon blanc, chemise blanche ouverte, pieds sur une chaise. Sur la table, il y a des toasts, du beurre, des œufs, de la vraie marmelade d'oranges anglaise, douce-amère, avec de gros morceaux d'écorce, comme je l'aime. Et puis, du café, du jus d'orange et du champagne. J'ai sorti de la cuisine la vaisselle bleue rustique, de grosses tasses en porcelaine ventrues, j'ai mis des serviettes jaunes et le bouquet de roses de toutes les couleurs que Prosper m'a apporté. Il n'y a presque pas de bruit dans la rue. La plupart des Parisiens sont déjà en vacances. Sur cette terrasse calme et ombragée, on se croirait presque à la campagne.

Prosper se penche pour se resservir un verre de champagne. Nous avons entamé la deuxième bouteille, elle est déjà à moitié vide. Il est très silencieux, ce matin, il doit avoir quelque chose sur le cœur. Sa femme, si je ne me trompe. Je connais les hommes. Dans deux minutes, il va m'annoncer, avec ménagement, qu'il est marié.

– Tu as envie d'autre chose? demandé-je pour rompre le silence. Si tu veux, je peux descendre en vitesse chez le boulanger chercher des croissants aux amandes.

– Non, merci. (Il soupire et regarde son verre d'un air pensif.) Ce serait bien, non, de se réveiller et de prendre le petit déjeuner ensemble tous les jours? Au-dessus des toits de Paris. Mais c'est impossible. Il faut que je rentre à New York.

– Je sais bien.

Il lève la tête et plonge ses beaux yeux dans les miens.

Et je suis marié.

– Naturellement. Ton alliance est assez visible.

– Ça t'ennuie?

– Non. (Il fixe l'anneau à son doigt.) Nous sommes ensemble depuis quinze ans. Nous avons deux enfants. Je ne veux pas leur faire de mal, tu comprends?

– Tu es heureux?

– Non! (Il a dit cela sans l'ombre d'une hésitation.) Nous ne couchons plus ensemble, ou presque plus. Une fois par mois, et encore.

– Depuis quand?

– Depuis que les enfants sont là. (Il regarde de nouveau son alliance.)

Une fois par mois? Et en dehors de ça? Un homme qui fait aussi bien l'amour ne peut pas rester chaste aussi longtemps. Impossible.

– Tu trompes ta femme?
– J'ai une maîtresse, dit-il d'emblée.
– Depuis quand?
– Depuis un an. Elle veut que je divorce. Elle est très belle. Presque aussi belle que toi. Brune, la peau claire. Elle a deux grands fils d'un premier mariage. Elle est plus âgée que moi, tu sais? De six ans. Ma femme aussi est plus vieille que moi. Je tombe toujours amoureux de femmes plus âgées que moi. Tu es la seule exception.
– Quel âge as-tu?
– Trente-quatre ans. Et toi?
– Quarante et un!
Prosper est pris d'un fou rire. Il balance sa tête en arrière, ses dents blanches étincellent, il se plie en avant, se tape sur les cuisses. Il est hilare.
– J'ai tout compris, gémit-il quand il peut enfin parler, ne dis rien! C'est le destin. (Il pouffe encore de rire.) Mais j'ai autre chose à te dire (il a retrouvé son sérieux) et j'espère que ça ne te blessera pas. Je ne veux pas, sincèrement. Il faut que tu me croies. Je ne veux pas te faire de mal, Ophélie. Mais quand je t'ai rencontrée, je ne savais pas...
Il s'interrompt brusquement et baisse les yeux.
– Eh bien, vas-y.
– Rachel va venir à Paris, dit-il d'une voix enrouée.
– C'est ta femme?
– Ma maîtresse. Elle n'est jamais venue en Europe. Je lui ai procuré un billet d'avion bon marché. Elle arrive dans trois jours.
Il me regarde, dans l'expectative.
Moi aussi, j'attends.
– Nous allons louer une voiture et partir sur la Côte d'Azur. Pendant dix jours. Je veux lui montrer la France. Je lui ai promis. Ensuite, nous rentrons ensemble à New York. Mais si tu veux (il prend ma main et la serre fort), si tu veux, Ophélie, je l'appelle et je lui dis tout. Ce soir, après le concert, je peux lui téléphoner pour lui dire de rester à New York.
– Elle est contente de venir? demandé-je après un long moment de réflexion. Je veux dire, si tout ça tombe à l'eau, elle sera très déçue?
– Il y a des chances. (Il hésite un peu.) Tu sais, ça fait bientôt un an qu'on se connaît, et on n'a jamais passé une nuit ensemble. Je suis toujours rentré à la maison. A quatre heures du matin parfois, ou même cinq heures. Toujours très tard. Mais on n'est jamais restés toute une nuit ensemble. Et on veut se rattraper à Paris. C'est pour ça qu'elle vient.

Je soupire.
– Elle t'aime?
– Beaucoup!
– Et toi?
Il me regarde longuement en silence.
– Je lui dis de ne pas venir, si tu veux!
– Elle travaille?
– Elle est secrétaire dans une agence de publicité.
Je prends la cafetière sur la table et me verse une pleine tasse de café.
– Ne change rien à tes projets, dis-je alors. Il nous reste trois jours. A l'automne, je serai de retour au Canada et on se verra sûrement. Tu viendras peut-être jouer à Montréal? Ou bien j'irai te voir à New York.
Prosper se lève. Mon dieu, ce qu'il est grand! Et beau. C'est presque insoutenable.
– On verra, dit-il de sa voix grave et nonchalante. O.K. baby? Ce soir, après le concert, on va discuter tranquillement de tout ça, d'accord?
Il vient vers moi, me prend les mains et me hisse jusqu'à lui. Il me serre très fort dans ses bras. Sa joue repose sur le sommet de ma tête.
– Je n'aime pas faire de mal aux gens. Je ne veux surtout pas te perdre, Ophélie, mon amour, tu me crois?
– Bien sûr!
Nous nous embrassons.
– Bon, déclare Prosper, soulagé par sa confession, si on allait se promener, maintenant? Tu me montres le Luxembourg? Et je voudrais voir aussi la tour Eiffel.
Nous flânons dans Paris tout l'après-midi. Le temps passe à une vitesse folle. Prosper doit être à l'hôtel à sept heures. Il est trop tard pour la tour Eiffel. Nous nous séparons près des Halles, lui prend un taxi dans une direction, moi dans l'autre. Nous n'avons pas de mal à nous quitter puisque nous devons nous retrouver à dix heures trente au bar du Méridien.
Lorsque je rentre chez moi, le soleil brille encore. Je sors pieds nus sur la terrasse, m'assieds sous la marquise jaune et bois le reste de café froid. Je mets mes jambes en hauteur, j'admire le panorama, je fais un petit signe de tête complice au Sacré Cœur, dans le lointain. Voilà! C'est fait! Je suis tombée amoureuse avec mon corps sans que mon âme en souffre.
Prosper a parlé de sa femme et ça ne m'a pas fait mal. Il m'a avoué sa maîtresse et je n'ai pas eu de serrement de cœur. Elle peut venir,

ça ne me dérange pas. Au contraire ! Grâce à elle, cette histoire prendra fin juste à temps et je ne serai pas tentée de tomber sérieusement amoureuse et de briser un ménage. Je ne veux séparer aucun couple. Pas moi ! Cette idée me fait horreur.

Plus jeune, j'avais moins de scrupules. Mais j'ai changé. Je sais que la passion ne dure pas. Au bout de quelques années (souvent même avant), il n'en reste plus trace. Et je ferais le malheur d'une femme et de deux enfants pour ça? Jamais. Ce n'est pas mon genre.

Une chose est sûre : un homme qui ne s'absente jamais une nuit entière est un homme qui prend son mariage au sérieux. Il peut tromper sa femme, lui mentir, l'insulter et se plaindre de ses défauts à longueur de journée, s'il rentre sagement chaque nuit à la maison, c'est qu'il n'a pas l'intention de divorcer. Je le sais par expérience. Et j'espère seulement que la pauvre Rachel le sait aussi.

Je ferme les yeux. C'est merveilleux d'être assise ici, le corps comblé. J'ai le cœur léger et je me sens comme un chat repus et bienheureux. Mais tout à coup, je sursaute. Je viens de penser à quelque chose d'insensé. Ce n'est pas possible. Je me dresse sur mon séant. Et si c'était vrai?

Pendant ces trois derniers mois, pour ne rien vous cacher, j'ai lu quelques livres érotiques. Mon directeur adjoint de l'Opéra est un homme prévoyant; il en a tout un rayon dans la bibliothèque du salon. Des livres superbes. Pas de la pornographie sado-masochiste et misogyne, mais des ouvrages classiques écrits par des amoureux de l'amour. Et pour la première fois de ma vie, j'ai ouvert le *Kamasoutra*.

Ce livre indien ancien sur l'art de l'amour (écrit un demi-millénaire avant Jésus-Christ) m'a fait découvrir des mondes inconnus. Quelle époque fabuleuse !

On y parle de charmilles et de jardins fleuris, de rivières aux eaux cristallines, d'hommes et de femmes beaux et gracieux se tressant des guirlandes de fleurs et s'aimant sur des lits doux et parfumés dans la fraîcheur de leurs chambres somptueuses. Et contrairement à notre époque, on connaissait bien les femmes, alors.

Une femme, écrit l'auteur, met très longtemps à prendre son envol. Parfois plusieurs heures, parfois seulement après la troisième ou la quatrième fois. Et il explique où la caresser, comment la séduire et l'aimer pour lui faire connaître les ravissements de l'extase.

Voilà pourquoi ça me traverse maintenant comme l'éclair. Cette nuit, c'est moi qui ai pris mon envol. Pour la première fois de ma vie, imaginez ! Et cette extase que des millions de femmes blanches ne connaîtront jamais avec leurs maris stressés, cette extase allait de soi pour les Indiennes. J'en suis abasourdie ! Est-ce à dire que les autres sont plus doués pour l'amour?

Dans la bibliothèque j'ai trouvé d'autres témoignages: un récit de voyage à Java écrit par un Allemand après la Première Guerre mondiale. J'y ai lu des choses étonnantes sur les Indonésiennes: elles sont tellement gâtées par leurs hommes qu'elles ne peuvent pas rester fidèles à un Blanc. Au début, elles sont charmées par son ardeur, écrit Richard Katz, mais avant qu'elles ne s'échauffent, lui est déjà refroidi. Le Blanc fait l'amour comme une voiture de course: il court au but le plus vite possible dans un bruit d'enfer. Mais il ne reste pas longtemps en piste, et après il lui faut un long repos au box. Résultat, la femme se tourne vers les domestiques. Le jardinier, de même race qu'elle, prend son temps. Ce que son maître accomplit en dix minutes l'occupe toute une nuit. Et il comprend mieux la femme. Il a le même rythme qu'elle. Que faut-il en conclure?

Non, les hommes blancs ne sont pas négligeables pour autant. Sur les quarante-trois spécimens qu'il m'a été donné de connaître, certains avaient beaucoup de talent. Le problème n'est pas là. Les Blancs voient les choses sous un autre angle: celui du progrès! Et c'est là que le bât blesse.

Renversons une fois encore la situation.

Nos hommes ne peuvent pas nous câliner une nuit entière. Le progrès les appelle. Ils doivent se lever de bon matin pour développer l'économie, meubler la campagne d'autoroutes, de silos en bétons, d'entrepôts, d'usines et de centrales nucléaires.

Les câlins, ça n'est pas lucratif. Abattre des arbres, bétonner des champs, produire des armes et démolir de vieilles maisons, ça rapporte gros. *Time is money!* Nous savons ce qui compte: plus de bombes, de produits chimiques et de béton! Eh oui! On sait aussi d'où vient le vent (de Tchernobyl, évidemment!). Ce n'est pas sain, c'est vrai, mais pour le progrès, on ne recule devant aucun sacrifice!

Ahhh, les écailles me sont tombées des yeux. Les folles nuits d'amour, ça éclaircit les idées! Ça purifie l'organisme. Non seulement on voit les choses clairement, mais on les exprime à haute voix. Envoyez les marteaux piqueurs à la ferraille. Arrêtez les chantiers et plantez des arbres. Jetez les carnets de rendez-vous par la fenêtre! Offrez à vos femmes l'extase pour leur anniversaire, elles ne rouspéteront plus à longueur d'année! Vendez vos téléviseurs! Achetez-vous un lit français à deux places.

Mais je ne veux pas être injuste. Assise ici, sous ma marquise jaune, au-dessus des toits de Paris, je reconnais que bien des choses se sont améliorées depuis le rapport Hyte. Ils se donnent plus de mal, nos hommes. On fait déjà bien mieux l'amour qu'au temps de Napoléon!

Je me lève et commence à débarrasser la table. Encore une heure et je vais au Méridien. Je me réjouis comme une petite fille. Mais où cela va-t-il mener? A des adieux déchirants, sans aucun doute. A peine trois jours! Aujourd'hui, demain et après-demain. Après, c'est samedi. *Merde!*

Les adieux sont déchirants en effet. Plus encore que je ne le pensais. Mais dimanche, alors que je suis allongée, triste et esseulée sur mon grand lit somptueux, Prosper m'appelle de Nice. Il s'est disputé avec Rachel. Elle est partie. Il prend le train de nuit pour revenir à Paris. Hourra!

Le lendemain matin, je vais le chercher à la gare de Lyon. Encore trois jours et trois nuits ensemble (c'est presque trop, pour moi!). Lorsqu'il repart pour New York le mercredi, je ne suis pas triste (mais bonne pour une semaine de repos!). C'était beau. C'était merveilleux.

Je l'accompagne à Roissy.

Nous allons nous téléphoner, nous écrire, nous revoir. Pour le reste, c'est le destin qui décidera.

Et c'est très bien ainsi!

15

Je travaille d'arrache-pied.

Nelly n'est plus fâchée, le livre est pratiquement terminé. J'ai déjà envoyé deux cent dix-sept pages en Californie. Il ne manque plus qu'une petite conclusion que je devrais recevoir d'ici peu.

Paris est désert. Au mois d'août, les Parisiens sont en vacances. Des rues entières sont désertes, et dans certains quartiers, on ne trouve plus un seul magasin ouvert. Les deux tiers des cafés et des restaurants sont fermés, les terrasses vitrées peintes en blanc, les tables et les chaises empilées. Mais les touristes foisonnent. On entend plus parler anglais que français : Paris au mois d'août est une ville plus internationale que jamais, ou plutôt un village cosmopolite, car la vie se cantonne à Saint-Germain, Montparnasse, Montmartre et les Champs-Élysées. Tout autour s'étend le no man's land des vitrines aveugles et des volets fermés.

Il s'est passé beaucoup de choses ces quatre dernières semaines. Je ne pèse plus que cinquante-cinq kilos ! CINQUANTE-CINQ ! Parfaitement ! Et je suis l'heureuse propriétaire de deux robes et d'un tailleur d'Yves Saint-Laurent. En plus, je sais nager, pas encore dans le grand bain, mais dans le petit très longtemps. Mon argent est arrivé et mon éditeur est réapparu. Officiellement, il était en cure, mais d'après la rumeur, il était aux Maldives avec sa fille au pair australienne ! Tout bronzé, de charmante humeur, il me vend à un prix dérisoire les droits des livres que je voulais. Pour la peine, je lui parle du manuscrit de Nelly et lui promets la version française dès que je l'aurai achevée. Qui sait ? Il l'achètera peut-être et fera grâce à moi l'affaire de sa vie !

Le dollar baisse gentiment, Dieu soit loué ! Dans la semaine qui a suivi ma transaction, il est monté de presque dix pour cent. J'ai cru devenir folle. Si vous saviez ce que j'ai enduré ! Je n'ai pas fermé l'œil pendant des nuits entières. J'étais poursuivie par des cauchemars, des histoires de millions gaspillés, de faillites, de banqueroutes. Le matin, je me levai en tremblant et je feuilletais avec anxiété les pages financières pour trouver les cours du change. Quoi? Il a encore monté? Il y avait de quoi désespérer.

Oui, mes chéries. J'ai appris à mes dépens que la spéculation joue sur les nerfs. Je n'en ferai plus jamais. Je le jure. C'est bien la dernière fois que je me lance là-dedans. Et puis, la chance a tourné. Le dollar a commencé à chuter. Et aussitôt, les choses ont pris une tout autre tournure. Comme c'est exaltant d'ouvrir le journal au petit déjeuner et de s'apercevoir que l'on est un peu plus riche que la veille! Ça vous met de bonne humeur pour toute la journée, on oublie la peur et les crampes d'estomac, on se félicite, on exulte et on se dit: C'était une idée géniale! (En effet. Pour l'instant, j'ai déjà gagné sept mille dollars sans lever le petit doigt.)

Nouri n'est pas revenu, heureusement. Mais Jussuf, son cousin, qui travaille toujours à la pâtisserie tunisienne sur la place de la Contrescarpe, m'a apporté un cadeau de sa part. Un joli bracelet en argent orné de turquoises et un foulard mauve à franges qui va très bien avec ma garde-robe. Il avait aussi un message pour moi: Nouri va bien, il travaille avec son père, il faut que je lui reste fidèle, il m'aime toujours et viendra me voir à l'automne.

L'illustre chef d'orchestre Reginaldo Rivera m'a aussi appelée à deux reprises, une fois de Rio de Janeiro et une autre fois de son avion privé.

– Nous sommes au-dessus d'une mer de nuages, ma belle Canadienne – on aurait dit qu'il appelait de la planète Mars – nous survolons la Manche. Pensez-vous à moi, de temps en temps? J'ai une surprise pour vous. Elle est en route pour Paris. Elle vous arrivera dans quelques jours. *Good bye, my love!* Je vous rappellerai!

La surprise, c'était cinq kilos des meilleurs chocolats belges. A peine les avais-je rangés dans le réfrigérateur que Reginaldo m'appelait du sud de la France. Il faisait terriblement chaud, la maison était pleine d'invités, mais il y avait encore de la place pour moi. N'avais-je pas envie de venir? Il y était pour deux semaines, après quoi il devait retourner dans le monde.

Je déclinai l'invitation, et après quelques tentatives pour me faire changer d'avis, il se résigna. La maison pleine d'invités? Je vois. Une occasion de revoir les boucles d'oreilles roses en plumes, peut-être? Merci, je n'y tiens pas!

En revanche, une agréable surprise m'attendait à l'ambassade du Canada. J'y étais allée pour avoir les dernières nouvelles des écrivains canadiens qui vivent à Paris. Je fus aussitôt invitée à une conférence (dans notre superbe centre culturel, sur l'esplanade des Invalides), qui ne m'apporta cependant aucun nouveau contact.

Apparemment, les auteurs à succès ne fréquentent guère les réceptions données par leur gouvernement et ceux qui y vont (parce qu'ils ont besoin d'un soutien financier) n'ont rien à m'apporter. Ce n'est pas avec eux que je créerai une maison d'édition prospère.

C'est le livre de Nelly que je devrais publier, ce serait fantastique ! Un seul grand best-seller et ma voie est toute tracée. Je n'aurai pas besoin de faire la chasse aux nouveaux manuscrits, au contraire. Les auteurs viendront à moi. Ils se précipiteront, même. Et mon avenir sera assuré. Mais revenons-en à l'ambassade.

Donc, dès que j'entrai dans le hall, le portier me fit signe d'approcher.

– Ah, vous voici, enfin ! dit-il tout guilleret alors que je ne l'avais jamais vu de ma vie. Vous venez chercher votre lettre, je suppose ?

– Quelle lettre ?

Il rit avec bienveillance.

– Mais la lettre pour vous, mademoiselle !

– Pour moi ? Ça doit être une erreur. Quelqu'un m'a écrit à l'ambassade ? Qui donc ?

– Aucune idée.

Le portier fouilla d'un air mystérieux dans un tiroir.

– M. Picasso peut-être ? (Il me tendit une grande enveloppe blanche.) C'est bien vous, non ? Je vous ai reconnue tout de suite !

Le lettre était adressée à « la reine-soleil ». Au-dessous trônait mon portrait, celui que Faddy alias Fabrice avait commencé par ce beau dimanche de juillet à Montmartre.

Mais en plus petit. Et achevé. Avec de l'or entre les boucles rousses qui entourent mon visage comme des rayons de soleil (ou des flammes). Un très beau tableau. Et le plus étonnant, c'est que la ressemblance est frappante. Les pommettes hautes, les grands yeux bruns, la bouche en cœur, c'est moi tout craché.

Qui aurait cru cela de Fabrice ?

Plus tard, au café du coin, l'un des rares ouverts en août, je m'attable devant une orange pressée pour lire son petit mot.

« Chère Ophélie ! Je ne connais ni ton adresse, ni ton nom, ni ton numéro de téléphone. Ton portrait est fini ! Appelle-moi. Je t'adore ! Fabrice. » Daté du 25 juillet. Ça, vraiment, j'apprécie. Cet homme est peut-être une horreur comme amant, mais il a de la suite dans les idées. Et du talent ! Je contemple mon sosie, enchantée. Si l'original est aussi beau que cette miniature, alors Faddy l'Irlandais a réussi un chef-d'œuvre. Il faut que je l'appelle tout de suite. Je veux remporter ce tableau au Canada. Je le ferai mettre dans un beau cadre et qui sait, peut-être deviendra-t-il l'emblème de ma maison d'édition ? Ce serait superbe, la reine-soleil sur la tranche de mes livres. Je suis curieuse de savoir combien il en veut.

Au début, Fabrice ne veut rien, sinon coucher avec moi. Je m'y refuse obstinément et, voyant qu'il perd son temps, il prend un ton d'homme d'affaires.

– Vingt mille francs, annonce-t-il abruptement.

– C'est trop. Ça vaut dix mille francs, pas plus.

– Pas plus? Détrompe-toi! A Rome, j'ai déjà vendu des toiles trente mille francs. Et plus petites que celle-ci.

– Elle n'est même pas signée!

– Pour vingt mille francs, je la signe.

– Vingt mille, c'est trop cher!

Nous négocions pendant une heure, là-haut, sur la place du Tertre, devant un lait fraise et un ballon de vin rouge. Enfin, nous tombons d'accord sur quinze mille francs, que je lui apporte en espèces. Maintenant, le portrait (signé, bien entendu) est dans ma chambre. Je l'ai posé contre le mur pour pouvoir l'admirer de mon lit. Chaque fois que mes yeux tombent dessus, je ne peux retenir un soupir de joie. Il est tellement beau! C'est un chef-d'œuvre! Il me donne de l'assurance et de la force!

– N'aie pas peur, me dit le sourire posé sur les lèvres rouges, nous y arriverons. Tout ce que nous entreprenons nous réussit!

Voilà pour Nouri, Rivera et Fabrice. Mes hommes pensent à moi, il n'y a pas à dire. Prosper Davis aussi m'a téléphoné deux fois, une fois de New York et une fois de Washington. En plus, je devrais recevoir une lettre et ça, c'est inestimable. Les Américains n'aiment pas écrire. C'est trop difficile, ça prend trop de temps. Mais les musiciens de jazz (qu'ils soient blancs ou noirs) n'écrivent absolument jamais! Je garderai précieusement cette lettre. Comme une rareté.

J'avoue que Prosper me manque beaucoup. Ses baisers, sa tendresse, sa voix grave et nonchalante, son beau visage, sa silhouette de géant – les premiers jours ont été insupportables. Ils disait de si belles choses. Une fois, nous parlions de l'homme et de la femme et du fait qu'il n'y a toujours pas d'égalité des sexes.

– Ça me rappelle quelque chose qui va sûrement te plaire, me dit Prosper. Écoute: le monde est comme un bel oiseau. Ses deux ailes sont l'homme et la femme. Et quand l'une des ailes est blessée, l'oiseau ne peut plus voler. C'est beau, non? Mais ce n'est pas de moi. C'est de Dizzy Gillespie.

Et puis, il s'est passé encore autre chose: pendant la semaine où nous avons été ensemble, j'ai vécu d'amour et d'eau fraîche. Je ne pensais pas à manger et j'ai maigri à vue d'œil. Mercredi matin (le jour où je l'ai accompagné à l'aéroport), je pesais, pour la première fois, cinquante-cinq kilos. CINQUANTE-CINQ KILOS ! J'avais atteint mon but. Mais dès que je me suis retrouvée seule chez moi, j'ai commencé à avoir faim et à manger n'importe quoi : du chocolat aux noisettes, de la crème de marrons, des croissants aux amandes. Je sucrais mon thé et mon café, ce que je n'avais jamais fait de ma vie. Et ce n'était qu'un début.

Pour le dîner, je me faisais des bonnes crêpes américaines, bien rondes, bien épaisses, bien moelleuses, parce que j'avais trouvé par hasard derrière la Madeleine, chez Fauchon (le palais de la gourmandise pour les Parisiens), du véritable sirop d'érable du Canada. Qui résisterait? Pas moi. J'en mangeais dix d'affilée et encore dix le lendemain. Entre-temps, j'avais fait un sort aux chocolats de Rivera – délicieux, ils fondaient dans la bouche comme du beurre.

Chaque fois que je pensais à Prosper, mon corps réclamait des calories ! Prosper ! Manger ! J'oubliais les règles, je mélangeais protéines et hydrates de carbone, je mangeais des œufs avec des frites, de la fondue au fromage avec du pain et du vin. Je buvais du lait en mangeant (strictement défendu quand on veut maigrir !), parfois même de la bière et du champagne. Tout m'était égal. Au bout d'une semaine, j'avais repris trois kilos. Trois kilos ! J'étais remontée à CINQUANTE-HUIT KILOS ! Le choc me ramena à la raison.

Comme je l'ai déjà dit, j'ai bien plus de discipline qu'avant, je pris donc des mesures immédiates.

Le jeudi, je m'aperçus de cet excès de poids : le vendredi, je ne mangeai que du riz complet. Le samedi, du fromage et des pommes. Le dimanche, de la salade avec des œufs mollets. Le lundi des spaghettis à l'ail et au beurre. Le mardi, un plat de légumes avec des pommes de terre sautées et de la salade. Le mercredi, du riz complet et des crudités. Le jeudi, des champignons gratinés au fromage. Le vendredi, j'eus une irrésistible envie de chou vert rôti avec un œuf cru (c'est japonais !) et le samedi, de carottes râpées avec des pommes et du citron. Je ne mangeais qu'un seul plat par jour, mais à volonté. Il n'y avait qu'une règle à laquelle je me tenais strictement : ne rien manger après sept heures du soir, pour ménager la digestion et le teint. Le lendemain matin, je me réveillai tôt, les yeux clairs (pas de cernes) la peau toute fine, le ventre plat.

Et je m'aperçus aussi d'une chose : les petits boutons rouges que j'avais parfois autour de la bouche venaient du sel raffiné que mon directeur adjoint de l'Opéra avait dans sa cuisine. J'achetai du sel de mer et ils disparurent en une semaine.

Ce régime de carême devint une véritable cure de beauté ! Chez

Jeanne, rue Lacépède, j'achetai trois crèmes: une à la rose, une à la camomille et une au thym. Et j'en changeai chaque jour. C'était un conseil de Nelly: « La peau a besoin de variété, tout comme le corps », écrit-elle dans son chapitre « Être beau et le rester ». « On ne mange pas non plus tous les jours la même chose. La variété donne une peau fraîche et lisse! »

Oui, mes chéries! Depuis que je ne mange plus aucune sorte de viande, je maigris avec une facilité dont je m'étonne moi-même. Je ne suis jamais fatiguée. Après un repas, je me sens légère et gaie. Les aliments végétaux se transforment instantanément en énergie. La sieste digestive, la promenade digestive, la petit verre de digestif – tout ça, je n'en ai plus besoin! En dix jours, je me suis débarrassée de mes trois kilos superflus. Le dimanche matin, je pèse à nouveau cinquante-cinq kilos. CINQUANTE-CINQ KILOS! Et cette fois, j'y reste.

Avec la graisse disparaît aussi ma nostalgie de Prosper. Ça s'améliore de jour en jour. Le souvenir de lui s'estompe pour faire place à la réalité. Un musicien de jazz dans ma vie? Je suis folle? Je sais bien ce que ça veut dire. Les musiciens de jazz sont impossibles. Ils ne se couchent jamais avant quatre heures du matin (donc, ils dorment toute la journée). Ils sont marginaux, chaotiques et aussi versatiles que leur musique. Ils fument trop, boivent encore plus, jouent beaucoup trop gros et nient leurs infidélités.

Ils sont tout simplement invivables.

S'ils deviennent célèbres, ils sont constamment en tournée, et on ne les voit presque jamais. S'ils ne réussissent pas, il vivent à vos crochets. Il faut les nourrir, eux et les amis fauchés qu'ils ramènent à l'heure du dîner avec un sourire confiant.

Il faut tout faire pour eux: mettre au point des contrats, négocier des cachets, taper à la machine d'interminables listes de titres (pour la société de droits d'auteurs qui verse les fonds aux compositeurs).

Et si ce n'était que ça.

A la maison, inutile de compter sur leur aide. Les musiciens de jazz ne font jamais la vaisselle. Même Prosper laissait tomber ses cendres de cigarette sur les beaux tapis persans. On passe son temps à cuisiner, nettoyer, balayer – et à s'occuper de leur impressionnante garde-robe.

Et en plus ils vous trompent à tour de bras. Une épouse, une maîtresse, une girl-friend et un petit extra de temps en temps. J'ai vu ça cent fois. Non! Non! Non! Et non!

Prosper doit rester auprès de sa famille. De temps à autre une nuit d'amour secrète à Montréal ou à New York. Un bonbon, comme disent les Français. Ça doit suffire.

A propos de Français, je n'en ai toujours pas vu la queue d'un. Voilà quatre mois que je suis à Paris, mais les autochtones m'évitent. Sauf Pierre Duval, qui m'a récemment offert ses services. J'ai connu Pierre dans une boîte de jazz. Quand Buddy n'est pas là, il s'assied toujours à côté de moi. Il est petit, brun, il a des joues rouges et une voiture. Comme il insistait, hier je l'ai laissé me raccompagner chez moi. Avant que je ne descende de voiture, il a voulu m'embrasser et comme je refusais, il s'est fâché. Toutes les femmes sont frigides, me dit-il, il faudrait toutes les forcer à coucher avec vous. Et en plus, elles ne savent pas (surtout les étrangères comme moi) ce qui excite vraiment les hommes.

– Et qu'est-ce qui les excite? demandai-je par curiosité.

– Tu veux vraiment le savoir?

– Oui. Ça m'intéresse.

Alors il entama un exposé sur les délices des caresses buccales que j'écoutai attentivement, non pas (comme il l'espérait) pour passer aussitôt aux travaux pratiques, mais simplement pour ma culture personnelle. (Pour ne rien vous cacher, il ne faut pas prendre la chose dans la bouche mais dans la main, retrousser la peau et faire comme avec une glace en cornet, en allongeant la langue le plus possible.) Dès que Pierre eut terminé son exposé, je descendis de voiture, le remerciai pour ce bon conseil et sa charmante compagnie, et décidai de ne plus jamais le revoir. A peine montée dans l'ascenseur, je l'avais déjà oublié. Allez, le fatras, par-dessus bord!

L'émission de la BBC sur les cures d'amaigrissement a été reportée au mois d'août. Demain, je m'envole pour l'Angleterre, mince comme une sylphide, mais oui, pour présenter au public le régime de Nelly. Ça va faire beaucoup de bruit. Le moment est bien choisi, je suis dans d'excellentes dispositions, et en plus, l'émission est retransmise en Amérique par satellite. Des millions de gens la verront, y compris ma marraine. Elle n'en reviendra pas de voir comment je suis devenue après quatre mois à Paris. Je me demande même si elle me reconnaîtra.

L'avion décolle à onze heures du matin. A huit heures trentes précises je suis à Roissy, impatiente, mal réveillée et un peu anxieuse. De nos jours, on ne sait plus si on redescendra du ciel sain et sauf. Si un mauvais plaisant avait réussi à passer de la dynamite? Les « guerres saintes » et les poseurs de bombes se multiplient comme les pucerons. Il y en a chaque jour un peu plus.

Quelle barbe! On nous a convoqué deux heures et demie avant le décollage. Une heure ne suffit plus maintenant. On nous a fouillés de la tête aux pieds. Pas de détonateur dans le rouge à lèvres? Pas d'explosif dans le sac? Pas de fiancée de terroriste, enceinte, transformée à son insu en bombe à retardement? Mais je ne me laisse pas abattre. Pas aujourd'hui. Aujourd'hui n'est pas un jour comme les autres, et j'ai le sentiment qu'il va se passer quelque chose de formidable. D'unique! De grandiose! D'exceptionnel! Mais quoi?

J'examine mes compagnons de voyage. Ils sont rares et plutôt rébarbatifs avec leurs manteaux sombres et leurs parapluies sur le bras. La température est brusquement tombée de trente-trois degrés à l'ombre à seize degrés au soleil. C'est une journée morne, froide et humide. Pourtant, je porte un tailleur Yves Saint-Laurent. Bleu ciel. Je vous assure qu'il ne passe pas inaperçu. Il a coûté une fortune (et ça se voit). Mais rien n'était trop beau pour un jour comme celui-ci. C'était aussi l'avis de Nelly qui a payé sans sourciller. Ce tailleur me va comme un gant.

La jupe est droite, la veste à basques avec des manches en ailes d'ange. Décolleté jusqu'à la naissance des seins. Trois gros boutons noirs. Une large ceinture vernie noire. Et avec ça, une nouvelle coiffure!

Exceptionnellement, je me suis fait un chignon sur la nuque. Ça n'a pas été facile avec la masse de cheveux que j'ai. Mais le résultat est parfait: ça fait paraître mon cou plus mince, ma tête plus fine et mon profil plus gracieux. Et puis, un peu de fard à joues. Un soupçon de rouge à lèvres rose. Et enfin, des bas à couture et de jolies chaussures à brides en vernis noir, avec lesquelles on est obligée de trottiner!

Mais le plus beau, ce sont mes ongles! Pour l'occasion, je ne les ai pas vernis mais soigneusement polis, comme cela se faisait autrefois dans les milieux raffinés. C'est une idée qui me vient de mes lectures. Dans les romans anciens, je lisais souvent des phrases telles que: « L'enfant s'endormait doucement tandis que la dame se polissait les ongles en souriant. » Ou encore: « Tout en polissant ses ongles délicats, elle pensait à son bien-aimé parti dans de lointaines contrées. » Ça m'intriguait.

Je trouvai bientôt avec quoi elles polissaient: de la poudre blanche et un morceau d'os en forme de broche, recouvert de peau de daim. C'était introuvable au Canada. Mais ici, à Paris, il y a encore des dames qui se polissent les ongles. Je m'achetai donc un nécessaire dans un bel étui bleu et je me mis à l'œuvre. Une fois bien polis, les ongles semblent laqués de vernis incolore. Mais c'est un éclat beaucoup plus subtil. Un connaisseur reconnaît tout de suite la différence. C'est vraiment très distingué – et ça va parfaitement avec l'opale de ma bague.

En face de moi vient de s'asseoir un monsieur que je ne trouve pas mal du tout. Il est vêtu d'un manteau en drap gris foncé avec un col de velours noir et par-dessus, une longue écharpe de soie blanche, négligemment jetée autour du cou. On dirait qu'il sort tout droit de l'Opéra.

Il a les jambes longues, les épaules larges, les cheveux bruns épais et bouclés. Son visage est hâlé, ses sourcils fournis sont droits. Le nez grec. Il a une grande bouche, une bouche lascive. Une bouche de jouisseur, avec de belles lèvres charnues, mais son menton est trop court. Trop effacé pour un visage aussi volontaire.

Je l'examine avec une certaine fascination, tout en m'efforçant de ne pas le regarder fixement. Je connais cet homme, mais je me demande bien d'où. J'ai beau réfléchir, je ne vois pas. En tout cas, ce n'est pas n'importe qui, ça se voit tout de suite. Il sait d'ailleurs, qu'on le remarque. Il ne regarde ni à droite ni à gauche, mais droit devant lui, et de temps en temps il jette un coup d'œil à sa montre.

Je lisse la jupe de mon tailleur en poussant un soupir. Pourquoi diable est-ce que je ne rencontre jamais d'hommes comme celui-là? Voulez-vous me le dire? Je peux être sûre que dans l'avion, il ne sera pas assis à côté de moi, et de toute façon je n'ai aucune chance. Ce n'est pas le genre de monsieur qui adresse la parole à des inconnus. A moins d'un miracle!

Eh oui, mes chéries, c'est là le grand dilemme de la femme qui réussit. Elle ne rencontre jamais les hommes qui sont ses égaux. On monte un peu dans l'échelle sociale, on gagne bien sa vie, on a du savoir-vivre, on est cultivée, belle et intéressante et pourtant, on s'aperçoit que l'on n'a aucun admirateur parmi les hommes de même rang que soi. Où est-il, l'homme assorti, se demande-t-on au début, sans comprendre. Où sont les P-DG, les ministres, les chefs d'État et les producteurs de cinéma qui cherchent une femme à pendre à leur bras? Où ça? Où ça?

Ah, mes chéries, je sais où ils sont, maintenant. Ils sont chez eux, et bien souvent mariés avec des potiches. C'est vrai! Et nous? Il nous reste les Nouri et les Faddy, et de temps en temps un Tristan et un Prosper Davis! Et c'est très bien ainsi. Les potiches aussi ont droit au bonheur. Il vaut mieux qu'elles se marient avec les grands, sinon elles n'arriveront jamais dans le monde. Je leur donne ma bénédiction. Car nous, nous y parviendrons seules.

Mais j'aimerais bien fréquenter un « grand ». Un vrai gentleman. Un homme avec lequel on puisse parler, et pas seulement coucher. Un homme qui vous emmène dans les cercles privés et les grands restaurants de Paris, un homme qui a des relations à l'Élysée. Ou peut-être au Cercle Interallié, où il y a la plus belle piscine du monde, dans un grand parc, avec vue sur des arbustes en fleurs et un beau gazon, en plein Paris.

Notre vol n'est toujours pas annoncé.

Une heure s'écoule et rien ne se passe. Nous sommes toujours assis là à attendre. Je ne pense plus au Cercle Interallié depuis longtemps, mais aux bombes et aux terroristes. Et justement, à dix heures trente, on nous demande de patienter encore une heure. Et à onze heures, nous apprenons que notre avion n'a toujours pas atterri, ou plus exactement, qu'il est toujours sur la piste de Londres où il attend l'autorisation de décoller.

– Un petit ennui technique, nous rassure un employé de British Airways, rien de grave. Allez boire un café aux frais de la compagnie et revenez à onze heures trente. Nous en saurons davantage.

Le bel homme à l'écharpe blanche tourne les talons, visiblement indigné, et se dirige avec les autres vers le buffet. Dois-je le suivre? Il y aura peut-être là une occasion d'engager la conversation? Mais je sais par expérience que pour faire la connaissance de ces hommes-là, il faut être introduite. Alors, je ne bouge pas.

L'heure tourne. Que se passe-t-il? Midi, midi et demi, toujours pas d'avion. Mais lorsqu'à une heure on nous demande encore d'attendre (toujours sans nous donner de raisons précises), que nous nous levons tous pour nous presser comme un troupeau désordonné autour du guichet et que nous commençons à nous demander comment, quand et si même nous arriverons à Londres, l'homme à l'écharpe blanche se trouve tout à coup près de moi et me dit :

– C'est absolument scandaleux! Je comprends que personne ne veuille plus voyager avec British Airways!

Le miracle a eu lieu! Un homme du monde, un vrai, m'a adressé la parole! Il s'exprime dans l'anglais d'Oxford, raffiné, perfectionné, légèrement exalté, celui que parlait Tristan et qui fascine autant les Canadiens que le français châtié des Parisiens cultivés. Cet anglais me laisse sans voix. C'est chaque fois la même chose.

– N'êtes-vous pas de mon avis? reprend-il, surpris de mon silence et légèrement inquiet : c'est lui qui a fait le premier pas et maintenant, il a peur de se faire rabrouer. Ça dépasse les bornes, non?

– Absolument, m'empressé-je de répondre. C'est consternant. Vous êtes anglais?

– Oui. Allez-vous manquer un rendez-vous?

– Au train où vont les choses, oui. Je dois me rendre à une émission télévisée.

– A quelle heure?

– A trois heures. Enfin, à trois heures nous devons tous nous retrouver au Greenwood Theatre. Je ne sais même pas où c'est. L'émission commence à quatre heures. A quatre heures, il faut absolument que j'y sois.

J'ai dit cela d'une voix complètement affolée. J'ai remarqué que ça faisait son effet.

– Peut-être pourrions-nous prendre un vol Air France?

J'ouvre mes grands yeux marron en prenant un air désespéré.

– Peut-être. Attendez-moi ici. Je vais passer un coup de fil et je reviens tout de suite vous dire ce qui se passe.

Je le regarde s'éloigner de son pas allongé, sportif. Un homme en pleine forme, cela fait plaisir à voir. Il revient presque aussitôt, avec un sourire amusé.

– Vous n'allez pas me croire! Tous les aéroports de Londres étaient bloqués.

– Pourquoi? Les bombes?

– Non. Une tempête de grêle! Il en est tellement tombé que les pistes étaient impraticables.

– Une tempête de grêle? En plein mois d'août?

– Vous ne connaissez pas le temps anglais. Nous sommes vraiment gâtés, vous savez. Toujours des surprises. (Il a un petit rire.) Mais ne vous inquiétez pas. Tout est arrangé, maintenant. L'avion est en route. Nous décollons dans une heure.

En effet, à deux heures, nous embarquons et mon distingué compagnon s'assied tout naturellement à côté de moi, alors que – je l'apprendrai par la suite – il a un billet de première classe.

– Je m'appelle Ophélie et je suis canadienne, dis-je après avoir attaché ma ceinture.

– Winston Hawthorn-Reed, dit-il pour se présenter à son tour.

Ce nom ne m'est pas étranger. Bizarre. Je me demande d'où je le connais.

– Votre nom ne m'est pas inconnu.

Il sourit d'un air flatté.

– Je suis directeur de banque. Mais aussi homme politique. Si mon parti remporte les élections, je serai chancelier de l'Échiquier du gouvernement britannique.

Tout s'explique. Il est l'auteur du célèbre rapport sur la dette mondiale paru récemment dans la presse financière et qui a fait l'objet de véhémentes controverses. C'est dans les journaux que j'ai vu sa photo.

– C'est vous qui avez écrit le « rapport Hawthorn-Reed »!

Il acquiesce d'un signe de tête, étonné que je le connaisse.

– Vous l'avez lu?

– Bien sûr. C'est un sujet passionnant. (Il s'agit d'un rééchelonnement de la dette des pays de l'Est et du tiers monde, qui obligerait les pays occidentaux à leur accorder en permanence de nouveaux crédits.)

– Vous travaillez peut-être dans le domaine bancaire? demande-t-il après m'avoir dévisagée un instant en silence.

– Non, pas du tout. Mais l'argent m'intéresse.

Il sourit d'un air entendu et ôte son beau manteau qu'il pose soigneusement sur le siège libre, entre nous deux. Il porte un superbe costume – du sur mesure anglais de la meilleure qualité – gris à rayures blanches très fines, avec une cravate rouge cerise et un gilet en soie rouge. Il garde son écharpe blanche. Maintenant, je remarque qu'il n'a pas les yeux marron mais gris-vert avec de petites taches dorées. Ils sont pétillants. Toujours en mouvement. Et je suis sûre qu'ils changent de couleur selon le temps. Ils sont un peu rouges, aussi. On dirait qu'il a fait la fête toute la nuit.

L'avion décolle.

Comme toujours, je regarde par la fenêtre, fascinée. Le sol s'éloigne, nous traversons les nuages chargés de pluie qui recouvrent Paris et filons vers le soleil. Maintenant, ils sont loin au-dessous de nous. Plus haut, toujours plus haut. Enfin le ciel est bleu, à perte de vue.

Les rayons du soleil entrent par les hublots. On se croirait en vacances. Les hôtesses nous apportent à boire, les fumeurs se précipitent sur leur paquet de cigarettes (hélas!), Winston me sourit et desserre sa cravate.

– Puis-je vous demander dans quelle branche vous travaillez? La mode? Le cinéma?

– Je suis sur le point de créer une maison d'édition. Au Canada. A Montréal. Si tout va bien, je démarre en octobre. Jusque-là, je reste à Paris.

Il semble intéressé. Aussitôt, il veut tout savoir de moi. Ce que j'ai fait comme études, quelle est l'attitude des Canadiens anglais par rapport à la langue française, quel genre de livres je vais publier. Ses questions sont précises, il ne m'interroge pas seulement par politesse. J'ai l'impression que je l'intéresse vraiment.

– Les femmes comme vous sont rares, dit-il avec conviction. Émancipation ou pas, quand une femme est belle, elle cherche à se marier, comme avant.

– Je n'en suis pas si sûre.

– Moi si. Je le sais par expérience. (Petit rire.) Rien n'a changé de ce point de vue.

– Donc, vous avez épousé une beauté. Ou, attendez – plusieurs beautés. L'une après l'autre, évidemment.

Il éclate de rire, mais ne répond pas tout de suite.

– Je me trompe? insisté-je avec un sourire charmeur.

De la tête, il fait signe que non.

– Vous êtes perspicace, Ophélie. Et vous? Êtes-vous mariée?

– Non. Pas encore. Puis-je vous poser une question?

– Bien sûr. Allez-y.

– A votre avis, que va faire le dollar?

Il rit de nouveau en hochant la tête.

– Il va descendre, répond-il en guettant ma réaction. La livre aussi, d'ailleurs. Je l'ai prédit il y a plusieurs mois, et personne ne m'a cru. Pourquoi? Vous avez des dollars?

– Plus maintenant!

Je lui raconte ma spéculation, en restant vague sur les chiffres. Il m'écoute attentivement.

– Bravo! Vous êtes douée. Mais attention, il faut revendre au bon moment. Le dollar va remonter.

– Quand?

– Pas tout de suite. Dans un an ou deux, peut-être. Si nous n'avons pas une guerre d'ici là, sinon il remonterait immédiatement.

Le temps passe incroyablement vite. Nous ne cessons de bavarder de manière familière, facile, détendue, drôle. Nous sommes bien ensemble.

– Vous savez, me dit-il tout à coup, mon chauffeur vient me chercher. Je vais vous déposer. Non, ne dites rien. Cela ne me dérange pas du tout. Cela me changera, c'est amusant.

Peu avant l'atterrissage, il me tend sa carte de visite en me disant :

– C'est le voyage le plus agréable que j'aie fait depuis longtemps. N'hésitez pas à m'appeler quand vous revenez à Londres.

Je le lui promets, non sans tristesse. Je n'aime pas les cartes de visite. Pour moi elles annoncent la fin. S'il avait vraiment souhaité me revoir, il aurait été plus concret. « Je viens à Paris la semaine prochaine, aurait-il dit, êtes-vous libre jeudi soir? » Alors, ce serait clair : je serais plus pour lui qu'une agréable compagne de voyage.

Et lorsqu'il me conduit au Greenwood Theatre dans sa Jaguar bordeaux aux chromes rutilants et que son chauffeur m'ouvre la porte, les adieux me sont pénibles.

– Je serais vraiment très heureuse de vous revoir pendant que je suis encore en Europe, balbutié-je enfin en lui tendant la main, bien que ce ne soit pas l'usage en Angleterre.

Il la serre fermement en souriant.

– Bonne chance, pour votre émission. Je vous regarderai ce soir à la télévision.

– Bonne chance en politique. Quand débute la campagne?

– Elle a déjà commencé.

– Je brûlerai une chandelle pour vous.

– Merci. Nous ferons de notre mieux!

– Au revoir, Winston! Et merci mille fois!

Je le dis en français, ça fait plus intime.

– *Au revoir,* Ophélie!

La somptueuse voiture disparaît sans bruit au coin de la rue, et je me sens comme une pauvre orpheline abandonnée de Dieu. Le miracle n'en n'était pas un.

Oh, et puis zut! Je ne suis pas venu ici pour tomber amoureuse mais pour représenter Nelly et plaider la cause du néo-romantisme. Allons, allons. Cet homme est marié, il habite à Londres et je vais bientôt retourner au Canada. En plus, il va se lancer dans une campagne électorale et n'aura pas une minute pour penser à moi. C'est évident. Mais si lui ne pense pas à moi, je ne perdrai pas mon temps à cause de lui. La vie est trop courte.

Je relève la tête et franchis d'un air déterminé la porte du studio. Le portier m'attendait.

– Vous êtes en retard, mais ça ira.

D'un geste nerveux, il m'indique en silence l'escalier, que je monte d'un pas léger. Je suis là aussi pour m'amuser. Je vous l'ai dit, aujourd'hui n'est pas un jour comme les autres.

Et aucun homme au monde ne gâtera ma joie. Surtout pas un Anglais avec son menton trop court, sa bouche sensuelle et ses yeux tachetés d'or.

16

L'émission de télévision est une réussite totale, pour Nelly comme pour moi. Je me sens vraiment à l'aise devant les caméras. Dès que les projecteurs sont braqués sur moi, tout disparaît autour et je n'ai plus du tout le trac. Il me vient des idées fabuleuses que j'exprime clairement, avec conviction et sans bafouiller, comme si j'étais chez moi en train de prendre le thé. Dès que les lumières s'allument, j'oublie tout : les caméras, les personnes invitées au débat et les millions de gens qui me regardent. La seule chose que je n'oublie jamais, c'est ce que j'ai à dire.

J'ai appris cela au Canada. Pendant toute une année, j'ai fait ma propre émission littéraire. J'y prenais énormément de plaisir, et elle fut tout de suite très populaire. Deux fois par mois, le vendredi soir de neuf heures à dix heures, je présentais les nouveaux livres, j'interviewais des écrivains, j'invitais des spécialistes pour débattre des thèmes abordés dans leurs œuvres. Depuis, je ne me suis plus jamais trouvée face à une caméra. Cela fait six ans. Je suis d'autant plus heureuse de participer aujourd'hui à cette émission.

A part moi, il y a cinq autres invités : un médecin, un psychologue, une comédienne qui a perdu vingt-cinq kilos en un an (en faisant un régime à base de viande et de graisse qui a provoqué des troubles cardiaques), un restaurateur, très fier de ses trente kilos en trop et qui n'envisage pas du tout de faire maigre, et enfin un jeune éditeur qui gagne des fortunes avec des livres de cuisine et de régime (et qui, dès le début, a un œil sur moi). C'est un journaliste anglais très connu qui mène le débat.

L'émission prend une tournure amusante. Tout d'abord, on ne parle que de jeûne, ensuite de tous les genres de cures qui existent. L'ambiance est détendue, on rit beaucoup et à ma grande joie, tout le monde connaît le régime Hollywood-Star, dont le médecin dit d'ailleurs le plus grand bien. Mais quand il veut donner des explications sur l'aspect végétarien du régime, le gros restaurateur lui coupe la parole.

– Je ne suis pas une vache, et je refuse de manger de l'herbe, ricane-t-il en se tournant vers le public, l'homme a besoin de viande. Les gens veulent leur rôti du dimanche. L'homme a toujours eu ses habitudes. Ça n'a pas changé depuis l'âge de pierre.

– Mais si, ça a changé, objecté-je le plus calmement du monde. Nous ne sommes plus anthropophages. Nous avons vaincu le cannibalisme. Et un jour ou l'autre, nous cesserons aussi de manger nos cousins les animaux. J'en suis persuadée.

Je marque une brève pause. Tous les regards sont tournés vers moi. Dois-je dire le fond de ma pensée? Que je considère l'homme comme un carnassier et qu'il y a encore beaucoup à faire pour le changer? J'en meurs d'envie. Mais finalement je décide de me taire. Pas de prêchi-prêcha! Il ne faut pas que l'émission tourne au tragique. On va beaucoup plus loin avec la légèreté et l'humour qu'à coups de marteau sur la tête, je le sais par expérience.

Commence alors une discussion animée sur les aliments complets, le riz complet, le pain complet et sur la difficulté de rompre avec ses habitudes, même quand on sait que cette nouvelle alimentation est meilleure pour la santé.

– Ridicule! s'exclame le restaurateur ventripotent en allumant une cigarette, il faut manger ce qu'on aime.

– Vous devez avoir des problèmes de santé, intervient le médecin assis à côté de lui. Cœur? Circulation? Rhumatismes articulaires?

– Ça, c'est mon affaire. Je mange ce que j'aime et j'endure les maux que je peux.

Il regarde autour de lui avec une telle arrogance qu'il en est comique. Nous éclatons tous de rire et le public applaudit. Ensuite, on nous pose des questions. Je m'efface pour laisser parler les autres. Je ne reprendrai la parole qu'à la fin.

La comédienne vient en effet d'affirmer que l'alimentation de régime ne s'imposerait jamais. Là, je ne peux m'empêcher d'intervenir. J'ai beaucoup lu (je l'ai souvent dit) et je peux établir des parallèles en prenant des exemples dans l'histoire. Ainsi, les premiers vêtements confortables, conçus par des femmes médecins pour donner le coup de grâce aux corsets, tout le monde les porte, aujourd'hui. La mode actuelle est née de ces vêtements dits hygiéniques que l'on trouvait si ridicules. De la même façon, notre alimentation diététique, qui fait tant sourire, sera dans quelque temps notre alimentation quotidienne, parce qu'elle est plus saine, qu'elle nous maintient en forme, qu'elle fait mincir et nous protège de la maladie. Elle a déjà fait sa percée, mais nous ne le savons pas encore (comme toujours!). Et je l'exprime exactement comme ça. L'émission prend fin sur des paroles positives. Et pour nous remercier, on nous invite tous à une petite réception.

Toute joyeuse à cette idée, les joues rouges d'excitation, je suis les autres – jusqu'à une grande pièce aux murs nus derrière le studio. Lumière au néon, fenêtres sans rideaux, je commence à déchanter. Sur un buffet clairsemé nous attendent des hamburgers, des saucisses grasses toutes racornies, des cuisses de poulet desséchées et des biscuits salés: exactement le contraire de l'alimentation saine dont il était question dans l'émission. Personne n'y touche. La situation est plus qu'embarrassante.

– Bon appétit! lance le médecin en souriant à la ronde.

– Merci! lui dis-je en acceptant un verre de xérès (il est bien sec, très bon!)

L'éditeur, mince et dynamique s'approche de moi. Il s'appelle Simon Jones.

– J'ai beaucoup aimé ce que vous avez dit! (Il me regarde droit dans les yeux.) Je suis tout à fait de votre avis. Vous ne pouvez pas savoir comme mes livres de cuisine végétarienne se vendent bien! Au fait, votre tailleur est superbe. On ne vous l'a pas dit?

Ensuite, il m'invite à dîner et j'accepte. Je préférerais Winston Hawthorn-Reed. Mais cet homme-ci a monté sa propre maison d'édition, j'ai peut-être des choses à apprendre de lui.

Nous quittons le studio ensemble, nous nous glissons dans une voiture de sport noire et traversons d'abord Londres à toute allure, parce qu'il veut absolument me montrer son bureau (très beau, bien situé, sur une jolie petite place dans le Mayfair). Pour finir, il me traîne dans un pub où il commande du xérès sans me demander mon avis. Ensuite, il suggère que nous allions regarder ensemble l'émission de notre table ronde – elle passe à vingt heures, en différé. Au départ, nous devions aller dîner dans un restaurant végétarien, mais il n'en est plus question.

– Vous avez la télévision dans votre chambre d'hôtel? me demande-t-il. Celle que j'ai au bureau est en panne.

– Bien sûr, dis-je naïvement, venez. Nous mangerons à l'hôtel.

Il est enchanté.

La BBC m'avait retenu une chambre au Kensington Hilton. Mais je suis descendue, aux frais de Nelly, au Dorchester, en face de Hyde Park. J'ai une chambre magnifique, spacieuse, très agréable, avec de vrais tapis persans, des miroirs partout et une merveilleuse salle de bains à l'ancienne.

Il y a une télécommande pour le téléviseur près du lit, et avant même que j'aie invité mon hôte à se mettre à l'aise, il s'est déjà déchaussé et s'est installé de tout son long sur le lit.

– Venez, dit-il, il y a de la place pour deux. Et puis, enlevez votre tailleur, nous n'avons plus besoin de protocole.

– Non, merci ! rétorqué-je, stupéfaite. Je vais essayer ce fauteuil à oreilles, il m'a l'air très confortable.

– Le lit l'est encore plus ! Venez ici !

– Puisque je vous dis que je veux pas !

Il me prend pour une demeurée, ma parole !

– Pourquoi?

– Parce que je veux regarder l'émission tranquillement.

– Moi aussi. Mais vous n'avez pas besoin d'être aussi loin pour ça, non?

Cet échange dure encore un bon moment. Et je me rends compte que l'émission ne l'intéresse pas le moins du monde, qu'il n'a absolument pas l'intention de me raconter comment il a monté sa maison d'édition et qu'il veut juste une petite aventure avant de rentrer chez lui retrouver sa femme (qui a préparé à dîner pour lui et les dix auteurs qu'il a invités !).

A peine ai-je réalisé cela que je le mets à la porte. Poliment – mon amabilité québécoise oblige – mais fermement. Simon remet ses chaussures en soupirant et s'en va très vite sans broncher, je dois le reconnaître. Apparemment, il a l'habitude de se faire envoyer sur les roses, cela ne lui gâchera pas sa soirée.

– Embrassez-moi, au moins, murmure-t-il au moment de partir en me prenant le menton. Je suis sûr que nous nous serions très bien entendus. J'aime les femmes, vous savez. La prochaine fois, peut-être?

– C'est ça, la prochaine fois. Je vous appelle quand je reviens à Londres.

Et sur ce pieux mensonge je ferme la porte derrière lui, soulagée. Enfin seule ! Je vais pouvoir me mettre à l'aise.

Je retire mes chaussures et j'enlève les épingles de mon chignon pour libérer mes cheveux. Puis j'ôte délicatement mon beau tailleur haute couture que je suspends sur la porte de l'armoire pour pouvoir l'admirer.

Ensuite, je commande à dîner dans ma chambre : une salade de maïs, d'artichauts, de cœurs de palmier et d'avocat avec une sauce au roquefort. Avec ça, de bons petits pains au sésame et une orange pressée. Et comme dessert, je m'offre une mousse au chocolat avec de la crème de marron et de la crème fouettée. Ça n'est pas très bon pour le régime, je sais, mais aujourd'hui je mange ce qui me plaît. Aujourd'hui, ce n'est pas un jour comme les autres. J'ai le droit de me gâter.

Enveloppée dans un grand drap de bain blanc, j'ouvre la porte au garçon d'étage qui entre avec une table roulante nappée de blanc.

– Désirez-vous autre chose, madame, dit-il en gardant poliment les yeux baissés pour ne pas me gêner.

– Non, c'est parfait. Je lui glisse dans la main un pourboire royal.

– *Thank you, madam!*

Il repart, tout content. Et moi, je commence aussitôt à manger. La salade est appétissante, les petits pains sont encore chauds, tout est délicieux.

La coupe de mousse au chocolat à la main, je m'installe confortablement sur le lit pour m'admirer à la télévision. Je suis passionnément l'émission.

Pas de doute. Aujourd'hui, j'ai dû gagner quelques milliers de nouveaux adeptes à la cause de Nelly et du néo-romantisme. C'est bien moi, cette jeune femme svelte, élégante, pleine d'assurance? On dirait une star de cinéma française. Je me reconnais à peine. Il y a quatre mois, je pesais soixante-dix kilos et je rentrais tout juste dans ce tailleur en laine vert de Jaeger qui me gênait aux entournures. C'est comme ça que Nelly m'a vue pour la dernière fois. Et aujourd'hui? Aujourd'hui je m'habille en haute couture et on dirait que je suis venue au monde avec ces vêtements de luxe. J'ai perdu les derniers vestiges de mon allure provinciale. Grands dieux! Elle peut être contente. Je l'ai dignement représentée.

J'éteins le poste et j'attends un coup de fil de Winston. Lui aussi m'a regardée à la télévision. Il sait que je suis au Dorchester. Il va bien se manifester. En plus, mes chéries, c'est aujourd'hui mon anniversaire! A dix-sept heures précises, j'ai eu quarante-deux ans. C'est pour cela que je me suis faite aussi belle, avec mon chignon bas, mon tailleur de Saint-Laurent et mes ongles polis, et pas seulement pour passer à la télévision. Je l'ai fait aussi pour me rendre honneur.

Aujourd'hui, une nouvelle année commence pour moi. Et bientôt une nouvelle vie, avec un nouveau métier, un nouveau bureau, un nouvel appartement et certainement aussi un nouvel amour, ça, j'en suis sûre.

Mais en attendant d'en trouver un nouveau, les anciens suffiront: Tristan, qui m'appelle toutes les semaines et veut toujours m'épouser. Leslie Rubin, mon dernier amant en date qui n'est plus du tout fâché et veut absolument venir me chercher à Paris. Il m'a même écrit une lettre d'amour. Incroyable! Oui, au Canada, j'ai ce qu'il faut. A New York, il y a Prosper Davis, l'inégalable. Je pourrais peut-être rentrer au Canada en passant par New York? C'est bien tentant!

Mais d'abord, je veux Winston Hawthorn-Reed. Il manque à ma collection. Il représente le sommet de ma pyramide d'amants, de l'immigrant chômeur au ministre – s'il remporte les élections. C'est l'homme influent qui me manque encore, il est cultivé, il a des idées et des choses à dire et qui sait, peut-être voit-il aussi la vie de haut? (En tout cas, il a des petites taches dorées dans les yeux.)

Mais pourquoi diable ne m'appelle-t-il pas? Il est presque onze heures, déjà. Je voudrais qu'il me vienne en aide, qu'il me persuade que j'ai bien fait de rester célibataire. Qu'en ce qui concerne les hommes et le couple, je n'ai rien raté. Qu'il n'existe pas au monde un seul homme qui compterait plus pour moi que ma carrière. Non! Même pas un ministre!

J'ai envie d'une petite histoire d'amour, rien de plus. Après quoi je serai encore plus heureuse de retourner chez moi, encore plus enthousiaste pour me lancer dans le travail. Je serai absolument certaine que la vie que j'ai menée jusqu'à présent était la seule qui me convenait. Je le sais déjà, c'est vrai. Mais Winston Hawthorn-Reed en serait la meilleure preuve.

A onze heures pile, le téléphone sonne. Ça doit être lui. Je décroche, tout excitée. Mais c'est Nelly qui m'appelle de Californie.

– Tu as été formidable, ma petite! Bravo! Bravo! Tu es devenue splendide. Méconnaissable! Tu as très bien fait d'acheter ce tailleur. Tu les as tous convaincus. Tu ressembles à une vedette de cinéma parisienne, tu sais. Je suis fière de toi. Dis-moi, c'est bien ton anniversaire, aujourd'hui? Alors, bon anniversaire, ma grande. Je suis en pleine interview, je ne peux pas parler trop longtemps. Mais offre-toi encore quelque chose de beau chez Yves. Une belle robe du soir, tu veux? Tu mettras ça sur mon compte! Allez, au revoir!

A peine ai-je raccroché que ça sonne à nouveau. Cette fois, c'est lui, c'est sûr! Mais non! C'est Imogen, la sœur de Tristan.

– Ophélie, ma chérie! Je t'ai vue à la télévision. Combien de temps restes-tu à Londres? Peux-tu déjeuner avec moi demain? Ah, très bien. A une heure. Chez Harrods. En haut, au Way Inn. Je suis ravie, ravie! Alors, dors bien, fais de beaux rêves. A demain!

Imogen! Voilà une amie fidèle. La dernière fois que nous nous sommes vues, c'était il y a deux ans, au Canada. Elle est avocate. Elle ressemble à Tristan comme deux gouttes d'eau. Une belle femme. Elle a une grande maison à Hampstead. Son mari est juge. Deux adorables enfants. Un bonheur bourgeois très enviable. Mais pas pour moi. Trop de quotidien. Le bonheur tranquille me tue. Pourquoi Winston n'appelle-t-il pas?

J'attends jusqu'à une heure du matin. Puis j'abandonne tout espoir. Il appellera peut-être demain matin? Sinon, je lui donne une semaine. Il a mon numéro à Paris, il peut me téléphoner n'importe quand. Si jamais il n'a pas donné signe de vie d'ici à mercredi, c'est moi qui l'appellerai. Parfaitement. Et maintenant, je vais boire un verre de champagne.

Quarante-deux ans! J'ai quarante-deux ans, à cet âge on a encore la meilleure moitié de sa vie devant soi. On est mûr d'esprit mais physiquement encore jeune et alerte, ouvert à des idées nouvelles, prêt à de nouveaux exploits. On est jeune, à quarante ans!

A quarante ans, mon arrière-grand-mère a quitté le Brésil pour le Canada où elle a entamé une carrière de modèle. En fait, c'est elle qui a introduit ce métier chez nous, car jusqu'alors il n'y avait ni musée de peinture, ni modèles. Nos peintres peignaient des cascades, des montagnes, des arbres, des ruisseaux, la nature sous toutes ses formes – mais pas l'ombre d'une jolie femme. Des paysages, toujours des paysages!

Mon arrière-grand-mère a révolutionné tout cela. Tous les peintres tombaient amoureux d'elle, la vénéraient, la peignaient. Il y a des portraits d'elle dans presque tous les musées du Nouveau Monde où elle nous regarde en souriant, richement parée ou nue, imposante et fière avec sa chevelure rousse et sa belle poitrine. Elle n'était pas mince, c'est vrai, mais ce n'était pas la mode, à l'époque. Elle est restée belle jusqu'à la fin de ses jours.

Elle se maria pour la première fois à quarante-cinq ans avec un riche marchand de bois, et un an plus tard, elle donnait naissance à ma grand-mère. A soixante ans, elle fonda le premier théâtre du Canada et recommença à jouer. A quatre-vingts ans elle écrivit ses mémoires, un document historique passionnant que j'ai bien l'intention de publier.

Publier! J'ai vraiment hâte de m'y mettre.

Je brûle d'envie de rentrer tout de suite au Canada et de me lancer à fond dans le travail. Surtout que j'ai reçu la semaine dernière une lettre de Tristan. Il a fait tout ce que je lui avais demandé. Il a loué la maison à Outremont (c'est le plus beau quartier de Montréal, avec de gigantesques allées de vieux arbres). Il a également signé le contrat concernant mon bureau, dans la rue Saint-Denis. C'est fantastique!

Quarante-deux ans!

Et je suis plus forte de jour en jour!

Mais je m'étais imaginé mon anniversaire autrement: à la Tour d'Argent, en compagnie d'un amant français. C'était mon rêve, quand j'étais au Canada. Mais enfin, montrer à quelques millions de téléspectateurs sa jeunesse et sa beauté retrouvées, qui plus est pour une bonne cause, ça n'est pas mal non plus!

J'éteins la lumière, je m'étire délicieusement – et je vois les yeux tachetés d'or de Winston. Sous les gros sourcils droits, ils me regardent avec une expression amusée, curieuse et pleine de promesses. Tiens, tiens! il pense à moi. Et je m'endors avec la certitude que tout se passera comme il se doit. Pour le reste, je m'en remets au destin.

17

Mes dernières semaines à Paris pourraient être bien agréables. Et sans problème. Car subitement, les Français se manifestent. M. Vernez m'a appelée deux fois et m'a même invitée à déjeuner dans un petit café, boulevard du Montparnasse. Il m'a parlé du procès (le plus jeune de mes agresseurs a été relâché, les trois autres ont été condamnés à deux ans de prison), et me regarde au fond des yeux comme un amoureux transi.

Et moi?

Je m'ennuie à mourir. Ça n'a pas été plus brillant avec Jean-François, le directeur de mon club de sport, beau comme une couverture de magazine. Il s'est mis brusquement à s'intéresser à moi et à me suivre partout. Il m'a invitée à dîner chez lui, où il a fait lui-même la cuisine (végétarienne), et m'a montré ses trophées sportifs et ses coupes.

L'appartement était beau, le dîner excellent, le vin de premier cru, mais que se passa-t-il quand il s'assit près de moi sur le canapé de cuir blanc et commença à m'embrasser? Rien! Pas la moindre petite étincelle. Prise d'une soudaine fatigue, je me mis à bâiller et partis peu avant minuit. Je m'ennuyais. Avec un Français! Comment est-ce possible? Les Français, c'est ça mon contrat. Mon devoir et mon obligation. C'est pour eux que je suis ici, je n'y comprends plus rien!

Mais au diable les Français!

C'est Winston Hawthorn-Reed que je veux.

Oui, mes chéries. Par nature, l'être humain est paresseux. Il emprunte toujours les chemins les moins difficiles – sauf en amour. Hélas! En amour, il lui faut des complications. Ce qu'il peut avoir facilement ne l'intéresse pas. En amour, il se met lui-même des bâtons dans les roues, s'emmêle les pieds, se casse le nez et il maudit le mauvais sort qui n'y est absolument pour rien. Tout est de sa faute. Mais il ne veut pas le savoir!

Winston Hawthorn-Reed n'appelle pas.

Pourtant, cinq jours après mon retour de Londres, je tombe sur une photo de lui dans le *Financial Times*. Son parti étant bien placé, dit-on dans l'article, il a toutes les chances de devenir chancelier de l'Echiquier.

Je regarde longuement son portrait. Il est superbe. J'en suis toute troublée. Le lendemain matin, une semaine exactement après l'émission de télévision au Greenwood Theatre, je lui téléphone. Je prends mon courage à deux mains. Ça n'est pas facile, mais il le faut.

Il fait lourd et humide, ce matin, il n'y a pas un souffle de vent, on a du mal à respirer, et Paris semble mort. Depuis que je suis debout, tout va mal : le lait pour mon café a tourné, j'ai cassé mon peigne, le nouveau shampooing que Jeanne m'a recommandé sent horriblement mauvais et rend les cheveux électriques, je ne trouve plus mes chaussons, et le déshabillé transparent jaune citron, avec des dentelles, que j'ai acheté à Londres chez Harrods après mon déjeuner avec Imogen ne me plaît plus du tout. Une journée pourrait-elle commencer plus mal?

Mais, comme je l'ai déjà dit, mes nombreuses lectures me permettent d'établir des parallèles historiques. Ainsi, Jules César ne croyait pas du tout aux mauvais présages. En dépit des plus effrayantes prophéties, il ne remettait jamais une bataille.

Eh bien, je ne me découragerai pas, moi non plus.

Tout va mal, ce matin, mais j'appelle quand même. C'est maintenant ou jamais.

Ma main tremble au moment où je compose le numéro à Londres. Ça sonne occupé les deux premières fois. La troisième fois, la communication aboutit. C'est Winston lui-même qui décroche.

– Allô !

Son ton est glacial.

– Allô ! C'est Ophélie, je vous appelle de Paris. Vous vous souvenez de moi?

– Bien sûr !

Il ne se radoucit pas.

– Êtes-vous seul? demandé-je par précaution. (On ne sait jamais, il pourrait être entouré de secrétaires curieuses qui écoutent tout ce qu'il dit.) Vous pouvez parler?

– Oui, oui ! Je suis seul. Comment allez-vous?

Il n'est pas plus aimable, au contraire. J'ai vraiment l'impression de le déranger. Il faut que je rassemble tout mon courage pour prononcer la phrase suivante.

– Je voulais seulement vous demander, dis-je avec hésitation, quand vous revenez à Paris.

– Je n'ai encore fait aucun projet.

Il a dit ça d'un ton froid et rébarbatif.

– Dommage, risqué-je, j'aurais vraiment aimé vous revoir avant de retourner au Canada.

Il ne répond pas. En fait, je devrais raccrocher tout de suite. Il se moque pas mal de moi, c'est clair. Je n'aurais pas dû l'appeler. Pourtant, je presse le combiné contre mon oreille, et j'attends.

– Je vous ai regardée l'autre fois à la télévision, dit Winston au bout d'un moment. Avez-vous fait un bon voyage de retour?

– Oui, merci. Et cette campagne électorale?

– Ça se passe bien. Nous ne pouvons pas nous plaindre.

J'avale ma salive.

– On dit dans les journaux que vous avez de très bonnes chances de l'emporter.

– Oui, c'est vrai! (Il n'y a toujours aucune chaleur dans sa voix.) Et ça nous donne pas mal de travail, comme vous pouvez l'imaginer!

– Je ne vais pas vous retenir plus longtemps, dis-je aussitôt, excusez-moi de vous avoir dérangé.

– Je vous en prie.

– Au revoir, Winston. Et encore une fois, bonne chance.

– Merci! Au revoir!

Je repose lentement le récepteur. Je me suis montrée en position de faiblesse. Mais tant pis. Comme ça au moins, je sais où j'en suis. En fait, je suis à côté de la plaque, et je ne vais pas perdre mon temps à penser à Winston Hawthorn-Reed. Je vais l'oublier et me consacrer aux Français. J'appelle Vernez et je prends rendez-vous avec lui pour dîner. Ensuite, j'essaie de joindre Jean-François, mais il n'est ni chez lui ni au club. Ça ne fait rien. Je le trouverai bien. Demain, j'irai nager, et après je lui ferai le grand jeu et je remplirai mon devoir.

Mais le sort en décide autrement.

Comme je l'ai déjà expliqué (à propos de l'art et la manière de rencontrer quelqu'un dans un bar), il y a une loi de la nature que j'appelle le «phénomène du retard à l'allumage» et en vertu de laquelle ce que l'on souhaite se produit toujours au dernier moment. Je dirais même *in extremis*, précisément quand on vient d'abandonner tout espoir. C'est exactement ce qui se passe cette fois. Au bout d'une semaine, j'ai oublié Winston. Et juste à ce moment-là, il se manifeste. On est mercredi, il est neuf heures du matin, et je suis encore au lit. A Paris, je ne me lève jamais avant dix heures. Je profite du plaisir de dormir le plus longtemps possible, c'est ce qui fait l'attrait de mon séjour ici. Quand je vais à un concert de jazz le soir, il m'arrive de paresser au lit jusqu'à deux heures de l'après-midi. Ou même plus tard (quand je serai au Canada, le réveil sonnera à nouveau à sept heures du matin). A neuf heures piles, donc, le téléphone sonne. Je décroche, à moitié endormie.

– Allô ! C'est Winston !

Je suis tout à fait réveillée, subitement, mais incapable d'ouvrir la bouche.

– Allô ! vous m'entendez? C'est Winston Hawthorn-Reed, à l'appareil. C'est bien vous, Ophélie? Vous avez une drôle de voix.

– Je dors encore.

– Oh ! (Silence. Il semble surpris.) Je voulais vous dire que je viens à Paris le week-end prochain. J'arrive vendredi soir par le dernier avion. (Nouvelle pause. Puis, il dit très lentement, comme si ça ne l'intéressait pas particulièrement) : Vous êtes libre, vendredi soir?

– Bien sûr !

– Je serai à l'Intercontinental. Pouvez-vous m'y retrouver pour dîner, assez tard, disons vers dix heures trente? (Son ton dénote un net soulagement.) Vous pouvez? Très bien ! Rendez-vous en bas, dans le hall. Parfait ! Alors à vendredi soir, à l'Intercontinental, à dix heures trente. Je suis très content !

A peine a-t-il raccroché que je saute du lit et me mets à danser dans la chambre. Hourra ! J'ai gagné ! Je vais le revoir, mon homme du monde aux yeux tachetés d'or et à la bouche sensuelle. Il ne m'a donc pas oubliée. Il vient certainement à Paris pour moi. Il ne l'a pas dit, mais je le sais. Et aussi vrai que je m'appelle Ophélie, il n'aura pas à le regretter.

L'hôtel Intercontinental de Paris n'est pas un sinistre bloc de béton. Contrairement aux autres hôtels de cette chaîne, il se trouve dans un très beau bâtiment ancien avec des arcades, une façade ouvragée, un superbe hall d'entrée et une jolie cour intérieure.

Mais il est situé tout près de la place Vendôme, comme le Ritz, et j'espère que ce n'est pas un mauvais présage. A dix heures et demie précises, je suis dans le hall, et je ne vois Winston nulle part. Je m'assieds sur une banquette capitonnée non loin de la réception, et j'attends. A onze heures, il n'est toujours pas là. Onze heures un quart, onze heures et demie, pas de Winston. Je me lève et me dirige vers la réception.

– Est-ce que M. Hawthorn-Reed est arrivé? demandé-je en m'efforçant de cacher mon inquiétude.

Il a peut-être raté son avion, qui sait?

– Un instant. Voyons, Hawthorn-Reed.

Le jeune homme, qui porte un uniforme très seyant, me sourit et consulte son registre.

– Oui ! Chambre 1017. Monsieur est arrivé vers dix heures mais il est reparti.

– Il est reparti, vous êtes sûr?

– Oui, madame. La clef est au tableau.

Je retourne m'asseoir en hochant la tête. Qu'est-ce que ça veut dire? Il vient à Paris pour me voir, et il quitte l'hôtel sans m'attendre? Je ne comprends pas. Je patiente jusqu'à minuit, et là, je fais une dernière tentative.

– Pourriez-vous me passer la chambre 1017, s'il vous plaît? demandé-je au réceptionniste.

– Mais, madame, la clef est au tableau.

– Ça ne fait rien. Essayez tout de même.

– Vous pouvez appeler vous-même, répond-il, le téléphone de service est là-bas, au coin à droite. Vous voyez, là-bas !

On décroche dès la première sonnerie.

– Allô !

C'est la voix de Winston, il n'y a pas de doute.

– Ophélie. Que se passe-t-il? Je vous attends ici depuis une heure et demie.

– Moi aussi. Mais en bas, dans le hall. Nous devions nous retrouver en bas. Vous vous souvenez?

– Il y a trop de gens que je connais, en bas. Je ne voulais pas risquer d'être vu. Mais je vous rejoins tout de suite. J'arrive. Je meurs de faim, et vous aussi, je suppose.

Deux minutes plus tard, il est là.

Je le regarde sortir de l'ascenseur, grand, mince, sûr de lui, élégant. Il porte un costume en lin bleu marine large, comme c'est la mode, avec une chemise à rayures bleues et blanches et, passée autour du cou avec une négligence calculée, une écharpe de soie blanche. Ça doit être son signe distinctif.

Je vais à sa rencontre. Il me voit tout de suite et me sourit. Le voici devant moi.

– Enfin ! dit-il en me regardant de la tête au pied sans la moindre gêne.

Je crois que je lui plais. Je suis vêtue d'une robe chinoise noire à col droit fendue sur les côtés. Elle est courte et très moulante. J'ai les cheveux libres. Mes boucles rousses fraîchement lavées au henné retombent sur mes bras nus.

– Vous êtes différente, dit-il.

– Une autre coiffure. La dernière fois, j'avais un chignon.

Il acquiesce en silence.

– Très joli ! Venez.

Nous dînons dans un restaurant très chic, près de l'Opéra. Je commande n'importe quoi, je mange les légumes d'accompagnement et je laisse la viande. Winston s'en aperçoit mais ne dit rien. Je n'ai absolument pas faim. Je suis subjuguée par sa présence. Il est assis face à moi, solide, sûr de lui, bronzé. Il me fascine avec ses yeux dorés, ses gros sourcils droits, son nez grec, sa bouche sensuelle. Un visage hors du commun.

– Qu'est-ce qui vous a décidé à venir? demandé-je au dessert, auquel je touche à peine.

Winston se penche en avant.

– Votre coup de fil. (Il sourit.) Ça m'a fait penser qu'il me serait très agréable de vous revoir.

– Et est-ce que ça l'est? demandé-je les yeux baissés et le cœur battant.

– Tout à fait! Regardez-moi, Ophélie. J'ai envie de vous tutoyer.

Je ne l'ai pas encore dit, mais depuis le début de la soirée nous parlons français. Winston le parle aussi bien qu'un autochtone. Il n'a pas le moindre accent. Il a eu une gouvernante française, a fait des études à Paris pendant deux ans, et sa première femme était lyonnaise. Entre-temps, j'ai appris aussi qu'il était marié pour la troisième fois, avec une Anglaise, dont il a deux petites filles. Il a quarante-neuf ans et il est Sagittaire.

Sagittaire et Lion! Deux signes faits l'un pour l'autre, comme l'amant est fait pour l'amour. Mon amant, il va l'être d'ailleurs, c'est certain, car sinon, pourquoi le dieu de la pluie ferait-il tomber des averses de grêle sur Londres en plein mois d'août, je vous le demande? Et pourquoi des vols seraient-ils retardés au point que de futurs ministres transgressent l'étiquette pour aborder des inconnues? Pourquoi?

– Nous tutoyer? Bien sûr! (Je lève les yeux et lui lance un regard plein de chaleur.) Tu ne manges rien. Tu n'as pas faim?

– Non!

Il repousse son assiette pleine. Il n'a pas touché non plus aux autres plats. Apparemment, nous sommes tellement attirés l'un par l'autre qu'il ne reste plus de place pour des occupations aussi terre à terre. Je sens des picotements partout sur ma peau. Je ferme les yeux pendant quelques secondes et j'ai l'impression de tanguer. Le restaurant tout entier est englouti, seuls nous deux sommes réels. S'il n'y avait pas cette table qui nous sépare, nous serions depuis longtemps dans les bras l'un de l'autre.

– Viens, on s'en va! dit-il tout à coup.

– Où?

– On retourne à l'hôtel.

Dans la rue, nous échangeons un baiser. C'est bon, mais pas aussi bon qu'avec Prosper. C'est un baiser dur. Exigeant. Passionné mais sans aucune tendresse. Un inconnu se presse fermement contre moi. Il sait ce qu'il veut, et il le veut tout de suite!

– Je te raccompagne à l'hôtel, annoncé-je quand je peux à nouveau parler, mais je ne ferai pas l'amour avec toi.

– Quoi? (Winston est sidéré.) Qu'est-ce que tu dis? Qu'est-ce qu'il y a? Je ne te plais pas?

– Si.

– Je suis venu à Paris exprès pour toi.

Il me serre les mains et respire par saccades.

– Je ne couche jamais avec un homme le premier jour. Jamais.

– Pourquoi?

Il me lâche et recule d'un pas.

– Je ne te connais pas assez.

– Et demain?

– Demain, peut-être.

Winston réfléchit tout en lissant son écharpe de soie blanche. Il fronce les sourcils. Sa belle bouche sensuelle est pincée. Mes yeux tombent sur son menton, décidément trop court. Trop effacé pour ce visage volontaire.

– Très bien, dit-il soudain avec le ton d'un enfant récalcitrant. Mais je ne veux pas dormir seul. Je passe la nuit dehors. Tu viens avec moi?

Il enfonce ses mains dans ses poches et me lance un regard de défi.

– Avec plaisir. Si tu veux, je te montre quelques boîtes de jazz.

– Non, merci. Je veux aller au Lido. Et au Crazy Horse. Et après, on verra.

Le Lido? Le Crazy Horse? Ça me fait l'effet d'une douche froide. Ces pièges à touristes avec air conditionné et musique enregistrée, insipide, où le verre de champagne coûte deux cents francs et où on laisse entrer n'importe qui, proxénètes, trafiquants de drogues, criminels, pourvu qu'ils payent. Non, je ne supporte pas ça. Mais je vais avec lui. Je suis sûre que j'ai beaucoup à apprendre de cette soirée. Et j'ai toujours soif d'apprendre.

Ce sera une nuit insensée. Je ne l'oublierai jamais. Sortir avec Winston, c'est une expérience unique. L'argent ne compte pas, il a ses entrées partout, tout le monde le connaît par son nom, même le propriétaire du Lido est un vieil ami à lui. Nous n'attendons même pas une seconde, on nous fait entrer immédiatement et on nous conduit à une table du premier rang en plein milieu du spectacle. Il y a déjà du champagne sur la table, et un garçon nous est assigné qui a pour seule tâche de guetter le moindre de nos desiderata.

Il en va de même au Crazy Horse. La salle est pleine à craquer mais on nous accueille très aimablement avant de nous conduire à l'une des meilleures tables. Winston trouve cela tout naturel. Apparemment, c'est un habitué. Il se sent ici comme chez lui. Je comprends, maintenant, pourquoi il avait les yeux rouges lorsque je l'ai vu pour la première fois, dans l'avion. Il avait dû passer la nuit à bambocher. Tout comme aujourd'hui. Mais ce soir, c'est moi qui lui tiens compagnie, grosse différence.

Le spectacle du Crazy Horse est meilleur que je ne le pensais. Mais sincèrement, à vingt ans, je serais morte de jalousie devant tant de nudité ! Des seins nus, des jambes nues, des bras nus, des hanches nues ! La scène est pleine de femmes nues. Les filles qui vendent les cigarettes sont à moitié nues et même celle qui tient le vestiaire a un décolleté jusqu'au nombril. Et moi? Je suis assise là avec une robe à col montant.

Mais aujourd'hui, je comprends mieux qu'avant. Ces filles ne sont pas des rivales. Elles me font pitié. Franchement ! Je les observe attentivement, surtout, au-dessus des corps admirables, ces visages candides (parfois même vulgaires et stupides) malgré la couche de maquillage et les faux cils. A quarante ans, leur carrière de danseuse est finie – et leurs perspectives d'avenir? Médiocres. Puis, je fais abstraction des costumes colorés, des éventails, des plumes et des tutus, des faux diamants, des résilles scintillantes et des boléros en strass. Que reste-t-il? Pauvres filles, me dis-je. Pauvres petites. Je vous comprends. Montrez vos seins, roulez des hanches, levez la jambe bien haut. Vendez-vous le plus cher possible. Vous n'avez pas beaucoup de temps. Je vous souhaite bonne chance de tout cœur.

Winston regarde à peine la scène. Il est assis tout près de moi, il boit, en silence, et presse sa jambe contre la mienne. Soudain il passe son bras autour de mon épaule et me serre fermement.

– Chérie, souffle-t-il d'une voix rauque et grave, je n'en peux plus. Tu es irrésistible, je n'ai jamais vu ça. Tu es comme un astre. Tu rayonnes. Je sens ta chaleur. Allons faire l'amour. Dis-moi oui, ou je vais devenir fou.

– Demain.

– Non ! Aujourd'hui !

– Aujourd'hui, c'est impossible.

– Pourquoi?

– Je te l'ai expliqué tout à l'heure.

Winston retire son bras de mon épaule. Il éloigne sa jambe de la mienne, s'assied droit comme un cierge et fixe la scène.

– Quelles belles femmes ! dit-il pour se venger. Toutes plus belles les unes que les autres. Et on peut se les payer. Ce n'est pas si cher que ça ! (Il me regarde du coin de l'œil, mais je ne réagis pas.) La troisième à partir de la droite s'appelle Denise, reprend-il, elle te plaît ?

– Très jolie.

– Elle a une poitrine...

– La mienne est plus belle.

Winston jette un coup d'œil à ma robe.

– C'est possible, mais on ne la voit pas.

– Tu veux la voir ?

– Bien sûr. Viens, on va à l'hôtel.

– Je ne veux pas aller à l'hôtel, dis-je en me levant. Attends-moi, je reviens tout de suite.

– Où vas-tu ?

– Je m'en vais, dis-je en souriant. Quand je reviendrai, tu pourras me comparer avec ta Denise.

– Quoi ?

Winston ouvre grand ses yeux tachetés d'or. Mais je tourne les talons et me dirige droit vers les toilettes. Et là, je fais ce que je voulais faire depuis le début de la soirée : devant la glace, je commence à déboutonner ma robe.

C'est une robe en soie de Chine noire, épaisse, brillante, fermée devant par cinq brides. Je peux en ouvrir deux sans que l'on voie mon soutien-gorge, mais deux, ce n'est pas assez ! Si je veux donner une leçon à Winston, il faut que je les ouvre toutes, carrément, de l'encolure à la ceinture. Mais évidemment, en plein milieu il y a ce soutien-gorge. Comment faire ?

Heureusement, j'ai le sens de l'humour. Et je ne manque pas d'audace ! J'enlève ma robe, je dégrafe mon soutien-gorge (un ravissant modèle noir, tout en dentelle, avec des bretelles tressées), je remets ma robe en laissant les brides ouvertes. Allez, le fatras, pardessus bord ! Voilà ! C'est parfait ! Me voici avec un décolleté profond et étroit, juste assez ouvert pour éveiller l'imagination mais absolument pas vulgaire. Je me tourne et me retourne devant la glace. Impeccable ! Je ramène quelques boucles devant pour les faire retomber coquinement sur la poitrine. Voilà, c'est fait.

Mais que faire du soutien-gorge ? Je n'ai pas de sac à main. Tout ce dont j'ai besoin ce soir est dans la poche intérieure de ma ceinture et elle est minuscule. Je ne vais tout de même pas le mettre à la poubelle. Ah non ! Il est bien trop beau. Je le plie soigneusement pour en faire un petit triangle que je cache dans ma main droite. Winston me le gardera. Je n'ai pas l'habitude de confier mes sous-vêtements à des hommes que je connais à peine, mais je suis sûre que Winston trouvera ça drôle. Il adore tout ce qui sort de l'ordinaire. Il veut des sensations fortes. Tant mieux. Avec moi, il est bien tombé.

Droite comme un I, la tête haute, je regagne la table. Ma peau blanche ressort sur la soie noire, tous les regards se tournent vers moi. Lorsque je m'assieds près de lui, Winston écarquille les yeux en tirant nerveusement sur sa belle écharpe blanche.

– Tiens, dis-je à voix basse en lui fourrant le petit triangle noir dans le creux de la main, tu peux me garder ça?

– Qu'est-ce que c'est? demande-t-il, méfiant, en s'apprêtant à lever l'objet pour l'examiner à la lumière.

– Non! (Je lui retiens le bras en pouffant de rire.) Mets ça dans ta poche, je t'expliquerai plus tard.

Winston obéit et fait glisser la chose dans la poche de sa veste. Puis il se lève brusquement.

– On s'en va, annonce-t-il d'un ton qui n'admet pas de réplique.

– Et Denise? demandé-je par provocation.

– Je me fiche de Denise, tu le sais très bien.

Bien sûr que le sais, mais je voulais l'entendre de sa bouche. Cette bouche avide. Ces lèvres sensuelles. Ce n'est pas pour rien que j'ai eu quarante-trois amants (Paris non compris), cette bouche me dit tout. Celui-là, il en veut.

C'en est un qui pense d'abord à lui, qui obtient toujours ce qu'il veut et qui s'en désintéresse une fois qu'il l'a. C'en est un qui ne peut même plus dénombrer les femmes qu'il a eues, qui se lasse très vite, oublie tout de suite, ne donne plus jamais signe de vie. C'en est un qui ne s'investit pas sentimentalement.

La chasse l'intéresse plus que le gibier. Et je connais ces oiseaux-là. « Je ne vois pas pourquoi je me donnerais du mal, au lit, me disait un jour l'un d'eux. Si une femme me suit, c'est déjà gagné. »

Pas avec moi! Je me suis fait cette promesse et je m'y suis toujours tenue. Winston a peut-être l'habitude de commander, mais moi je n'ai pas celle d'obéir. Ce n'est que quand il me désirera vraiment – je dis bien moi et non pas l'aventure numéro neuf cent douze – que je coucherai avec lui. Et ce ne sera pas plus tard que demain, on parie?

Nous sommes dans l'avenue George-V, déserte, il est trois heures du matin. Winston m'attire brusquement à lui, m'embrasse fougueusement, me mord la langue, la joue, l'oreille, passe ses deux mains sous ma robe. Je sens ses doigts sur mon dos. Maintenant, il me dénude les seins dont il mordille la pointe en soupirant sauvagement – puis il me repousse.

– Tu viens avec moi à l'hôtel?

– Demain.

Il me regarde fixement. Il titube. J'ai l'impression qu'il a beaucoup bu. Son écharpe blanche est de travers.

– Tu as tort, dit-il lentement. Je me lasse vite d'une femme.

– O.K. Eh bien, je rentre chez moi.

Je descends du trottoir et fais quelques pas vers la station de taxis. Il y en a toute la nuit dans ce quartier. C'est bien pratique. Au moment où je m'apprête à monter en voiture, Winston me rejoint.

– Je t'accompagne. On va boire un dernier verre ensemble.

Apparemment, c'est un ordre.

J'acquiesce sans rien dire tout en reboutonnant ma robe.

Winston donne un nom au chauffeur. Sans adresse. Celui-ci comprend tout de suite. Moi aussi. Il veut vraiment aller là-bas? Direction Pigalle, chez Minou, où les serveuses ont les seins nus. Après, il veut absolument aller dans une obscure boîte de lesbiennes. Puis dans un bar de travestis. Puis dans un café où les prostituées viennent faire une pause et boire un verre quand elles sont fatiguées. Ensuite encore dans un bar, le plus sinistre de tous, où je n'entre que de très mauvaise grâce. Je ne sais même pas comment il s'appelle. Il n'y a pas de nom sur la porte. On sonne et on vous laisse entrer. Lumière rouge à l'intérieur. Sur scène, une stripteaseuse. Seule. Les jambes écartées. Winston m'entraîne dans un coin sombre. Nous sommes assis côte à côte sur une banquette mal rembourrée, devant deux verres de whisky avec de la glace. Winston a les yeux rivés sur la scène. Il y a de quoi. La danseuse est en train de se mettre une cigarette allumée entre les jambes. Elle est entièrement nue, mis à part deux grosses fleurs rouges fichées derrière ses oreilles (qui ne l'arrangent pas du tout).

Maintenant, elle aspire avec son ventre. Le bout de la cigarette s'embrase. Puis elle expire : une bouffée de fumée bleue monte entre ses jambes écartées. Elle recommence quatre ou cinq fois. Elle fume vraiment avec son... Les gens applaudissent, sifflent, hurlent. Maintenant seulement je m'aperçois que la salle est pleine d'hommes. « Encore, encore ! » braillent-ils en tapant des pieds. Le sol tremble, l'air est irrespirable, et je n'en peux plus. Cette fois, j'en ai assez. Assez de tous ces gens et surtout de Winston, fasciné par ce spectacle qui me donne envie de vomir.

– Je vais aux toilettes, dis-je en me levant. Je reviens tout de suite.

Il fait un signe de tête sans même me regarder. Il est ivre.

Je quitte le bar en hâte. Dehors, il fait jour. Il est neuf heures du matin. Un matin pluvieux, gris, frais. Neuf heures ! et là-dedans, il fait encore nuit. Je hoche la tête et pars en courant dans les ruelles. Je débouche sur un grand boulevard. Quel boulevard? Rochechouart. Un quartier épouvantable. Vite, filons! Je trouve enfin un taxi. Soulagée, je lui indique mon adresse et je m'adosse au siège en fermant les yeux.

Winston a gagné. Il m'a punie de ne pas avoir couché avec lui. Mais il a aussi perdu, car la punition était trop dure. Je n'ai plus envie de lui. Non! Même s'il devenait cent fois ministre et avait de l'argent à ne plus savoir qu'en faire. C'est terminé, fini, classé. C'est sûrement la première fois qu'une femme le laisse en plan dans un bar de nuit. Il ne me le pardonnera jamais. Il est trop fier. Je n'entendrai plus parler de lui.

Enfin chez moi! Quel bonheur! Mon appartement me fait l'effet d'une tonnelle de jardin, claire, silencieuse, sûre, agréable. Ici, pas de proxénètes, pas de putains, pas de pornographie, pas de strip-tease, pas d'ivrognes, pas de fumée, ni de hurlements, ni de trépignements. Toute heureuse, je traverse mon magnifique salon, je caresse en passant les coussins de la méridienne jaune. Je vais prendre une douche. Me laver de toute la crasse d'aujourd'hui. J'ai vu deux rats à Pigalle, et dans le dernier bar de gros cafards couraient sur les murs.

Je me demande à quel moment ça s'est gâté. Au restaurant, nous étions encore en plein corps à cœur. Winston et moi, le Sagittaire et le Lion, nous passions une délicieuse soirée, pleine de promesses, j'avais hâte que le repas se termine.

C'est le baiser. Pas de doute. Le baiser était trop brutal. Mais ce qui m'a le plus déçue, c'est qu'il n'ait pas la patience d'attendre un jour. Un gentleman aurait dit: « Très bien, comme tu voudras. On a tout le temps. Allons dans un bar tranquille pour bavarder encore un peu. Et demain, on déjeune ensemble au bois de Boulogne, on va se promener et on fait des projets pour la soirée. D'accord? » Voilà comment je m'étais imaginé le week-end. Mais il en a été autrement. On n'y peut rien. Winston est incapable de se maîtriser. Le menton trop effacé, je le savais. Et en plus, chaque fois que nous nous voyons, il pleut.

Tiens? Ce n'était pas la sonnerie du téléphone? Mais si! J'éteins le sèche-cheveux, m'assieds sur le sofa gris en face de la baignoire et je décroche, en mettant mes jambes en hauteur.

– Allô?

C'est Winston. Il a l'air furieux.

– Ça ne m'est jamais arrivé. *Jamais*, de toute ma vie (il crie, maintenant) c'est vraiment le comble! Je n'ai pas l'habitude qu'on me traite de cette façon. Je vous ai cherchée partout, je ne comprends pas, qu'est-ce qui s'est passé.

– Le spectacle était trop vulgaire pour moi, dis-je calmement, je n'ai pas l'habitude non plus.

– Alors vous m'avez tout bonnement laissé en plan? Dans ce bar infâme où je ne voulais même pas aller. Dieu sait comment j'y suis arrivé! Mais enfin, vous êtes malade ou quoi? Qu'est-ce qui vous a pris? Qu'est-ce que je vous ai fait? Pourquoi m'avez-vous fait ça? Pourquoi...

– Où êtes-vous?

– Ici! En bas de chez vous, dans une cabine! J'ai votre soutien-gorge dans la main.

Que répondre à ça? Rien, ça vaut mieux.

– Allô! crie Winston en haussant encore la voix, vous m'entendez? Je monte vous rapporter ce truc. Ensuite je m'en vais. Pour toujours.

– Vous n'avez qu'à me l'envoyer par la poste, dis-je avec détachement. Mais il a déjà raccroché. Peu après, on sonne, longuement, impatiemment, quatre fois de suite. Comment se fait-il qu'il connaisse ma porte? Il a dû demander au concierge. Lorsque j'ouvre, il a encore le pouce sur le bouton de la sonnette.

– Vous pouvez arrêter de sonner, lui dis-je en avançant la main.

Il me tend le petit triangle sans dire un mot.

– Merci, dis-je froidement, merci de vous être donné cette peine.

Winston se tait. Il a une mine épouvantable. Blafard, les yeux rouges, les traits tirés, le visage pendant. Son costume bleu en lin est chiffonné, sa longue écharpe en soie est pleine de taches, ses cheveux bruns bouclés sont hirsutes. Il a la bouche tombante. Ses yeux ne sont plus tachetés d'or mais gris, comme le ciel aujourd'hui. Il a une égratignure au menton. Mais curieusement, il a l'air dégrisé.

Je suis devant lui, pieds nus, en peignoir de bain, pas maquillée, les cheveux mouillés. J'ai ramené la capuche sur ma tête et noué fermement la ceinture du peignoir. Pas un centimètre carré de peau ne dépasse.

– Je ne me sens pas bien du tout, dit Winston d'un ton pitoyable en passant la main sur son front, tu me fais une tasse de café?

Il a l'air doux comme un agneau, tout à coup. Je n'hésite pas une seconde. Il semble vraiment à bout de forces, il a besoin d'aide.

– Bien sûr, entre!

Il me suit dans la cuisine, s'assoit près de la fenêtre et me regarde mettre de l'eau à chauffer, moudre du café, remplir le filtre. Pendant que j'y suis, je mets la table, je fais cuire quelques œufs, je sors du beurre, du miel, du fromage et de la confiture, je prépare des toasts et je sers le café.

– Mhhhm, ça sent bon!

Winston pousse un soupir de bien-être et étend ses jambes. Enfin, son visage reprend couleur. Après la première tasse, ça va encore mieux, après la seconde, il sourit. Puis il commence à manger, des œufs, des toasts, de la confiture, il se régale, ça se voit. Quand il a fini, il me fait d'humbles excuses pour son comportement de cette nuit. Puis il demande à prendre un bain et enfin à se coucher.

– Tu as de la place pour moi, demande-t-il sans détours, ou je dois rentrer à l'hôtel?

– Tu peux rester ici. Viens, je vais te montrer où tu peux dormir. J'ai confiance en lui. Nous avons fait la paix.

Il y a deux chambres d'amis dans l'appartement. L'une d'elle est toujours prête : rangée, aérée, avec le lit fait, une robe de chambre en velours marron dans l'armoire, des livres sur la table de nuit. C'est une pièce très agréable, tapissée de vert, avec des meubles en rotin.

– Ravissant, dit Winston avec conviction en regardant autour de lui, ravissant, comme tout ce qui est ici, d'ailleurs.

Il a pris un bain, il a mis la robe de chambre marron qui lui va comme un gant. Il se laisse tomber sur le lit avec un soupir d'aise.

– Assieds-toi un peu près de moi, dit-il alors, juste deux minutes, le temps que je me familiarise avec la chambre.

Je m'assieds et aussitôt, il me prend la main.

– Comment tu t'es fait ça? demandé-je en montrant son égratignure. Tu es tombé?

– Non, je me suis battu, avoue Winston, en haut, dans ce bar infâme. Avec le portier. Il ne voulait pas me dire où tu étais allée. (Il commence à me caresser la main.) Je suis désolé, pour cette nuit. Tu me pardonnes?

– Mais oui !

Les taches dorées sont revenues dans ses yeux.

– Embrasse-moi ! (Il me lance un regard suppliant.) Je t'en prie, insiste-t-il voyant que j'hésite, je t'en prie, Ophélie !

Nous échangeons un long baiser.

– Allonge-toi près de moi. Juste un peu. J'ai froid. Je veux sentir ta chaleur.

– Deux minutes, pas plus.

– Le temps que tu voudras. (Il me fait poser la tête sur son épaule et m'entoure de ses bras, dans un geste de tendresse touchant.) Je suis vraiment désolé, dit-il alors, j'ai honte de ce qui s'est passé cette nuit. Console-moi, ma belle amie, console-moi.

18

Que voulez-vous que je vous dise? Je l'ai consolé. Et nous avons passé toute la journée au lit et la nuit suivante, à dormir, à faire l'amour, et à bavarder. Nous avons parlé de tout et de rien. Des heures entières! Entre nous, tout était redevenu facile, léger, désinvolte, exactement comme dans l'avion, le jour de notre rencontre.

Mais il y a une chose que j'ai vite comprise.

Winston non plus ne voit pas la vie de haut. Il a énormément de connaissances, assez pour faire une carrière fulgurante dans son domaine. Etant banquier, il sait exactement ce qui est le mieux pour l'ARGENT! Mais ce qui serait le mieux pour les humains et pour notre belle planète, il ne le sait pas. Ça ne l'intéresse pas du tout. Les femmes non plus ne comptent pas. Et encore moins le néo-romantisme.

– Comment ça se passe chez toi? lui demandé-je. Tu as le temps de voir ta famille?

– Non, répond-il aussitôt, pas du tout. Et en plus, je m'ennuie chez moi.

– Quand trouves-tu le temps de parler avec ta femme?

– Le matin! Dans la salle de bains!

– Et avec les enfants?

– Jamais!

– Jamais? (Je ne peux pas le croire.)

– Non. Je n'ai pas le temps. C'est ma femme qui s'en charge.

– Et qu'est-ce qu'elle fait d'autre?

– Elle joue au tennis, elle travaille dans le jardin, s'occupe des enfants et des chiens, et on a aussi des chevaux (il bâille) et elle fait la cuisine, elle fait très bien la cuisine.

– Vous faites l'amour ensemble?

– Rarement. Nous faisons chambre à part. Mais je ne suis pas malheureux. (Il réfléchit, puis dit lentement et posément:) Mais je ne suis pas heureux non plus, sinon je ne serais pas tombé amoureux de toi.

– C'est un peu tôt pour tomber amoureux, non? coupé-je.

– Pas pour moi. (Il me caresse le bras). Je n'ai jamais rencontré une femme comme toi. Ta culture, ton expérience, ton indépendance financière, tout cela te place au-dessus des autres. Mais c'est dangereux. On peut devenir esclave. (Il me regarde.) Tu es belle, mince, tu as un corps de jeune fille, on voit que tu n'as pas eu d'enfants.

– On le voit à quoi?

– A tes hanches. Et à ton ventre. Ton corps est ferme, tu n'as pas de vergetures. Et puis, aucune femme ne fait l'amour comme toi. Tu deviens très étroite, là en bas, je n'ai jamais connu ça. Tu le fais exprès?

– Quelquefois. Mais à la fin ça se fait tout seul.

Ce que je ne lui dis pas, c'est qu'avec lui, ça ne se fait pas tout seul. Je n'ai pas encore assez envie de lui, alors je joue la comédie. Quand je veux qu'il arrête ou quand je m'aperçois qu'il est presque au but, je me mets à soupirer, je serre mes muscles et je lui simule un bel orgasme.

(Pourquoi pas? Ça lui fait tellement plaisir!)

Oui, mes chéries. Winston a un bel oiseau, grand, non circoncis, et sur la peau il y a des taches blanches, comme s'il s'exposait trop souvent au soleil. Je trouve ça mignon. Mais il se consacre au progrès, et ça n'est pas sans conséquences. Ce n'est pas qu'il soit riquiqui, son oiseau, mais il souffre de stress, c'est évident. Il faut le tenir, le serrer, l'embrasser pendant des heures pour qu'il se redresse. La première fois, ça n'en finissait pas! Ensuite, ça a été un peu plus vite. Mais dans la nuit, il ne voulait plus rien savoir. Rien à faire. Le matin il a parfaitement fonctionné, presque tout seul et pendant plus d'une heure. Et l'après-midi il s'y est remis (et pour plus longtemps encore). Mais oui! Avec de l'énergie et de la patience, on arrive à tout. Mais, est-ce que je veux vraiment?

En tout cas, c'est un week-end instructif. Winston est un homme extrême: fougueux, impétueux, ergoteur («Je veux dominer», c'est sa devise), mais par ailleurs il est gentil, calme, reconnaissant et il a besoin d'amour, comme un enfant.

– Je n'ai pas fait ça depuis vingt ans, tu sais? dit-il, avec émotion. Tout un week-end au lit! Incroyable. Ne pas manger, ne pas boire d'alcool, faire l'amour des heures entières. Je ne savais pas que j'en étais capable. Mais je ne t'ai pas cherchée, Ophélie, je t'ai trouvée. C'est ça, la différence. Et puis, je vais te dire autre chose. Je redoute les adieux. Aujourd'hui c'est merveilleux. Mais demain? Demain, ça fera mal. Tu es ma drogue, chérie. Demain, je ne t'aurai plus. Je serai en manque. Ce ne sera pas facile.

Winston repart dimanche soir pour Londres. Je ne l'accompagne pas à l'aéroport. Il ne veut pas. Il a peur qu'on nous voie. Il est connu, et sur les affiches électorales il passe pour un bon père de famille.

– Je ne sais pas si nous nous reverrons, me dit-il avant de partir, je ne veux pas faire de promesses que je ne pourrai pas tenir. Mais je ferai de mon mieux, chérie. Il faut que tu me croies.

Dès que Winston est parti, il s'arrête de pleuvoir.

Ce lundi est une journée superbe avec un ciel bleu tendre plein de petits nuages blancs qui passent en rêvant au-dessus du Panthéon et du Sacré-Cœur et filent vers l'Angleterre. Il fait assez chaud, et pourtant, ce matin, on a senti pour la première fois un petit air d'automne.

Je me réveille avec une faim de loup. Mais est-ce possible? Je ne pèse plus que cinquante-quatre kilos, CINQUANTE-QUATRE ! Encore un en moins ! Pas étonnant, nous n'avons pratiquement rien mangé de tout le week-end. Nous prenions le petit déjeuner le matin, mais le soir, nous nous contentions d'amandes salées que j'avais trouvées par hasard dans la cuisine. Cinquante-quatre kilos ! Aujourd'hui, je peux manger ce qui me plaît. Et je ne vais pas m'en priver. De toute façon, je veux fêter Winston. Ce midi ? Au Grand Vefour ? Bonne idée. Oui, mes chéries. J'y suis arrivée. Je l'ai eu mon grand manitou cultivé et fortuné. Qui a des relations et des choses à dire. Un homme avec qui l'on peut parler, et pas seulement coucher, un homme fort qui n'a pas peur d'une femme intelligente.

Et mieux encore : je pourrais l'avoir pour moi seule. Si j'avais vraiment des vues sur lui, je l'amènerais à quitter sa femme, à oublier ses enfants et à me suivre, sans arrière-pensée ! Je pourrais tirer profit de mon talent particulier et me marier dans la haute société anglaise.

Bien sûr, ce serait un dur combat. Aucun homme n'aime divorcer (surtout pour la troisième fois !). Mais je gagnerais. J'en suis certaine. Un homme de cinquante ans qui découvre tout à coup sa sexualité, qui fait l'amour avec passion pour la première fois de sa vie, qui, subitement, peut le faire pendant des heures et plusieurs fois de suite deux journées entières, cet homme-là est prêt à changer sa vie.

En plus, je connais certains trucs infaillibles. Je ne sais pas si je dois les révéler. Mais si, allons ! Les Québécois ne sont pas comme ça. Alors, voilà : Winston a l'esprit très occupé, il est en pleine campagne électorale. Si vraiment il ne donnait plus de ses nouvelles (ce dont je doute fort), j'irais à Londres la semaine prochaine, je prendrais une belle chambre d'hôtel et je lui rendrais visite à sa banque. Dès qu'il me verrait, il aurait envie de faire l'amour avec moi.

Chaque nuit (ou soirée ou après-midi) suivante le lierait davantage à moi.

Ensuite, je le ferais venir à Paris toutes les semaines, sans problème. Je lui dirais : « Chéri, je suis une femme passionnée. Je t'aime. Mais je ne peux pas rester longtemps seule. Une semaine, je tiens. Au-delà, je ne garantis rien. Mais si on se voit chaque semaine ou au pire, tous les dix jours, je serai fidèle. A cent pour cent. Je le jure sur ma vie. »

Donc, je *pourrais* faire cela et bien plus encore, mais à quoi bon? Je ne peux pas me marier, je ne supporte pas le quotidien. Je trouve plus facile de monter une maison d'édition, avec tous les efforts, les soucis, les risques et les nuits blanches que cela suppose, que d'être une épouse soumise à un homme comme Winston. En plus, je ne l'aime pas. C'est la raison première.

C'est dommage, parce qu'il s'est donné beaucoup de mal. Il ne s'est pas jeté sur moi, ne m'a pas prise par-devant, m'a caressée juste où il fallait, il m'a fait l'amour le plus longtemps possible, oui, je suis persuadée qu'il n'a jamais pris autant d'égards avec une femme. Il m'a donné le meilleur de lui-même. Mais pour moi, ce n'est pas assez.

Je le compare à Prosper Davis. Et comparé à Prosper, Winston est un bloc de pierre. Il est dur, rigide, gauche, crispé. Blanc comme le marbre, immobile comme un bloc de béton. Ses bras sont de fer. Comparé à Prosper, il est mort. Chez lui, il n'y a pas d'étincelle pour m'enflammer. Pas de braise, pas de feu, pas de flammes. Tout cela en vain ! Tant d'efforts pour rien.

A côté de Prosper, il est triste et gris. Son rire ne me donne pas envie de rire, sa voix ne me dit rien, je ne me sens pas en sûreté auprès de lui, je suis à des années-lumières de la volupté et de l'extase.

C'est pour cela que nous avons passé le week-end dans la chambre d'amis. Je ne voulais pas de Winston dans mon grand lit. Le grand lit appartient à Prosper et au souvenir que j'ai de lui. Prosper Davis ! Je ne veux pas penser à lui. Mais c'est plus fort que moi. Je n'ai pas le choix.

Je suis comme une femme qui, pour la première fois de sa vie, se fait faire des chaussures sur mesure. Quand elles sont prêtes, elle se dit : « Elles sont belles ! Magnifiques ! Mais elles n'ont rien de révolutionnaire. » Cependant, elle s'aperçoit que plus aucune autre paire de chaussures ne lui plaît. Elle les trouve toutes lourdes, dures, jamais assez confortables, elle leur découvre des milliers de défauts. Bref, elle est marquée à vie.

C'est exactement ce qui se passe avec Prosper. Je savais très bien que nous vivions des heures décisives, mais j'ignorais qu'à partir de ce jour je comparerais tous les autres hommes à lui. A leur désavantage, évidemment. Non, je n'avais pas prévu cela. Ce n'est pas à cause de Winston que tous les Français m'ennuyaient (cela me semble évident, tout à coup), mais à cause de Prosper. Eh oui! J'avais Winston dans la tête, mais Prosper dans le cœur. Et le cœur, ça compte!

J'ai reçu une lettre de lui aujourd'hui. Une enveloppe rouge pleine de timbres bleus, rouges et blancs, des rayures et des étoiles, ça lui ressemble bien. Je l'ai lue tout de suite, juste après le petit déjeuner, sur la méridienne jaune du salon, exactement là où je lui ai parlé pour la première fois au téléphone, quand j'ai su que nous passerions la nuit ensemble.

La lettre n'est pas longue. Prosper n'aime pas écrire. Il préfère les notes de musique aux phrases. Mais je lis et relis, et j'aime tous ses mots!

Mais, comment? Il vient me rendre visite? Hourra! Et je me mets à pleurer comme une Madeleine.

C'est un fait: depuis son départ, je n'ai cessé de lutter. Mais après ce week-end avec Winston, je dois bien me l'avouer: je suis amoureuse de Prosper! Et pas seulement avec mon corps!

«Baby», me dit sa belle écriture régulière, «je t'ai vue à la télévision. Je pense toujours à toi. Je n'en dors plus. Je n'arrive plus à me concentrer sur la musique. Il faut que je te voie. Nous partons la semaine prochaine pour le Brésil. Et ensuite au Japon. Un concert tous les soirs, ce sera très dur. Nous ne serons libres qu'en septembre. Le 2 octobre, nous jouons en Hollande. Je pourrais être à Paris le 12 septembre. Écris-moi tout de suite pour me dire si je dois venir. Si je n'ai pas de nouvelles de toi, je retourne à New York. Je t'aime! Prosper D.»

Dès que j'ai séché mes larmes, je prends l'enveloppe et j'examine le cachet de la poste. Il est du 16 août, le jour de mon anniversaire et de mon émission de télévision à Londres. La lettre a mis deux semaines et demie pour arriver. Nous sommes aujourd'hui le 3 septembre. Prosper est déjà en tournée. Où est-il? Au Japon? Au Brésil? Je n'ai pas d'adresse, pas de nom d'hôtel ni de ville. Il faut que j'arrive à le joindre immédiatement.

Mais comment?

Je m'essuie les yeux. Prosper me fait toujours pleurer. C'est un signe qui ne trompe pas. Cela ne m'est arrivé qu'avec Tristan. J'étais tellement amoureuse de Tristan que chaque fois que je recevais de ses nouvelles, ou un coup de téléphone ou une lettre, je me mettais à sangloter. Ça recommence.

Bon. Trêve de sentimentalisme, comment le joindre? Impossible d'appeler chez lui. Mais je n'ai pas travaillé pour rien dans les médias: les recherches, ça me connaît, et mon instinct me fait toujours tomber juste. C'est vrai encore cette fois.

Je sais par Prosper qu'il y a deux agences de jazz en Europe, une en Allemagne, l'autre en Hollande. Puisque la tournée se termine en Hollande, j'en conclus que c'est cette agence qui s'en occupe. J'appelle l'ambassade des Pays-Bas, je demande le service de presse – où ils ont tous les annuaires étrangers – et je demande le numéro de téléphone. J'appelle l'agence. J'ai de la chance. On me passe l'organisatrice de la tournée.

Elle me dit tout ce que je voulais savoir. Prosper est déjà au Japon. Je connais la ville, l'hôtel, le numéro de téléphone, je sais où ils jouent et à quelle heure. Aujourd'hui, ils sont à Tokyo. Je me sens plus légère.

J'appelle aussitôt. Il est dix heures trente du matin à Paris, là-bas il est sept heures et demie du soir. Avec un peu de chance, j'aurai Prosper avant le concert.

En effet, il est encore dans sa chambre.

– Allô ! C'est Ophélie.

– Oh, Baby !

Prosper éclate de rire, d'un rire qui révèle un immense soulagement. Puis il retrouve peu à peu son sérieux.

– Tu me manques tellement ! On va se voir à Paris?

– Bien sûr !

Je réprime à grand peine une nouvelle envie de pleurer. Cette voix ! Lente, grave, un peu rauque, je suis complètement sous son charme. Ce timbre profond, sensuel m'émeut, comme s'il était près de moi.

– J'ai cru que tu ne m'aimais plus. Tu n'as pas répondu à ma lettre.

– Elle n'est arrivée qu'aujourd'hui. Je viens de la lire à l'instant.

– Alors, on se voit mardi?

– Mais oui ! Je viens te chercher. Tu connais le numéro de ton vol?

– Oui. Attends ! (Il me le donne. Puis il dit, très vite :) Je t'ai téléphoné deux fois. Mais tu n'étais pas chez toi. J'avais peur que tu sois repartie au Canada?

– Moi? Je n'ai pas bougé ! Quand as-tu appelé?

– La dernière fois, c'était samedi à cinq heures de l'après-midi. Il devait être huit heures du matin à Paris.

– Ah oui, c'est vrai. J'étais sortie. (J'étais là-haut, à Pigalle. Dans cet infâme boîte de nuit avec la strip-teaseuse qui fume les jambes écartées. Mais je me garde bien de le dire. Je préfère lui demander :) Tu vas bien?

– Très bien, merci. Mais je suis fatigué. On est tous fatigués. On n'a presque pas le temps de dormir. On joue souvent jusqu'à minuit, et il faut se lever à sept heures pour aller dans la ville suivante, et le soir on joue encore. O, Baby ! (Il se tait pendant quelques secondes.) Je t'aime !

– Moi aussi.

– C'est vrai?

– Oui, c'est vrai ! J'ai hâte de te voir !

Il rit.

– On restera trois jours au lit. O.K.?

– O.K.

– Je te rappellerai demain. Maintenant, il faut que je te laisse. Je n'ai pas fini de m'habiller.

– Et comment est le public?

– Excellent. Et très gentil. Alors, à demain. *Bye, bye!*

– *Bye, bye, darling.* Et fais-les swinguer !

Je raccroche. Winston est tombé aux oubliettes. Prosper arrive dans une semaine. Je peux commencer à faire des projets. Mais d'abord, je regarde le reste du courrier. Ah, enfin ! Nelly m'envoie le dernier chapitre. Il n'est pas long, une quinzaine de pages. Très bien. Je l'aurai fait en quelques jours. Elle a joint aussi une petite lettre où elle s'excuse de son retard. Mais elle ne dit pas pourquoi elle n'a pas donné de nouvelles pendant si longtemps.

Ma mère m'envoie une revue. Le dernier numéro de *Peoples Magazine.* Et qu'est-ce que je lis? Que Nelly est tombée amoureuse du nouveau gouverneur de Californie. Et lui d'elle. Il a l'air très sympathique, il est veuf et a paraît-il dix ans de moins que Nelly, mais sur les photos, ça ne se voit pas. D'ailleurs, elles ont été prises à Hollywood, chez un célèbre producteur de cinéma qui a donné une grande réception en leur honneur. On parle même de mariage.

J'examine les photos de plus près.

S'aiment-ils vraiment? Ou bien n'est-ce qu'une histoire passagère pour se faire de la publicité à bon compte? Non. Cet homme a l'air sincère. Et il ne regarde que Nelly, et pas l'objectif, c'est bon signe. La plupart des hommes politiques ignorent les gens qui les accompagnent dès qu'ils s'aperçoivent qu'on les photographie. Ils se mettent à flirter avec l'appareil, sans plus s'occuper de ce qui se passe autour d'eux. Mais là, ce n'est pas le cas. Ils se dévorent des yeux. Ils s'aiment. Je repose la revue, ravie.

Et, au fait, pendant que j'y pense : le mystère de Rivera est élucidé. Ma mère avait confondu les noms. C'était Valéry Beltour, mon directeur adjoint de l'Opéra, le grand amour de Nelly. Ils sont toujours amis, mais platoniquement, je suppose. D'ailleurs, il est en ce moment au Hollywood Star Ranch, pour faire une cure de jouvence avant de rentrer. Rivera n'était qu'une passade. Ratée. Exactement comme avec moi !

Prosper vient à Paris ! Je ne fêterai pas Winston. Je n'ai pas le temps. J'achète en hâte mon déjeuner à la charcuterie de la place de la Contrescarpe : salade de maïs aux poivrons rouges, aubergines et champignons au gratin et une grosse part de gâteau de riz au caramel. Tout est frais, appétissant et prêt à emporter. Je n'ai rien à faire cuire. C'est exactement ce que je voulais. Il faut que je travaille, que j'en fasse le plus possible avant l'arrivée de Prosper. En septembre, je suis toujours en pleine forme !

Le mois commence très bien. Mais pas seulement pour moi. Nelly ouvre son premier restaurant végétarien, Buddy passe quatre soir de suite au Baiser Salé avec un nouveau groupe américain, et il joue mieux que jamais. Pendant ce temps, Prosper divertit les Japonais, ma mère fait un séminaire d'été sur les peintres canadiens du début du siècle et Tristan fait des affaires à Montréal : il achète tout un quartier menacé de démolition et commence les travaux de rénovation des premières maisons. Quant à Winston, il a gagné les élections et devient chancelier de l'Échiquier. Le soir du dépouillement, il m'appelle pour me l'annoncer.

– Darling, nous avons gagné !

– Félicitations ! C'est sûr?

– Sûr et certain. Un véritable raz de marée !

En bruit de fond, j'entends des rires, des éclats de voix et de chansons. Les télex crépitent, les téléphones sonnent, apparemment une grande fête se prépare.

– Où es-tu? (Il est un peu plus de minuit.)

– Chez nous. Au bureau central du Parti.

– Fatigué?

– Non, pas du tout. Heureux. Mais je ne pourrai absolument pas m'absenter dans les trois prochaines semaines. Tu viendras peut-être me voir? Nous en reparlerons. Quand repars-tu pour le Canada?

– Le 15 octobre.

– Alors, on se verra sûrement. Je viens à Paris début octobre. En voyage officiel. Il faut que je te laisse, maintenant. Tu entends tout ce qui se passe ici. Je voulais seulement te le dire. Je pense beaucoup à toi. Tu m'as porté chance.

Je raccroche et j'imagine son visage, le nez grec, les sourcils droits, la bouche sensuelle, les yeux aux petites taches d'or, le menton trop court. Il doit encore porter un costume magnifique. Et son gilet de soie rouge. Et tel que je le connais, sa longue écharpe de soie blanche. Tout à coup, il m'est à nouveau très familier. Je l'aime bien. Je suis contente pour lui. *Voilà!* L'un de nous y est arrivé. J'espère que mon tour va venir.

Je travaille toute la semaine comme une folle. Je fais sonner le réveil à neuf heures, à dix heures je suis devant ma machine à écrire. J'achève le livre en deux jours, et je m'attaque aussitôt à la version française. Enfin, je l'ai déjà commencée avant d'aller à Londres. Il y a plus de cent pages achevées, et j'avance à grands pas. Il m'arrive de travailler jusqu'à quatre heures du matin.

Le plus dur est fait. Je n'ai plus besoin de me creuser la tête pour deviner ce que Nelly a bien pu vouloir dire : je me sers de ma version anglaise claire, bien rédigée, impeccable. Je traduis de ma seconde langue maternelle vers ma première : un vrai plaisir !

Le dimanche soir, j'en suis à la page deux cents. C'est presque fini. Magnifique ! Le lundi, je fais la grasse matinée, pour me reposer, puis je vais chez Jeanne, me faire belle pour Prosper.

– Vous avez déjà eu un petit ami noir? lui demandé-je, le visage dans un nuage de vapeur. Et comme elle acquiesce : Comment était-ce?

– Au lit très bien, mais à part ça lamentable. Pourquoi me demandez-vous ça? Vous êtes tombée amoureuse d'un Noir?

– Plus ou moins.

– Eh bien, bonne chance, et toutes mes condoléances !

De retour à la maison, je me lave les cheveux au henné. Et le mardi après-midi, je vais chercher Prosper à l'aéroport. Dès que je le vois, mes genoux m'abandonnent. Il est tellement beau que c'en est presque insoutenable. *Hi, baby* !

Il baisse les yeux vers moi en souriant, ouvre grand les bras et me serre contre lui. Un géant noir et une frêle femme blanche. Les gens nous regardent. Mais ça nous est égal. Dans le taxi, nous n'arrêtons pas de nous embrasser, jusqu'à Paris. Arrivés à la maison, nous nous jetons sur le lit, mon merveilleux grand lit moelleux, et nous y restons trois jours entiers.

Trois jours d'extase. Maintenant, le monde peut s'écrouler. Prosper est dans mes bras ! Ce beau corps souple je ne veux plus m'en passer.

Non ! Pas une seconde ! Dieu seul sait ce qui peut arriver. Nous vivons une époque dangereuse. Je ne me fie plus à rien. Je le veux maintenant, tant que le monde est encore debout. Je le veux tout entier!

Quand nous ne faisons pas l'amour, nous bavardons. Des heures entières.

Pour la première fois, Prosper me parle de sa famille. Sa grand-mère danoise est une riche exploitante agricole. Son arrière-grand-mère américaine était encore une esclave en Virginie. Il a des parents dans les États du Sud, mais il n'aime pas y aller, parce qu'une fois, quand il était petit, on lui a interdit de s'asseoir devant, au cinéma. Il a dû monter au balcon, avec les autres Noirs. Il n'a jamais oublié.

– Je préfère aller au Danemark, dit-il, là-bas, je suis le cousin d'Amérique, ça fait exotique. (Il rit.) Mon oncle a une grande maison et quatre filles dont la dernière a quinze ans. Elles n'arrêtent pas de me toucher. Et quand je suis dans mon bain, il y en a toujours une qui entre, sous prétexte qu'elle a absolument besoin de quelque chose, une serviette ou n'importe quoi. Et tu sais, elle regarde discrètement dans la baignoire pour voir, tu devines quoi, tout en s'excusant plusieurs fois de m'avoir dérangé.

– Pourquoi tu ne fermes pas la porte à clef?

– On ne peut pas. Elles s'arrangent pour qu'on ne puisse pas la fermer, tu comprends? Dès le deuxième jour, la clef de la salle de bains disparaît, comme par hasard. Et celle de ma chambre aussi. Parce qu'elles viennent aussi dans ma chambre. Pas la nuit, bien sûr. Mais le matin, quand je m'habille.

– Et qu'est-ce qu'elles trouvent comme prétexte?

– Elles viennent me dire que le petit déjeuner est prêt!

Prosper éclate de rire.

– Ça a l'air de te plaire!

– C'est mieux que d'être assis au fond, au cinéma. Ou d'aller chez un coiffeur qui me dit: désolé, je ne coupe pas les cheveux aux Noirs. Ça m'est arrivé aussi. Dans le Sud lors de la dernière réunion de famille. (Il se tait et devient pensif.) Mais, changeons de sujet, tu veux bien? Je suis avec toi. Nous sommes à Paris. Et nous avons quinze jours rien qu'à nous. (Il m'embrasse sur la joue, me caresse les cheveux.) Je ne veux penser qu'à nous, et à rien d'autre. Tu comprends?

Nous passons beaucoup de temps à la maison. Les Parisiens sont revenus de vacances et les rues sont à nouveau pleines de monde, embouteillées, puantes. Il y a des voitures partout qui klaxonnent et crachent des gaz d'échappement, il y a partout du bruit, des gens, c'est infernal.

– C'est pire qu'à New York, constate Prosper au retour d'une courte promenade qui nous a complètement épuisés, on devrait interdire les voitures. Mais tu sais, Paris est quand même la plus belle ville du monde. C'est cent fois plus beau que l'Amérique. Et c'est ici qu'on s'est connus. (Il me regarde.) Oh, baby, j'ai longtemps réfléchi. Pour toi, je pourrais quitter ma famille. Ces dernières semaines à la maison étaient un enfer. Ma femme et moi, on ne se parle plus ou alors c'est pour se disputer. Je veux être avec toi. Je veux vivre avec toi. Je veux montrer au monde entier que je t'aime. J'en ai assez de mentir et de me cacher. Je veux commencer une nouvelle vie. Regarde-moi, Ophélie. Tu veux vivre avec moi?

Le lendemain, nous partons pour les pays de Loire.

Nous louons une voiture rouge, un vrai petit bolide, et nous visitons les plus beaux châteaux, de Chambord à Chenonceaux, en passant bien sûr par Villandry avec son fameux potager ornemental. Nous dépensons beaucoup d'argent, nous descendons dans les hôtels les plus chics, nous mangeons dans les meilleurs restaurants et nous faisons l'amour dans de grands lits français. C'est comme une lune de miel. Mais en beaucoup plus beau. Oui, mes chéries, c'est la plus belle semaine de ma vie, j'en suis bien consciente. Prosper me gâte autant qu'il peut. Il compose mes menus, m'apporte le petit déjeuner au lit. Il veut tout savoir de moi, me pose mille questions, et je me raconte, sans la moindre gêne, je lui parle même de mes difficultés pour apprendre à nager (car je ne nage toujours pas dans le grand bain !).

Prosper écoute attentivement, acquiesce de temps en temps d'un signe de tête – et semble oublier aussitôt. Mais à Valençay, il y revient subitement, car nous sommes dans hôtel avec piscine.

– Baby, me dit-il l'après-midi, aujourd'hui, pour la première fois, tu vas *vraiment nager.*

– Tu veux dire, dans le grand bain? (Aussitôt, j'ai la chair de poule.) Toute seule? Je ne pourrai jamais!

Nous sommes assis au bord du bassin, les pieds pendants dans l'eau. Il fait chaud comme en plein été.

– Mais si, tu pourras! Je vais t'aider.

– Je n'ai pas le courage.

– Ah bon? C'est nouveau, ça! Tu investis tout ton argent et celui de ta mère dans une maison d'édition, sans savoir si ça va marcher. C'est pas du courage, ça? Le risque est bien plus grand. – Il se met à rire et me pousse d'un coup d'épaule.

Je me tais. J'ai les yeux rivés sur mes genoux.

– En plus, tu sais, je fais parfois des rêves prémonitoires, et ils se réalisent toujours. C'est aujourd'hui, baby. Aujourd'hui tu dois nager. D'après mon rêve, si tu arrives à nager aujourd'hui dans le grand bain, tu réussiras tout ce que tu entreprendras au Canada. Il ne pourra plus rien t'arriver de mal !

Je regarde l'eau. Les petites vagues scintillantes et trompeuses. Je lève les yeux vers Prosper. Il est si beau dans son maillot de bain rouge ! On dirait un acteur de cinéma.

– Je réussirai tout? Tu es sûr?

– Tout, baby ! Tout ! Mes rêves ne me trompent jamais. Tu nages aujourd'hui dans le grand bain, et tu surmonteras tous les coups durs. Rien ne pourra t'anéantir, aucune faillite, aucun accident, aucun krach boursier, aucun homme...

Me voilà dans l'eau, je relève mes cheveux.

– Tu viens avec moi?

Il vient.

– Si tu coules, je te sauverai !

Encore hésitante, je fais quelques brasses. Pour l'instant, ça va très bien. J'ai encore pied, ici. Mais là-bas, c'est le gouffre. Mon cœur commence à battre à tout rompre. Ma respiration s'accélère, je fais des efforts désespérés pour garder la tête hors de l'eau, mais je bois quand même la tasse, je vais couler.

– N'aie pas peur, me dit Prosper d'un ton rassurant, doucement, baby ! Doucement ! Je suis là. Il ne peut rien t'arriver. Doucement. Doucement !

Dès qu'il a parlé, la panique a cessé. Près de mon amant noir, si fort et si tendre, je traverse le grand bain jusqu'à l'autre bord. Puis nous faisons le chemin inverse.

Ensuite, je nage seule. Prosper me regarde depuis le plongeoir.

– Je nage ! m'écrié-je.

C'est vrai, je nage. Je nage dans le petit bain. Je nage dans le grand bain. Je suis un poisson ! Une ondine ! Un dauphin ! Je suis une sirène, une nymphe. Je suis ici comme chez moi. L'eau est mon élément. Je me retourne, sur le dos, et je fais jaillir des gerbes d'eau avec mes pieds.

– Hourra ! crie Prosper en ouvrant les bras. Il saute du plongeoir et passe sous moi pour ressortir un peu plus loin. Il rit. Ses dents blanches resplendissent dans son visage sombre, des gouttes d'eau scintillent sur ses cils, sa peau mouillée brille comme de l'or au soleil, il nage jusqu'à moi et m'embrasse sur la bouche.

– Je veux sauter aussi ! Je veux sauter aussi ! Je n'ai pas peur ! Regarde-moi !

Je sors de l'eau. Vite, je monte l'échelle avant que le courage ne me lâche.

Je suis tout en haut, maintenant. Trop haut ! Trois mètres, c'est trop. J'ai le vertige. Il n'y a que le vide autour de moi. Rien pour me tenir. L'eau est trop loin. Je ne sauterai pas, je ne suis pas folle. Je n'y survivrai pas. J'ai peur !

Peur? Non ! Je n'ai pas peur ! La peur est la pire des choses, le plus grand des obstacles. La peur brise tout. La peur est un luxe que je ne peux pas me permettre. Allez, le fatras, par-dessus bord ! Je saute, dussé-je en mourir !

J'avance d'un pas et je me jette dans l'inconnu. Deux secondes épouvantables. Je percute la surface de l'eau. Ça fait mal ! J'ai de l'eau dans le nez, dans les oreilles, dans la bouche. Je me noie ! Je suis perdue ! Mais non, je remonte. Je prends une bouffée d'air. Je tousse, je crache, j'éternue, je gigote en tous sens. Je frappe l'eau autour de moi. Je ris. Je pleure. J'ai les yeux qui me brûlent, les poumons qui me piquent, le nez qui coule – mais je respire. Je vis. J'ai sauté. Je sais nager ! *Je ne coulerai plus jamais !*

19

Prosper est parti pour la Hollande.

Je suis seule à Paris et je prépare mon départ. Cela fait presque six mois que je suis ici. J'ai peine à y croire. Je suis arrivée avec un sac à moitié vide. Je pesais soixante-dix kilos. J'avais l'accent québécois, je mangeais de la viande, du bacon, des rillettes et du poisson. Je m'habillais mal et j'avais une allure provinciale.

Je quitte Paris mince comme un fil avec cinquante-trois kilos et dix ans de moins, je parle différemment, je sais trottiner, je suis un régime sain qui me rend belle, j'ai beaucoup appris et je me suis fait des amis. Rien, absolument plus rien chez moi ne rappelle Port Alfred.

Je sais nager et me défendre.

J'ai enfin mis un sommet à ma pyramide d'amants, avec Winston, le chancelier de l'Échiquier. J'ai un amant noir. Je connais l'extase. J'ai surmonté une agression et je ne me suis pas laissée abattre. J'ai beaucoup lu, beaucoup réfléchi, mes idées ont considérablement changé.

J'emporte trois gros sacs de livres. Et deux grandes valises de vêtements et de chaussures, haute couture, *bien sûr!* Je plie soigneusement ma robe jaune à petits boutons. Dire qu'elle m'allait! C'est incroyable. Je mets la guêpière avec. C'était la tenue que je portais en arrivant. Je vais donner tout ça à l'Armée du Salut. Mais je garde mon beau manteau à capuche en velours vert. Il me sera bien utile au Canada. Et où vais-je mettre le coussin «fratras» de Nelly? Et mon portrait, comment vais-je l'emballer? Qu'est-ce que je garde? Qu'est-ce que je jette? Les lettres de Prosper, je les mets dans mon passeport pour être sûre de ne pas les perdre.

Et maintenant, je range mon bureau. Un petit coup d'œil nostalgique. C'est ici que j'ai téléphoné à Montréal pour ma première spéculation (qui s'est très bien passée, Dieu merci!). C'est là aussi que j'ai mis en forme le livre de Nelly. Ça n'a pas été facile. Un livre sur l'art de rester jeune. Pour le titre, Nelly hésite encore entre : *Le néo-romantisme* et *Enfin j'ai quarante ans !*

En tout cas, elle est contente de moi. Je lui ai envoyé les deux versions dans les délais, ainsi que cinquante photos, dessins, gravures et anciennes recettes de beauté que j'ai dénichées dans des archives.

Pour ma maison d'édition, j'ai acheté les droits d'une dizaine d'autres livres. Des ouvrages anciens depuis longtemps épuisés. Mais des livres importants, qui prônent l'amour. Nous en avons besoin de toute urgence. Mon dernier jour à Paris. Je vais dire au revoir à Jeanne et à Buddy et je me promène au Luxembourg. A onze heures du soir, juste avant de m'endormir, je regarde les informations à la télévision.

Tout à coup, je sursaute. La première information me frappe comme une gifle. Accident d'avion peu avant le décollage. Une bombe à bord. Aucun survivant. Aéroport de Schiphol. Un Boeing 747 de la TWA. Sur le vol Amsterdam - New York. Décombres encore fumants. *Mon Dieu ! C'est l'avion de Prosper ! Prosper est mort !* Ce matin, au téléphone, il m'a dit qu'il prenait l'avion ce soir.

Je n'ai pas la force d'éteindre le téléviseur. Je gis par terre, à demi inconsciente. Moquette rose. Comment suis-je arrivée là ? Je ne sais pas.

Prosper est mort. Je sanglote. Je tremble de tout mon corps, secouée de la tête aux pieds, je ne me contrôle plus, je pleure jusqu'à épuiser mes larmes. Je veux mourir.

Je me lève, j'éteins la télé et toutes les lumières. Je cours jusqu'à la salle de bains. L'armoire à pharmacie. Les somnifères. Où sont les somnifères ? J'en ai vu tout un tas, l'autre jour. Le directeur adjoint de l'Opéra doit être insomniaque. Ça tombe bien.

De l'eau. Un grand verre. Non. Deux verres. Et les cachets. Tout ça sur la table de nuit. Je suis plus calme, maintenant.

Je m'allonge sur le lit. Je porte le déshabillé transparent jaune citron avec des dentelles que j'avais acheté chez Harrods, à Londres. Prosper le trouvait très beau. Je ne vais peut-être pas me suicider. Mais alors, je bouleverse tous mes projets. Je ne monte pas de maison d'édition. A quoi bon se donner tant de mal ? Pourquoi ? J'irai au Hollywood Star Ranch. Nelly me trouvera bien un emploi. Salaire fixe. Pas de soucis.

Ou bien je me retirerai à la campagne, loin de la race humaine. J'en ai assez de ces sauvages ! Ils peuvent se suicider, se battre, s'entre-tuer, se massacrer, s'étriper et exploser dans les airs, ça m'est bien égal.

De toute façon, le monde n'en a plus pour longtemps. Comment le pourrait-il? Il y a des centrales nucléaires partout. L'eau est empoisonnée. Les mers sont polluées. Les forêts meurent. Le désert s'étend. Quant au reste, les terroristes s'en chargent.

NON! NON! NON! NON! NON!

Je ne veux plus.

J'éteins la lampe de chevet. Je ferme les yeux. Je cherche le verre d'eau à tâtons.

Tout ça n'a aucun sens.

Le monde s'effondre.

Allez, le fatras, par-dessus bord!

20

Le monde ne s'est pas effondré.

Je suis allongée, heureuse, sur une méridienne verte, dans ma maison de campagne, près de Montréal. Je porte une robe d'été mexicaine rouge, longue et mouvante, des chaussures à brides dorées et une jolie veste en brocart. Nous sommes le 18 août de l'année deux mille trente-cinq. Le XXIe siècle a commencé. Il est mieux que le précédent. Dieu soit loué.

J'ai fêté hier mes quatre-vingt-dix ans. La fête se termine à l'instant. Ma maison est pleine de fleurs exotiques. Il est quatre heures de l'après-midi. Les derniers invités viennent de partir. Olivia, ma petite bonne, m'apporte une tasse de thé. Je me redresse pour admirer le parc. Je suis heureuse de vivre.

Je n'ai pas pris les somnifères, à Paris, il y a quarante-huit ans. J'ai seulement bu le verre d'eau. Et le matin, j'ai reçu un appel de New York. De Prosper Davis. Il était vivant. Il avait pris l'avion précédent. Mon Dieu, quelle joie! Quel soulagement! J'ai beaucoup aimé Prosper. Mais je ne l'ai pas épousé. Il est resté avec sa famille. Et c'était bien ainsi. Notre relation a duré longtemps, nous nous sommes vus souvent. Il a embelli ma vie, et moi la sienne.

On apporte encore des fleurs. Et des cartes d'anniversaire. Je ne sais plus où les mettre. Tout le Canada m'envoie ses vœux. J'ai reçu des appels et des cadeaux du monde entier, sans parler des décorations, des médailles et des prix.

On a écrit sur moi des livres et des centaines d'articles. Des thèses sont même en cours. Et on est sur le point de faire un film à partir du récit de ma vie (encore un!).

Oui, mes chéries, j'y suis arrivée. Je suis le plus grand éditeur du Canada et la plus grande productrice de film de l'Amérique du Nord. Prosper avait raison: je n'ai plus jamais coulé.

Mais ça n'a pas toujours été tout beau, tout rose. Il y a eu des années diablement difficiles. Bien souvent, je me suis dit: j'arrête, je vends. La troisième année, alors que je commençais tout juste à m'en sortir financièrement, mon entrepôt a brûlé. J'ai dû faire des emprunts, et je tremblais de ne pas pouvoir les rembourser. Mais j'ai refait surface, exactement comme après avoir sauté du plongeoir.

A cette époque, après l'incendie, c'est mon arrière-grand-mère qui m'a sauvée. Ses mémoires ont eu un énorme succès. Je les ai vendus dans le monde entier. Ils ont été portés à l'écran plusieurs fois, car la première Ophélie vivait à une époque qui rappelait la fin du XXe siècle. Épidémies, catastrophes naturelles, terrorisme, guerre civile, coups d'État, elle avait vécu tout cela lorsqu'elle était jeune comédienne au Brésil.

Mais elle ne s'était pas laissée gagner par la peur. La déprime? Non, merci! Elle n'était pas pessimiste, pas plus que moi. J'ai dû hériter cela d'elle. Moi aussi, je crois en l'avenir. J'y ai toujours cru. Et aujourd'hui, du haut de mes quatre-vingt-dix ans, j'y crois plus que jamais!

J'ai toujours refusé de me conformer aux modes du moment, surtout quand elles étaient négatives. Oui, mes chéries! J'ai bâti ma fortune en pleine crise économique. Je ne me suis pas laissée contaminer par le pessimisme général, je n'ai pas vendu, au contraire, j'en ai profité! J'ai acheté de nouveaux droits, une imprimerie et un atelier de reliure à un homme qui avait perdu courage, qui s'était affolé. Il a vendu tout ce qu'il avait – à des prix dérisoires!

Il ne faut *jamais* se décourager! Je me souviens des cris d'alarme, juste avant le tournant du siècle : la forêt est en train de mourir. La guerre atomique est à nos portes!

Et que s'est-il passé? La forêt n'est pas morte. Les réserves naturelles les plus importantes ont été sauvées, dans le monde entier.

Il s'est passé beaucoup de choses positives, ces quarante dernières années. Et la meilleure de toutes est celle-ci : l'ère atomique est terminée. Parfaitement! L'ère atomique n'est plus qu'un mauvais souvenir! Nous y avons survécu et c'est un immense soulagement.

Elle n'aura duré que cent ans, cent ans au bout desquels les réserves d'uranium étaient épuisées. Il n'y a plus de centrales nucléaires, plus une seule! Il paraît qu'il n'y a pas non plus de bombes atomiques ni de missiles. En tout cas, on ne peut plus en produire. Cent ans, c'est tout. Un minuscule laps de temps dans l'histoire de l'humanité. Mais un laps de temps dans lequel elle a failli se détruire. C'était le paroxysme de la pensée boiteuse.

Nous ne sommes plus au bord du précipice. Nous avons reculé de quelques pas. Nous savons maintenant qu'il est possible de tout redresser, *il suffit de le vouloir!* « Les temps », c'est nous qui les faisons, ils ne tombent pas du ciel. Les hommes fabriquent tout un fatras de choses qui mène aux crises économiques, à la course aux armements et à la guerre. Mais on peut supprimer ce que l'on a fabriqué. C'est ce que nous faisons aujourd'hui, au XXIe siècle. Nous nous débarrassons de la pollution, de la saleté accumulées jadis. Le XXe siècle, plus jamais!

Nelly ne m'a pas donné son livre sur l'art de rester jeune. En revanche, elle m'a légué toute sa fortune. En fait, elle avait mauvaise conscience. Car elle était bel et bien la maîtresse de mon père. C'est à cause d'elle qu'il nous a quittées, à cause d'elle que j'ai vécu des temps difficiles quand j'étais enfant. Mais elle s'est rattrapée. Et j'ai très bien géré son legs.

Le Hollywood Star Ranch existe toujours, de même que la chaîne de restaurants végétariens créée par Nelly. Elle est plus florissante que jamais – mais aujourd'hui, la situation est inversée. Il n'y a pratiquement plus que des restaurants sans viande et l'on sert partout des aliments sains. J'avais raison. L'alimentation diététique de jadis est devenue notre alimentation quotidienne. On ne mange presque plus de chair animale qui fait vieillir prématurément, enlaidit et rend malade. Résultat? La plupart des « maladies du siècle » ont considérablement régressé. On ne s'est jamais aussi bien porté, en Occident.

Ah, mes enfants, j'ai quatre-vingt-dix ans, et je me plais toujours. J'ai encore tous mes cheveux, qui sont blancs comme neige, et mes yeux n'ont rien perdu de leur éclat. J'ai peu de rides, ma bouche est tendre et mes mains ne souffrent pas du tout d'arthrite. J'ai conservé mon poids, je n'ai jamais plus mangé de viande, et aujourd'hui encore, je nage tous les jours.

Le tableau de Faddy est accroché là, dans mon salon. La reine-soleil n'a pas changé. Elle s'est imposée. Elle est devenue l'emblème de ma maison d'édition, une marque mondialement connue. La reine-soleil avec ses boucles rousses sur fond doré figure sur tous mes livres, au générique de tous les films et toutes les cassettes vidéo. La reine-soleil est le symbole d'une époque meilleure!

Oui, j'ai changé bien des choses. Et j'ai fait la guerre à la violence. Le combat fut dur, beaucoup plus dur que je ne pensais.

Que peut-on opposer à l'horreur et à la cruauté? Encore plus de violence? Des couteaux plus tranchants? Des scies plus acérées? Des instruments de tortures plus sophistiqués?

Non! Contre le meurtre et l'homicide j'ai toujours employé l'humour. Je les ai fait rire, mes chéries. Et je continue. J'ai fait écrire des comédies, des farces, des pièces burlesques. Je les ai divertis mieux que personne. Avec moi, ils riaient aux larmes. Mon cabaret télévisé (deux fois par semaine dans les programmes du soir) bat tous les records d'audience d'Amérique.

Ils veulent tous rire. Et ils veulent tous aimer! L'amour est ma deuxième arme, mon canon d'assaut. J'ai fait écrire et porter à l'écran de merveilleuses histoires d'amour. (Elles se vendent très bien aussi en cassettes.) Je les ai publiées dans des collections de luxe, sur papier glacé, avec des illustrations de bon goût et la reine-soleil à chaque tête de chapitre.

Le néo-romantisme est en plein essor. On peut à nouveau montrer ses sentiments. A nouveau, les hommes ont le droit de pleurer. Les femmes celui d'être belles et élégantes. On s'entraide plus qu'avant. Les enfants apprennent très tôt à être courageux. Ça y est, nous nous sommes réalisés. Nous pouvons enfin être là les uns pour les autres!

Et voici le plus beau: les hommes prennent enfin l'amour au sérieux. Avant, au Canada, on disait: *Take a wife, but don't make her your life* (prends une femme si tu veux, mais pas au sérieux!). Et cela nous a menés où? On l'a vu à la fin du XXe siècle. Des femmes par milliers demandaient le divorce!

De nos jours, on ne se marie plus aussi jeune. A trente ans au plus tôt. Mais alors, on se donne vraiment du mal pour que ça marche.

Croyez-moi, mes chéries, la vie n'est pas aussi courte qu'on le pense. Maintenant, du haut de mes quatre-vingt-dix ans, je vois combien on est jeune à quarante ans. Ou à cinquante. Ou à soixante. Oui, même quatre-vingts ans n'est plus un âge canonique.

Pourtant, des millions de gens gaspillent ces précieuses années en passant leur temps à maugréer, à se lamenter, à se plaindre de ne plus avoir vingt ans. Je n'ai jamais compris. La pensée boiteuse, toujours elle.

Et puis, encore une chose. A l'école, on nous disait toujours: quand on a compris la vie, il est trop tard!

Pas du tout, me disais-je. Pas moi! Moi, je comprendrai avant qu'il soit trop tard. Et c'est ce que j'ai fait autrefois à Paris.

J'en ai tiré mes conclusions.

Je ne me suis jamais mariée. Je ne voulais pas mettre d'enfants dans ce monde surpeuplé et dangereux. J'ai donc adopté une petite fille que j'ai appelée Ophélie. Le jour de ses trente ans, je lui ai offert la bague de famille avec l'opale de feu et les brillants. Elle perpétuera la tradition.

C'est une enfant de l'avenir. Grande, forte, la peau dorée et des yeux noirs en amande, doux, intelligents. Depuis cinq ans, elle est à la tête de mon empire d'édition. Elle ne m'a jamais déçue. Elle a beaucoup d'amis. Peut-être se mariera-t-elle. Elle est plus calme que moi, supporte bien le quotidien. Tant mieux pour elle.

Oui, mes enfants, j'ai eu une belle vie. J'ai beaucoup travaillé. J'ai beaucoup aimé, et je ne regrette rien. Je suis souvent descendue dans la suite 101 du Ritz à Paris. Et jamais seule. J'ai toujours eu des hommes autour de moi. Et ils m'ont donné le meilleur d'eux-mêmes (Dieu les bénisse). Oui! A partir de trente ans, j'ai eu envie de faire l'amour avec eux. A partir de quarante ans, j'ai eu besoin de le faire. Pas toutes les nuits, bien sûr, mais au moins une ou deux fois par mois – et ça a parfois créé des problèmes.

A mon retour de Paris, j'ai travaillé comme une folle. Quand arrivait le vendredi soir (l'heure fatidique), je me demandais un peu inquiète avec qui j'allais faire l'amour, cette semaine-là. Prosper était souvent en tournée. Tristan n'était pas toujours disponible, mais si je n'avais personne sous la main qui me plût à moi, j'en prenais un à qui moi je plaisais. Et c'était toujours bien, car ici à Montréal, les hommes sont doux et agréables, une parfaite combinaison entre la France et le Nouveau Monde. Et puisque nous y sommes, parlons des Français : honnêtement, ils sont charmants, mais impossibles! A l'époque, à Paris, je n'avais pas pu faire les expériences qu'il me fallait pour le livre de Nelly, mais je me suis rattrapée. Oui, mes chéries! Maintenant, je sais pourquoi les Françaises restent jeunes aussi longtemps. C'est à cause de l'énergie du désespoir!

Ces hommes me tueraient.

On le voit dans leurs films. Ils traitent tous du même sujet : Comment se compliquer inutilement la vie? Ils sont exactement comme ça au lit. Des enfant gâtés, difficiles, arrogants (et plus du tout charmants) qui ne pensent qu'à eux. Ils ne sont jamais contents.

Que voulez-vous que je vous dise? Ils font très bien la cuisine. Mais on ne peut pas compter sur eux et ils sont toujours en retard. Ils arrivent à dix heures au lieu de huit, quand ce n'est pas le surlendemain. Et comme gâcheurs, on ne fait pas mieux. (Vous vous en apercevez dès le premier rendez-vous : au bout de cinq minutes, vous êtes déjà toute décoiffée!)

Et la Française? Contrairement à ce qu'on dit, ce n'est pas une femme passionnée. Mais elle fait son devoir.

Si on la trompe, elle sait se tirer d'affaire. Elle s'achète une robe chez un grand couturier (et deux paires de chaussures), quitte à vider son compte en banque. Et elle se met au régime, même si elle est maigre comme un clou.

La Française a beaucoup de discipline (sinon, comment ferait-elle pour supporter ces hommes?). Elle ne s'empiffre jamais! Même au plus profond du désespoir, elle est toujours jolie à voir! Et elle s'aime trop pour se laisser aller.

Mais il y a des exceptions! J'ai eu un amant français, un grand blond qui venait de province. Ce fut la plus belle surprise de ma vie. Il avait encore plus de talent que Prosper. Mais ça, c'est pour un autre livre.

Ah, les Français!

Je les adore. Ce sont les plus fidèles amis du monde. Pour eux, l'amitié n'a pas de prix. Ils me fascinent. Ils ont bâti la plus belle ville de la terre. J'ai beaucoup de très bons amis à Paris. Et ils achètent mes livres. Et mes films. En masse. Qui l'eût cru?

Olivia, ma petite bonne, vient d'entrer. L'équipe de tournage est là. Je donne une interview pour la télévision française. Ensuite, nous dînerons en petit comité, c'est-à-dire pas plus de sept. Habituellement, nous sommes toujours nombreux à table. Je ne suis jamais seule. J'ai une grande maison. Mes cinq chambres d'amis sont toujours occupées. J'ai des amis qui viennent du monde entier, des musiciens, des peintres, des écrivains, parfois même des hommes politiques ou d'autres éditeurs – et nos conversations sont dignes d'être publiées. Nous bavardons des heures entières. Jusqu'à ce que je sois fatiguée.

Alors je me retire pour dormir un peu. Et je réfléchis. Je suis contente de ma réussite. Je suis très fière aussi du quartier d'habitation pour les pauvres que j'ai fait construire à Montréal (de jolies maisons avec des jardins. Pas des cages à lapins en béton!). J'ai aussi fondé deux écoles. Et des jardins d'enfants. Et j'ai fait d'un hôtel un foyer pour les sans-abri. J'ai donné beaucoup d'argent (et j'en donne encore). J'aide des étudiants. Et des musiciens. Et des écrivains de talent. Je dépense des sommes énormes pour la recherche médicale, *sans expérience sur les animaux!* Je soutiens toutes les initiatives qui encouragent la paix.

Depuis quelque temps, je me rends compte de la chance que j'ai de vivre dans un pays tel que le Québec. J'ai même de nouveau beaucoup de plaisir à entendre le parler des gens d'ici. Après tout, ils sont les derniers à défendre le vrai français...

Qu'est-ce que je vais mettre pour le dîner? Ah! La robe rouge suffira bien. Nous sommes en famille: Olivia, Li, mon cuisinier chinois. Tania, ma secrétaire indienne. Cleam, mon jardinier noir. Madame Naulot, ma femme de ménage québécoise. Ma fille Ophélie. Et moi.

Ah oui, et je voulais ajouter une chose: Ne traînez pas trop de fatras avec vous. Ça rend vieux, laid et malade. Jetez-le par-dessus bord!

Et apprenez à nager, mes chéries! Vous ne coulerez plus jamais.

Cet ouvrage a été réalisé sur
Système Cameron
par la SOCIÉTÉ NOUVELLE FIRMIN-DIDOT
Mesnil-sur-l'Estrée
pour le compte des Éditions Belfond
le 9 mai 1989

Imprimé en France
Dépôt légal: mai 1989
N° d'édition : 2360 - N° d'impression : 11805